चकल्लस

(हास्य-व्यंग्य)

चकल्लस

(हास्य-व्यंग्य)

अमृतलाल नागर

राजपाल

ISBN : 9789350643976

CHAKALLAS (Satire) by Amritlal Nagar

राजपाल एण्ड सन्ज़

1590, मदरसा रोड, कश्मीरी गेट-दिल्ली-110006

फोन: 011-23869812, 23865483, फैक्स: 011-23867791

e-mail : sales@rajpalpublishing.com

www.rajpalpublishing.com

www.facebook.com/rajpalandsons

क्रम

भूमिका

ये संकलित रचनायेँ कुछ तो विनोदी मौजों में लिखी गयी थीं और कुछ आकाशवाणी तथा कुछ पत्र-पत्रिकाओं के लिए भी। इस संग्रह का नाम मैंने इसलिए मूलतः 'रंग-तरंग' रखा था किन्तु भाई विश्वनाथ जी को इसमें मेरी मनोसंगति 'चकल्लस' शब्द से शायद कुछ अधिक सटीक बैठती नज़र आयी। खैर। मुझे यह नाम भी सादर, सप्रेम स्वीकार है। वैसे मेरी इच्छा थी कि अपने 'चकल्लस' पत्र की पुरानी फाइलों का एक संग्रह अलग से प्रकाश में आता तो रसिक पाठकों के मनोरंजनार्थ हास्य-विनोद और व्यंग्य के कई बहारदार नमूने फिर से सुलभ हो जाते। 'चकल्लस' के 'भाभी अंक' और 'एप्रिल फूल अंक' में पुराने साहित्य महारथियों की अनेक रचनायें अब भी पढ़ने पर मज़ा दे जाती हैं। 'चकल्लस' के इन्हीं दो विशेषांकों पर मुझे आचार्य महावीर प्रसाद जी द्विवेदी से दो सर्टिफ़िकेट भी प्राप्त हुए थे।

मैंने आज की शैली के अनुसार विशुद्ध व्यंग्य नहीं लिखा, सहज मस्ती-भरा मन पाया, जब-जैसी मौज आयी वैसी ही रंग-तरंगों में स्वयं बहकर अपने पाठकों को भी बहाता रहा। इस संग्रह की अनेक रचनाओं पर मुझे सराहना के मौखिक और लिखित 'शब्द-पदक' प्राप्त हुए थे। उन्हीं से प्रेरित होकर इन रचनाओं को पुस्तक रूप में प्रकाशित कराने की इच्छा भी हुई। मेरे छोटे पुत्र डॉ. शरद नागर ने इन रचनाओं को श्रम से सहेजकर रखा और संजोया, इसके लिए वह मेरे आशीर्वाद के पात्र हैं।

—अमृतलाल नागर

तथागत नयी दिल्ली में

कुशीनारा में भगवान बुद्ध की विश्राम करती हुई मूर्ति के चरणों में बैठकर चैत्र-पूर्णिमा की रात्रि में आनंद ने कहा—''शास्ता, अब समय आ गया है।''

भगवान बुद्ध की मूर्ति ने अपने चरणों के निकट बैठे इस जन्म के वृषभ देह आनंद से पूछा—''कैसा समय आवुस्स?''

''दिल्ली चलने का भगवान।''

भगवान थोड़ी देर मौन सोचते रहे, फिर बोले—''आवुस्स युग के प्रभाव से मैं जड़ हो गया हूँ। देखते नहीं मूर्ति के रूप में मैं यहाँ जैसा लिटा दिया गया, वैसा ही लेटा हूँ, जहाँ जिसने बैठा दिया, बैठा हूँ, खड़ा किया तो खड़ा हूँ, तोड़ डाला गया तो टूटा पड़ा हूँ। इस जड़ता के कारण मेरी स्मृति समाधिस्थ है आनंद, उसे निर्वाण निद्रा से जगाओ तभी सम्यक सम्बुद्ध तुम्हारी बात पर विचार कर पायेंगे।''

इस जन्म में वृषभदेह आनंद बोले—''जागिये भगवान स्मरण कीजिये कि परिनिर्वाण प्राप्त करने के लिए जब आप वैशाली छोड़कर इस छोटे से जंगली और झाड़-झंझाड़ वाले जंगल कुशीनारा में पदार्पण का विचार करने लगे तब आपका यह विचार मुझे पसंद नहीं आया था। मैं चाहता था कि आपके परिनिर्वाण प्राप्त करने के योग्य स्थान कोई बड़ा नगर ही होना चाहिये जैसे चम्पा, राजगृह, श्रावस्ती, साकेत, कौशाम्बी, वाराणसी आदि थे, वहाँ उस समय आपके अनेक महाधनी, क्षत्रिय, ब्राह्मण और वैश्य शिष्य थे, वे आपके शरीर की पूजा किया करते।''

मूर्ति रूप भगवान ने उत्तर दिया—''मेरी स्मृति जाग उठी है आवुस्स। तुम अपनी स्मरण शक्ति को भी जगाओ आनंद। मैंने तुमसे कहा था, तथागत की शरीर पूजा कर तुम अपने आपको बाधा में मत डालो। सच्चे पदार्थ के लिए प्रयत्नशील बनो। अपने आपको ही शरण बनाओ, अपने से अतिरिक्त दूसरे की शरण मत जाओ। आप दीवो भव।''

''वही दिया जलाये बैठा था शास्ता। पर आपकी ढाई हज़ारवीं जयंती की तैयारियों में भारत सरकार ने इतने दिये जलाये हैं कि आत्मदीप अब मुझे टिमटिमाता-सा लग रहा है।'' कहते-कहते वृषभदेह आनंद की आँखों में आँसू झलक आये। रंभाती हुई वाणी करुणा के दलदल में फँस गयी। उस दलदल से वाणी के शकट को खींचते हुए आनंद ने कहा—''इस जन्म में हाथ नहीं हैं प्रभु इसलिए पैर

जोड़कर कहता हूँ आप आनंद की प्रार्थना एक बार स्वीकार कर लें। कौशल, कौशाम्बी, वाराणसी न सही, एक बार अब दिल्ली अवश्य चले चलें।''

''दिल्ली में क्या होगा आवुस्स?''

''दिल्ली में आपकी पूजा होगी प्रभु। आपकी ढाई हज़ारवीं जयंती मनाई जा रही है। हे शास्ता, जैसे आपका मैं हूँ वैसे ही भगवान गाँधी के नेहरू भी हैं। और वह आपको जगा रहे हैं तथागत। इसलिए ऐसे अवसर पर यदि आप मेरी प्रार्थना स्वीकार कर दिल्ली चलेंगे तो मेरा बड़ा यश फैलेगा।''

''आवुस्स, तेरी इच्छा पूरी हो। आनंद तथागत दिल्ली जायेंगे किन्तु तुम न जा सकोगे आनंद!''

वृषभदेह आनंद ने एक ठंडी साँस भरी कहा—''अनुशासन में हूँ शास्ता। मैं यहीं आत्मदीप जगाकर आपके दिल्ली अवतरण के दर्शन करूँगा। इतनी कृपा अवश्य कीजियेगा कि अपने किसी धनी शिष्य को आदेश देकर एक रेडियो सेट भिजवा दीजियेगा जिससे मैं आपके दिल्ली स्वागत की रनिंग कॉमेंट्री सुन सकूँ।''

''ऐसा ही होगा आनंद।'' कहकर भगवान ने पूर्ण चन्द्र की ओर देखा, चाँदनी उनके तेज़ में समा गयी। सूर्य उदय हो गया। शास्ता के दूसरे संकेत पर मध्याह्न हुआ। कुशीनारा में अनेक वर्षों से पेड़ से न उतरने वाले भगवान के एक जापानी शिष्य के कन्दमूल खाने का समय आ गया, फिर भगवान के तीसरे संकेत पर सूर्य देव इतने ढल गये कि शहरों में दफ्तरों के कमरे सूने होने लगे, सड़कें साइकिलों से भर गयीं। नयी दिल्ली के ए. बी. सी. डी. आदि क्रम से क्वारटरों और बंगलों में चाय का समय हो गया, बच्चे पार्कों में खेलने लगे।

दिल्ली के पथरीले सेक्रेटेरिएट में काम करने वाले विनयनगर एरिया के सीक्लास क्वारटर खाली क्लर्क मिस्टर सोहन लाल ने अपनी श्रीमती के साथ चाय पीते हुए कमरे के कोने में रखे संदूकों की ओर देखा। उनकी भवें और नाक सिकुड़ गयीं। चाय से गीले होंठ भी बिचक गये। पत्नी से कहने लगे—''यह कोना अच्छा मालूम नहीं पड़ता, यहाँ सजावट की कुछ कमी है।''

मिसेज प्रेमलता ने भी चाय से गीले अपने लाल होंठ खोले, बोली—''फील तो मैं भी करती हूँ जी। चलो मार्केट चलकर कोई डेकोरेशन पीस खरीद लाया जाये। मगर क्या इस बेतुके कमरे में...। हमारा नसीब भी कितना खराब है, न बंगला, न मोटर, न ड्राइंगरूम...।'' मिसेज प्रेमलता के लाल होंठ आपस में जुड़ गये, नाक से ठंडी आह निकालकर उन्होंने अपनी गर्दन डाल दी। डोंट वरी डार्लिंग! सोशलिज़्म में ब्यूरोक्रेसी खतम होकर ही रहेगी तब हम बंगले में रहेंगे।

मिस्टर सोहनलाल और मिसेज प्रेमलता आज के युग के पढ़े-लिखे शरीफ आदमी अर्थात् कुल्वरवर्णी साहब और मेम साहब थे, उन पर नयी दिल्ली का रंग भी चढ़ा हुआ था। वह नयी दिल्ली जो स्वतन्त्रता के बाद नये सिरे से नयी हो गयी है जहाँ चीनी, रूसी, बर्मी, ईरानी, तूरानी, उजबेक, खुरासानी, इंग्लिश, जापानी,

अमरीकी आदि भाँति-भाँति के तमाशे नित्य हुआ करते हैं, जहाँ त्रिवेन्द्रम से लेकर श्रीनगर तक और कच्छ से लेकर नागा पहाड़ियों तक के लोकगीत, लोक-नृत्य आदि आये दिन उसी तरह देख सुन पड़ते हैं जिस तरह छोटे शहरों में बीड़ी और सिनेमा वालों के नाचते गाते जुलूस।

नयी दिल्ली के अफ़सरी जूते-दर-जूते, हर जूते के नीचे दबा हुआ, 'कुल्चरवर्णी' साहब और उनकी मेमसाहब दोनों ही सेक्रेटेरियों (जॉएण्ट एडीशनल और अण्डर सहित) के बंगलों, बंगलियों के रहन-सहन की हसरत मन में लेकर अपने सी क्लास वाले क्वारटर की सजावट करते थे। साइकिल और बस पर चढ़कर वे ठंडी आह के साथ मोटरों को निहारते, मेमसाहब भी सस्ते रेशमी कुर्ते शलवार लिपिस्टिक और नकली सोने मोती के जेवर पहन कर अर्दली, बैरा, चपरासियों के अभाव में अपने साहब को ही अंग्रेज़ी में फटकार कर कलेजे को ठंडा कर लिया करती थीं। दोनों ही को इस बात की सख्त शिकायत थी कि इस कुल्चर युग में वे धन और ओहदे के अभाव में उस एवरेस्ट पर नहीं चढ़ पाते जहाँ पहुँचकर आज के मनुष्य को आन, बान, शान तीनों परम वस्तुएं प्राप्त हो जाती हैं। इसलिए वे आम मध्यवर्गीय की तरह कांटे की नोक पर हर घड़ी ऐसे विचार प्रकट किया करते थे जो समाजवादी, साम्यवादी, हिन्दूवादी, प्रांतीयतावादी, जातीयतावादी, कुंठावादी, बकवादी किस्म के होते हैं।

चाय पीकर मिसेज प्रेमलता डाँटते हुए बोली–"छोड़ो अपनी यह बकवास। चलना है तो चलो। कोई डेकोरेशन पीस खरीद लायें। मेरे ख्याल में लार्डरामा, लार्डक्रिश्ना, लार्ड बुद्धा या लार्ड नटराजा की आर्टिस्टिक मूर्ति ले लें। इस वक्त तो यही फ़ैशन है।"

"रामा? लार्ड? उहूँ।" साहब ने बहुत मुँह बनाकर कहा–"रामा बहोत ही प्लारिटेरिरिएट गॉड है। हिन्दुस्तान में जिसे देखो वही राम-राम करता है। इसलिए अब वह लार्ड नहीं हो सकते। अब हर पुराने राजा की वकत नहीं रही–सिर्फ़ राजप्रमुखों को छोड़कर। मेरे ख्याल में लार्ड बुद्धा को ही खरीदा जाये। इस वक्त वह लेटेस्ट फ़ैशन में है। उनकी ढाई हज़ारवीं जयंती भी मनायी जा रही है। हमारे प्राइम मिनिस्टर खुद इतना इन्टेरेस्ट ले रहे हैं। इसलिए खरीदना है तो बुद्धा को खरीदो।"

अणु परमाणुओं में लीन स्वचेता भगवान बुद्ध ने सुना और सुनकर मुस्करा दिये। आनंद इस जन्म में पुंगव है। उसकी बैलबुद्धि की बात मानकर तथागत फिर ढाई हज़ार वर्ष पुरानी देह धारण कर रहे हैं तो तथागत को देह भोग भी भोगना ही पड़ेगा। भगवान ने सोचा। और अणु परमाणुओं में लीन भगवान बुद्ध नयी दिल्ली के वातावरण में प्रविष्टि हो गये।

साहब सोहनलाल और प्रेमलता मेमसाहब मारकेट से सैंडिल, साड़ी, ब्लाउज और बुद्ध खरीदकर लौट रहे थे। मेम साहब ने कहा–"आज बड़ा खरचा हो गया तुम्हारी वजह से।"

''मेरी वजह से क्यों, ये साड़ी ब्लाउज क्या मैं पहनूंगा?''

''तुम नहीं पहनोगे, मगर खर्च तो तुम्हारे कारण ही हुआ।'' मेमसाहब की आवाज़ में सख्ती आ गयी।

साहब ने दबी ठंडी साँस खींचकर कहा—''जब तुम कहती हो तो अवश्य हुआ होगा। ये तुम्हारे सैंडिल शायद मेरी खोपड़ी के लिए खरीदे गये—''

''मैं इतनी मूर्ख नहीं कि अठारह रुपये का माल तुम्हारी निकम्मी खोपड़ी पर तोड़ दूँ। मगर मैं कहती हूँ कि तुम्हें ज़रा भी बुद्धि नहीं। बुद्धि होती तो महीने के आखिर में बुद्धा को खरीदने की बात ही न उठाते। हिश, तुम्हें ज़रा भी समझ नहीं।'' मेमसाहब के कदम झुंझलाहट में तेज़ पड़ने लगे।

''बट डार्लिंग मेरे बुद्धा तो सिर्फ़ अठन्नी के हैं।''

''अठन्नी की क्या कीमत ही नहीं होती? इस एक अठन्नी के कारण मेरे तैंतालीस रुपये खर्च हो गये। शर्म नहीं आती बहस करते हुए भरे बाज़ार में।'' मेमसाहब का स्वर इतना ऊँचा हो गया था कि सड़क पर आसपास चलते लोगों—अन्य साहबों, मेमों ने भी सुन लिया और सोहनलाल साहब को देखकर मुस्कराये।

सोहनलाल साहब का सिर झुक गया, मन भारी हो गया। आदमी लाख साहब हो जाये पर क्लर्क का कलेजा पाकर वह डांट फटकार प्रूफ ज़रूर हो जाता है। लोगों की व्यंग्य भरी मुस्कानें देखकर सोहनलाल साहब का दिल टुकभारी तो हुआ, वैराग्य के किस्म के भाव जागे मगर फिर चिकने घड़े की तरह होकर मेमसाहब का साथ निबाहने के लिए साड़ी, सैंडिल, ब्लाउज और बुद्ध के बोझ से लदे तेज़ कदम बढ़ाने लगे।

सड़क के किनारे सायबान पड़े लकड़ी के एक रिफ्यूजी रेस्टोरां से बुद्ध जयंती के मौसम में रेडियो, सुना रहा था—''बुद्धं शरणं गच्छामि।'' साहब सोचने लगे काश कि आज के दिन लार्ड बुद्धा होते तो वे दफ्तर और मेमसाहब को त्याग कर 'बुद्धं शरणं गच्छामि' हो जाते। हिन्दुस्तान आज़ाद हो गया मगर सोहनलाल साहब को अभी तक आज़ादी नहीं मिली। आधे मिनट के लिए वे चुल्लू भर दुख में डूब गये।

नयी दिल्ली के वातावरण में व्याप्त भगवान् ने विचार कर देखा कि उनके प्रकट होने के लिए उपयुक्त परिस्थिति और क्षण उत्पन्न हो चुका है। तथागत राष्ट्रपति भवन में प्रकट होने के बजाय पीड़ित प्राणियों के बीच में प्रकट होना चाहते थे।

पत्नी और अफ़सरों द्वारा चिरप्रताड़ित बाबूवर्गीय, कुल्चरवर्ण के साहब सोहनलाल के दाहिने हाथ से अचानक वह कागज़ी डिब्बा उछल गया जिसमें भगवान की मूर्ति थी।

''हाय मेरे बुद्धा।'' साहब घबराकर बोल उठे, डिब्बे को ज़मीन पर गिरने से बचाने के लिए वे सुध-बुध भूलकर लपके। मेमसाहब के साड़ी ब्लाउज का डिब्बा उनकी बगल से खिसक गया।

''हाय, मेरा साड़ी ब्ला...।'' मेमसाहब की बात का हार्ट फेल हो गया,

आती-जाती भीड़ आश्चर्य से उभचूभ होकर ऊपर ताकने लगी और विनयनगरी साहब का तो अजब हाल था—उन्होंने देखा कि उनका बुद्धवाला डिब्बा ज़मीन पर गिरने के बजाय ऊपर उड़ गया और देखते ही देखते उसमें से एक प्रकाश पुंज निकलकर धरती के अन्दर बढ़ने लगा।

जनता आश्चर्य से देख रही थी। प्रकाश पुंज सिमटकर आकार ग्रहण करने लगा। काषायचीवरधारी भगवान अभयमुद्रा में धरती पर प्रकट हो गये। वे हूबहू म्यूज़ियमों में रखी स्वमूर्तियों जैसे ही थे। भेद केवल इतना था कि सिर पर घुंघराले केश नहीं थे। भिक्खुओं के समान शास्ता का सिर भी मुंडित था।

आकाश से भगवान पर पुष्पवर्षा होने लगी। हवा में घंटा, शंख आदि मंगल-वाद्य गूँजने लगे, इतिहास की सैकड़ों सदियों ने 'बुद्धं शरणं गच्छामि' का तिबाचा गुंजरित किया। जनता भगवान के पाद-पद्मों में विह्वल होकर गिरने लगी। सड़कों पर ट्रैफिक जाम हो गया। यह सब देखकर साहब सोहनलाल की प्रत्युत्पन्नमति जागी। वे पास की किसी दुकान से प्राइममिनिस्टर को फोन करने के लिए लपके, बौना चाँद को छू पाने का ऐसा सुनहरा अवसर भला क्योंकर छोड़ सकता था, खासतौर पर जबकि यह चमत्कार उसके लार्ड बुद्धा ने दिखलाया हो।

दस मिनट के अन्दर सारी दिल्ली में हुल्लड़ मच गया। सरकारी टेलीफोन एकदम से व्यस्त हो उठे।

सरकारी पुर्जों में सवाल जवाब लड़ने लगे :

"यह खबर उड़ाई गयी है। स्टंट है।"

"खबर की सच्चाई जाँच ली गयी है। भारत में सब कुछ संभव है। बुद्ध जयंती के अवसर पर भगवान बुद्ध का आना बड़ी महत्त्वपूर्ण बात है। दुनिया में इंडिया की प्रेस्टीज़ बढ़ जायेगी।"

"मगर पहले इस बात की जाँच कर लेनी चाहिये कि भगवान बुद्ध अपनी मूर्तियों जैसे सुन्दर हैं या नहीं। क्योंकि अगर उनकी पर्सनालिटी वीक हुई तो बुद्ध जयंती का सारा शो बिगड़ जायेगा। लोगों पर बड़ा खराब इम्प्रेशन पड़ेगा।"

"ठीक है। मगर यह भी जाँच लेना चाहिये कि उनके विचार अब भी वैसे ही हैं और वे हमारी प्रेजेन्ट नेशनल और इंटरनेशनल पालिसी से मेल खाते हैं या नहीं?"

"मगर पहले उनका स्वागत।"

"कैसे हो सकता है स्वागत? वह हमारे प्लान में नहीं। और बुद्ध जी को इस तरह लिखा-पढ़ी किये बगैर प्रकट नहीं होना था।"

लाल फीते पर दौड़ने वाले पुरज़े हर कदम पर वैधानिक गाँठों से अटकने लगे।

उधर भगवान निरंतर उमड़ते अथाह जन समुद्र के हड़कम्पी जोश से घिरते ही जा रहे थे। बड़े-बड़े धनी-धोरियों की डीलक्स लिमोसीन कारें हार्न बजाते और होड़ा-हाड़ी करते हुए भगवान की सेवा में पहुँचने के लिए भक्तों की भीड़ चीरे डाल रही थीं। हर लक्ष्मी-पुत्र चाहता था कि सबसे आगे पहुँचकर वही भगवान को अपना

मेहमान बना ले। और इन्हीं लक्ष्मी-पुत्रों की भीड़ में लखपति करोड़पतियों को ढकेलते, प्राइम मिनिस्टर को फोन कर लौटे हुए विनयनगरी साहब सोहनलाल भी ठीक उसी प्रकार आगे बढ़े जा रहे थे जिस प्रकार ढाई हज़ार और कुछ बरस पहले वैशाली के राजपथ पर लिच्छवि कुमारों के रथों से टकराते हुए अम्बपाली का रथ आगे बढ़ा था।

सेठों ने धक्के खाकर क्रोध और उपेक्षा से सोहनलाल साहब की तरफ देखकर कहा—''ए बाबू, अपनी हैसियत देखकर होड़ लो। परे हटो।''

भगवान के भरोसे विनयनगरी साहब भी आज अकड़ गये, बोले—''सोशलिज्म आ गया है जानते हो। भगवान अब तुम्हारी मोनोपली नहीं रही। यू डर्टी कैपिटैलिस्ट।''

पीड़ित प्राणी को सान्त्वना देने के लिए भगवान विनयनगर पधारे। भगवान की कृपा से विनयनगर इस समय शान नगर बन गया।

इतनी देर में वैधानिक आलस्य और प्रतिबन्धों की फाँस काटकर राष्ट्रपति एवं प्रधानमंत्री स्वयं भगवान की सेवा में उपस्थित हुए एवं राष्ट्रपति भवन के मुगलाराम में विहार करने की प्रार्थना की। सोहनलाल साहब की ओर एक दृष्टि डालकर भगवान बोले—''आवुस्स एक दिन इसके यहाँ ही विहार करूँगा। राष्ट्रपति भवन में जनता न पहुँच सकेगी।''

''भक्तों को भगवान से अलग रखने का विधान आपके देश में अब तक लागू नहीं हुआ प्रभु। आप भले पधारे।''

भगवान ने अत्यंत विनयशील राष्ट्रपति का प्रस्ताव स्वीकार कर लिया। सोहनलाल और प्रेमलता के चेहरे उतर गये। खैर इतनी देर ही सही, भगवान उनके घर ठहरे यही क्या कम है। प्रेमलता मेमसाहब ने साहब के कान में फूँका। भगवान से कहो सिफारिश कर देंगे। साहब तुरन्त भगवान के पास पहुँचे। उनसे कान में प्रार्थना करने लगे : ''आप नेहरू जी से कह दें। वे मुझे सेक्रेटरी नहीं तो जायेण्ट एडीशनल या अण्डर—''

''ये क्या—ये क्या बदतमीज़ी है? आप भगवान बुद्ध के कान में बात करने की गुस्ताखी कर रहे हैं। जाइये यहाँ से।'' जवाहरलाल जी नाराज़ हुए।

दुनियाभर के हवाई जहाज़ पालम हवाई अड्डे पर उतरने लगे। देश-देश की टेलीविज़न फिल्म यूनिट पहुँच गयीं। चीन, जापान, जावा, सुमात्रा, इण्डोनेशिया, थाइलैंड, बरमा, श्रीलंका, तिब्बत और भारत के कोने-कोने से बौद्ध भिक्षु 'चलो दिल्ली' का नारा लगाने धर्म चक्र घुमाते पहुँचने लगे। दिल्ली काषयचीवरों और मुंडित मस्तकों से भर गयी। त्रिपिटकाचार्य महापंडित राहुल साँसकृत्यायन और प्रगतिशील कवि नागार्जुन गृहस्थाश्रमी वेष में अपने भिक्खु हृदय संभाले दौड़े चले आये। मार्क्सवादी विद्वान डा. रामविलास शर्मा को चूँकि भाषा विज्ञान का मोहनजोदारो खोदते हाल ही में यह पता चल गया है कि भगवान बुद्ध की भाषा में अवधी शब्दों की भरमार है, इसलिए वे भी श्रद्धापूर्वक भागे चले आये। पण्डित बनारसी दास जी

चतुर्वेदी भगवान के प्रोपेगंडार्थ हिन्दी भवन में स्वागत समारोह का प्रबन्ध करने लगे। बुद्ध अभिनंदन ग्रन्थ के चक्कर में डा. नगेन्द्र की मोटर का चक्का अनवरत गति से घूमने लगा। गाँधी जी के समान बुद्ध जी का पोर्ट्रेट बनवाने के लिए जैनेन्द्र जी दिल्ली के हर मूँगफली वाले की दुकान से छिलके बटोरने के काम में संलग्न हो गये। हिन्दी जगत में, सारे देश के साहित्यिक जगत में नयी प्रेरणा का साइक्लोन उठ आया। 'यशोधरा' के रचयिता राष्ट्रकवि स्लेट बत्ती लेकर तुरन्त यशोधरा-सर्वस्व नामक महाकाव्य रचने बैठ गये। निराला जी को भगवान बुद्ध के नाम स्वामी रामकृष्ण परमहंस का पत्र कविता लिखते देख उनके सरकारी पंडे सरकार से लिखा-पढ़ी करने लगे कि महाकवि भगवान बुद्ध को चायपार्टी देना चाहते हैं इसलिए रुपये लाओ। पंत जी का मेडीटेशन एक घंटे से बढ़कर कई घंटों का हो गया और वे स्वर्ण सूर्य की अवतारणा करने लगे। दिनकर जी बुद्ध जीवन के चार अध्याय लिखने के लिए दिल्ली में अण्डरग्राउंड चले गये। नवीन जी, महादेवी जी, सियारामशरण जी, रामकुमार जी, बच्चन जी, नरेश जी, सभी एक भाव से बुद्ध चिन्तन में रत हो गये। प्रयोगवादी कवियों ने भी बुद्ध जी पर अनेक प्रयोग कर डाले।

प्रेस कान्फ्रेंस हुई। भगवान से तरह-तरह के प्रश्न पूछे गये : स्टालिन के प्रति रूस के रवैये को आप किस दृष्टि से देखते हैं? क्या आप प्रेजिडेंट आइज़न हावर से शान्ति की अपील करने अमेरिका जाना पसन्द करेंगे? अपने और नेहरू जी के पंचशील की तुलना कीजिये। सारिपुत और महायोग्यलायन की पवित्र अस्थियों के बारे में आपके क्या विचार हैं? बम्बई महाराष्ट्र को मिलना चाहिये अथवा नहीं? उत्तर प्रदेश के सेल्सटैक्स आर्डिनेंस पर आपके क्या विचार हैं? हिन्दी में प्रयोगवाद के बाद अब क्या आयेगा? आदि अनंत प्रश्नों की झड़ी लग गयी। अनेक यूनिवर्सिटियों ने डाक्टरेट की डिगरियाँ देने का निश्चय कर डाला : भगवान को नोबुल शान्ति पुरस्कार और स्टालिन शान्ति पुरस्कार देने की बात भी बड़ी ज़ोर से उठी। कुछ प्रभावशाली लोगों ने यह आपत्ति उठाई कि स्टालिन चूँकि इधर बदनाम हो गये हैं इसलिए उनके नाम का पुरस्कार न दिया जाये।

सारा कार्यक्रम बन गया। सबेरे राजघाट जाकर गाँधी जी की समाधि पर फूल चढ़ायेंगे। शाम को दिल्ली नगरपालिका की ओर से रामलीला के मैदान में भगवान को अभिनंदन पत्र अर्पित किया जायेगा। इस अवसर पर राष्ट्रपति भवन से भगवान का जुलूस निकलेगा। दीवाने खास में हिन्दी-उर्दू मुशायरा, रेडियो में अन्तरराष्ट्रीय कवि सम्मेलन, संगीत नाटक एक आदमी की ओर से सप्रू हाउस में उदयशंकर जी का नृत्य, सुब्बूलक्ष्मी का गायन तथा प्रादेशिक गीतनृत्यों का प्रदर्शन होगा। फिर भगवान को नीलोखेड़ी, भाखड़ानंगल, चुर्क, चितरंजन आदि की सैर करायी जायेगी। ताजमहल के ऊपर भी उनका हवाई जहाज चक्कर लगायेगा। अन्त में प्रधानमंत्री के साथ पंचशील के सन्धिपत्र पर हस्ताक्षर करते हुए भगवान फ़ोटो खिंचवायेंगे तथा रेडियो से विदाई सन्देश प्रसारित करेंगे।

दिल्ली में भगवान को लेकर बड़ा कल्चर फैला। बालों का टेढ़ा जूड़ा बाँध उन पर फूल लपेटे लिपिस्टिक लगाये, अजन्ता लिबास में मिसें और मेम साहबायें सुजाता की कल्चरल नकल करती हुई खीर के कटोरे लेकर आने लगीं। भगवान को कल्चर के कारण अवकाश ही नहीं मिल पाता था। 'बहुजन हिताय बहुजन सुखाय' भगवान लोक को उपदेश देना चाहते लेकिन लोग उनके उपदेश न सुनकर जय बोलना चाहते थे, उनके आटोग्राफ, फ़ोटोग्राफ लेना चाहते थे, उन्हें चाय, लंच, डिनर पर अपने घर बुलाना चाहते थे। कल्चर की इस भरमार से भगवान इतने थक गये कि कसियाँ जाकर शान्ति पाने का कसबल उनमें नहीं रह गया था। वे भरीभीड़ के बीच से अचानक अन्तर्ध्यान होकर राजघाट में समा गये।

बेचारे आनन्द कुशीनगर में रेडियो से रनिंग कॉमेन्ट्री सुनने की लालसावश कई दिनों तक कान लगाये बैठे ही रहे।

महामति चाणक्य यू. एन. ओ. में

एक खास प्रेस एजेंसी ने, जिसका नाम पेशे से श्रमजीवी पत्रकार न होने के कारण मैं सुविधापूर्वक भूल गया हूँ, अपना एक खास प्रतिनिधि भेजकर मुझे यह सूचना दी थी कि मौर्य साम्राज्य के प्रधानमंत्री तथा कौटिल्य अर्थशास्त्र के अमर प्रणेता महामति चाणक्य यू. एन. ओ. के एक विशेष अधिवेशन में भाषण करने के लिए पितृलोक से पधार रहे हैं और मुझे हिन्दी रिपोर्टिंग करने के लिए तुरन्त न्यूयार्क जाना होगा।

यह स्पेशल प्रतिनिधि अमेरिका से मेरे पास चार्टर्ड प्लेन पर आया था। एक मिनट तक तो संवाद के महत्त्व पर गौर करने के बाद मैं संवाददाता और भेजने वाली प्रेस एजेंसी की फय्याज़ी और दरियादिली के सम्बन्ध में ही सोचता रह गया। विदेशी अखबार और संवाद-एजेंसियाँ एक-एक खबर के लिए लाखों रुपया खर्च कर देती हैं इसका क्या कारण है? तीन ही बातें समझ में आती हैं। या तो अखबार वाले बड़े घुटे हुए व्यापारी हैं, लाख लगाकर दस लाख का मुनाफा कमाते हैं, या फिर बड़े कर्तव्यनिष्ठ और सिद्धान्तवादी हैं जो अपने सिद्धान्त और परमार्थ के लिए पैसा पानी की तरह बहाने में ज़रा भी नहीं हिचकते। तीसरा कारण यह हो सकता है कि वे ...जाने दीजिये न कहूँगा। चाणक्य को अपने देश में बुलाने वाली कौम की प्रेस एजेंसी और सब कुछ हो सकती है, पर मूर्ख कदापि नहीं हो सकती।

जी हाँ, संवाददाता ने मुझे बतलाया कि सिद्धान्तों की ठंडी लड़ाई से तंग आकर यू. एन. ओ. के सेक्रेटरी जनरल मि. हैमरशोल्द ने यह प्रस्ताव रखा कि चूँकि लड़ाई और स्वार्थ की भावना इस समय सारी दुनिया में व्याप्त है इसलिए ब्रह्मांड के किसी दूसरे ग्रह से एक निष्पक्ष और सम्माननीय अतिथि को बुलाकर उसकी तटस्थ बातों पर ही पृथ्वी नामक ग्रह के भविष्य का अंतिम निर्णय किया जाये। बात रूस, अमेरिका और दोनों के प्रतिनिधियों को खास तौर से पसन्द आयी। भारत को तो शांति से सम्बन्ध रखने वाली हर न्याययुक्त बात पसन्द ही होती है। उनासी राष्ट्रों ने थोड़ी बहुत बहस के बाद इस प्रस्ताव को मंजूर कर लिया।

मगर सवाल यह था कि किस ग्रह से और किसको बुलाया जाये? किस ग्रह में विद्वान हैं? फिर वहाँ की भाषा की जानकारी यहाँ किसी को नहीं। वे क्या कहेंगे, क्या सुनेंगे और हम धरती वाले क्या समझेंगे। इस समस्या को लेकर सभी राष्ट्रों के

प्रतिनिधि एक दूसरे का मुँह ताकते रह गये। हिन्दुस्तान के प्रतिनिधियों ने प्रस्ताव पेश किया कि यदि पितृलोक से किसी महामान्य पूर्वज को बुलाया जाये तो भाषा आदि की समस्या सहज ही में हल हो जायेगी।

पितृलोक के सम्बन्ध में किसी भी राष्ट्र को साइंटिफिक जानकारी न थी। इसलिए उस लोक में विश्वास भी न था। परन्तु जब हिन्दुस्तानी प्रतिनिधि ने यह विश्वास दिलाया कि पितृपक्ष में पानी देकर बत्तीस करोड़ हिन्दुओं ने पितृलोक को आज तक सींचा है और अश्विन के हर पितृपक्ष में आज भी पितर लोग ब्राह्मणों के पेट में उतरकर अपना श्राद्ध जीमते हैं तो सब को पितरों और उनके लोक पर विश्वास हो गया। केवल रूस ने शंका जताई।

वहाँ का प्रतिनिधि बोला : हम अपने विद्वान सहयोगी भारत के प्रतिनिधि की बात मानकर यह तो विश्वास कर लेते हैं कि एक पितृलोक है, और वहाँ पितृगण रहते हैं लेकिन इस बात का क्या सबूत कि सारी दुनिया के पितृगण वहाँ होंगे। और जी जान से सलामत होंगे? पितरों को पानी देने का रिवाज़ सिर्फ़ हिन्दुस्तान में ही है, इसलिए यह मुमकिन है कि भारत के पितृगण जीवित हों। मगर चूँकि दूसरे देशों में पानी नहीं दिया जाता इसलिए यकीनन बाकी दुनिया के पितर भूख में तबाह हो चुके होंगे।

हिन्दुस्तानियों के प्रतिनिधियों ने कौमी जोश के साथ रूसी प्रतिनिधि का यह तर्क काट दिया। माननीय भारतीय प्रतिनिधि ने तर्पण विधि समझाते हुए कई मंत्रों का हवाला देकर कहा कि हमने मनुष्य ही क्या देव, ऋषि, भूत पिशाच, औषधियों, वनस्पतियों, तक के पितरों को भी पानी पिला-पिलाकर जीवित रखा है फिर मनुष्यों का तो कहना ही क्या। इस जन्म के, उस जन्म के, जन्म जन्मान्तर के बन्धु-बान्धवों का हिसाब जोड़कर हमने यूनीवर्सल ब्रदरहुड के सिद्धान्त को सदा से पानी पिलाया है अतएव अब किसी को भी पितृलोक पर अविश्वास नहीं होना चाहिये।

प्रेस एजेंसी के खास प्रतिनिधि का कहना है कि इस पर सब राष्ट्रों ने एकमत होकर पितृलोक के अतिथि पर विश्वास कर लिया। अब लड़ाई इस बात की थी कि देश के किस पितृ को बुलाना चाहिये। रूस महाप्राण लेनिन को बुलाने के लिए अपने वीटो के अधिकार तक का प्रयोग करने पर तुल गया। कूटनीति-प्रेमी राष्ट्रों का ग्रह लेनिन के नाम से ही काँप उठा। बड़ा झगड़ा हुआ।

किसी ने कहा कि बुद्ध, ईसा और गाँधी में से किसी को बुलाना चाहिये ये लोग सन्त हैं, रसगुल्ले ऐसा मीठा प्रवचन करके चले जायेंगे। इस तरह तात्कालिक प्रस्ताव का साँप भी मर जायेगा और लाठी भी बची रहेगी जो तीसरे महायुद्ध में काम आयेगी। लोगों को यह सलाह पसन्द थी परन्तु कूटनीति प्रेमी राष्ट्रों को यह भय था कि सत्य और अहिंसा के पुजारी ये सन्त लोग उपदेश तो मीठी भाषा में देंगे, पर सत्य कहने से भी न चूकेंगे। इसलिए उनके उपदेशों का मीठा रसगुल्ला स्वार्थियों के हित में गरिष्ट साबित होगा। इस तरह सन्तों को बुलाने के प्रस्ताव पर भी वीटो के ओले

बरस गये।

सुकरात, प्लेटो, अरस्तू और कन्फ्यूशस भी नामंजूर हुए। मार्क्स, एंगेल्स के नाम होंगे पर आने के पहले ही सभा में हुल्लड़ मचा दिया जायेगा। तब किसी ने कहा कि इतिहास लेखकों के आदि पूर्वज हेरोडोटस को बुलाया जाये। लोग अपने-अपने इतिहासों की पोल खुलने से घबराये। किसी ने महाराजनीतिक मेकियावेली का नाम सुझाया। बड़ी बमचख मचती रही।

उसी समय राजनीति से रिटायर हो चुकने के बावजूद भी महाप्रभु चर्चिल को विलायत में सूझ आयी और वायरलेस द्वारा उन्होंने यू. एन. ओ. के कूटनीतिज्ञों को सलाह दी कि भारतवर्ष के परम प्रवीण कूटनीतिज्ञ मौर्य साम्राज्य के प्रधान मंत्री आचार्य चाणक्य उपनाम कौटिल्य को आमंत्रित किया जाये। सलाह वज़नी थी। एक तीर से दो शिकार होते थे भारतवर्ष अपने देश के पूर्वज को आमंत्रित किये जाने के कारण खुश हो जायेगा और साथ ही संसार को एक परम कूटनीतिज्ञ की सलाह भी मिलेगी।

इस तरह चाणक्य के नाम पर गुटबन्दों का अंतिम फैसला हो गया और किसी न किसी तरह यह प्रस्ताव यू. एन. ओ. में पास भी हो गया।

अमेरिका स्वागत-सत्कार करने में बड़ा पटु है। किसी समय भारत को इस ख्याति का गौरव प्राप्त था आज भी अपने पेट पर पट्टी बाँधकर अतिथियों का स्वागत करने में वह नहीं चूकता। मगर ये कि पैसे वाले की बात बड़ी होती है। प्रेसीडेंट आइजेन हावर ने अपना खास ऐटामिक राकेट पितृलोक से आचार्य चाणक्य को लाने के लिए भेजा।

अखबारों को यह सूचना दी गयी कि पहले पेज पर वाण्टेड मार्का विज्ञापनों के स्थान की पूर्ति आचार्य चाणक्य के आगमन की सूचना से की जाये। कौटिल्य अर्थशास्त्र और चाणक्य नीति दर्पण के उद्धरण प्रकाशित किये जायें। अखबारों में छापी जाने वाली आचार्य चाणक्य की तस्वीरों के सम्बन्ध में विशेष आदेश यह दिया गया कि उनकी छपाई की संख्या दुनिया की आबादी से कम से कम सवाई होनी चाहिये।

रेडियो वालों ने चाणक्य के संस्कृत श्लोकों का अंग्रेज़ी में भाष्य तैयार कराकर प्रचार करना शुरू किया। रेस्तरों, होटलों और सिनेमागृहों में आचार्य चाणक्य के पोस्टर लगाये गये, रोपट्रिक द्वारा मिस्टिक भारत के चाणक्य, पितृलोक से उतरते हुए चित्रित किये गये थे। दुनियाभर के अखबारों में धूमधाम से चर्चा होने लगी।

पितृलोक से आचार्य के शुभागमन से एक दिन पहले संसार के सब महापुरुष न्यूयार्क में उपस्थित थे। रूस से मार्शल बुलगानिन और ख्रुश्चेव स्वयं पधारे थे, ब्रिटेन से मि. बटलर और मि. लायड, भारत से जवाहरलाल नेहरू और कृष्ण मेनन, चीन से माओत्से-तुंग और चाऊ एन लाई बड़ी तोपों में प्रमुखतम थे। मार्शल टीटो, कर्नल नासेर आदि को लेकर पहले तो ज़रा चखचख चली। कभी रूस बिगड़ता तो कभी

ब्रिटेन या फ्रांस। मगर जवाहरलाल नेहरू और हेमर शोल्ड के मजबूती से बीच में पड़ने पर वे सब भी बुला लिए गये थे। पाकिस्तान के प्रधान मंत्री जनाब हसन सोहरावर्दी साहब ने अपने दूर प्रोग्राम में कुछ दिन और जोड़ लिए और चौधरी मुहम्मद अली के साथ सम्मिलित हुए। श्री चर्चिल विशेष निमंत्रण पर पधारे थे और युनाइटेड नेशन्स की ओर से आचार्य चाणक्य का विशेष सम्मान भार उन्हीं को सौंपा गया था।

दही की लस्सी और जलेबी दालमोठ का नाश्ता करके हम लोग उड़ चले। एक बात मैंने आम तौर पर देखी है कि अमेरिका वाले स्वभाव के बड़े मस्त, खुशमिजाज और निडर होते हैं। रस की विकृतियों तक से वे रस ग्रहण करने में बड़े हठीले होते हैं। फिर भगवान का दिया सब सुख है, पेट से तरी है इसलिए मेले तमाशों का शौक भी है, दान-धरम सदावर्त का भाव भी है। सो ये होते बड़े मस्त हैं। कुछ भी खा पी लेंगे जहाँ रहेंगे उस रंग में सहज ही रंग जायेंगे। मेरे अमेरिकी दोस्त ने लस्सी, जलेबी को खूब पसन्द किया हाँ दालमोठ की मिर्चों से ज़रूर घबराया। फिर भी मेरा शेर आँखों को बार-बार रूमाल से पोंछते हुए सब खा गया।

रास्ते भर उसने मुझे समझाया कि ज़िन्दगी चार दिन की है और उस चार दिन की ज़िन्दगी का एक-एक क्षण सिर्फ़ अपने मन की मस्ती से बिताना चाहिये। दूसरे का ख्याल करने की फुरसत भी न लेनी चाहिये। दूसरे को हम अपने मन की मस्ती में खुद ही शरीक कर लें तो ठीक मगर किसी दूसरे को हमारे मन की मस्ती में शरीक होने का हक हमसे न माँगना चाहिये ये जबरदस्ती की बात है। बेजा बात है। रास्ते भर हमने राजनीति पर एक बात नहीं की। हालीउड और बम्बई के सिनेमा स्टारों की तुलना, रेस, होटल, डांस, आधुनिकता, इन्हीं बातों की क्या कमी थी हमारे पास? ये सब कल्चरल बातें करते हुए हम लोग चले गये।

चाणक्य के पृथ्वी पर अवतरण करने का मुहूर्त सबेरे आठ बजकर तीस मिनट पर शोधा गया था। ठीक आठ बजकर उन्तीस मिनट पर सबकी नज़रें आसमान की ओर उठ गयीं। मिनट भर के अन्दर आचार्य का राकेट पृथ्वी पर आ गया। पितृलोक से भूलोक पर सदेह आनेवाले इस प्रथम महापुरुष का सर्वप्रथम स्वागत अमेरिका की ओर से सम्पूर्ण राजकीय और सैनिक सम्मान से साथ प्रेसीडेंट आइज़न हॉवर ने किया। यू. एन. ओ. ने उनका भव्य स्वागत अपने इलाके में किया।

कल्पना करने की बात है कि इतिहास में पहली बार पृथ्वी के सारे दिग्गज एक साथ डोल रहे थे। आइज़न हॉवर, बुलगानिन, नेहरू, माओ, चर्चिल, टीटो और भी एक से एक यथा नाम तथा गुण नेता लोग एक साथ एक जगह उपस्थित थे। न्यूज रील वाले, प्रेस और रेडियो संवाददाता, फ़ोटोग्राफर, दुनिया भर के शौकीन रईस जो पैसा खर्च करके यहाँ आ सकते थे। अजब मेला लगाया। अमेरिका की सरकार के विशेष आग्रह और निमंत्रण पर श्री कन्हैयालाल मानिक लाल मुंशी महोदय दुभाषिये का महान उत्तरदायित्व संभाल रहे थे। शकुन विचार से मैसूरी हाथियों के

बच्चे भी वहाँ लाये गये थे।

सबसे पहले गजवन्दन द्वारा आचार्य का स्वागत हुआ और उनासी राष्ट्रों के राष्ट्रगीतों की धुनें एक साथ बज उठीं। स्वरों में साम्य लाने के लिए महीनों पहले से बड़े-बड़े रियाज और रिहर्सल किये जा रहे थे। गजवन्दन के बाद काशी के वेदपाठियों के छौनों ने न्यूयार्क में वैदिकध्वनि का प्रसारण किया।

आचार्य के भोजन और सुविधा का भार उनके घरवालों के अलावा और कौन लेता? देश से गंगाजल, आटा, दाल, चावल, मिर्च मसाला, शाक-भाजियाँ आदि सब कुछ भेजा गया था। स्वयं विजयलक्ष्मी पंडित और इंदिरा गाँधी ने नहा-धोकर चौके में लकीर मारकर रसोई बनाई।

आचार्य चाणक्य को तीसरे पहर एसेम्बली में भाषण करके सूर्यास्त होते ही पितृलोक को लौट जाना था, समय बहुत कम था, परन्तु उतने में ही दुनिया भर से आये हुए एक हज़ार यूनिवर्सिटियों के प्रतिनिधि एल.एल.डी. और डी.लिट् की डिगरियाँ लेकर पहुँच गये। आचार्य भोजन के बाद पान चबा रहे थे, सबकी डिगरियाँ बटुरवा कर कमरे के एक कोने में रखवा दीं।

तभी अनगिनत पत्रकार छेड़े हुए छत्ते की मधुमक्खियों की तरह आचार्य के चारों ओर भनभनाते हुए चिपट गये। उन्होंने प्रश्नों की झड़ी लगा दी। आचार्य को झपकियाँ आ रही थीं। पत्रकारों के समस्त प्रश्नों को एक साथ समेटते हुए चाणक्य ने उत्तर में अपनी नीति का यह उपदेश दिया कि यदि सफलता चाहते हो तो सदा ये सोचते रहो कि समय कैसा है, कितने मित्र हैं, कैसा देश है, मैं किसका हूँ, मेरी शक्ति क्या है, और कितनी है। यह मंत्र देकर आचार्य ने सबको विदा कर दिया।

एसेम्बली में उस दिन बड़े-बड़े प्रबन्ध किये गये थे। बुजुर्ग और दुनिया देखे हुए पत्रकारों का कहना है कि ऐसा अभूतपूर्व सम्मेलन भविष्य के लिए भी पहुँच से हाथ भर ऊँचा आदर्श ही बना रहेगा। मानव विकास की अगली पीढ़ियाँ इस घटना का उल्लेख पढ़कर इतिहास पर उसी प्रकार अविश्वास करने लगेंगी जैसा कि हम महाभारत की घटनाओं पर करते हैं।

श्री चर्चिल के भाषण में उनके जीवनभर का साहित्यिक एवं राजनैतिक अनुभव बोल रहा था। आचार्य चाणक्य ने बड़ी गम्भीरता के साथ उनका भाषण दुभाषिये महोदय की सहायता से सुना। जनता मंत्रमुग्ध हो गयी इसके बाद तालियों की घनघोर गड़गड़ाहट और फ्लैश लाइटों की चमक में स्वयं आचार्य बोलने को खड़े हुए। अपने भाषण में आचार्य चाणक्य ने कहा कि सबसे पहले राजनीतिज्ञ को साहसी, चालबाज, बदला लेने की तीक्ष्ण भावना रखने वाला सदा अपने उद्देश्य का ही ध्यान रखने वाला होना चाहिये। शत्रु को न्याय, अन्याय दोनों ही तरह से तबाह कर डालना न्याय है। जब आचार्य ने ये शब्द कहे तो सभा के एक पक्ष ने ज़ोरदार तालियाँ बजायीं और दूसरे पक्ष ने 'रीएक्शनरी!' 'रीएक्शनरी!' के नारे लगाये।

आचार्य निन्दा-प्रशंसा से तटस्थ होकर अपना भाषण कर रहे थे। उन्होंने लड़ाई

की चर्चा करते हुए कहा कि शत्रु का विनाश करने की चालें-कुचालें चलते हुए इस बात को भी सदा ध्यान में रखना चाहिये कि वे कुचालें व्यक्ति और समाज के हित में इतनी घातक न हों कि शत्रु का नाश करने के बाद उनकी शक्ति स्वयं अपना ही नाश करने लगे। लड़ाई का उद्देश्य महान होना चाहिये। युद्ध जीतने के बाद यदि राष्ट्र और समाज को हर दृष्टिकोण से लाभ न हुआ तो शत्रु और उसकी सेना का नाश करना कोरे पैशाचिक हत्याकांड से अधिक और कुछ नहीं है। यदि लड़ाई दोनों पक्षों का समान रूप से नाश करती है तो उसके लिए आग लगाने वाला मनुष्य या उसका गुट, कुशल राजनीतिज्ञ कभी भी नहीं कहा जायेगा।

कूटनीति की व्याख्या करते हुए चाणक्य ने बतलाया कि नादान दोस्त से दाना दुश्मन अच्छा होता है, और ऐसे शत्रु को मार डालने का षड्यन्त्र करने के बजाय उससे मेल करने में ही समाज का हित है। समाज का हित सबसे बड़ा है। अगर कुल में एक व्यक्ति के कारण दाग लगता है तो उस व्यक्ति का त्याग करके कुल की रक्षा करो। कुल की अपेक्षा गाँव के हित को बड़ा मानो। देश के लिए गाँव के हित का त्याग करना चाहिये अर्थात् समाज के हित और स्वार्थ की रक्षा का प्रश्न जहाँ आ जाये वहाँ कूटनीति छोड़कर ईमानदारी बरतनी चाहिये।

सुनते हैं ईमानदारी शब्द पर सभा में हुल्लड़ मच गया। व्यक्ति के लिए समाज को त्याग करने वाला एक दल चाणक्य के द्वारा अपने स्वार्थों की हत्या होते देख बौखला उठा, और चाणक्य को उतनी ही गालियाँ दीं जितनी कि उनकी प्रशंसा की थी। आचार्य की ऐतिहासिक शिक्षा की गाँठ उत्तेजनावश खुलने लगी परन्तु समाज के हित का ध्यान कर उन्होंने संयम से काम लिया और चुपचाप बाहर चले आये।

इस बार उन्हें एअरोड्रोम तक पहुँचाने के लिए न तो मोटर थी न पितृलोक तक ले जाने के लिए राकेट ही। जवाहरलाल नेहरू की तमाम कोशिशें जब बेकार रहीं तो हारकर वह अपना ही वाइकाउंट एअरप्लेन लिए हुए आचार्य की सेवा के लिए पहुँचे। मगर वह प्लेन पितृलोक तक जा पाता क्या?

दूसरे दिन दुनिया के अखबार चाणक्य की खबरों से इतने खाली थे, जैसे कि ये यू.एन.ओ. में कभी आये ही न हों।

सीता-हनुमान-संवाद तमिल में हुआ था या अंग्रेज़ी में?

माननीय श्री प्रकाशजी की स्थापना—आदिकवि महर्षि वाल्मीकि के अनुसार अशोक वाटिका में हनुमानजी ने भगवती सीता के पहली बार दर्शन करते समय उनसे देव-भाषा संस्कृत के बजाय मनुष्यों की भाषा में बातें की थीं। रामायण लिखे जाने के बाद से अब तक पण्डितगण बराबर इस विषय पर बहस करते रहे हैं कि आखिर वह कौन-सी लोकभाषा थी जिसमें सीताजी ने हनुमानजी से बातें की थीं। इस विषय पर प्रकाश डालते हुए माननीय श्रीप्रकाशजी ने कहा था कि हनुमानजी ने सीताजी से तमिल भाषा में बातें की थीं। माननीय श्रीप्रकाश ने यद्यपि अपने तर्क की व्याख्या नहीं की फिर भी हमारे सुनिश्चित अनुमान से उनके तर्क का आधार निम्नलिखित बातें हो सकती हैं—(1) हनुमानजी उत्तर भारत की भाषायें नहीं जानते थे (2) अशोक वाटिका में सीताजी की परिचर्या करने वाली दासियाँ चूँकि तमिलभाषी थीं इसलिए सीताजी को तमिल भाषा बोलने-समझने का अभ्यास हो गया था। (3) दक्षिण भारतीय होने के कारण हनुमानजी तमिल अवश्य ही जानते होंगे। इसलिए दोनों की बातचीत तमिल भाषा ही में हुई थी।

हमारी शंका—(1) दक्षिण भारत में इतना हिन्दी प्रचार कार्य होते हुए भी हनुमानजी ने हिन्दी क्यों नहीं पढ़ी? क्या हनुमानजी का द्रविड़ मुन्नेत्र कड़गम से कोई सम्बन्ध था? (2) इस बात का क्या प्रमाण है कि अशोक-वाटिका में सीताजी की परिचर्या करने वाली स्त्रियाँ तमिलभाषी ही थीं? और यदि यह मान भी लिया जाये कि त्रिजटा आदि तमिलभाषी थीं, तो भी एरिस्टोक्रेट राजपुत्री राजवधू सीता अपने लिए 'सीता अंबा' के बजाय 'चीता अम्मा' सुनकर अपनी आपात्कालीन उदार नीति के बावजूद उसे कदापि सहन न कर पाती होंगी। किसी बात के ऊपर यदि एरिस्टोक्रेट की नाक पर बारीक सिकुड़नें और त्यौरियों में बल पड़ जाते हैं तो कालान्तर में वे मुख पर से भले ही मिट जायें पर मन से नहीं मिटते। जानकीजी के तमिल भाषा सीखने में यह मनोवैज्ञानिक बाधा अपने आप में एक गम्भीर विचारणीय विषय है। (3) हनुमानजी जिस क्षेत्र के राज-कर्मचारी थे, वह कन्नड़ भाषा-भाषी था। पंपासर आदि आज तक उसी भाषा क्षेत्र में माने जाते हैं। यह भी एक उजागर बात है कि महान और सनातन संस्कृति के धनी होते हुए भी

तमिलभाषियों ने कर्नाटक संगीत को अपने यहाँ प्रतिष्ठा दे रखी है। हनुमानजी संगीत विद्या के माने हुए आचार्य हैं : आचार्यों की यह मानी-जानी आदत होती है कि श्रद्धालु चेलों के सामने उनकी भाषा न बोलकर अपनी भाषा को प्रतिष्ठा देते हैं। यदि ऐसा नहीं करते तो अंग्रेज़ी में बोलते हैं, पुराने ज़माने में संस्कृत बोला करते थे। हर हालत में संगीताचार्य हनुमन्तजी का तमिल भाषा ज्ञान इतना नहीं हो सकता कि वे सीताजी से तमिल में कूटनीतिक बातें करते।

हमारी नवीन स्थापना—उपरोक्त कारणों से हम इस निष्कर्ष पर पहुँचे हैं कि अशोकवाटिका में सीता-हनुमान-संवाद भले ही मानवीय भाषा में हुआ हो पर तमिल या किसी अन्य भारतीय भाषा में नहीं हुआ था। तब प्रश्न उठता है कि वह दूसरी मानवीय भाषा कौन-सी रही होगी? हमारा विनम्र मत यह है कि हनुमानजी ने सीताजी से अंग्रेज़ी में बातें की थीं, और यह भी कि दोनों की मूल मातृभाषा अंग्रेज़ी ही थी। अपने इस मत की पुष्टि के लिए हम कुछ ऐतिहासिक तथ्य यहाँ प्रस्तुत करते हैं।

विदेशी नामों के गलत उच्चारण करना या उन्हें अपने ढंग से ढाल लेना मनुष्य की पुरानी आदत है। भारतीय लेखकों ने यूनानी 'अलेक्जेंडर' को 'अलक्षेन्द्र' और 'अलिक सुन्दर' नामों से पुकारा और 'मिनाण्डर' को 'मिलिन्द' बना दिया। इसी तरह यूनानी इतिहासकारों ने 'पुरु' को 'पोरस', 'श्रीकृष्ण' को 'हिराक्लीज' और 'चन्द्रगुप्त' को 'सैण्ड्रोकोटस' बना दिया। इस तथ्य को ध्यान में रखते हुए हम सीताजी के पिता और पितामह के नामों पर तनिक विचार करें। उनके पिता का नाम जनक है और दादा का मिथि। मिथि से तुरन्त अंग्रेज़ी शब्द myth का ध्यान हो आता है। ऐसा लगता है कि इंग्लैंड निवासी कोई मिथ किसी प्रकार घूमते-भटकते बिहार प्रदेश के विदेह क्षेत्र में पहुँच गये। तकदीर और तदबीर की कृपा से मिथ साहब वहाँ के राजा हो गये। गंवार प्रजा के उच्चारण दोष के कारण ही 'मिथ' शब्द 'मिथि' हो गया। राज्य स्थापित हो जाने पर मिथ साहब ने इंग्लैंड से अपने बाल-बच्चों को भी यहीं बुला लिया। मि. मिथ के ज्येष्ठ पुत्र का नाम मि. जॉन के था। मि. जॉन के अपने साथ अपनी पोष्यपुत्री मिस जॉन के. को भी मिथिला ले आये। यही मिस जॉन के. हमारे इतिहास में जानकीजी के नाम से विख्यात होकर मर्यादा पुरुषोत्तम रामचन्द्र की अर्धांगिनी हुईं।

मिस जॉन के. का पूरा नाम क्या है–मिस जॉन के. का भारतीय नाम सीता है। इस नाम की वास्तविकता पर विचार करने से पहले यह जान लेना आवश्यक है कि उनका विलायती नाम क्या था। चूँकि सीताजी हमारे भगवान् की पत्नी हुईं, उन्हें जगदंबा का पद मिला। इसलिए भारतीय पुराणकारों ने उनका असली नाम गायब कर देने का षड्यन्त्र रचा जिससे कि उन्हें कोई विलायती न समझ सके। लेकिन, 'सत्यमेव जयते!' आखिर हमें पता लग ही गया। 'सीता' शब्द से दो बातें सिद्ध होती हैं, एक तो यह कि वो मि. जॉन के. को हल चलाते समय मिली थीं और दूसरी यह कि वो पश्चिम से आयी थीं। 'वाल्मीकिय रामायण' में लिखा है कि

राजा भगीरथ की कठोर तपस्या से प्रसन्न होकर शिवजी ने गंगा को जब अपनी जटा से बिन्दु सरोवर में छोड़ा तो उसकी सात धाराएँ बहीं। तीन धाराएँ पूरब में गयीं, तीन पश्चिम में और सातवीं को भगीरथ ले भागे। पश्चिम में जाने वाली गंगा की तीन धाराओं में से एक का नाम सीता है। इससे यह सिद्ध होता है कि पश्चिम से आने के कारण ही राजपुत्री मिस जॉन के. को भी सीता कहकर पुकारा गया। साथ ही इससे यह भी सिद्ध होता है कि मि. जॉन के. ने राजा जनक बनने से पहले इंग्लैंड में हल चलाते समय ही सीता को पाया था। अब प्रश्न यह आता है कि इंग्लैंड में उन्हें कहाँ पाया गया?

मिस कैम्ब्रिजा जॉन के.—सीताजी लक्ष्मीजी की अवतार हैं। लक्ष्मीजी के नामों की फहरिस्त में एक नाम कम्बुजा भी है जो 'अलक्षेन्द्र' और 'सेण्ड्रोकोटस' के समान ही बिगड़ा हुआ लगता है। वास्तविकता यह मालूम होती है कि जब मि. जॉन के. सपरिवार मिथिला पहुँचे तो एक नयी लड़की को देखकर राजा मिथि ने पूछा कि यह कौन है। जॉन के. बोले, यह धरती की बेटी है, मैंने इसे हल चलाते समय पाया था। मिथ साहब बड़े प्रसन्न हुए, कहा : "ओ, तब तो ये हमारी कैम्ब्रिज की धरती की बेटी है। इसका नाम कैम्ब्रिजा रखता हूँ।" इस कैम्ब्रिजा शब्द की बनावट ही यह सिद्ध करती है कि तब तक मिथ साहब पर भारतीय संस्कृति, साहित्य और व्याकरण का पूरा प्रभाव पड़ चुका था।

सीताजी की वंश-परम्परा और मातृभाषा के प्रश्न को हल करने के बाद अब अंग्रेज़ी को हनुमानजी की मूल मातृभाषा सिद्ध करना ही हमारा एकमात्र परम पावन कर्तव्य शेष रह जाता है। इस सम्बन्ध में पहली बात तो यह है कि आज से पन्द्रह वर्ष पहले तक हमारे देशवासी इंग्लैंड वालों को लाल मुँह का बन्दर कहा करते थे। इससे यह सिद्ध होता है कि पहले इंग्लैंड में भी वानर राज्य ही था और इसीलिए डार्विन अपने पुरखों को शीघ्र पहचान सका था। किष्किन्धा में भी वानर राज्य था पर ये वानर काले मुँह के थे। इन किष्किन्धावासी वानरों से भेद करने के लिए ही इंग्लैंडनिवासी मि. हॅनमैन हमारे देश में आज तक सिन्दूर से रंगे जाते हैं। महावीर मि. हॅनमैन ने लंका विजय के बाद भगवान् श्रीराम से बड़ा इनाम-इकराम पाने पर अपने देश में 'लंका क्षारक' नाम का एक नगर बसाया था जो अब अंग्रेज़ी उच्चारण की विवशता के कारण 'लंकाशायर' कहलाता है।

इस प्रकार यह सिद्ध हो गया कि भारत में हनुमान के नाम से प्रसिद्ध लंकाक्षारक कपीश्वर मि. हॅनमैन की मातृभाषा भी वास्तव में अंग्रेज़ी ही थी।

सीताजी दुमविहीन क्यों?—कहा जाता है कि लंका विजय के उपरान्त सीताजी जब राम के कैम्प में आयी तो किष्किन्धा की वानरियों ने उनके दर्शनों की लालसा प्रकट की थी। उन्होंने सुन रखा था कि सीताजी अनुपम सुन्दरी हैं पर जब उन्होंने उन्हें देखा तो बहुत निराश हुईं। वानरियों की दृष्टि में बेदुम की वानरी भला सुन्दरी कैसे मानी जा सकती थी? तब मि. हॅनमैन अर्थात् हमारे हनुमानजी ने वानरों को

बतलाया कि कैम्ब्रिज में लोगों की प्राकृतिक दुम नहीं होती। वहाँ यूनिवर्सिटी ही लोगों को डिग्रियों के पूँछ-पुछल्ले खोंसा करती है। इस प्रकार सीता और हनुमान दोनों ही अंग्रेज़ी भाषी थे। एकदेशीय होने के कारण ही सीताजी ने हनुमानजी को बड़ी-बड़ी शक्तियाँ प्रदान कर रखी थी—''जानकी ध्यान मात्रेण लंघिता सप्त सागराः।'' कैम्ब्रिजा जॉन के. ने अपने पति को विलायती 'ब्यूरोक्रेसी' का भी भक्त बना दिया था। श्रीराम स्तोत्र में भगवान को 'जानकी विरहाक्रोशी श्रीरामः' कहा गया है। इससे यह सिद्ध होता है कि 'जॉन के. ब्यूरोक्रेसी' के कारण ही रामराज में अंग्रेज़ी और लाल फीताशाही को मान्यता मिली है।

हिन्दी वालों का धोबीपाट और हमारा राष्ट्रीय कर्तव्य—आधुनिक हिन्दी साम्राज्यवादी जनों के काले कारनामों को सतर्कतापूर्वक ध्यान में रखते हुए दृढ़ विश्वास के साथ हम कह सकते हैं कि हिन्दीवादी धोबियों के उत्पात के कारण ही भगवान रामचन्द्रजी को जगज्जननी सीता महारानी को देश-निकाला देना पड़ा। लक्ष्मण भी अंग्रेज़ी भक्त हो गये थे, स्वयं हनुमानजी उन्हें पढ़ाते थे। श्री भगवतीचरण वर्मा की रिसर्च के अनुसार सीताजी को वाल्मीकि आश्रम में छोड़ आने के बाद लक्ष्मणजी अपने बड़े भाई से विद्रोह करके लखनऊ चले आये। मि. हॅनमैन ने भी श्रीराम की नौकरी छोड़ दी और लक्ष्मण के साथ-ही-साथ लखनऊ आ गये। भगवती बाबू के कथनानुसार लखनऊ के लक्ष्मण टीले पर बैठकर दोनों ने आपस में बड़ी कहा-सुनी की। हनुमान जी बोले : ''राम कायर हैं, हिन्दी वालों से डर कर उन्होंने सीता माँ को निकाला है।'' लक्ष्मण बोले, ''मेरे भाई को कायर मत कहो।'' इस पर दोनों में लड़ाई हुई। लक्ष्मणजी ने कहा कि मेरे टीले को छोड़कर चले जाओ। हनुमानजी क्रोध में छलांग मारकर गोमती नदी के उस पार चले गये और अलीगंज में अपना मन्दिर बनवाकर रहने लगे। भगवान राम ने यह सुना तो घाघरा नदी में डूबने चले। तब हिन्दी वालों ने प्रार्थना की—''भगवान मत डूबिए।'' भगवान ने तड़पकर अंग्रेज़ी में कहा, ''सर, यू हिन्दी वालाज़ हॅव ड्राउण्ड मी।'' इस वाक्य के प्रथम शब्दों के कारण ही घाघरा नदी अयोध्या में 'सरयू' कहलाती है।

इन सब बातों का विचार करके हम इसी निश्चय पर पहुँचे हैं कि हिन्दी का मुँह काला करके हमें अब अंग्रेज़ी ही को राष्ट्रभाषा के पद पर प्रतिष्ठित करना चाहिये। सुनार की सौ के मुकाबले में लोहार की एक ही घनचोट बहुत काफी होती है। राष्ट्रभाषा के रूप में जब अकेली अंग्रेज़ी ही समर्थ है तब चौदह राष्ट्रभाषाएँ देश पर लादना बड़ी भारी मूर्खता है। साथ-ही-साथ घोर अन्याय और घोर नास्तिकता भी। हमें चाहिये कि श्रीराम, जानकी, हनुमान आदि अवतारी पुरुषों के द्वारा सेवित अंग्रेज़ी भाषा को ही धर्मभाव से शीघ्रातिशीघ्र अपना लें। सीता माता की भाषा ही हमारी असली मातृभाषा हो सकती है। जय अंग्रेज़ी! जय भारत दैट इज़ इंडिया।

(1963)

बाबू पुराण*

परम सुहावन महा-फलदायक इस बाबू पुराण को पढ़ते-सुनते आज के युग में कोई सूत, शौनक, काकभुशुंडि या लोमहर्षक यदि यह पूछ बैठे कि अद्भुत क्रांतिकारी महामहिम बाबू आखिर हैं कौन, तो मेरे जैसे साधारण साहित्य साधक के लिए सर्वसंतोषदायक उत्तर देना ज़रा कठिन हो जायेगा। अतः प्रश्न को टालने के लिए एक प्रश्न सुनाता हूँ।

रेल के भीड़-भरे थर्ड क्लास कम्पार्टमेंटों में ऊपर की सीट यदि खाली मिल जाये तो स्वर्ग-सुखदायिनी होती है। सो इस राजगद्दी के लिए भी ब्लैक का फलता फूलता धंधा चल पड़ा है। एक बार सुखद यात्रा के निमित्त एक बाबू साहब ने ब्लैक वाले छोकरे से राजगद्दी के लिए सौदा पटाना आरम्भ किया। सौदा कम्पार्टमेंट के दरवाज़े पर खुसफुस स्वरों में चल रहा था, पास ही अपने होल्डाल पर दबे-भिचे एक दूसरे बाबू साहब इस सौदा-वार्ता को सुन रहे थे। उनके मन में बाबुओचित चतुराई उदय हुई। ज्योंही एक रुपया लेकर ब्लैक वाले ने अपनी दरी समेटी त्यों ही दूसरे बाबू साहब ने ऊपर की सीट पर अपना होल्डाल आल फेंक दिया। ब्लैकवाला तो यह लीला देखते ही अपनी काली कमाई का रुपया और दरी उठाकर दरवाज़े की भीड़ चीरता हुआ ये जा, वो जा, उधर रुपया देकर सीट खरीदने वाले बाबू एकदम लाल भभूका हो गये, बोले—बिस्तर हटाइये।

दूसरे ने बिस्तर खोलते हुए उत्तर दिया—क्यों हटाऊँ, खाली बर्थ पर जो बिस्तर जमा ले उसी का अधिकार है।

पहले बाबू का रुपया और रातभर का सुख-चैन खटाई में पड़ा जा रहा था, वे एकदम गरज पड़े, कहा—पर मैंने इसके लिए रुपया दिया है।

दूसरे बोले—मैं यह सब कुछ नहीं जानता। कानून दिखाइये, आपने कैसे ये सीट रिज़र्व कराई है?

बाबू के मुख से और बाबू के सामने 'कानून' शब्द निकलते ही वाक्‌युद्ध में प्रलयंकारी गर्मी उत्पन्न हो जाती है और वह बाबुओं की मातृभाषाओं को झुलसा देती है। उक्त अवसर पर भी यही हुआ। बाबुओं की कानूनी शक्ति को संभालने के लिए

---

* यह निबंध स्वाधीनता-प्राप्ति से पूर्व लिखा गया था और 'हंस' में प्रकाशित हुआ था।

उनकी जिह्वाओं पर अंग्रेज़ी भाषा चट से प्रकट हो गयी और साथ ही अंग्रेज़ी का रोब भी उनकी हिन्दुस्तानी देहों में दमकने लगा। गर्मागर्मी का चढ़ाव 'डू यू नो हू आई एम' (जानते हो मैं कौन हूँ) और 'आल राइट आई विल सी' (अच्छा, देख लूँगा तुम्हें) तक पहुँचकर उतरने लगा।

यह 'डू यू नो हू आई एम' और 'आई विल सी यू' का ज़ोम ही इस देश की बाबू सभ्यता में सार्वभौमिक रूप से व्याप्त है। यह ज़ोम और 'योर मोस्ट हंबल सर्वेंट' (आपका अति विनीत सेवक) का दैन्य बाबू रूपी थर्मामीटर का अनवरत गति से चढ़ता-उतरता पारा है और इसी के बीच में उसकी समस्त क्रान्तियों का इतिहास उभरकर उसे और उसके देश को नया गौरव प्रदान करता आ रहा है। एक तरह से यह मानने काबिल बात है कि आर्यों और नागों के बाद भारतवर्ष के इतिहास को यदि सामूहिक रूप से किसी ने सबसे अधिक प्रभावित किया है, तो बाबुओं ने ही। बाबुओं ने ही भारतीय सभ्यता को नया अर्थ दिया है और उसका अनर्थ भी किया है। आर्यों के द्वंद्व के समान ही बाबुओं ने अनेक पुरानी मान्यताओं को अपने ज़ोम के वज्र से तोड़ा है। पुरन्दर के समान अनेक रूढ़ियों में आग लगायी है, हिन्दुस्तान की प्राचीन मर्यादाओं के बाँध तोड़ कर क्रांतियों के सैलाब पर सैलाब लाये हैं। पिछली एक शताब्दी का भारतीय इतिहास बाबुओं की अगति, गति और विकास का ही इतिहास है।

यों तो बाबू सभ्यता का जन्म उन्नीसवीं सदी के पहले-दूसरे दशक से ही आरम्भ हो गया था, पर उसकी जवानी गदर के बाद ही परवान चढ़ी। मैकाले की नीति के अनुसार बाबू बनाने के लिए अंग्रेज़ लोग हिन्दुस्तानी जवानों को अंग्रेज़ी पढ़ने की लालच भरी प्रेरणा देने लगे।

गदर से पहले बादशाही नवाबी ज़माने में महँगाई सिर उठाने लगी थी। इसके और जो भी कारण रहे हों मगर एक कारण मुख्य रूप से स्पष्ट है। शाही विलासिता ने गाँवों को बुरी तरह चूसना आरम्भ कर दिया था। शासन-प्रबन्ध में रिश्वत और लूट के सिद्धान्त को छोड़कर और कोई भी नियम और न्याय लागू नहीं होता था। शासन तन्त्र के बाहर भी जिसकी लाठी उसकी भैंस का सिद्धान्त ही लोक-प्रचलित था। खेती, ज़मीन-जायदाद और स्त्रियों का अपहरण करना ही शौर्य का सर्वश्रेष्ठ लक्षण माना जाता था। राहज़नी और बटमारी अपनी सीमा पर पहुँच गयी थी। ऐसी दशा में अनास्था और महँगाई का बढ़ना अनिवार्य था। अंग्रेज़ धीरे-धीरे पैर जमाते जा रहे थे। भारतीय साहूकारों और सामन्तों से उनके गठबन्धन मज़बूत हो रहे थे। इनके सहारे अंग्रेज़ प्रचलित शासन तन्त्र की जड़ें खोद रहे थे। इस बार उनका महत्त्व खूब बढ़ गया था। बहुत-से सामंत और साहूकार, जिन्हें बादशाही-तंत्र से किसी प्रकार का आघात लगता, अंग्रेज़ों की शरण में स्वार्थवश जाते थे। अंग्रेज़ों की साख बढ़ गयी थी। छोटे-मोटों की कौन कहे, शासक वर्ग के लोग भी अपना रुपया कम्पनी सरकार में जमा करते, कम्पनी सरकार के बॉन्ड खरीदते। इस व्यावसायिक-राजनैतिक

रिश्तेदारी के कारण उभय पक्ष को एक दूसरे की भाषायें जानने की आवश्यकता हुई। गदर से पहले जिन क्षेत्रों में अंग्रेज़ी अमलदारी हुई, वहाँ अंग्रेज़ी के जानकार भारतीयों की आवश्यकता हुई।

इस आवश्यकता को ध्यान में रखते हुए अब सामाजिक आर्थिक परिस्थिति देखिये। साहूकारी मुख्यतः बनियों के हाथ में थी और ताल्लुकेदारी-ज़मींदारी ठाकुरों और मुसलमानों के अधिकार में। ब्राह्मणों एवं कायस्थों में कुछ घराने अवश्य ठकुरैती भोगते थे, पर ऐसे घराने केवल कुछ ही थे। ब्राह्मणों के मुख्यतः चार धंधे थे—खेती, यजमानी, मुनीमत और सिपाहीगिरी। कायस्थ उर्दू-फ़ारसी पढ़कर शाही नौकरियों में खप जाते थे। अमीर खत्रियों के हाथ में बज़ाज़ा और साहूकारा था, गरीबों के हाथ में मुनीमत। गाँवों की महँगाई से तंग आकर अनेक ब्राह्मण युवक अंग्रेज़ी पढ़ने के लिए लालायित होते थे। अंग्रेज़ी के लिए यह बात शुभ थी। यदि श्रेष्ठ वर्ण के लोगों में अंग्रेज़ी का प्रचार हो जाये तो इतर वर्णों में भी सहूलियत से अंग्रेज़ी की घुसपैठ संभव हो सकती थी।

गदर से प्रायः सौ वर्ष पूर्व से ही कम्पनी सरकार के डाइरेक्टर और अनेक विद्वान इस बात पर ज़ोरदार बहस करने लगे थे कि हिन्दुस्तानियों को अंग्रेज़ी सिखा दी जाती है। वे फिर अपने देश, जाति और धर्म से घृणा करने लगते हैं और पूरी तौर पर अंग्रेज़ जाति तथा पश्चिमी सभ्यता के भक्त हो जाते हैं।

इसी वज़न पर एक दूसरे विद्वान का मत भी अपने-आप में बड़ा पुष्ट दिखलायी देता है। उनका ख्याल था कि भारतीय अपनी विभिन्न भाषाओं और जातियों के दायरे में बंधकर जितना भी अलग-अलग रहें उतना ही ब्रिटिश शासन के लिए शुभ होगा। इसी विद्वान ने यह भी कहा था कि अंग्रेज़ी भाषा की एकसूत्रता से बंधकर भारत की राष्ट्रीय भावना जाग उठेगी। दोनों ही बातें सच हुईं और साथ सच हुईं। बादशाही के अनियंत्रित शासन के बाद ब्रिटिशों की 'डिसिप्लिन' हर अंग्रेज़ी पढ़ने वाले युवक को पसंद आने वाली वस्तु थी। यह बिल्कुल सच बात है कि सामंती हुकूमतों के बहुत बुरे शासन-प्रबन्ध के बाद अंग्रेज़ों का शासन प्रबंध हिन्दुस्तानी जनता को बहुत भाया था। रास्ते बटमार डाकुओं से साफ हो गये थे। बाज़ार हाट में प्रजा की सुरक्षा थी। दासों में भी अच्छा जीवन बिताने की इच्छा तथा अच्छे-बुरे मालिक की पहचान तो आखिर होती ही है, सदियों के दास भारत ने अपने पुराने मालिकों से नये मालिक को लाखगुना बेहतर समझा और सराहा। हिन्दी के भारतेन्दु-कालीन कवियों में प्रायः सभी ने मलिका विक्टोरिया के राज को सराहा है। गदर के तुरन्त बाद ही भारत में अंग्रेज़ी और मलिका विक्टोरिया के प्रति सहसा इतना आदर और भक्ति भाव उमड़ पड़ना पहली दृष्टि में आश्चर्यजनक लगता है। भारतेन्दु, प्रतापनारायण मिश्र आदि अंग्रेज़ जाति के चाटुकार न थे मगर अंग्रेज़ी शासन के वे सभी गहरे भक्त थे। उनकी राजभक्ति में यही भक्ति बोलती थी।

अंग्रेज़ी-पठन क्रांति

बाबुओं में सबसे पहली क्रांति यही थी। शहरों में विलायती मेमें ईसाई भिक्षुणियों के रूप में बड़े-बड़े घरों में आती थीं। साहब-शासन की पुरतानियों (पुरोहितानियों) को यद्यपि कोई अपने घर में न आने के लिए तो कहने की हिम्मत नहीं कर सकता था, परन्तु उनके घर से जाने के बाद सारा घर पानी से धोया जाता था। मिशन के स्कूल जगह-जगह खुलने लगे थे। ईसाई पादरी, अध्यापक और डाक्टर भारतीय युवकों में घूम-घूमकर लोगों को अपनी सेवा से संतुष्ट करते हुए अंग्रेज़ी पढ़ने का आग्रह करते थे। हमारे रहन-सहन, रीति-रिवाज़, देवी-देवता, इतिहास-दर्शन सभी को हमारे ही मुँह पर दो कौड़ी का सिद्ध किया जाता था। और उसके साथ-ही-साथ प्रभु यीशु के धर्म तथा अंग्रेज़ों की भाषा सीखने के लाभ बतलाये जाते थे। स्व. पं. प्रतापनारायण मिश्र के एक लेख 'दबी हुई आग' में हमारे उस जातीय अपमान की झाँकी मिलती है, जो ईसाई मिशनरी लोगों के द्वारा निरन्तर किया जाता था। ईसाई पादरी अपना जूता दिखाकर हिन्दू बालकों को कहते थे कि यह तुम्हारे देवता हैं। अपने स्कूलों में ही नहीं वरन् महाजनी पाठशाला में भी गुरुओं को दो-चार रुपये दक्षिणा चटाकर ये पादरी अपने धर्म-प्रचार के हेतु हमारे धर्म और देवताओं की निन्दा किया करते थे। इतना ही नहीं, तस्वीरें, किताबें और मिठाइयाँ वगैरह बाँटकर वे छोटे बच्चों को ऐसे गीत सिखलाते जिनसे बच्चों के अन्दर स्वधर्म के प्रति अश्रद्धा उत्पन्न हो।

माला लक्कड़, ठाकुर पत्थर, गंगा निरबक पानी।
राम कृष्ण सब झूठे भैया चारों बेद कहानी॥

इस प्रकार की अपमानजनक बातों ने भारतीय जनता में बहुत क्षोभ भर दिया। गदर में अंग्रेज़ों के प्रति भारतीय जनता के विरोध का एक प्रबल कारण यह भी था। इस देश की जनता अपने धर्म की निन्दा करने वालों को कभी सहन नहीं कर पायी। भले ही उनके अत्याचारों और अपनी निर्बलता के कारण वह ऐतिहासिक परिस्थितियों से अनेक बार विवश हो गयी हो। गदर के बाद अंग्रेज़ी भाषा के प्रचार में इज़ाफा करने के लिए दो बातें अलग-अलग कर दी गयी थीं। अंग्रेज़ सरकार की नौकरी पाने के लिए अंग्रेज़ी भाषा ही सीखना आवश्यक था, न कि ईसाई धर्म कबूल करना। इस स्पष्टीकरण ने बड़ा काम किया। मिशनरी स्कूलों के अलावा अनेक सरकारी स्कूल भी खुले। वे अनेक युवक जो अपने धर्म के प्रति गूंगी अनास्था रखते हुए भी ज़ाहिरा तौर पर उसे त्यागकर ईसाई नहीं बनना चाहते थे, अंग्रेज़ी पढ़कर उम्दा नौकरी पाने के लिए लालायित हो उठे। कुछ दुनियादार बापों ने अपने बेटों को अंग्रेज़ी पढ़ने के लिए स्वयं उकसाया। यों अधिकतर युवकों ने अपने पुरखों से आदरपूर्वक विद्रोह कर अंग्रेज़ी पढ़ना आरम्भ किया। सन् 1875-80 के लगभग अवध क्षेत्र में अंग्रेज़ी राज्य के शिक्षा विभाग के अन्तर्गत लगभग 1400 छोटे-बड़े स्कूल थे जिनमें लगभग 70 हज़ार विद्यार्थी पढ़ते थे। अंग्रेज़ी पढ़ने वाले विद्यार्थियों की संख्या पाँच हज़ार थी।

गाँव के एक ब्राह्मण युवक ने शहर के अंग्रेज़ी स्कूल में नाम लिखाने के बाद लगातार छह वर्ष तक अपने पिता का आमना-सामना नहीं किया। वह लुक-छिपकर अपने गाँव जाता था और माता से मिलता था। बहुत-से घरों में पिताओं का विद्रोह अपने पुत्रों के विद्रोहों से समझौता करने लगा। मेरे पितामह और उनके भाई स्कूल में जब तक रहते पानी नहीं पीते थे। स्कूल से लौटने के बाद घर के बैठकखाने में वे कपड़े टाँग दिये जाते थे। अंगोछा पहनकर नंगे बदन अन्दर जाना, फिर हाथ-पैर और जनेऊ धोकर जल ग्रहण करना—वह नियम मेरे पितामह और भाइयों तक ही सीमित नहीं था। मैंने अनेक प्रकार के ब्राह्मण बुजुर्गों से इस ज़माने का यही चलन सुना है।

देहाती मेलों में घोड़े पर अंग्रेज़ के जाने की बात भी मैंने अक्सर सुनी है। घोड़े पर अंग्रेज़ डाक्टर जाता है, अंधों की आँखें ठीक कर देता है, अंग्रेज़ी भाषा का प्रचार करता है, अंग्रेज़ी पढ़ जाने पर अच्छी नौकरी दिला देने का भरोसा भी देता है। अंग्रेज़ी पढ़ जाने के बाद गाँव के ज़मींदार-साहूकार और बड़े से बड़े प्रतिष्ठित आदमी से भी साधारण किसान के बेटे की इज़्ज़त और हैसियत अधिक बढ़ जायेगी, यह प्रलोभन पददलित कुलीन किसानों को वश में करता जा रहा था। एक सज्जन ने अपने संस्मरण में मुझे सुनाया कि जब पिता की स्वीकृति पाकर वे आगरा के स्कूल में पढ़ने आये तो उस गाँव के एक बहुत प्रतिष्ठित महाजन जाति के नेता ने उनके पिता को बुलाकर पूछा—क्यों जी केशवराम (कोई भी नाम) तुम्हारा लड़का शहर में अंग्रेज़ी पढ़ता है?

केशवराम विनयपूर्वक गिड़गिड़ाकर बोले—मुझे तो मालूम नहीं दाऊ, मुझसे तो मिलकर भी नहीं गया; अपनी माँ से कह गया है कि वह कुछ सीखने जा रहा है।

दाऊजी ने केशवराम जी को बहुत डाँटा-फटकारा और मुँह चिढ़ाते हुए कहा—अंग्रेज़ी पढ़ाकर हाकिम बनायेगा, हमसे बराबरी करेगा?

उन्होंने बहुत ऊँच-नीच समझाया। धर्म के आगे अंग्रेज़ सरकार के हाकिम को भी झुकना पड़ेगा, बिरादरी से निकाल दिये जाओगे, वगैरह।

इन धमकियों के साथ केशवराम जी के पुत्र पढ़ते रहे और एक दिन छोटे-मोटे हाकिम बने।

जी-हुज़ूर क्रांति

गदर के लगभग 15 वर्ष बाद ही अंग्रेज़ी पढ़े-लिखों की बिरादरी काफी बढ़ गयी थी। मिडिल और स्कूल लीविंग सर्टिफिकेट ही नहीं, कुछ लोग तो बी.ए. और एम.ए. तक भी ढैया छूने लगे थे। अंग्रेज़ी के सर्टिफिकेट बटोरना और फिर उनकी चर्चा कर शेखी बघारना अंग्रेज़ी पढ़े-लिखे वर्ग अर्थात् बाबू वर्ग की चलती-फिरती विशेषता बन गयी। अंग्रेज़ हाकिम को नौकरी के लिए अर्ज़ी देते समय हिन्दुस्तानी अदबो-आदाब के बड़े-बड़े अजीबो-गरीब उल्थे किये जाते थे।

अति आदरणीय हुज़ूर,

बड़े विश्वस्त सूत्र से यह जानकर कि आपके बड़े काइन्ड कन्ट्रोल में एक क्लर्क की जगह खाली हुई है, मैं बड़ी आज़िज़ी के साथ, दस्तवस्ता, हुज़ूर की खिदमत में यह अर्ज़ी लगाता हूँ।

मेरी योग्यता के बारे में मोस्ट हम्बली निवेदन है कि मैं बहुत ही रिस्पेक्टेबिल फैमिली का हूँ तथा मेरे पुरखे भी सदा से इंग्लैंड की क्वीन मलिका विक्टोरिया तथा अंग्रेज़ों के लायल रहे हैं। मैं भी हुज़ूर को यह आश्वासन दिलाता हूँ कि हुज़ूर को हर मौके पर अपनी लायल्टी से संतुष्ट रखूँगा।

मैं दर्ज़ा...(4-5 क्लाइमेक्स मिडिल तक) अंग्रेज़ी पढ़ा हूँ तथा देवनागरी और फ़ारसी (दोनों या किसी एक) का अच्छा अभ्यास है।

मेरे आदरणीय हुज़ूर, यदि इस मोस्ट हम्बुल एंड लायल सर्वेंट को अपने संरक्षण में लेंगे तो मैं हुज़ूर को पूर्ण सन्तोष प्रदान करने के हेतु कोई पत्थर बगैर उल्टाये न रहूँगा। (शैल लीव नो स्टोन अनटन्ड)। हुज़ूर की दीर्घ आयु और उन्नति के लिए, हुज़ूर की मेम साहब और बाबा लोगों की उन्नति के लिए जब तक जिऊँगा, गाड आलमाइटी से नित्य दुआ माँगा करूँगा और मेरे बाद मेरे बच्चे भी यही दुआ करते रहेंगे और हुज़ूर का यश जब तक सूरज और चाँद रहेंगे—(यावत चन्द्र दिवाकरौ) सारी दुनिया में कायम रहेगा।

मैं हूँ हुज़ूर का मोस्ट
हम्बुल सर्वेन्ट
(दासानुदास का अंग्रेज़ी अनुवाद)

अंग्रेज़ी भाषाविद्, हुज़ूर के इस दासानुदास ने पगड़ी उतारकर फेल्ट टोपी पहनी और लम्बा कालरदार कोट, वास्कट और नेकटाई-पतलून डाटकर उसने अपने आपको अंग्रेज़ों से भी अधिक विलायती मानना आरम्भ कर दिया। एक ऐसी लहर चली कि जिसमें अंग्रेज़ी पढ़े-लिखे बाबू को हर हिन्दुस्तानी चीज़ से नफ़रत हो गयी थी। अपने अंग्रेज़ हाकिमों तथा पादरियों के समान ही ये पढ़े-लिखे बाबू भी वेदों को जंगलियों की गीतों की किताब कहने लगे थे। उन्हें हिन्दुस्तानी भोजन से अरुचि होने लगी थी; डबल रोटी और मांस-मदिरा तथा धूम्र-पान उस समय बाबुओं के लिए एक बड़ी क्रान्तिकारी एवं आवश्यक वस्तु हो गयी थी। गाँधी जी की आत्मकथा में उनके मांसाहार वाले प्रसंग में उनके मित्र का जो तर्क है वह उस समय का प्रायः सार्वभौमिक तर्क माना जा सकता है। मांस खाने वाले जवान अमांसाहारियों से प्रायः यही कहते कि मांसाहार से मनुष्य बलवान होता है, अंग्रेज़ों की बल-बुद्धि का एकमात्र कारण मांस और मदिरा ही है। यह होते हुए भी जहाँ तक मुझे पुराने बाबू साहबों से पूछताछकर मालूम हुआ है वहाँ तक मैं निश्चित रूप से यह कह सकता हूँ कि हिन्दुओं ने बाबू बनकर भी, विद्रोही बनकर भी अंग्रेज़ों की समानता पाने के

लिए कभी गोमांस ग्रहण नहीं किया। अपवाद रूप में दस-पाँच अति विद्रोही बाबू शायद हुए हों तो हुए हों।

जी हुजूर बाबू अंग्रेज़ी पढ़कर अंग्रेज़ों की तरह ही हिन्दुस्तानी बोलना भी सीख गये। आटा-जाटा, वैडमास, डर्टी निगर, काला आदमी कहने में उन्हें मज़ा आता था। अंग्रेज़ साहबों के सामने दुम हिलाना और स्वदेशवासियों के सामने गुर्राना एक आम फ़ैशन की बात हो गयी थी।

एक सबसे खराबी की बात बाबू दृष्टि से यहाँ पर यह थी कि उन्हें अंग्रेज़ों के समान स्वच्छन्दतापूर्वक अपनी मेमों को लेकर बाहर घूमने का मौका नहीं मिलता था। आमतौर पर ये बाबू अपनी पत्नियों और घर की स्त्रियों से घृणा करने लगे थे। स्त्रियाँ बबुआइनें नहीं हो पाई थीं। जिस प्रकार के खान-पान और आचरण में बाबू का रस उमग चुका था, उसमें भारतीय नारी के लिए अधर्म और अनाचार के सिवा और कुछ भी न था। बाबू ने अपने मनोरंजन के लिए एक समझौता किया, वह वेश्यागामी हो गया। वेश्यागामिता इसके पहले केवल रईसों और सामन्तों के बीच ही अति प्रचलित थी। औसत आमदनी के लोग इस लम्बे खर्च वाले मनोरंजन को बर्दाश्त ही नहीं कर सकते थे। लेकिन बाबू के लिए यही समझौता श्रेयस्कर था। आदाब, अल्काब, शीरी गुफ्तगू और मैनोशी के लिए तवायफ का कोठा उम्दा जगह थी। वहाँ जाकर बाबू की हिन्दुस्तानी ज़बान भी सुधर जाती थी। नये बढ़ते हुए बाबू वर्ग में वेश्यागामिता प्रायः एक आन्दोलन के रूप में आयी। वे दिन भारतीय पत्नियों के लिए बहुत ही बुरे थे। हमारी स्त्रियों द्वारा गाये जाने वाले ढोलक के गीतों में वेश्याओं के विरुद्ध बहुत कुछ कहा गया है :

रंडी घर जाना छोड़ो सनम...रंडी घर. ॥
सोने की थलिया में भोजन परोसा
सौतन संग खाना छोड़ो सनम...रंडी घर. ॥
सोने की शीशी मीने का प्याला
रंडी संग पीना छोड़ो सनम...रंडी घर. ॥

एक गीत में कहा गया है :

जब से चला है रंडी का रखना
कदर बीवी की—कदर प्यारी की गयी मेरी जान

इस प्रकार के कई गीत उस ज़माने में रचे गये थे।

इसी जी-हुजूर क्रान्ति में बाबुओं ने अपने नामों के साथ अपने जाति नाम भी जोड़ने शुरू कर दिये थे। शर्मा, वर्मा, राजवंशी, यदुवंशी, सक्सेना, श्रीवास्तव, कपूर, मित्र, बाजपेई, नागर—इन सबकी जुड़ाई इसी वक्त में हुई। नाम रखने में भी सतर्कता बरती जाने लगी—माँगीलाल, घूरेलाल, सद्दीमल, मटरूमल, झब्बनलाल, दूधनाथ आदि किस्मों के नाम भला अंग्रेज़ी पढ़े-लिखे लोगों को क्योंकर पसन्द आ सकते थे। सद्दीमल एस. माल हो गये, देवीप्रसाद कपूर डी.पी. कैम्फर हो गये, बाबू राजकिशोर

अंग्रेज़ी कोट-पतलून में बहुत अकड़े तो शराब के झोंक में अपने नाम की अंग्रेज़ी स्पेलिंग को उल्टाकर जे. इरोक्सा हो गये। हाँ, स्त्रियों के नामों में विशेष परिवर्तन नहीं हुआ। उन्नीसवीं शताब्दी के अन्तिम तीन दशकों में जन्म लेने वाली हमारी दादियाँ, मटका, डिब्बा, चुहिया, कुल्हड़, बतासो, मीरो, कल्लो, झुन्नो, मुन्नो आदि ही बनी रहीं।

हमारी पितामह पीढ़ी में सब अधर्मी और कुकर्मी ही बने हों तो बात नहीं, बहुतों में अंग्रेज़ी पढ़ने के बाद राष्ट्रीय भावना और स्वाभिमान जागा। अंग्रेज़ जाति के प्रति आदर-भाव रखते हुए भी उन्होंने अपने देश और धर्म को हीन मानने से दृढ़तापूर्वक इंकार किया। गदर के बाद बाबू का व्यापक प्रसार होने के साथ-ही-साथ हम यह भी देखते हैं कि इस देश में सामाजिक सुधार आन्दोलनों का जन्म हुआ। वेद, उपनिषद् और गीता ने इस बाबू वर्ग की आध्यात्मिक ही नहीं राष्ट्रीय भावना को भी बड़ा बल दिया, और इसी बल के साथ उन्होंने मूर्ति-पूजा और रूढ़ियों के खिलाफ जेहाद भी ठाना। बंगाल के ब्रह्म समाज, बम्बई के प्रार्थना समाज और उत्तर भारत के आर्यसमाज के रूप में यह सुधारवादी आन्दोलन बवंडर की तरह उठा और देशव्यापी हुआ। सनातन धर्मावलम्बियों के लिए ये ब्रह्मचारी आर्य बाबू भी उतने ही बुरे थे जितने कि अंग्रेज़ी चालढाल वाले साहब बाबू।

ये ब्रह्मवादी आर्य बाबू सभा-सोसाइटियाँ बनाते, पुरानी जातीय पंचायतों के विरुद्ध नये जातीय क्लब बनाते, जातीय 'समाज' स्थापित करते, जातीय समस्याओं के सुधारवादी हल लेकर अखबार प्रकाशित करते, बाल-विवाह के विरुद्ध और विधवा-विवाह के पक्ष में लेक्चर देते और लेख लिखते, पंडों-पुरोहितों की भरपेट खिल्ली उड़ाते तथा विलायत गमन के सिद्धान्त का ज़ोरदार समर्थन करते थे।

बात यदि यहीं तक सीमित रहती तो रूढ़ियों के प्रति निष्ठावान सनातनधर्मी वर्ग इन लोगों को भी धर्मभ्रष्ट म्लेच्छ क्रिस्तान मानकर उपेक्षापूर्वक मुँह फेर लेता, परन्तु ये आर्य बाबूगण साहब बाबुओं के समान चरित्रहीन और पतित नहीं थे—वरन ये लोग वेद मंत्रोच्चार और यज्ञ-होमादि भी करते थे। ब्रह्मसमाजियों, आर्यसमाजियों से उन दिनों सनातनधर्मी लोगों की तरह झोटमझोट जूझे हैं। सनातनधर्मी पण्डितों के लिए सबसे बुरी बात तो यह हुई थी कि जिन वेदशास्त्रों की धमकी देकर वे अपने समाज पर स्वेच्छानुसार अंकुश रखते थे वे वेद आर्यसमाजियों ने जन-साधारण के लिए सुलभ कर दिये। जाति-भेद का ध्यान भी कम रखा। उत्तर भारत में आर्यसमाज एक ऐसे बवंडर की तरह आया जिसे सनातनधर्मी रोक न पाते थे। आर्यसमाजी अपने धर्म की बुराइयों के अलावा चूँकि मुसलमान मुल्लाओं और ईसाई पादरियों से भी लोहा लेते थे, इसलिए वे हिन्दू समाज को बहुत भाते थे। सनातनधर्मी पण्डितों को अपने इन शत्रुओं से करारा झटका लग रहा था।

कानपुर की घटना है, एक बार सनातनी ब्राह्मणों के उकसाने से कुछ सनातनी सेठ भी धर्ममूर्ति धर्मावतार का पद पाने के हेतु चन्दा देकर आर्यसमाजियों के खिलाफ़

सनातन धर्म की सभा करने के लिए कटिबद्ध हुए। तय हुआ कि जिस तरह आर्यसमाजी बात-बात में वेद का हवाला देकर वेद-मंत्रों का अनर्थ करते हैं, उसी प्रकार सनातनी पण्डित भी बात-बात में मंत्रों का हवाला दें और उनके सही अर्थ बतलायें। कानपुर-भर में पण्डितों के यहाँ ढुढैया मची, किसी के घर वेद ही न मिला।

आर्यसमाजी विद्वानों में ऐसे अनेक विचित्र लोग भी थे जो हर पश्चिमी वैज्ञानिक आविष्कार को वेद से खोज निकालते थे। गैस, बिजली, रेल, तार, भाप सब कुछ वेदों से निकल आता था। पश्चिमी भौतिक विज्ञान के नित्य नये-नये आविष्कारों और यूरोपीय जातियों की उच्चता से प्रभावित स्वदेशवासियों को आर्यसमाजियों के वेदों ने हीन भावना में फँसने से काफी हद तक बचाया। मैंने अपने देश के बुड्ढों से बड़ी-बड़ी आश्चर्यजनक बातें सुनी हैं। सुना है कि हमारे ऋषि-मुनि ताँबे की पटरियों पर रेल चलाते थे, सोने और जवाहरात का प्रयोग कर ऐसी तरकीब से दीपक बनाते थे जो गैस (बाद में बिजली भी) की रोशनी से सौ गुना ज़्यादा प्रकाशवान होते थे। मेरी अपनी धारणा तो यह है कि यदि आर्यसमाज का आन्दोलन न चला होता और उसके वकील अनेक विचित्र विद्वानों ने यदि वेदों को विज्ञान की खान न सिद्ध किया होता तो बाबू देवकीनन्दन खत्री अपने अमर तिलस्मी उपन्यास 'चन्द्रकान्ता' की कल्पना न कर पाते।

अखबार क्रान्ति

प्रेस और अखबारों ने समाज-सुधार आन्दोलन, नागरी प्रचार आन्दोलन एवं राजनैतिक आन्दोलन को बढ़ाने में बहुत बड़ा हाथ बंटाया। छापे के अक्षर पढ़े-लिखे समाज के लिए विधाता के लेख की भाँति अटल और विश्वसनीय हो गये। पुराने बुज़ुर्ग, जो हर नयी चीज़ का विरोध करते थे, अखबार का भी विरोध करते थे। परन्तु इस विरोध के साथ एक आश्चर्यजनक बात मैंने एक नहीं अनेक बुज़ुर्गों से सुनी है—कई बड़े-बूढ़ों का यह ख्याल है कि जब से अखबार चले तब से महँगाई बढ़ गयी।

मिट्टी का तेल और नल क्रान्ति

आर्यसमाज और अखबारों की छत्र-छाया में बाल-विवाह भले ही न रुके हों अथवा विधवा-विवाह भले ही न हुए हों, परन्तु छोटी-मोटी क्रान्तियाँ अवश्य हुईं। उनमें अंग्रेज़ी दवाओं, मिट्टी के तेल और पानी के नल का उपयोग बहुत ही मार्के की हैं। बंगाली डाक्टर आने लगे। बाबू घरों में स्वाभाविक रूप से रोग केवल अंग्रेज़ी दवाइयों से ही अच्छे हो सकते थे, वैद्य-हकीम उनकी दृष्टि में दहकानी-दकियानूस हो गये थे। हिन्दू बाबू घरों में अंग्रेज़ी दवा का उपयोग बड़ी ही मुश्किल से आरम्भ हो पाया क्योंकि यह धारणा फैली हुई थी कि कोई भी अंग्रेज़ी दवा बगैर ब्रांडी और बकरे-मुर्गों के सत के बन ही नहीं सकती। शुरू-शुरू में लोग इस धारणा के खिलाफ़

यह प्रचार करते थे कि यह बात गलत है, अंग्रेज़ी दवाइयाँ पाउडरों से तैयार होती हैं और पानी में घोली जाती हैं। लखनऊ के एक दवाफरोश ने, जिनकी दुकान शहर में सबसे पहले खुली, यहाँ तक प्रचार किया कि उनकी दवाइयाँ नल के पानी में भी नहीं बनती हैं बल्कि रोज़ उनके यहाँ ठेले पर लदकर कई कलसे गोमती नदी का पानी आता था और वह कलसों-भरा ठेला विज्ञापन के रूप में सदा उनकी दुकान के सामने खड़ा रहता था। लोग-बाग ठाकुर जी को भोग लगाकर अंग्रेज़ी दवा ग्रहण करते थे।

न जाने किस तर्क के आधार पर मिट्टी का तेल जूठन की वस्तुओं में शामिल कर लिया गया था। लोग-बाग पहले उसे अपने घर की ड्योढ़ी में ही जलाते थे, मगर जर्मनी की डीज़ल लालटेनें मिट्टी के तेल को घरों में अन्दर ले ही गयीं। इसी तरह नल के पानी के सम्बन्ध में भी अनेक भ्रान्त धारणायें फैली थीं। कहा जाता था कि अंग्रेज़ जिस पानी से नहाते और कुल्ला करते हैं उसी को नलों द्वारा घरों में प्रवाहित कर देते हैं; नल भारतीयों को धर्मच्युत करने की एक चाल है, उसमें चमड़े का वाशर लगता है। हमारे नगर के पहले प्लम्बर एक बंगाली बाबू घर जाकर नल लगवाने के लिए अपील करते थे। उनके अनेक तर्कों में एक यह भी था कि जिन परम पावन नदियों में स्नान करना हिन्दू अपना परम धर्म समझते हैं, उन्हीं का जल इन्हें आठों याम सुलभ होगा। फिर भी आरम्भ में अनेक वर्षों तक नलों का पानी केवल धोने-धाने के काम ही लाया गया। पीने और नहाने के लिए उसका व्यवहार न हो सका।

विलायत-गमन क्रान्ति

भक्तों! विलायत-गमन क्रान्ति का वर्णन कर पुराणकर आगे भी बाबू की बहुत-सी लीलाएँ बखानेगा। परन्तु भक्तों! आज की पुराणवाती यहीं पर समाप्त होती है क्योंकि बाबू वक्ता, बाबू श्रोता ठाले की वाहवाह को छोड़कर और पुजापा न चढ़ेगा। सो कलिकाल के पुराणकर जब पेट-पूजा से निस्तरेंगे तब आगे की कथा कहेंगे।

अतिशय अहम् में

बात कुछ भी नहीं पर बात है अहम् की। आज से करीब पचास व साठ बरस पहले तक अहम् पर खुद्दारी दिखलाना बड़ी शान का काम समझा जाता था। रईस लोग आमतौर पर किसी के घर आया-जाया नहीं करते थे। बराबरी वालों के यहाँ भी बड़े नाज और नखरों से जाते थे। एक रईस महोदय का यह कायदा था कि अपनी बिरादरी में अगर कहीं मौत हो जाती तो स्वयं मुर्दनी में सम्मिलित होने के लिए न जाकर अपने खास नौकर के द्वारा अपने जूते भिजवा दिया करते थे। बिरादरी वालों को रईस महोदय का यह अहंकार बहुत खलता था। खैर उन्होंने बदला भी ले लिया। रईस महोदय की बुढ़िया माँ मरी, बड़ी धूमधाम से उसका विमान निकालने की तैयारियाँ होने लगीं। सेठ जी के लगुए-भगुए तो सब पहुँच गये पर बिरादरी वाले न गये—एक नौकर के द्वारा बिरादरी-भर के फटे जूतों का गट्ठर उनके घर भिजवा दिया गया। व्यक्ति के अहम् पर समाज के अहम् का बोझ पड़ गया, सेर को सवा सेर मिला गया, घमंडी का सिर नीचा हो गया।

व्यक्तिगत रोब के सैकड़ों दृष्टान्त पुराने वक्त से निकालकर दिये जा सकते हैं। अंग्रेज़ हाकिम अपने कमरे में एक भी फालतू कुरसी नहीं रखता था। बड़े-बड़ों को वह अपने सामने खड़ा ही रखता था। नवाबी ज़माने में एक ब्राह्मण देवता थे। पढ़े-लिखे तो थे नहीं, हाँ, गुंडों में सरनाम थे। लखनऊ के एक बड़े प्रसिद्ध महाजन साहजी साहब गंगाजमनी तामझाम पर बैठे चले जा रहे थे। चार बन्दूकधारी सिपाही आगे, चार पीछे और हटो-बचो की पुकार चल रही थी। बाज़ार में लोग झुक-झुककर साहजी साहब को सलाम कर रहे थे। संयोग की बात है कि साहजी साहब को अपनी मूँछों पर एकाएक हाथ फेरने की तबियत आ गयी। उधर बाँके महाराज की यह आन थी कि उनके सामने कोई मूँछों पर ताव नहीं दे सकता था। जो ऐसा करता वह गोली का निशाना बनता। बाँके महाराज को साहजी की कोठी से अक्सर दान-दक्षिणा भी मिला करती थी। इसलिए साहजी साहब को गोली मारने के बजाय उन्होंने उनके तामझाम पर बने शेर पर गोली दाग दी और बोले, ‘‘अबकी छोड़ दिया सावजी! मगर खबरदार, आगे से कभी मेरे सामने अपनी मूँछों पर ताव न देना।’’

मामला चूँकि साहजी का था इसलिए बादशाह तक खबर पहुँची और गुंडे ब्राह्मण देवता की मुश्कें कस गयीं और बादशाह की ओर से उन्हें फाँसी का हुक्म

हो गया। लेकिन साहजी साहब आज के ज़माने के अतिशय अहम्‌वादी न थे। मौका-महल देखकर ही वे अपना रोब दिखलाते थे। इसलिए बादशाह के पास जाकर बोले, "जहाँपनाह, मेरी बेबसी पर तरस खाइये। अगर हुज़ूर के हुक्म के खिलाफ कुछ कहता हूँ तो मेरी गरदन जाती है और अगर चुप रहता हूँ तो मेरी वजह से एक ब्राह्मण की जान जाती है और उससे मेरा लोक-परलोक बिगड़ता है।" बादशाह ने साहजी साहब की बात मान ली और घमंडी बाँके को छोड़ दिया।

अतिशय अहम् में ऐसे तमाशे अक्सर हुआ करते थे। दरअसल, देखा जाये तो बात कुछ नहीं होती। महज़ एक-दूसरे के ज़ोम में एक-दूसरे को पीसने की प्रवृत्ति ही ज़ोम के खेल दिखलाया करती है। आपने उस मेढक का किस्सा अवश्य सुना होगा जिसके बच्चे ने पहली बार बैल देखा और घबराकर अपने पिता से कहा कि मैंने आज आप से बड़ी हस्ती देखी, अपने अतिशय अहम् में मेढक पेट फुलाकर मर गया, पर अपने बच्चे की नज़रों में बैल न बन पाया।

मेढकों की बात जब चल ही पड़ी है तब मुझे उनका टर्र-टर्र स्वर भी अतिशय अहम् के प्रतीक के रूप में याद आने लगा है। मेढकों की टर्र-टर्र पर तनिक ध्यान दीजिये।

मेढकों की यह टर्र-टर्र बाबा तुलसीदास जी को बड़ी सुहावनी लगी थी, लिहाज़ा लिख गये कि—"दादुर धुनि चहुँ दिसा सुहाई" और यहीं तक नहीं, अपनी उदारता में स्पेस दर स्पेस से लांघते-फलांगते हुए उन्होंने मेढकों के टर्राने में वेद पढ़ते हुए लड़कों की टोली तक देख ली। खैर साहब, गुसाईं जी महाराज तो संत-महात्मा थे लेकिन अपने राम वैसे शरीफ नहीं हैं, हमने जब मेढकों का टर्राना देखा-सुना है तब हमारे मन की स्क्रीन पर दो चित्र नाच उठे हैं, एक तो चारों खाने चित्त हाथ-पैर बाँधे टर्रें खां मेढकराज हमें मेडिकल कॉलेज के किसी छात्र या छात्रा के चाकू के नीचे नज़र आने लगते हैं और दूसरे कभी-कभी मेढकों की टर्र-टर्र में हमें हिन्दुस्तानी बाबुओं की अंग्रेज़ी की बोली वाली लड़ाई का दृश्य नज़र पड़ जाता है।

एक किस्सा सुनाऊँ। रेल के कम्पार्टमेंट में नयी सवारी के प्रवेश करने पर झों-झों तकरार, गाली-गुफ्ता और कभी-कभी हाथापाई के दृश्य भी उन सभी ने देखे होंगे जो थर्ड क्लास में यात्रा करते हैं। कभी-कभी भीड़ अधिक होने पर सेकेंड क्लास कम्पार्टमेंट के यात्री भी यही दृश्य उपस्थित करते हैं। खैर, तो हम एक बार थर्ड क्लास में यात्रा कर रहे थे। भीड़ खासी थी। अपनी दरी-चादर बिछाकर सीट 'रिजर्व' करने वाले छोकरे से एक बाबू साहब ने थर्ड क्लास कम्पार्टमेंट में ऊपर की सीट अपने लिए रुकवाई थी। छोटा-सा दरवाज़ा, भीड़-खासी हम लोग दूसरों के बक्स-बिस्तरों पर किसी प्रकार टिके हुए थे। लगभग तीस-पैंतीस बरस के एक दुबले-पतले, चश्मा, चोटी, चन्दन, कमीज़-पतलूनधारी एक बाबू साहब भी हमारे पास ही किसी कनस्टर का सहारा लेकर कुछ-कुछ खड़ेनुमा बैठे थे। उन्होंने बराबर अंग्रेज़ी में ही हमसे बातें कीं और हम बराबर अपनी ही बोली बोलते रहे।...तो वो बाबू साहब ने दरी बिछाकर

लेटे हुए गैर-कानूनी तौर से सीट रिजर्वेशन करने वाले छोकरे को देखकर धीरे से मेरे कान के पास आकर कहा—

बाबू—यू सी मिस्टर, ही इज़ नाट ए रिएल ट्रेवलर। (देखिये, यह असली यात्री नहीं है।)

मैंने कहा—आपने ये कैसे जाना?

बाबू—आइ हैव सीन हिज़ फेस सम टाइम्स बिफोर आल्सो। यू सी ह्वाट ही डज़? ही बिलांग्स टू दैट गेंग ऑफ छोकराज हू रिज़र्व दी अपर सीट्स फार यू लाइक दिस। (मैंने पहले भी इसे देखा है। जानते हैं, वह करता क्या है? यह छोकरों के उस दल का सदस्य है जो इस प्रकार दूसरों के लिए सीटें रिज़र्व करते हैं।)

मैंने कहा—जान पड़ता है कि आपने भी कभी इस छोकरे से अपने लिए इसी प्रकार सीट रिज़र्व करवाई थी।

बाबू—यस, यस, मेनी ए टाइम्स बिफोर। यू सी आई एम दी पी.ए. एक्स वाई जेड ऑफ दी सेक्शन बी—फ्लोरबार्थ सेक्टर इन एनीमल हज़्बेंड्री, सो आइ हैव टु ट्रेवल। बट दिस इज़ ए बैड प्रैक्टिस, दिस काइंड ऑफ सीट प्रीज़रवेशन। चीटिंग दी पब्लिक ऐंड गवर्नमेंट बोथ। यू एग्री मिस्टर। (हाँ, पहले कई दफा करायी है। मैं एनीमल हसबैंड्री के फ्लोरबार्थ सेक्टर में सेक्सन बी के एक्स वाई जेड का पी.ए. हूँ, इसलिए मुझे अक्सर सफर करना पड़ता है। लेकिन इस तरह सीट लेना बुरी बात है। यह जनता और सरकार दोनों को धोखा देना है।)

मैंने कहा—जी हाँ, गलत तो है, लेकिन ये कालाबाज़ारी नीचे से लेकर ऊपर तक फैली हुई है। क्या किया जाये। खुद आप ही इन्हें बढ़ावा देते हैं।

बाबू—नो, बट दिस टाइम आइ विल टीच हिम ए लेसन। इन दी मीनटाइम यू प्लीज़ टेक केयर आफ माई होल्डआल। (लेकिन इस दफा मैं उसे सबक सिखाऊँगा। आप सिर्फ़ मेरे होल्डाल पर नज़र रखिये।)

ये कहके बाबू साहब ने अपना टीन का संदूक उठाया और खड़े-बैठे लोगों की भीड़ चीरते हुए सीट के सिरहाने तक पहुँच गये। संदूक ऊपर चढ़ाया गया। वह छोकरा बोला, ''क्या करते हैं साहब, ये सीट रिज़र्व है।''

''अबे, तेरे बाप ने रिज़र्व कराई है यह सीट?''

''देखिये, बाप-दादा तक न पहुँचिए, अच्छी बात न होगी।''

''अच्छा-अच्छा, टिकट निकालकर दिखाइये अपना, पीछे बात कीजियेगा।''

छोकरा बोला—''आप टिकट पूछने वाले कौन होते हैं? बुलाइये टिकट-बाबू को, अभी दिखा दूँगा।''

छोकरा तैश में आकर उठ बैठा, बाबू साहब ने तुरन्त अपना संदूक सिरहाने पर रख दिया।

वैसे ही एक दूसरे बाबू ने प्रवेश किया। छोकरा उन्हें देखते ही ''इधर है साब, आपकी सीट पर दूसरा साब जमा जाता है, साब'' करके नीचे उतरा। दूसरे बाबू

साहब ने, जो देखाव में अधिक रोबीले थे, एक बार अपनी सीट पर नज़र डाली और कुली को आवाज़ देने लगे। छोकरा बोला कि साब, पैसे दीजिये। बाबू साहब ने रुपया दिया और ज्योंही उसने अपनी दरी उठाई, त्योंही पहले बाबू ने झपटकर अपना होल्डाल सीट पर फेंक दिया और आगे बढ़कर जल्दी-जल्दी उसे खोलने लगे। दूसरे बाबू तैश खा गये, बोले—"ये क्या करते हैं आप? सीट मेरी है।"

बाबू—"हू सो एवर अक्यूपाइज़ दी सीट फर्स्ट...।" (जो भी पहले सीट घेर ले...)

नया बाबू—"बट आइ हैव पेड फार इट।" (मैंने सबके सामने रुपया दिया है।)

पहले बाबू ने पूछा कि क्या आपने सरकार से सीट रिज़र्व कराई है, और यह कहते हुए तेज़ी से अपने होल्डाल के तस्मे खोलते रहे। दूसरे बाबू साहब का सामान सर पर लादे हुए कुली खड़ा हुआ था और सामान रखवाने के लिए जल्दी मचा रहा था। बाबू साहब ने उसी सीट पर अपना सामान रखने के लिए कुली को आदेश दिया। पहले बाबू लपककर ऊपर चढ़ने लगे। दूसरे बाबू ने भी लपककर बाबू की टाँग पकड़ी और दोनों बाबू अंग्रेज़ी में लड़ने लगे।

"यू कान्ट अक्यूपाई दैट सीट।" (आप यह सीट नहीं ले सकते।)

"आई शैल श्योरली सिट हियर। आई हैव एव्री राइट।" (मैं तो यहीं बैठूंगा। मुझे पूरा हक है।)

"डू यू नो हू आइ एम?" (आप जानते हैं, मैं कौन हूँ?)

"ऐन्ड डू यू नो हू आई एम?" (और आप जानते हैं मैं कौन हूँ?)

लीजिए! ये ज़ोम की तनातनी बढ़ चली। दूसरे बाबू ने पहले बाबू की टाँग घसीटकर गिरा दिया और फिर हाथापाई होने लगी। कम्पार्टमेंट में हंगामा मचा, पुलिस आयी और दोनों को पकड़ ले गयी। बात कुछ भी नहीं थी मगर अतिशय अहम् के ज़ोम में दो बाबुओं की बात यों बिगड़ गयी। टर्रे मेढक मानो मेडिकल विद्यार्थी की छुरी के नीचे आ गये।

मैं ही हूँ

मैं—वाह रे मैं, वाह। मैं तो बस मैं ही हूँ—मेरे मुकाबले में भला तू क्या है! इस मैं और तू को लेकर हमारे सन्तों और बुधजनों ने शब्दों की खासी खाल-खिंचाई भी की है। कबीर साहब का एक दोहा है कि "जब मैं था तब तू नहीं, जब तू है मैं नांय। प्रेम गली अति सांकरी, तामें दो न समायें।"

ऐसे ही किसी कवि का एक और दोहा भी मुझे याद आ रहा है। वो कहते हैं कि—

मैना जो 'मैं-ना' कहे दूध-भात नित खाय।
बकरी जो 'मैं-मैं' कहे उल्टी खाल खिंचाय॥

इस तरह के बहुत-से दोहे और उपदेश वाक्य हरदम मैं-मैं करने वालों के खिलाफ आपको खोजे से मिल जायेंगे, मगर फिर भी मैं तो मैं ही है। हम चुनी दीगरे नेस्त। हम चौड़े बाज़ार सकड़ा। मैं की शान में भी कुछ कम कसीदे नहीं कहे गये।

अच्छा, अगर एक मिनट के लिए अपने आध्यात्मिक दृष्टिबिन्दु को बलायेताक रखकर हम मैं वालों की दुनियावी शान-शौकत को देखें तो यह मानना ही पड़ेगा कि मैं मैं ही है। आपको एक आँखों देखा हाल सुनाता हूँ। कई बरस पहले पच्छुम के एक छोटे-से नगर में मुझे एक फिल्म लेखन और निर्देशन के निमित्त कुछ महीनों तक रहना पड़ा था। वहाँ एक बंगले के आधे हिस्से को किराये पर लेकर रहता था। आधे में मकान-मालिक स्वयं सपरिवार रहते थे। बेचारे बड़े ही शरीफ थे। दो पीढ़ियों पहले उनके बाप-दादे खासी शान-शौकत वाले थे, मगर हमारे मकान-मालिक के बचपन में वह पुरानी शान-शौकत धूल में मिल चुकी थी। बेचारे एक मिल में मज़दूरी करके सड़क के लैम्प-पोस्ट के नीचे पढ़े और बाद में अंग्रेज़ सरकार की नौकरी पाकर धीरे-धीरे फिर अपने पैरों पर खड़े हुए। एक बंगला बनवा लिया और बुढ़ापे में रिटायर होकर बाइज़्ज़त रहने लगे। उनके दो लड़के थे। बड़ा साधारण हैसियत का ईमानदार था मगर अपने-आप में खुशहाल था। छोटा लड़का सरकार में डिप्टी कलक्टर साहब का पेशकार, पी.ए. या ऐसा कुछ हो गया था। अजी साहब, बड़ी शान हो गयी थी उसकी, ज़मीन पर उसका पैर रखना मुहाल था, मिजाज़ आसमान में रहते थे। खैर, मकान मालिक के बड़े बेटे की लड़की का विवाह होने वाला था, अपनी पोती का शुभ कारज करने का उनके मन में काफी हौसला भी था; अपने बहुत-से नाते-रिश्तेदारों

को आमंत्रित किया। छोटे साहबज़ादे भी स्वाभाविक रूप से साग्रह बुलाये गये थे। हमारे बूढ़े मकान-मालिक बेचारे जब-तब शाम को मेरे पास आकर दो घड़ी बैठ जाते और मनुष्य-स्वभाव के अनुसार ही अपना जी खोल जाया करते थे। एक दिन आये, कहने लगे, ''नागर साहब, आपको दो-चार दिन को कष्ट देना चाहता हूँ। मेरा छोटा लड़का सपरिवार आ रहा है। वो ज़रा इंगलिश स्टाइल में स्वतंत्र रहने का आदी हो गया है, आप वाले हिस्से में उसे टिकाने की आज्ञा चाहता हूँ।'' मैंने कहा, ''हाँ-हाँ, खुशी से टिकाइये। मुझे कोई कष्ट न होगा।'' खैर, एक दिन शाम को जब स्टूडियो से घर आया तो देखा कि एक साहब अपने नाइट गाउन और पाजामे में बड़ी शान से बैठे हुए एक स्त्री पर अंग्रेज़ी में गरमा रहे थे, ''उन लोगों ने मुझे समझ क्या रखा है। अगर मेरी उचित व्यवस्था नहीं कर सकते थे तो मुझे बुलाने ही की क्या ज़रूरत थी! आखिर बप्पा साहब को यह सोचना चाहिये था कि वो एक वी.आई.पी. को अपने यहाँ बुला रहे हैं। मैंने अपने खाने-पीने-नाश्ते आदि का समय और मीनू इसलिए पहले से भेज दिया था कि सब प्रबन्ध ठीक-ठीक रहे।...''

अपने सोनेवाले कमरे में जाने के लिए मैं ड्राइंग रूम में घुसा। उन दोनों ने मुझे देखा, साहब ने कुछ त्यौरियाँ चढ़ाकर देखा; मगर मैं उन्हें उचटती दृष्टि से देखता हुआ कमरे का ताला खोलकर अन्दर चला गया। साहब की आवाज़ कानों में आती रही। वे कह रहे थे, ''ये चाय आयी थी या गुड़ का गरम पानी था? और मैंने लिख दिया था कि शाम के नाश्ते में मैं आमलेट और पकौड़े ही खाता हूँ, घर पर इंतज़ाम न हो सके तो बाहर के किसी अच्छे होटल-रेस्टोरां से प्रबन्ध कर लिया जाये।''

''अच्छा, अच्छा, अब शान्त हो जाओ। चार दिन के लिए किसी के घर आये हो—''

नारी-स्वर कटा और साहब-स्वर भड़का। वे गरजकर बोले, ''चार दिनों से क्या मतलब है जी। मैं तुमको यहाँ क्यों लाया? तुम तो चार दिनों के लिए मेरे जीवन में नहीं आयी। तुम्हें तो मालूम है कि मैं क्या चाहता हूँ और क्या नहीं चाहता।''

''अरे, तो पराये घर में मैं कर ही क्या सकती हूँ?''

''पराया नहीं, ये मेरा घर है मैं आधे हिस्से का हकदार हूँ...'' वगैरह-वगैरह। लगभग दस-बारह मिनटों तक साहबोवाच चलता रहा। इतने ही में मेरा नौकर ट्रे में चाय लेकर मेरे कमरे में आने के लिए ड्राइंग रूम में दाखिल हुआ। साहब की आवाज़ आयी, ''एऽ! चाय इधर लाओ।''

मेरे नौकर ने कहा, ''जी, ये साहब के लिए है।''

''साहब? मेरे सिवा कौन साहब है यहाँ?''

''अपने साहब के वास्ते लाया हूँ।'' कहता हुआ वो कमरे में दाखिल हुआ। पीछे साहब का बड़बड़ाना सुनाई पड़ता रहा। हम समझ गये कि हमारे मकान-मालिक के ये पी.ए. पुत्तर 'हम चुनी दीगरे नेस्त' वाली गोत के हैं। चार दिनों में उन्होंने चार सौ बीस नाटक दिखला दिये। घर में चाहे कोई काम हो या न हो, घरातियों,

बारातियों, समधी-दामाद की खातिर में उन्नीस-बीस की कसर बाकी रहे तो भले ही रह जाये मगर पी.ए. साहब की सेवा में कोई कसर न रहे। दिन-भर अपनी पत्नी, नौकर, बड़े भाई की पत्नी, बड़े भाई, उनके बच्चों और यहाँ तक कि अपने बाप तक पर हरदम गरमाते ही रहते थे। बस, एक मेरा नौकर ही ऐसा था जो उनकी हुक्म-उदूली करके उनकी साहबी को भड़का देता था। एक दिन मेरे स्टूडियो जाने के बाद उन्होंने मेरे नौकर से मेरी आरामकुर्सी बाहर निकाल देने को कहा। उसने कह दिया, कुर्सी पर मेरे साहब शाम को आराम करते हैं। बस, पी.ए. साहब बारूद हो गये। उसी दिन घर में बारात आयी थी। सबको बारातियों के स्वागत सत्कार की चिन्ता थी और पी.ए. साहब को आराम कुर्सी न मिलना ही परेशान कर रहा था। अपने बाप तक पर गर्मा उठे, अपनी पत्नी को बिस्तर बाँधने और तुरन्त लौट चलने का आदेश दे दिया। उनका भतीजा किराये की आराम कुर्सी के लिए फर्नीचर की दुकानों पर भटका, पर न मिल सकी। हारकर वह लड़का मेरे स्टूडियो पहुँचा और रोने लगा : ''काका ने आरामकुर्सी के लिए आफत जोत रखी है।'' मैंने नौकर के लिए एक हुक्मनामा लिखकर दिया, तब कहीं जाकर मामला थमा।

मेरे कहने का मतलब है कि ऐसे भी बहुत-से 'मैं' वादी घमंडी होते हैं जो अपने आगे किसी को कुछ समझते ही नहीं, अपने घर वालों तक को अपना तुच्छ गुलाम समझते हैं।

अब एक दूसरी कहावत और उसका एक दृष्टान्त भी सुनिये। कहावत है : ''मैं और मेरा मन्सुआ, तीजे का मुँह झुलसुआ,'' यही कहावत थोड़े रूपान्तर के साथ भी मैंने सुनी है जो इस प्रकार है : ''मैं और मेरा भतार, बाकी सब दाढ़ीजार।'' इस कहावत की मिसालें तो खूब ही मिलती हैं, जहाँ चार औरतें मिली नहीं कि 'हम और हमारे साहब' की भागवत बंचने लगती है। ''हम ऐसे और हमारे साहब ऐसे! हमारे साहब को ये पसन्द है और हमारे साहब को ये नापसन्द है।'' चार औरतें बैठी हों तो चारों अपनी ही अपनी सुनायेंगी। कोई किसी से कम नहीं, ''मैं भी रानी तू भी रानी, कौन भरे कुएँ से पानी'' वाली कहावत अक्षरशः चरितार्थ होने लगती है। सबको अपनी ही शान-गुमान की चिन्ता रहती है—हमारे बच्चे बच्चे, औरों के लुच्चे। अपना पूत पराया धतिंगड़। मज़ा तब आता है जब फलानी ढिमाकी के बच्चों को बुरा बतलाती हैं और ढिमाकी फलानी के बच्चों को। इस दूसरी कोटि के 'मैं' वादियों में पहली कोटि के गुमानियों से बस इतना ही अंतर होता है कि वह केवल अपने ही को उच्च मानता है और यह लोग अपनी उच्चता में अपने साथ-साथ अपने पतियों या पत्नियों और बाल-बच्चों को भी शामिल कर लेते हैं।

घमंडियों की एक तीसरी कोटि और भी होती है—ये लोग अपनी या अपनों की बुराइयों को भी बड़ी बढ़ाई के रूप में पेश करते हैं। हिन्दी में एक कहावत है जो शर्तिया किसी सपूत की माँ से अपने लाड़ले के सत्संगियों की प्रशंसा सुनकर किसी कपूत की माँ के बखानों पर बनी होगी। कहावत है, ''मेरे लाल के सौ-सौ

यार, चोर जुआरी और कलार।'' अब बोलिए, दाद दीजिये इस 'मैं' की शान की, जो अपने बेटे के बुरेपन को भी शान से बखानती है।

इन 'मैं' वादी घमंडियों की एक कोटि वह भी होती है जो अपनी दीन स्थिति को नज़रअंदाज करके अपने पुरखों का वैभव बखानकर अपनी शान जतलाते हैं। ऐसों पर भी एक कहावत हिन्दी में बहुत उम्दा है। कहते हैं, ''मेरे बाप ने घी खाया था सूँघो मेरा हाथ।'' अब बोलिए, इस शान पर भला आप क्या कहियेगा। ऐसे मैं-मैं करने वाले लोग अपने मुँह मियाँ मिट्ठू भले ही बन लें पर दूसरे उनकी इज़्ज़त दिल से कभी नहीं कर पाते। यह कहावत बिल्कुल सच है कि खुदी और खुदाई में बैर है। जहाँ इतना संकीर्ण आत्मप्रेम होता है वहाँ परमात्म भाव कभी उपज ही नहीं सकता। घमंडी का सिर कभी-न-कभी नीचा होकर ही रहता है। इसलिए यह मैं-मैं पन हमें तो भई नहीं सुहाता, हम तो उस साधु-वाणी के कायल हैं जो यह कहती है—

हम वासी वहि देश के जाति वरण कुल नाहिं
शब्द मिलावा होत है, अंग मिलावा नाहिं।

इस भाव में तो मुक्त मन से सानन्द कह सकता हूँ कि मैं ही हूँ। मैं सर्वव्यापी हूँ। इसलिए सब तज, मैं भज। गीता में भी यही लिखा है।

घरवाली मुझे मूर्ख समझती है

बात आरम्भ करते हुए हमें तसल्ली केवल इसी बात की है कि हमसे पहले सुकरात, कालिदास और गालिब जैसे बड़े-बड़े लोग भी अपने-अपने घरों में अपनी-अपनी घरवालियों के द्वारा मूर्ख माने जा चुके हैं। अभी औरों की तो बात ही क्या स्वयं माता कस्तूरबा गाँधी भी महात्मा जी से झुँझलाकर अक्सर यह कह दिया करती थीं कि 'तुम क्या समझोगे इन बातों को।' यहाँ लगे हाथों यूनिवर्सिटी की शोध छात्राओं और छात्रों को भी उदारतापूर्वक यह 'टिप' दिये देता हूँ कि अगर वे हिन्दी ही नहीं सम्पूर्ण भारतीय साहित्य के संतों-सूफियों की बाबत छानबीन करें तो उनके सामने यही तथ्य आयेगा कि हर सन्त, सन्त बनने से पहले अपनी पत्नी के द्वारा मूर्ख साबित किया गया था। हाथ कंगन को आरसी क्या, पिछले पैंतालीस बरसों से मेरी घरवाली नित्य-नियम से दिन में कई-कई बार मुझे यह जतलाने से नहीं चूकती कि मुझे दीन-दुनिया का तनिक भी शऊर नहीं है और मैं उल्लू ही नहीं निरा काठ का उल्लू हूँ, जिसके आस-पास या दूरदराज़ से कभी अक्ल नाम की चिड़िया अपने पंखों की हवा से छूकर भी नहीं गुज़री है। यह सुनते-सुनते अब मैं रफ्ता-रफ्ता सन्त हो चला हूँ। इसके अलावा दूसरी ओर कोई गति ही नहीं, किया क्या जाये? सब जतन करके हार गया मगर हमारी श्रीमती जी तो सूरदास की 'काली कमरी' हैं जिसपै 'चढ़ै न दूजो रंग।'

एक बार संयोग से दो-तीन नगरों में लगभग आस-ही-पास की तिथियों में हमारे अभिनन्दनों और भाषणों का शानदार प्रोग्राम बन गया। उन दिनों हम अपनी पत्नी की निरन्तर प्रताड़ना से काफी दुखी होकर 'का तव कांता' वाले शंकराचार्य मार्का मूड में थे। जब यह प्रोग्राम आये तो हमारी दिव्य-दृष्टि ने प्रत्यक्ष देखा कि भगवान् भोलानाथ ने अपने इस भक्त की भक्ति से प्रसन्न होकर यह मौका दिया है कि मैं अपनी पत्नी को साबित कर दिखलाऊँ कि बाहर वाले मुझे कितना बड़ा बुद्धिमान और ज्ञानी पंडित समझते हैं। मैंने सोचा कि अब की बार यात्रा में इन्हें साथ ले चला जाये। मैंने कहा : "सुनती हो। इस बार मुरादाबाद और देहरादून का प्रोग्राम बना है तुम्हें मसूरी और हरिद्वार भी घुमा दूँगा, साथ चली चलो।"

वे झुंझला पड़ीं, बोली : "तुम्हें कुछ समझ भी है, बस मुँह उठाया और कह दिया कि चली चलो। तुम तो पराये खर्चे से जाओगे और मैं अपने बच्चों का पेट

काट के बुढ़ापे में तुम्हारे साथ सैर-सपाटे को जाऊँ—वाह, अच्छा ज्ञान सिखा रहे हो हमें।''

कोई और वक्त होता तो पत्नी से इतना संत बोध प्राप्त करके ही चुप हो जाता मगर उस समय तो मैं चूँकि उन्हें अपने महान व्यक्तित्व का बोध कराने पर तुला हुआ था इसलिए साम, दाम, और भेद तीनों नीतियों से काम लेकर पक्के पालिटीशियन की तरह उन्हें पटा ही लिया : मैंने कहा : ''मसूरी में बैठ के अपन लोग सन् 31 में हुई अपनी शादी के दिनों की बातें करेंगे जब तुम मुझसे बात करने में भी शर्माती थीं और फिर हरिद्वार में हर की पैड़ी पर बैठकर तुम मुझे अपनी निर्लज्ज झिड़कियाँ सुना देना, तुम्हारा धरम-करम सार्थक हो जायेगा।''

खैर साहब, ले गये। मुरादाबाद में दीक्षान्त समारोह था। मैं जब गाउन पहने जुलूस में जा रहा था तो बस यही ध्यान था कि हमारी बीवी हमें किस नज़र से देख रही है। दीक्षान्त भाषण देते समय हमें सच पूछिये तो स्नातक-स्नातिकाओं से अधिक इस बात की चिन्ता थी कि 'उन' पर हमारी विद्वता का रौब कैसा पड़ रहा है। जब ज़ोरदार तालियाँ बजीं तो हम मंच के नीचे सामने बैठी हुई अपनी पत्नी को इस तरह ताकने लगे कि मानो कह रहे हों : 'देख ले बीवी अपने मियाँ का रौब रुतबा! अब भविष्य में कभी मुझे मूर्ख और अपने आपको बुद्धिमान न मानना।'

मगर उसी शाम संभ्रान्त नागरिकों के एक भोज में मुझे यह मालूम हो गया कि मुरादाबाद की महिला मंडली के सामने मेरी कलई उतर चुकी है मेरी जीवन संगिनी के आसपास खड़ी हँसती बतियाती हुई देवियों में से एक ने मेरी किसी बात के जवाब में टप से कहा कि ''जाइये भी, हमें सब मालूम हो चुका है। आप तो अपने कपड़े भी खरीद कर नहीं ला सकते। मिसेज़ नागर ही बेचारी आपकी सारी ज़रूरतों की चिन्ता करती हैं।''

चलिए मेरे सारे किये धरे पर यों पानी पड़ गया। सिर्फ़ घर ही में नहीं बल्कि बाहर भी घरवाली ने हमें बुद्धू और अपने आपको अरस्तू साबित कर दिया। हम विश्वामित्र के मंत्र का ध्यान करने लगे कि जाया ही घर है, वह जहाँ रहेगी वहीं घर भी रहेगा और घर रहेगा तो पत्नी अपने पति को बुद्धू और निकम्मा जाहिल व्यक्ति साबित करने से हरगिज न चूकेगी। 'नीम न मीठा होय सींच चाहे घी गुड़ से।' यह इंसानी खस्लत है कि नकटों के गाँव में किसी नाक वाले की आबरू बच नहीं सकती, इसलिए मैं यह सोचता हूँ कि मैं शायद अकेला ही नहीं बल्कि सारा पुरुष समाज सभ्यता के आदिकाल से आज तक अपने-अपने घरों में यह सुनता चला आया है कि 'सैयाँ मोरा नादान जगत की रीत न जाने।'

इस नादान सैयाँ की आये दिन घर में क्या-क्या दुर्गत होती रहती है इसका दुखड़ा कहाँ तक रोऊँ। कभी-कभी तड़प कर नरोत्तम कवि के सुदामा की तरह पत्नी से गुस्से में कहता हूँ कि 'सिच्छक हौं सिगरे जगको ना कह तू अब देत है सिच्छा।' मगर इस गर्वोक्ति के बाद जो तमाम ऊटक-नाटक घर में होने लगता है उससे नजात

पाने के लिए 'हैण्ड्स अप' मुद्रा में हाहा खाते हुए यही कहना पड़ता है कि 'पत्नीं शरणं गच्छामि।' एक बार हम बाहर गये थे, वहाँ हाथ में काफी पैसा आ गया। हमने सोचा घरवाली को प्रसन्न करने के लिए साड़ी ले ली जाये। चूँकि हर रोज़ घर में अपने ठगे जाने की बात सुनता आता हूँ इसलिए एक अनुभवी मित्र को साथ लेकर खरीदने गया। जब उसे लेकर घर आया तो पत्नी ने दाम पूछे। मैंने बतला दिये। वे भड़क पड़ीं : ''मैं हज़ार बार कह चुकी हूँ कि जब तुम्हें चीज़ खरीदने की बुद्धि नहीं है तो खरीदारी ही क्यों करते हो। तुम सवा सौ दे आये मैं इसे यहाँ से बीस-पच्चीस रुपये में ही लाकर दिखा सकती हूँ!''

''यह कभी हो ही नहीं सकता।'' मैं तड़प कर बोला : ''मैं जिसे साथ ले गया था वो पक्का अनुभवी खरीदार है। मेरा हितेच्छु मित्र।''

''अरे जैसे तुम वैसे ही तुम्हारे मित्र! आदमियों को औरतों की चीज़ खरीदने की अक्ल कभी आ ही नहीं सकती।'' मैं ताव खा गया उन्हें चैलेंज दिया। उसी दिन शाम को घर पहुँचने पर एक वैसी ही साड़ी और देखी, दुकानदार की रसीद भी देखी, शायद नब्बे या पिच्चानबे रुपयों की थी। मैं भला क्या कहता—लगता है कि यह सारी पुरुष कौम ही औरत को देखते ही बुद्धू बन जाती है। हम अब बहुत भड़क-भड़क कर बुझ चले हैं। कवि साहिर लुधियानवी के शब्दों में—

चन्द लम्हों के लिए शोर उठा डूब गया,
कुहमा ज़ंजीरें गुलामी की गिरह कट न सकीं।

(1975)

नये वर्ष के नये मनसूबे

नये वर्ष में हमारा पहला विचार अपने लिए महल बनवाने का है। बीते वर्षों में हम हवाई किले बनाया करते थे, इस साल वह इरादा छोड़ दिया क्योंकि हवा बुरी है। इस साल दो आफतें एक साथ फरवरी महीने में आ रही हैं—एक अष्टग्रही योग[1] और दूसरा इलेक्शन। इन दोनों का हुल्लड़ इतना है कि बहुत घबराकर, चचा गालिब की उक्ति में थोड़ी-सी तरमीम कर हम बार-बार अपने हज़रते दिल से यही गुहार रहे हैं कि—

रहिए अब ऐसी जगह चलकर जहाँ हुल्लड़ न हो
वोट मंगना हो न कोई ज्योतिषी कोई न हो
बे दरो दीवार का इक घर बनाना चाहिये
जिसमें कि कुण्डी न हो और पोस्टर चस्पां न हो

—दुखी हो गये हैं साहब! ठीक तरह से सवेरा भी नहीं हो पाता दरवाज़े की कुण्डी खटकने लगती है। खोलकर देखिये तो कोई न कोई पार्टी वाले खड़े होते हैं। इनकी सूरतें देखते ही हमें फौरन मीयादी बुखार चढ़ आता है। चुनाव के दिनों में ये लोग वोटरों से बोलते नहीं बल्कि हिनहिनाते हैं : "हेंहेंहेंहें हम आपकी सेवा में आये हैं। हेंहेंहेंहें हमारा चुनाव चिह्न चूल्हा है। महँगाई में आजकल घर-घर के चूल्हे ठंडे हैं। हम अपने उम्मीदवार को उन्हीं ठंडे चूल्हों का सुलगता लक्कड़ बनाना चाहते हैं। हेंहेंहेंहें आइये, हमारी मनोकामना पूरी कीजिये। लक्कड़ पार्टी को अपना कीमती वोट प्रदान कीजिये।" लक्कड़ पार्टी के बाद फक्क्ड़ पार्टी के बाद कंकड़-पत्थर पार्टी और फिर पार्टी पर पार्टी के लोग आ-आकर इतनी बार कुण्डी खटखटाते हैं कि हमारे दरवाज़े की कुंडी ढीली पड़ गयी है, उसे तोड़ने के लिए चोरों को अब छैनी-हथोड़े की आवश्यकता नहीं पड़ेगी, महज़ एक झटका ही काफ़ी है। यह तो कुंडी की दशा है, अब तनिक घर की दीवारों का मुलाहिज़ा फरमाइये—ऊपर से नीचे तक सब पार्टियों के पोस्टर ही पोस्टर चिपके हुए हैं। पिछली दीवाली पर कर्ज़ लेकर हमने दीवालों की पुताई करवाई थी, वह कर्ज़ अभी चुका भी नहीं पाये और दीवालों की हालत यह है कि ...क्या कहें। बाहर की दीवालें देख-देखकर हमें स्वयं अपने ही घर में घुसने को जी नहीं चाहता या घर में होते हैं तो बाहर निकलकर उनकी दुर्दशा

---

1. यह लेख 1961 में लिखा गया था जब अष्टग्रही योग की बड़ी चर्चा थी।

देखने का साहस नहीं होता। कहीं गेरू से लिखा गया है—''फलाने को वोट दो।'' उस पर तारकोल से क्रास निशान बनाकर नीचे लिखा गया है—''ढिमाके जी को वोट दो।'' किसी ने 'वोट' शब्द के अक्षरों की प्रूफमिस्टेक सुधारकर उसे भद्दी गाली बनाकर मज़ा लूटा है। किसी ने किसी पोस्टर के ऊपर अपना पोस्टर चिपकाकर हमारी दीवाल पर कागज़ पलस्तर चढ़ाया है। किसी ने किसी का पोस्टर उखाड़ते हुए हमारी दीवाल की पपड़ियाँ उखाड़ डाली हैं। इलेक्शन वालों से प्रेरणा लेकर अष्टग्रही योग की आनेवाली प्रलय से घबराये हुए धर्मभीरुओं ने भी जगह-जगह लिख रखा है—''पाँच फरवरी को प्रलय होगी, उससे बचने के लिए हमारे राम नाम या कृष्ण नाम संकीर्तन मंडल के सदस्य बनिये।'' किसी ने लिखा है, ''अष्टग्रहों से सावधान! अपनी जन्म-पत्री में मकर राशि का स्थान बिचरवाइये, असली ज्योतिष मारतंड पंडित नागनाथ जी से अपने अष्टग्रहों की शान्ति करवाइये। फीस गरीब-अमीर के जन-कल्याणार्थ हमने बहुत कम रखी है, सवा रुपया जन्मकुंडली दिखाई और सवा पाँच रुपया अष्टग्रह शान्ति के लिए जाते हैं।'' यह हाल है और जग में हुल्लड़ इतना है कि हम शान्ति से बैठकर कुछ सोच या कर ही नहीं पाते। इसीलिए हमने 'स्पेस' में बे-दरो-दीवार का एक महल बनवाने की नये वर्ष के इस नये दिन को ठानी है। कम से कम वहाँ ठग ज्योतिषियों और नकली नेताओं से तो नजात मिलेगी।

हमारा दूसरा ठोस मनसूबा है कि इस नये वर्ष में हम अपनी सैकड़ों सदियों पुरानी मातृभाषा का मुँह काला करके एक किराये की मादरी ज़बान को अपने घर में ला बिठायेंगे। ये मातृभाषा, साहब, बड़ी खतरनाक वस्तु है। इसमें हम जो भी कहते हैं, वह हमारी बे-पढ़ी लिखी जनता तक समझ जाती है। यह बहुत बुरी और राष्ट्रघातक बात है। हम अपने राष्ट्रीय मनसूबे की बाबत महान्-महान् बातें सोचें और वह भी अपनी देशी ज़बान में? छिः छिः छिः! हम अपने मनसूबों का इतना बड़ा अपमान करें? नहीं, नहीं, हरगिज़ नहीं। फिर हमारा शुमार पढ़े-लिखे बाबुओं में क्योंकर होगा, जाहिल किसान, मज़दूरों और लालालूली लोगों पर हमारे रौब का सिक्का क्योंकर जमेगा? इसलिए हमारा दृढ़ मनसूबा है कि नये साल में हम अपनी मातृभाषा का त्याग कर एक एक महान् त्याग का आदर्श उपस्थित करेंगे।

हमारा तीसरा मनसूबा बड़ा ही साँसकृतिक है। हम अपने कमरे से नटराज, बुद्ध और गाँधी की मूर्तियाँ हटाकर उसे नये सिरे से सजाना चाहते हैं। हमारा विचार है कि चीनी किंवदन्ती के गाँधी पोषित तीन बन्दरों वाले खिलौने को चार बन्दरों वाला बनाकर अपने कमरे में सजायें। उन पर लिखा होगा : ''बुरा देखो। बुरा बोलो। बुरा सुनो।'' हम एक सच्ची मिसाल देकर आपको इस नये 'मॉटो' (motto) का सत्य साबित कर दिखलायेंगे। अभी हाल ही में एक उपन्यास-लेखक हमसे मिलने के लिए घर पर पधारे थे। इन्होंने लगभग ढाई सौ उपन्यास लिख, छाप और बेचकर अब तक लगभग चार-पाँच लाख रुपया कमाया है। साहित्यिक दुनिया में इनका नाम कोई नहीं जानता, पर वे सफल और महान् उपन्यासकार तो हैं ही। कहने लगे

: ''हम आपको अपना गुरु उसी प्रकार मानते हैं जिस प्रकार एकलव्य द्रोणाचार्य को मानता था। आपने हमें अपनी सामाजिक बुराइयों को देखना सिखलाया। इसलिए मैं अब बुरा ही बुरा देखता हूँ। मैंने अपने अमुक उपन्यास में एक बेचारी दीन-हीन सुन्दरी विधवा, दो बेचारी लोअर मिडिल क्लास की कालिज कन्याओं और एक बेचारी सुन्दरी स्टैनोग्राफर की दुःख दलित, हीन दशा का नग्न सत्यवर्णन किया है। एक चार सौ बीसिया सेठ अपने तीन कालेबाज़ारी सेठ मित्रों के साथ इन चारों रमणियों को चंद-चाँदी के टुकड़ों के कालेबाज़ारी सेठ मित्रों के साथ इन चारों रमणियों को चंद-चाँदी के टुकड़ों के वास्ते पतित करता है। मैंने अमुक प्रगतिशील आलोचक को ललकार कर कहा कि देखो मैंने यह प्रगतिशील चित्र अंकित किया है; तो वे बोले कि यह अश्लील चित्र है। मैंने भी उनकी शेखी का जवाब दे दिया। मैंने कहा, ''जिसे तुम अश्लील कहते हो उस किताब की मैंने छह महीने में अठारह हज़ार प्रतियाँ बेची हैं। मैंने अश्लीलता में समाज की बुराई ही देखी है। मैंने अपने समाज की अश्लीलता की सच्ची तस्वीरें पेंट करके आग उगलने वाले शब्दों में अश्लीलता पर घोर प्रहार किया है। यही सच्ची प्रगतिशीलता है।'' हमने कहा, ''सच है, आपको बुरा देखना फला—और सही अर्थ में आप प्रगतिशील भी बने क्योंकि कल तक आप प्रूफरीडरी करते प्रेसों में चप्पलें चटकाते थे और आज बुरा देखने-दिखाने की बदौलत आपने स्वयं प्रेस-मालिक मोटरशाली बनकर अपनी प्रगति की है।'' जब वो चले गये तब हम अपनी हालत पर गौर करने लगे। समाज का भला देखने और लेखक बनने के फेर में हमने कमाने की कौन कहे अपने बाप-दादों की कमाई भी घर खर्च को 'डेफसिट' से बचाने में फूँक डाली। जग के भले के पीछे अपना और अपने बाल-बच्चों का बुरा किया। लिहाज़ा क्या ये भला मनसूबा न होगा कि नये वर्ष में हम भी उन उपन्यास लेखक महोदय की तरह बुरा देखें, सुनें, बोलें और कहें? चूँकि ये मनसूबा हमारा क्रांतिकारी है इसलिए सुननेवालों की नेक सलाह चाहते हैं। क्या बुरा है, हम सब अपने-अपने ही में सिमट जायें, समाज को गोली मारें, अष्टग्रही योग के प्रताप से खंडप्रलय आये या न आये मगर बुरा देखने, बोलने, सुनने और करने की तरकीब से दुनिया मे महाप्रलय शर्तिया आ जायेगी, यह निश्चित है।

हमारे कुछ मनसूबे बड़े निजी किस्म के हैं—जैसे कि हमारा गरम कोट फट गया है। पिछले कई वर्षों के कई नये दिनों पर हमने ये मनसूबा साधा कि इस बार तो बनवा ही लेंगे पर न बनवा पाये। हाल की सर्दी में काँपते कलेजे से हम यह सोचते रहे कि इस नये साल में कोट अवश्य सिलवायेंगे। देखिये पूरा होता है या नहीं। आज सुबह से ही हम ये मनसूबा भी बाँध रहे हैं, नये वर्ष के नये दिन पेट भरकर गाजर का हलुवा खायें, मगर घरवाली नाक सिकोड़कर ताना मारती है कि घर में नहीं दाने और आप चले भुनाने! भला ये लेखक का मुँह और गाजर का हलुवा!—खैर, ये तो मनसूबा है और हम पहले ही अर्ज़ कर चुके कि मनसूबे केवल बाँधे जाने के लिए ही होते हैं, पूरे करने के लिए नहीं।

कृपया दायें चलिए : एक घोषणा-पत्र

इस बार भी अगस्त के महीने में जब हमारी किताबों की रायल्टी की राशि चढ़ती महँगाई के मुकाबिले में एकदम औसत ही आयी, तो हम अपने पेशे की आय रूपी अकिंचनता से एकदम चिढ़ उठे, हमने यह तय किया कि अब लिखना छोड़ कर कोई और धंधा करेंगे। मगर क्या करें, यह समझ में न आता था। कई बिगड़े रईसों के बारे में सुना था कि जिन आदतों से वे बिगड़े थे, उन्हीं में नये लक्ष्मी वाहनों के पट्ठों को फँसाकर, उनके पैसों के बल पर वे शान से अपनी ज़िन्दगी बसर कर सके थे। पर हमारी लत तो बुरी ही नहीं निकम्मी भी थी, यानी साहित्यिक बन गये थे। और यह साहित्यिकता आमतौर से रईस छौनों के मन-बहलाव की वस्तु ही नहीं होती, इसलिए हमारे वास्ते यह साहित्यिक इल्लत उस रूप में बेकार थी। दूसरा विचार आया कि पान और भंग-ठंडाई की दुकान खोल लें। जगत्-प्रसिद्ध साहित्यिक नहीं बन सके तो न सही, 'जगत्-प्रसिद्ध तांबूल विक्रेता' का साइनबोर्ड टाँगने का शानदार मौका मिल जाना भी अपने-आप में कम महत्त्वपूर्ण उपलब्धि न होगी। ठंडाई के तो हमें ऐसे-ऐसे नुस्खे मालूम हैं कि शहर के सारे ठंडाई वाले हमारे आगे ठंडे हो जायेंगे। सीधे गवर्नर से ही दुकान का उद्घाटन कराया जायेगा; उन्होंने अपने शासनकाल में अब तक हर तरह के उद्घाटन कृपापूर्वक कर डाले हैं, बस पान-ठंडाई की दुकान ही अब तक नहीं खोली, खुशी से चले आयेंगे। धूम मच जायेगी। बस यही होगा कि चार लोग हमारा मज़ाक उड़ायेंगे कि नागरजी ने पान-ठंडाई की दुकान खोली है। अरे उड़ाया करें, 'आहारे-व्यवहारे, लज्जा नकारे।' जब इतने बड़े महाकवि जयशंकर प्रसाद अपने पैतृक-पेशेवश सुंघनीसाहू कहलाने से न सकुचाये, तो पान-ठंडाई सम्राट् कहलाने से भला हम ही क्यों शर्मायें!

भाँग के गहरे नशे में इस स्कीम पर हम जितना ही अधिक गौर करते गये, उतनी ही हमारी आस्था भी बढ़ती गयी। हमें यही लगा कि जैसी आस्था हमें इस व्यापार योजना से मिल रही है, वैसी किसी साहित्यिक योजना से अब तक मिली ही न थी। अस्तित्ववाद, शाश्वस्तवाद, रससिद्धांत, पूँजीवाद, लोकतंत्रवाद, भारतीय संस्कृतिवाद आदि हर दृष्टि से हमारी यह दुकान-योजना परम ठोस थी। इसलिए मन पोढ़ा करके हमने अपने दोनों लड़कों को बुलाकर अपने मन की बात कही। छोटा बोला, ''बाबूजी, मैं तो सपने में भी यह कल्पना नहीं कर सकता कि आप दुकानदार

बन सकते हैं!''

हमने आस्थायुक्त स्वर में उत्तर दिया, ''बेटे, यथार्थ सदा कल्पना से अधिक विचित्र रहा है। जहाँ इच्छा है, वहाँ गति भी है। जवाहरलाल नेहरू का एक वाक्य है कि सफलता प्रायः उन्हीं को मिलती है, जो साहस के साथ कुछ कर गुज़रते रहे हैं; कायरों के पास वह क्वचित् ही जाती है।''

बड़े बेटे ने कहा, ''आप जैसे जाने-माने लेखक के लिए यह शोभन नहीं लगता, बाबूजी। यदि अपनी नहीं, तो कम से कम हम लोगों की बदनामी का ही ख्याल कीजिये।''

हमने तुर्की-बतुर्की जवाब दिया, ''तुम लोगों का यह आबरूदारी का हौवा निहायत बुर्जूआ किस्म का है। हम घर आती हुई छमाछम लक्ष्मी को देख रहे हैं। तुम लोग यह क्यों नहीं देखते कि दुकान की सफलता के लिए हमारी साहित्यिक गुडविल, पान और भाँग रसिया होने के सम्बन्ध में हमारी अनोखी किंवदन्तियोंभरी ख्याति कितनी लाभकारी सिद्ध होगी। चार-पाँच हज़ार रुपये महीने से कम आमदनी न होगी। तुम लोग चाहे कुछ भी कहो, हम यह दुकान ज़रूर खोलेंगे। हज़ार दो हज़ार की लागत में लाखों का नफा। हम अवश्य करेंगे।''

लड़के बेचारे हमारे आगे भला क्या बोलते। उठकर चले गये और जाकर अपनी माँ के आगे शंख फूँका। तोप के गोले की तरह लाल दनदनाती हुई वह हमारे कमरे में आयीं और बोलीं, ''ये दुकान खोलने की बात आखिर तुम्हें क्यों सूझी?''

''पैसा कमाने के लिए।''

''पैसा तो खाने भर को भगवान दे ही रहा है।''

''हमें ऐश करने के लिए पैसा चाहिये।''

''इस उमर में! अब भला क्या ऐश करोगे! जो करना था, कर चुके।''

''ऐश का अर्थ सिर्फ़ औरत और शराब ही नहीं होता, देवी जी। हम कार, बंगला, रेफ्रिजिरेटर, कूलर और डनलोपिलो के गद्दे चाहते हैं। प्राइवेट सेक्रेटरी हो, स्टेनोग्राफर हो, हाँजी-हाँजी करने वाले दस नौकर हाथ बाँधे हरदम खड़े रहें, तब साहित्यिक की वकत होती है आजकल। साले पेटभरू, चप्पल चटकाऊ साहित्यिक का भला मूल्य ही क्या रह गया है, भले ही वह तीस नहीं, एक सौ मारखां ही क्यों न हो! हम पूछते हैं, क्या तुम्हें चाह नहीं होती इस वैभव की?''

पत्नी शान्त हो गयी, गम्भीर स्वर में बोलीं, ''जब मुझे चाह थी, तब तो तुम यह कहते थे कि साहित्य का वैभव साहित्यिक होता है...''

''वो हमारी भूल थी। सोशलिस्ट विचारों ने हमारा दिमाग खराब कर दिया था।''

''पर मैं तो समझती हूँ कि तुम्हारी दिमाग खराबी ही बहुत अच्छी थी।''

''तुम कुछ भी समझती रहो, पर हम तो अब पैसेवाले बनकर ही रहेंगे।''

''बनो, जो चाहो सो बनो, पर कान खोलकर सुन लो, मैं इस काम के लिए

एक कानी कौड़ी भी नहीं दूँगी इस रायल्टी की रकम में से।'' पत्नी अब तेज़ हो चली थीं।

हमने भी अकड़कर कहा, ''न दो, हम एक नया उपन्यास लिखकर एडवांस रायल्टी ले लेंगे।''

''जो चाहो सो करो। जब अपनी बनी तकदीर बिगाड़ने पर तुल ही गये हो, तो कोई क्या कर सकता है। हिंः, रुपये की दो अठन्नियाँ भुनाना तो आता नहीं, बिज़नेस करेंगे ये!'' पत्नी तैश में आकर बड़बड़ाती हुई बाहर चली गयी और बरामदे में खड़ी होकर गरजने लगीं, ''ये बिज़नेस करेंगे! चार वर्ष पहले नरेन्द्र जी का लड़का परितोष, आया था। कितना छोटा था तब वह, फिर भी खेल ही खेल में इन्होंने जब उससे कहा कि हम-तुम साझे में पान की दुकान खोल लें, तो वह बोला कि नहीं चाचाजी, आपके साथ साझा करने में घाटा हो जायेगा। सारे पान और भाँग तो ये और इनके यार-दोस्त ही गटक जायेंगे। न ये अपनी आदतें छोड़ सकते हैं और न मुहब्बत। बिज़नेस करेंगे मेरा कपाल!''

कविवर नरेन्द्रजी के बेटे वाली बात ध्यान में आ जाने से गुस्से का चढ़ाव न चाहते हुए भी थमने लगा। यह झूठ नहीं कि ठंडाई और पान के शौक में ऐसे बहुत-से परिचित मित्र हमारी दुकान पर रोज़ आ जायेंगे, जिनसे पैसा वसूल करना हमारे लिए टेढ़ी खीर हो जायेगा। सोचा कि घरैतिन ठीक ही कहती है, इस धंधे में घाटा होने की संभावना ही अधिक है। धीरे-धीरे मन यहाँ तक मान गया कि हम न तो धंधा करने के योग्य हैं और न कोई नौकरी ही, चाहे वह बढ़िया ही क्यों न हो। अपनी अयोग्यता और अभागेपन पर झुंझलाहट होने लगी।

दूसरे दिन इतवार था। इतवार औरों के लिए छुट्टी और हमारे लिए सिरदर्द का दिन होता है। अभी घड़ी में पूरे-पूरे साढ़े सात भी न बजे थे कि बेटी ने आकर मोहल्ले के कई व्यक्तियों के पधारने की सूचना दी। हमने सोचा कि शायद मध्यावधि चुनाव के सिलसिले में किसी उम्मीदवार के नाम का प्रस्ताव लेकर आये होंगे। इस विचार ने मन को स्फूर्ति दी। सोचा, इस बार हम क्यों न खड़े हो जायें। पान की दुकान न सही, नेतागिरी सही, इन दोनों ही पेशों की आमदनी सदा इनकमटैक्स विभाग वालों की पकड़ से बाहर ही रहती है। इस विचार से एक बार फिर आस्था रूपी जीवनमूल्य की उपलब्धि हुई।

तब तक हाथ में अपना हुक्का उठाये हुए बड़े बाबू, लल्लू बाबू, पत्तो बाबू, सत्तो बाबू, सुनत्तो बाबू वगैरह-वगैरह ढब-बेढब नामों के चार-पाँच शिष्ट जन पधारे। बड़े बाबू आते ही बोले, ''पंडित जी, गली वाली नाली देखी आज आपने? गंगा-गोमतियाँ फ्लडियाया करती थीं, अब साली नाली में फ्लड आता है। ये गवरमेंट है साली!''

''आज पूरी गोबरमिंट है साहब, राज भी गोबरनर का है। हम तो कहते हैं कि इस बार मध्यावधि चुनाव में इसे पूरी तरह बदल डालिए।'' अपने भावी वोटर

भगवान को जोश दिलाने की कामना से हमने ज़रा नेता मार्का नाटकीय अंदाज साधा।

"कहते तो आप ठीक ही हैं पंडित जी, मगर मध्यावधि चुनाव अभी चार-पाँच महीने पड़े हैं, आप तत्काल की बात सोचिए। कार्पोरेशन में किसी बड़े अफ़सर को फोन-वोन करके ये गंदगी ठीक करवाइये जल्दी से, अन्दर से मैनहाल उबल रहा है। बड़ी बदबू फैल रही है बाहर।"

खैर, किस्सा कोताह यह कि मेयर, डिप्टी मेयर, हेल्थ अफ़सर आदि को फोन करके हमने मेहतर दल को बुलाने में सफलता प्राप्त कर ही ली और उस सफलता के तुफैल में हमने भावी चुनाव में खड़े होने का इशारा भी फेंक दिया। चार दिन में धूम मच गयी कि हम खड़े हो रहे हैं।

पत्नी फिर सामने आयीं, "इलेक्शन लड़ोगे?"

"हाँ, अब मिनिस्टर बनने का इरादा है।"

"पैसा कौन देगा?"

हमने कहा, "बुद्धिजीवी जब अपना ईमान बेचता है, तो पैसों की कमी नहीं रहती।"

तभी लड़के आये, उन्होंने पूछा, "आप किस पार्टी से इलेक्शन लड़ेंगे?"

हम बोले, "इस समय तो हमारी गुडविल ऐसी ज़बरदस्त है कि सभी पार्टियाँ हमें टिकट देना चाहती हैं।"

बड़ा बोला, "मगर इस समय तो इन सब पार्टियों की साख गिरी हुई है। इनमें से एक भी पूरी तरह सफलता नहीं पायेंगी।"

हमने कहा, "सही कहते हो। हम बुद्धिमत्ता से काम लेकर अपनी पार्टी बनायेंगे।"

"आपका मेनिफैस्टो क्या होगा?"

हम गौर करने लगे। अपना स्वार्थ साधने के लिए ऐसा मेनिफैस्टो बनाना चाहिये, जो औरों से अलग लगे और साथ ही पैसा मिलने के साधन भी जुट जायें। हमने कहा, "देखो, इनमें से कोई भी पार्टी इस बार बहुमत नहीं पायेगी। क्योंकि जनता सबमें अपना विश्वास खो बैठी है। और यहाँ के सेठ हमें पैसा भी नहीं देंगे, क्योंकि इनमें से कुछ कांग्रेस के साथ हैं और कुछ जनसंघ के। इसलिए हमारा पहला नारा यह होगा कि भारत के जिन-जिन प्रदेशों में इस समय मध्यावधि चुनाव हो रहा है, उनमें स्थायी शान्ति और सुशासन लाने के लिए दस वर्ष तक पाकिस्तान, अमरीका और ब्रिटेन का सम्मिलित राज होना चाहिये। इससे हिन्दू-मुस्लिम एकता और स्थायी शान्ति बढ़ेगी, तथा इन तीनों की तरफ से मुख्य-मंत्रित्व का भार हम संभालेंगे। इस त्रिदेशीय फार्मूले से हिन्दुस्तान और पाकिस्तान के सारे मसले हल हो जायेंगे। इस तरह देश की पूर्वी और पश्चिमी सीमाओं पर निःशस्त्रीकरण की नीति को अमल में लाने के लिए एक रास्ता खुल जायेगा।"

‘‘ठीक। और क्या होगा आपके मेनिफैस्टो में?’’

विचारों की रोशनी से हमारी आँखें सहसा चौंधिया उठीं। हमने फौरन अपना धूप का चश्मा चढ़ा लिया और गम्भीर पैगम्बरी स्वर में कहा, ‘‘हम अपरिवर्तनवाद का सिद्धान्त चलायेंगे—हिन्दू हिन्दू रहे और मुसलमान मुसलमान। इन्हें एक भारतीय समाज हरगिज़ न बनने देना चाहिये, हम एक और अखण्ड भारत के खिलाफ़ हैं।’’

‘‘और भाषा?’’

‘‘भाषा का भूमि और संस्कृति से कोई सम्बन्ध नहीं। पाकिस्तान, अमरीका और ब्रिटेन में से जो हमारे इलेक्शन का खर्च उठाने को राज़ी हो जायेगा, उसकी भाषा का समर्थन करेंगे। वैसे अपनी जनता की सुविधा के लिए हम अंग्रेज़ी को भारत की राष्ट्रभाषा...’’

‘‘क्या कहा? अंग्रेज़ी को राष्ट्रभाषा बनाओगे! अपने स्वार्थ के लिए हर झूठ को सच बनाओगे?’’

पत्नी के तेहे पर हमने अपनी बौद्धिक मार्का हँसी का गुल खिलाया और कहा, ‘‘अरी पगली, नेता और वकीलों की सहायता ही इस बात पर निर्भर करती है।’’

‘‘झाड़ू पड़े तुम्हारी नेतागिरी पर। मैं आज से ही तुम्हारा खुला विरोध करूँगी।’’

‘‘अरे, पूरी बात तो सुन लो! देश में इस वक्त अन्न की कमी है...’’ हम बोले, तो पत्नी ने बात बीच में काट दी, ‘‘तुम्हें कौन खाने-पीने की तकलीफ है...जो...’’

हमसे आगे सुना नहीं गया। हमने अपना तेहा दिखाया, ‘‘ज़्यादा बक-बक मत करो...ज़्यादा बात करने से भूख भी ज़्यादा लगती है...जब तक भारत में औरतों के मुँह पर पट्टी नहीं बाँध दी जायेगी, तब तक अन्न समस्या हल होने वाली नहीं है। अन्न मंगवाने के लिए हमने तय किया है कि एक टन गेहूँ के बदले में हम एक नेता उस देश को सप्लाई करेंगे, जो हमें अन्न देगा। वह सौ टन गेहूँ देगा, हम सौ नेता उसे देंगे! वह हज़ार देगा, तो हम हज़ार देंगे।’’

पत्नी मुँह बाये सुन रही थी। मौका देखकर हमने और खुलासा किया, ‘‘हमारी पार्टी भ्रष्टाचार को शिष्टाचार के रूप में मंजूर करती है, बगैर तकल्लुफ के कहीं राज चलते हैं? घूसखोरी का तकल्लुफ हमारे राज में बराबर बरता जायेगा! रोज़ी-रोटी माँगने वालों की खाल खिंचवाकर बाटा वालों को सप्लाई की जायेगी, ताकि रूस से आने वाली जूतों की माँग पूरी की जा सके।

‘‘गीता का यह श्लोक हमारा सिद्धान्त वाक्य होगा और नारा भी...

स्वधर्मे निधनं श्रेयः परधर्मो भयावहः।’’

‘‘दकियानूसियों ने इस श्लोक की रेढ़ मारके रख दी है। हम इसका सीधा, सरल और सही अर्थ अपनी धर्मप्राण जनता को समझायेंगे।’’

‘‘क्या?’’ पत्नी ने बिफर के पूछा।

‘‘अरे भई, सीधी-सी बात है। हर आदमी का अपना-अपना धर्म है। चोर का धर्म चोरी करना, डकैत का डाका डालना, बेईमान का बेईमानी करना, इसी तरह गरीब

का धर्म है गरीबी और अमीर का अमीरी। गरीब को अमीर का धर्म अपनाने की छूट नहीं दी जायेगी और न अमीर को गरीब का धर्म अपनाने की। हम इस धर्म-परिवर्तन के खिलाफ़ हैं। इस धर्मवादिता से जनसंघ के समर्थक भी हमारी पार्टी में आ सकते हैं...''

पत्नी हमारे विरुद्ध प्रचार करने लगी हैं। हमारा चुनाव का सपना डांवाडोल हो रहा है और जनता के क्रोध से बचने के लिए हम इस समय बम्बई भाग आये हैं। क्रोध में बराबर यही बात मन से फूटती है कि सत्यानाश हो इस जनता का, जो हमें नेता नहीं मानती।

शहर का अन्देशा

भाई साहब, हाथ कंगन को आरसी क्या, इस समय लखनऊ नगर में गली-दर-गली, घरों में, घरवालियों में, हलवाई, तम्बोली, पंसारियों और सब्जी वालों, नौकर-चाकर, धोबी, जमादार-जमादारिन, लाला-ललाइनों में गर्ज़े कि घर-घाट, हाट-बाट में बेशुमार चलते-फिरते गज़ट देखने को मिल जायेंगे। आज पाँच रोज़ से अफवाह गर्म है कि कलकत्ते बंगाल की तरफ से चार बड़े लम्ब-तड़ंग जवान आये हैं। वे रात में घरों के द्वार खटखटाते हैं, 'तार ले जाइये' की आवाज़ लगाते हैं और जो जाकर दरवाज़ा खोलता है उसे उन लम्बू जादूगरों में से कोई एक तमाचा जड़ देता है। आदमी चटपट मर जाता है। ये लम्बे बंगाली जादूगर किसी को लूटते नहीं, बस तमाचा मारकर जान लेते हैं।

इस अफवाह ने चलते-फिरते गज़टों को आजकल स्पुतनिक बना रखा है। क्या औरतें, क्या मर्द, सुबह से शाम तक जहाँ जाते हैं यही अफवाह फैलाते हैं।

आज दो रोज़ हुए, जरदन अंधेरे ही बुढ़ऊ लम्बरदार हमारे पैर दबाने आते हैं। उनके पैर मींजने पर हम कुनमुनाये, लम्बरदार ने राम-राम की, हमारी नींद टूटी, लम्बरदार बोले, "मालिक, अब तो दुनिया मां रहब मुश्किल हुइगा है, भला यू कौनो इंसाफ की बात आय कि न जान न पहचान न दुश्मनी न अदावत, कुच्छौ नहीं, औ' लै के मनई का भड़ से चाँटा जड़ि दिहिन औ' मनई का मारि डालिन।"

मैंने सोचा, कोई वारदात हो गयी होगी। ब्योरा पूछा। लम्बरदार बोले, "अरे मालिक, एक हुई!—हम कहिति हय कि आज दुई रोज़ मां हियाँ सौ दुई सौ मनई का मार डालिन। सैंकड़न-हज़ारन का कानपुर मां मारि कै अब लखनऊ मां आये हैं।"

थोड़ी देर बाद पत्नी आयीं, "पूछा, अखबार में कोई खबर छपी है।"

मैंने कहा, "कोई क्या, खबरें ही खबरें छपी हैं, उसका नाम ही अखबार है।"

मेरी पत्नी चिढ़ उठीं, बोलीं, "तुम बात का जवाब देना ही नहीं जानते। रहने दो, मैं बड़े से पूछ लूँगी।"

मैं सोचने लगा कि सुबह लम्बरदार ने बेमतलब जिन चाँटामार जान लेनेवालों की बात मुझे सुनाई थी वे स्वभाव में मेरी घरवाली या कहूँ कि आमतौर पर हर किसी की अधेड़ या बूढ़ी घरवाली से ज़रूर मिलते-जुलते होंगे। बड़े बेटों-बेटी वालियाँ,

बहुओं दामादों, नाती-पोतों वाली सुहागिनें, अपने पतियों को बेबात की बात का नाच नचाना आरम्भ कर देती हैं।

आप ही न्याय कीजिये कि बिना जाने मैं यह कैसे समझ सकता हूँ कि वो कौन-सी खबर सुनना चाहती हैं। मगर उनके यों तुमुक के चले जाने पर कौन ज़बान खोले। यदि रस-शास्त्र की नायिका-भेदी दृष्टि से प्रौढ़-अधीरा कहूँ तो उनका मातृ-पद, सास-पद भृकुटियाँ तान-तानकर देखता है। बड़ी मुसीबत है, बंगाल के चाँटेमार जानलेवाओं की अफवाह तो आज उड़ी, मैं तो कहता हूँ कि हर भाग्यवान घर में सदा से ऐसी चाँटेमार जानलेवा जादूगरनियाँ रही हैं। और लीजिए, मैं यह सब सोच ही रहा था कि श्रीमती फिर आ धमकीं, झुंझलाकर कहा, ''बड़ा तो बड़ा जानलेवा है। वो अपने नाइट-शो सिनेमा के फेर में खबर को ही झूठी बताता है। मेरी हँसी उड़ाता है। तुम बता दो, खबर छपी है कि नहीं।''

उनका चेहरा देखकर मुझे दया आ गयी। फिर भी थोड़ी छेड़खानी से बाज़ न आया। समझ तो गया था कि किस खबर से परेशान हैं, शर्लाक होम्स की बुद्धि से यह भी समझ गया था कि अभी महरी बर्तन माँजने आयी है। उसी ने चाँटेमार जादूगरों की खबर सुनाई होगी। मगर अनजान बनकर बोला, ''भई कौन-सी खबर बतलाऊँ। चीन की चिट्ठी पढ़कर सुनाऊँ या द्विवेदी स्मारक की खबर...''

''महरी कहती है कि अखबारों में खबर छप गयी है।''

''कौन-सी खबर?''

''तुम हँसी उड़ाओगे! जाने दो।''

मेरी पत्नी उठने लगीं। मैंने देखा अपना मज़ा ही चला, तो चट से आँचल थामकर कहा, ''मैं अभी अखबार वालों को टेलीफोन करता हूँ कि जिस चाँटेमार जादूगर से पब्लिक परेशान है उसे मैंने गिरफ्तार कर रखा है।''

''हाँ-हाँ, वही कलकत्ते के जादूगर!'' मेरी पत्नी का मुख-कमल खिल उठा, बोली, ''मैं जानती थी, तुम्हें ज़रूर खबर होगी। महरी कहती थी कि रात में साइकिल से उतरते हैं और किसी का भी मुँह नोंच लेते हैं, बस आदमी मर जाता है।''

मैंने गम्भीर होकर कहा, ''ये तो गम्भीर खबर सुनाई तुमने? अब तक कितने मरे?''

''ये तो मालूम नहीं हुआ। महरी कहती थी कि कल रात मेडिकल कॉलेज के सामने ही एक केस हो गया। फौरन अस्पताल में ले गये, डॉक्टरों ने कहा, मर गया। उसके चेहरे पर नाखूनों की खरोंच के निशान थे।''

मैंने कहा, ''अखबार में तो ऐसी कोई खबर नहीं। न हो तो रेडियो की खबरें सुन लेना आज।''

''तुम्हें कैसे खबर लगी?'' पत्नी ने पूछा।

''लम्बरदार ने कहा था, मगर तुम मुँह नोचनेवाले जादूगर को बतलाती हो, वो चांटेमार बखान रहा था। तुम्हारे जादूगर साइकिल पर आते हैं, उसके साथ फिटिये

ज़वान हैं जो रात में आकर दरवाज़ा खटखटाते हैं तार ले जाइये।''

''हाँ! हाँ! महरी यह भी कहती थी कि तार वाले और डाकिये बनकर भी आते हैं।'' पत्नी ने समर्थन किया।

मैंने कहा, ''एक बात और है, लम्बरदार के चाँटेमार जादूगर चार हैं और तुम्हारे मुँह-खसोट कितने हैं, इसकी ज़रा अपनी महरी से पक्की-पोढ़ी खबर लाओ तो सरकारी तौर पर जाँच कराऊँ।''

''अब तुम तो हँसी उड़ाने लगे।'' मेरी पत्नी ने झेंपकर कहा फिर सोचती खड़ी रहीं, फिर कहा, ''वैसे तो मुझे विश्वास है कि ये कोरी गप्प है। पर बड़ा जो रात को देर से आता है इसी से विश्वास नहीं होता।''

मैंने कहा, ''देवी, तर्कशास्त्र के इस नये सूत्र के लिए ही तुम्हें डाक्टरेट मिलनी चाहिये।''

वे अपनी झेंप मिटाने के लिए मुस्कराईं और अपना बड़प्पन स्थापित करते हुए बोलीं, ''तुम्हें याद है, एक बार जब लकड़बग्घों की गप्प उड़ी थी तब किसी बाबा जी की एक पगली को लकड़बग्घी कहकर कैसा शोर मचाया था।''

मैंने कहा, ''मुझे तो याद है, तुम याद कर लो।''

इन चलते-फिरते गज़टों ने अक्सर अनर्थ तक कर डाला है। कई वर्ष पहले गोमती तट से पागलों का इलाज़ करने वाले एक बाबाजी के आश्रम से रात में एक पगली भाग निकली। गर्मी के दिन थे। वह भटकते-भटकते एक ऐसे गरीबों के मुहल्ले में पहुँच गयी जहाँ गली में ही खाटें बिछाये अनेक परिवार सो रहे थे। पगली का एक बच्चा कुछ महीनों पहले मर चुका था, किसी स्त्री के पास लेटे हुए छोटे बच्चे को उसने अपना समझकर उठा लिया और कसकर चूमने-दुलारने लगी। बच्चा रोया, माँ की आँख खुली, अपने बच्चे को किसी की गोद में देखकर वह चीखी। पगली भागी, जगार हो गयी, लोगों ने पगली से बच्चा छीन लिया, पगली को खूब मारा-पीटा, कोतवाली में सुबह चार बजे लाकर बन्द करवा दिया। यह खबर मुँह अंधेरे ही दूर-दूर तक यों फैली कि एक लकड़बग्घी एक बच्चे को ले भागी। उसका कलेजा खा लिया। कोतवाली में पकड़कर आयी है। उसके बड़े-बड़े नाखून हैं इत्यादि। लगभग साढ़े चार बजे तक चौक कोतवाली के फाटक पर लगभग हज़ार आदमियों का मज़मा लग गया। जितना ही लोगों से यह कहा जाये कि लकड़बग्घी नहीं एक औरत है, उतना ही लोगों का यह विश्वास दृढ़ हो कि लकड़बग्घी है, ये तो पब्लिक में सनसनी न फैले इसलिए खबर छिपा रहे हैं। मैं पगली को देखने गया, पहचान लिया और थाने वालों से सारी स्थिति भी बयान की। उन्होंने कानूनी स्थिति मुझे समझा दी। मैं जब बाहर निकला तो अनेक आदमियों ने घेरा, ''लकड़बग्घी है न?'' मैंने कहा, ''नहीं, पगली है।'' एक पढ़े-लिखे जवान मुझसे तन गये, ''वाह लकड़बग्घी है। इतने लोग झूठ कहते हैं?''

मैंने कहा, ''मैंने तो औरत ही देखी।'' वे ताव खाकर बोले, ''भेस बदल लिया

होगा।'' इसका जवाब ही क्या था, मैं चुप हो गया।

एक बार आपको याद होगा कि कुछ छोटे शहरों और गाँवों में इंजेक्शन और टीके लगाने वालों के खिलाफ इन चलते-फिरते गज़टों ने यह खबर उड़ा दी थी कि ये बच्चों की आबादी घटाने के लिए उन्हें टीके लगाकर मार रहे हैं। इलाहाबाद के पास फूलपुर गाँव में कुछ कैमराधारी पत्रकार इसी धोखे में पिट गये, उनके कैमरे छीन लिए गये, मथुरा में एक बेचारा मलेरिया इंस्पेक्टर जनता के गुस्से का शिकार होकर बुरी तरह पिटा। बल्कि मुझे तो अब भी यही अंदेशा है कि इन चलते-फिरते गज़टों की कृपा से किसी दिन रात में कोई साइकिलधारी लंबा जवान धोखे में जनता के क्रोध का शिकार न हो जाये। ऐसी खबरें सचमुच शहर का अंदेशा हुआ करती हैं। इन चलते-फिरते गज़टों ने फिलहाल मेरे घर में तो अंदेशा पैदा कर ही दिया है, सर्दी की रातों में अंधेरा यों ही जल्दी होता है और मेरी पत्नी परेशान होने लगती है—''अभी बड़ा नहीं आया, कितने बजे हैं। खबर सच्ची है जी, तुम लोग मानो या न मानो। दिन में धोबी आया वह भी कह गया, पास-पड़ोस...''

मैंने कहा, ''तुम लोग सब ये झूठी-मूठी खबरें उड़ाकर किसी दिन किसी बेगुनाह को शहर में पिटवा दोगी, मुझे इसी का अंदेशा है।''

चकल्लस

हमारे यहाँ चचा तीन तरह के माने जाते हैं, एक 'चचा बुजुर्गवार' होते हैं, दूसरे 'चचायार' और तीसरी किस्म के 'चचा बर्खुरदार' कहलाते हैं। इनमें मॉडल नम्बर दो के एक हमारे भी चचा थे। आज तीस-पैंतीस बरस पहले तक के ज़माने में हमारे लखनऊ शहर में तीन की पूछ सबसे बड़ी होती थी—जोगिये पीले साईंशाहों की, बाँकों की और पत्थरों की। मैंने 'कत्ताले-आलम जाने-जहाँ' क्लास को जानबूझकर इन वी. आई.पी.-यों की लिस्ट में शामिल नहीं किया। उनका तो रुतबा ही आला निराला था। हम शरीफों की माँ-दादियों की कसक और जलन की गवाही में, अब तक उनकी बनाई पुरानी कहावतों और ढोलक के गीत मौजूद हैं; सर्द आहें भर-भरके कहा करती थीं, "हाँ जी, हम क्या और हमारी हस्ती ही क्या? घर की मुर्गी दाल बराबर और वो चकमक दीदा खाय मलीदा।" खुशी के मौकों पर गाये जाने वाले गीतों में 'नटनी घर जाना छोड़ो सनम' या 'बागन काहे को जाओ पिया, घर बैठे ही बाग लगाय दिखाऊँ। एड़ी अनार-सी मोर रही बहियाँ दोऊ चंपे-सी डार नवाऊँ।' जैसे गीत कवित्त गाकर अपने लिए पिया बलमू की अदालत में इलेक्शन-पिटीशन लड़ा करती थीं।

तवायफों की बात ही कुछ और थी यानी कि यों समझें कि राजनीतिक तौर पर नवाबी को गये और अंग्रेज़ी आये तब तक चौहत्तर-पिछहत्तर बरस बीत चुके थे मगर लखनऊ में उस वक्त भी बेसवा वज़ीर थी और बटेर बादशाह। खैर, ये तो बात में एक बात यों ही निकल आयी, वरना इनके ज़िक्रे नापाक का भला हम जैसे सफेदपोश शरीफों से क्या सरोकार—हम तो अपने चचायार की बात कर रहे थे; कि उनका जवाब नहीं था। वैसे वो कोई हमारे सगे चचा नहीं थे; कश्मीरी पंडित थे। उनके सबसे बड़े भाई और हमारे पिता में ऐसी घनी-घना थी कि एक पान के दो टुकड़े करके खाते थे। एक जान दो कालिब थे। और चचायार जो थे वो हमारे क्लासफेलो हुए। उनमें लखनऊ के वी.आई.पी.यों के तीनों गुण मौजूद थे। वे साईं कलन्दरी, बाँकपन और शायरी के काकटेल थे—नम्बरी चकल्लसी। शायर वो ऐसे थे कि जैसे मिस्त्री का काम जानने वाला साइकल-चोर होता है। औरों के कहे हुए अशआरों की चूलें भिड़ाकर चचायार अपनी शेर की खाट बनाते थे। उनका एक शेर

अर्ज़ है, मुलाहिज़ा हो :

चकल्लसों की कमी नहीं 'चच्चा'
'डैश' अब बेहिसाब मिलते हैं।

(चचायार ने एक आम फहम प्रारितेरियत शब्द का प्रयोग किया था, हमने उसकी जगह डैश लगा दिया।)

खैर, चकल्लस की इस फिलासफी के समर्थक न तो हम पहले थे और न आज हैं मगर चकल्लस की किस्मों को हमारे चचायार ने पाँच प्रकार की माना था। (1) भाँत-भाँत की चकल्लस, (2) बैठे-बिठाये की चकल्लस, (3) मुफ्त की चकल्लस मोल लेना या बेकार की चकल्लस में पड़ना। (4) खुदाई चकल्लस—और नम्बर पाँच की चकल्लस का नाम है, वही (डैश)—चकल्लस।'

हमारे चचायार को बैठे-बिठलाये की चकल्लस सूझती थी, कहना चाहिये उन्हें उसकी चुल उठती थी। इस चकल्लस शब्द में जिन-जिन अर्थों की गूँज उठती है उन सभी में माहिर थे—यानी झगड़ा-फसाद कराने में पूरे नारद मुनि, किसी भी तरह की झझटें मोल लेने में या किसी तरह की झंझट खड़ी करने में हरदम 'आ बैल मुझे मार' वाली अदा में तैयार रहने वाले और चुहल-चकल्लस में तो उनका पूछना ही क्या, वालिद जहानाबादी ही ठहरे।

एक बार एक मित्र की बारात में गये थे। वापसी में हम लोगों ने सामान, बुजुर्ग पार्टी और बकौल चचा शादी में पाया हुआ 'चुंगी का माल' यानी नयी दुल्हन—यह सब तो एक कम्पार्टमेंट में जमा दिये और हम लोगों ने आज़ादी से एक दूसरे डिब्बे में आसन जमाया। रेल के साथ चलने वाले टिकट चेकर साहब चूँकि हमारे ही आदमी थे इसलिए पूरा स्वराज था। एक या दो स्टेशनों के बाद हमारे कम्पार्टमेंट में एक देहाती बारात की भीड़ धंसी। हल्ले-हड़बोंग का तो पूछना ही क्या था। पुराने ज़माने में किले का फाटक टूटते ही जैसे दुश्मनों की फ़ौजें अन्दर धँसती होंगी वैसे ही आज थर्ड क्लास में मुसाफिर धँसता है और शोर हूबहू ऐसा ही होता है जैसा सट्टे की इमारत के अन्दर होता है। खैर साहब, बारात किसी तरह अन्दर आयी। नौशा सलामत के तौर-तेवर देखते ही चचायार बोले, ''भई ये तो खालिस 'इश्टुडेंट' मार्का सैंपिल है 'एस' को 'यस' और 'एम, एन' को 'यम, यन' कहता होगा।''

हम लोग ताश फेंट रहे थे, देहाती नौशे में ज़रा भी दिलचस्पी न दिखलायी; लेकिन अब इसका क्या किया जाये कि खुद नौशे साहब की शामत ही उस दिन आयी हुई थी। कोट, पतलून, टाई पहने, फाउंटेन पेन और चश्मे से चमाचम लैस, शादी के पन्ने चढ़े मौर को बगल में टोप की तरह दबाये हुए अपने बारातियों के बैठने का इन्तज़ाम कर रहे थे—किसी से कहते, इधर बैठो, किसी को उधर बैठाते, किसी यात्री से कहते कि आपने टिकट लिया है मगर सीट तो रिजर्व नहीं कराई, आखिर हमने भी टिकट पर्चेज़ किया है—और यही सब करते हुए वे हम लोगों के

पास भी जगह झटकने के लिए आ बैठे, फरमाया, ''ए मिस्टर, आप लोग ज़रा पीछे खिसकिये, पैसेंज़र्स बैठेंगे।''

हमने उस ओर कान भी न दिये। खाली हमारे चचायार ने रूमाल की नोक से अपनी नाक सुरसुराना शुरू कर दिया। नौशा जी ने दोबारा कहा, ''आई एम आस्किंग यू मिस्टर।'' चचायार ने सिर उठाकर नौशे हुज़ूर की तरफ देखा। छींक की आमद-आमद में उनके चेहरे की लकीरें उचक-बिचक रही थीं। चचा उठके नौशे के सामने पहुँचे और उसके मुँह पर तड़ातड़ डबल दुनाली दाग दी। नौशाजी तिनगकर पीछे हटे लेकिन उनके कुछ कहने से पहले ही चचा बोले, ''बरखुरदार, तुम्हें देखते ही छींकें आ गयीं। शगुन अच्छा नहीं हुआ, लौट जाओ।'' नौशा साहब अपने नाती-गोतियों के सामने भला हार मान के क्योंकर लौट सकते थे। अंग्रेज़ी में अपने 'यक्सप्रसन्स पर यक्सप्रसन्न' दिखलाने लगे। चचा सीट पर खड़े होकर चिल्लाये, ''भई, इस लड़के का बाप कौन है!''

नौशा हुज़ूर, बोलते-बोलते एकाएक भौंकने लगे और इधर से उनके बाप भी पीछे की सीट से बोले, ''हम हन।''

''भई, तुम्हारा लड़का अंग्रेज़ी बड़ी गलत बोलता है, इसको दस रुपै की चपरासगीरी भी न मिल सकेगी, तुमने बेकार शादी की इसकी।'' चचा की बात और कहने की अदा ने लोगों को हँसा दिया, वे यात्री जो कि इस बारात में आ जाने से कष्ट पा रहे थे, नौशे की इस दुर्गत पर हँस उठे। हम लोगों ने उसकी अंग्रेज़ी की नकलें उतारीं। तब तो फिर नौशे की बौखलाहट देखते ही बनी, कदम सहमे हुए पीछे हटते जाते थे और उनकी अंग्रेज़ी और हाथ आगे बढ़ाते जाते थे। और उनकी तरफ के बड़े-बूढ़े उन्हें समझा-बुझाकर ले गये और आयी बात पार पड़ गयी। हम लोग फिर ताश में रम गये। अगले स्टेशन पर नौशा साहब कब बाहर गये यह तो हममें से कोई न देख सका लेकिन एकाएक जब वे टिकट चेकर को अपने साथ लाकर हमारी ओर संकेत करके बोले, ''ये लोग बगैर टिकट हैं'' तब हमने उन्हें देखा। हमारे उड़ाये मज़ाकों के नहले पर अपने टिकट चेकर के दहले को लादने की खुशी में उनका चेहरा सन्तोष और शान से दमदमा रहा था। शायद हमारी आपसी बातचीत में उन्होंने सुन लिया होगा कि हममें से अनेक बगैर टिकट चल रहे हैं। लेकिन टिकट चेकर साहब ने जब हम लोगों को देखा तो उल्टे घूमकर उन्हीं से टिकट की फरमाइश कर बैठे। हम लोगों ने उनका फिर तो खूब ही मज़ाक उड़ाया। चचा ताश छोड़कर नौशे के पीछे ही पड़ गये। मगर अब उसकी बोलती बन्द हो गयी थी। फिर स्टेशन आया। नौशा फिर उतरा। चचा बोले, ''अबकी साला पुलिस बुलाने गया होगा।'' हमारा एक साथी उतरकर उनकी टोह लेने गया और खबर लाया कि नौशा जी नौशी के कम्पार्टमेंट के आगे खड़े होकर सिगरेट फूँक रहे हैं। दूसरे-तीसरे स्टेशन पर नौशा फिर गये। हर बार हमारे गोयन्दे ने खबर दी कि अपनी दुलहिनी के डब्बे से टिककर खड़े हैं। चौथे स्टेशन पर चचायार भी उनके पीछे-पीछे गये। हम

उनके साथ हो लिए। चचा ने रेलवे पुलिस के एक सिपाही के हाथ में चुपके से एक अठन्नी टिकाई और कहा कि मेरे भतीजे की बारात लौट रही है, और वो आवारा छोकरा दुल्हन की खिड़की के पास जा-जाकर गन्दी-गन्दी बातें बकता है, उसके मुँह पर सिगरेट का धुआँ छोड़ता है। जिस ज़माने में दुअन्नी-चवन्नी का रेट था उस ज़माने में अठन्नी टिकाने वाले का काम भला सिपाही क्यों न करता! जाकर उसी कम्पार्टमेंट के पास खड़ा हो गया और ज्योंही गाड़ी ने सीटी दी, उसने लपककर नौशे का हाथ पकड़ लिया।

नौशेराम सिपाही के साथ उलझते ही रह गये और गाड़ी चल दी। हमने कहा, ''चचायार, तुमने उसे बुरा फँसाया। बेचारा मुफ्त की चकल्लस में फँस गया।''

चचा बोले, ''बेटा, हमारी नीयत तो नहीं थी मगर क्या करें, हम तो पहले ही कह चुके हैं कि चकल्लसों की कमी नहीं क्योंकि 'डैश' बेहिसाब मिलते हैं।''

भाँत-भाँत की चकल्लस में बम्बई के मुलुक का ध्यान करते हुए हमें सबसे पहले भाषाई चकल्लस का ध्यान आ रहा है। हम भैयालैंड के आदमी, पहली-पहली बार जब यहाँ आये तो शब्द 'चेष्टा' की चकल्लस में पड़ गये। एक बड़े शिष्ट, सम्भ्रान्त और नये-नये परिचित महाराष्ट्रीय फिल्म डायरेक्टर सज्जन की किसी गम्भीर बात के जवाब में हमने कहा, ''मैं वचन देता हूँ कि एक बार चेष्टा अवश्य करूँगा।'' बेचारे भलेमानुस हकबकाकर मुझे देखने लगे फिर खिसियाकर बोले, ''इसमें चेष्टा करने जैसी कोई बात तो मैंने आपकूँ बोलाच नयी।'' वो मुँह फुलाये हुए-से चले गये। बाद में किसी ने कहा कि पंडितजी तो अजब आदमी हैं। मैंने उन्हें एक सुझाव दिया तो बोले कि इसकी चेष्टा करूँगा। दूसरे सज्जन समझदार थे, हँस पड़े, बाद में हमसे आकर कहा, ''पंडितजी, अब किसी मराठी वाले के सामने चेष्टा शब्द न कहिएगा।'' हमने पूछा, ''क्यों?''

वे हँसकर बोले, ''आप तो हिन्दी में चेष्टा शब्द कहकर के कोशिश कर रहे थे और वे मराठी में समझे कि आप मज़ाक कर रहे हैं।''

हम चौंक उठे मगर चौंकने से भी आगे होने वाली दुर्गत रुक न सकी। अक्सर ऐसा हुआ कि हमारे हिन्दी के सीधे-सादे शब्दों में किसी गुजराती, मराठी, तमिल या बंगला-भाषी को अपनी-अपनी भाषाओं के अनुसार अश्लीलता दिखाई पड़ी। एक बार सत्तर चूहे खाके हज करने वाली एक बाई जी अपनी पवित्रता का नखरा दिखलाती हुई बोलीं, ''ये भैया लोक को गन्दी-गन्दी बातें बकने में लाज-शरम मुलींच नहीं आती।'' इसी तरह बंगाली-गुजराती आदि के बाज़-बाज़ सरल शब्द हिन्दी वालों के कानों को भद्दे और अश्लील लगते हैं। इसलिए अर्ज़ है कि 'नेशनल इंटीग्रेशन' का ध्यान रखते हुए इन शब्दों की चकल्लस में इन्सान को ज़रा समझ-बूझकर ही पड़ना चाहिये। अगर देस-भेस की चाल समझ के न चले तो ईश्वर न करे, नसीबे दुश्मनां किसी का वही हाल हो सकता है जो हमारे एक पुराने मुलाकाती बंगाली डॉक्टर साहब का हुआ था। उनका नाम उनके बाप ने राष्ट्रीयता के बहाव में देशबन्धु

चितरंजनदास की स्मृति में रखा था देशबन्धुदास। बड़े होने पर देशबन्धु जी को अपने नाम के साथ जुड़ा 'दास' शब्द खटका, उसे निकाल फेंका। अपने साइनबोर्ड पर उन्होंने लिखवाया, 'डॉ. डी. बोन्धु'। मैंने उसे देखकर कहा, "डॉक्टर साहब, हमारे यहाँ बन्धु कहते हैं।" डॉक्टर बन्धु तन गये, बोले, "हिन्दी उच्चारोन गोलोत हॉय। हमरा बंगाली लोक बाड़ा-बाड़ा विद्वान होता है। गोलोत नहीं बोलने शकता।" हमने उनके ये तेवर देखे तो समझ गये, नादान तो हैं ही, मगरूर भी हैं। फिर भी समझाते हुए कहा, "डाक्टर साहब, ये मसला विद्वानों का नहीं आम जनता के स्वभाव का है। मैं भी अगर अपने घर से बाहर निकलकर कहीं परदेस जाऊँ तो मुझे भी वहाँ का चलन, रिवाज़ और बातचीत समझनी होगी।" खैर, वे न माने और पब्लिक की ज़बान पर चढ़कर वे 'बोन्धु' से भोंदू हो गये।

अब वे दोष देते हैं कि हमने लोगों को सिखाया है। उनकी माँ हमारे घर आकर खूब कोसाकाटी कर गयीं। हम अजब हैरान कि अच्छा तमाशा है। ये तो भलमनसाहत में बैठे-बिठाये खामखां की चकल्लस में पड़ के होम करते हाथ जला लिए। लेकिन डॉक्टर भोंदू की नादानियों से हमने ये मॉरल निकाला—क्योंकि हर बात में मॉरल निकालना उन दिनों ज़रूरी समझा जाता था—कि जो न माने बड़ों की सीख, ठिकरा लेके माँगे भीख। डॉ. भोंदू की तरह ही हमारे एक तिरंगे दिल्लीपाल माननीय भी सारे भारत से अपने नाम का प्रादेशिक उच्चारण कराने पर तुल गये थे, थे क्या अब भी तुले हुए हैं मगर क्या निवेदन करूँ, जनवाणी पर ऐसी छीछालेदर हो गयी है उस माननीय नाम की कि—खैर होगा जी, इन तिरंगे माननीयों की चकल्लस में कौन पड़े। बस चलते-चलाते एक साहित्यिक चकल्लस और पेश कर दूँ।

यह तो आप भी जानते ही हैं कि स्वतन्त्र भारत में कच्चे-उत्पादन के गृह-कुटीर उद्योगों की बढ़ोतरी से होड़ लेने वाली कोई चीज़ यदि है तो केवल सेमिनारों और विचारगोष्ठियों की फस्ली-बेफस्ली बेतहाशा पैदावार। खैर साहब, एक सेमिनार उर्फ विचारगोष्ठी हुई। पाँच-छह शहरों के साहित्यिक जुड़े, किसी के चुन्न-पुन्न पर चाय-नास्ते का उम्दा डौल भी बैठ गया। पहले बहस नयी कहानी पर चली और उसमें नयी कविता के हवाले दिये गये। पुरानी कहानियों की चीर-हरण लीला दिखलाने के बाद साहित्यिकों ने तय किया कि अब कहानी छोड़ उपन्यासों पर विचार किया जाये। विचार होने लगा साहब, लेकिन विचार करते-करते यह अड़चन आयी कि जैसे नयी कविता, पुरानी कविता, नयी कहानी, पुरानी कहानी का बँटवारा हो चुका है वैसे पुराने उपन्यास और नये उपन्यास का हिन्दुस्तान-पाकिस्तान अभी बँट नहीं पाया। बेचारे विचारकों ने बहुत बार कामू, काफ्का, सार्त्र जैसे साहित्यिक विटामिनों, कार्बोहाइड्रेट, स्टार्च और प्रोटीनों की ज़ोरदार नुमाइश की, तब तक धर्मयुग में नये साहित्यिक विटामिन कीकेगार्द की खोज हो नहीं पाई थी उसका नाम रह गया—मगर इन सबसे भी जब नयेपन का मसला हल न हुआ तो एक

लालबुझक्कड़ ने नयी बनाम पुरानी कहानी कविता के वज़न पर मोटा उपन्यास बनाम पतला उपन्यास की बहस छेड़ दी। बस, बड़ी मुँहजोर मुँहतोड़ बहस इसी पर चल निकली कि उपन्यास मोटा भला या पतला? चारों ओर पतला-पतला की गुहार मच गयी। लोग-बाग नारे लगाने लगे। पुराने उपन्यास मोटे हैं इसलिए अब असहनीय हैं। हमने जो यों साहित्यिक अक्ल का हाल पतला होते देखा तो यह तय किया कि अब इन सेमिनारों की चकल्लस में हरगिज़ न पड़ेंगे मगर अब सोचते हैं कि यह सिद्धान्त ठीक नहीं, जब तक चार जगह की चकल्लस न देखे-सुने, यार की चकल्लस न पड़े, तब तक आदमी भला क्या आदमी कहलाने के काबिल हो सकता है?

जब बात बनाये न बनी!

बड़े-बूढ़े कुछ झूठ नहीं कह गये हैं कि परदेश जायें तो ऐसे चौकन्ने रहें, जैसे बुढ़ापे में ब्याह करनेवाला अपनी जवान जोरू से रहता है। हम चौकन्नेपन क्या, दसकन्नेपन की सिफारिश करते हैं, वरना ईश्वर न करे किसी पर ऐसे बीते, जैसी परदेश में हम पर बीती, यानी हम साढ़े पाँच हाथ के जीते-जागते मौजूद रहे और परदेश ने हमारे मुँह पर कानूनी तमाचा मारकर कुछ देर के लिए यह साबित कर दिया कि हम फौत शुद यानी कि मर गये।

शहर का नाम-ठाम तो न पूछियेगा, गयी-गुज़री बात के लिए किसी को बदनाम करने की हमारी नियत नहीं। हाँ! इतना जान लेना ही आपके लिए काफी होगा कि वह नगर एक दूसरी भाषा बोलने वालों के प्रदेश में है और हम पापी पेट से बंधे साल-भर के वास्ते वहाँ रहने गये थे।

मकानों की समस्या के विषय में तो आप सब जानते ही हैं, हमें भी बड़ी किल्लत का सामना करना पड़ा। होटल सस्ता होकर भी बड़ा महँगा था। दाम भरपूर और प्रबन्ध का यह हाल था कि सुबह की चाय दस तकाज़ों के बाद दोपहर को मिलती थी, और दोपहर का खाना अगर आज माँगा गया है तो परसों शाम तक अवश्य पहुँच जायेगा। खैर, बड़ी दौड़-धूप की; दफ्तरी कुर्सियों की मिन्नत-खुशामद की, और तकदीर ऐसी सिकन्दर सिद्ध हुई कि चार महीने बाद ही एक मकान हमारे नाम अलाट हो गया। हम बड़े प्रसन्न हुए, मकान देखने गये। एक छोटी-सी चाल थी, अर्थात् उस नयी बनी हुई दो मंजिला इमारत में एक-एक कमरे वाले बीस घर थे। हम अपने कार्यालय के एक सहयोगी को लेकर उस जगह को देखने गये थे और जब देख ही रहे थे कि एक सज्जन, गोदी में अपने मुनुआं को लिए बड़ी अकड़ के साथ दाखिल हुए और अपनी भाषा में कुछ पूछा। हम तो खैर नये थे, लेकिन हमारे सहयोगी ने समझकर बात का उत्तर अंग्रेज़ी में दिया। धड़ाधड़ बात होने लगी।

उन्होंने पूछा—"आप इस घर को ले रहे हैं?"

उसने कहा—"जी हाँ।"

वे बोले—"लेकिन मैं आपको चेतावनी देता हूँ कि इस घर में न आइए।"

"क्यों साहब? क्या इस घर में भूत रहते हैं?"

"भूत!" उन्होंने चौंककर शब्द दुहराया, फिर बोले, "जी नहीं। यहाँ हम लोग

रहते हैं।''

''तो फिर क्या चोर-उचक्कों की बस्ती है?''

हमारे इस प्रश्न से वे लाल-भभूका हो गये, कहा, ''आप हमारा अपमान करते हैं। यहाँ सब शरीफ लोग रहते हैं।''

हम विनम्र हो गये, दीनता से कहा : ''यही सोचकर तो हम भी आ रहे हैं, परदेश में शरीफों का साथ ही ठीक रहता है।''

''लेकिन आप नहीं आ सकते। यहाँ सब घर-गिरस्ती वाले लोग ही रहते हैं।'' उन्होंने कहा।

''हम भी घर-गिरस्ती वाले ही हैं।''

''लेकिन आप परदेसी हैं। हमारे यहाँ कोई परदेसी नहीं रह सकता।''

हमारे दफ्तरी सहयोगी को यह बुरा लगा। वे भी परदेसी थे, यद्यपि हमारा-उनका प्रदेश भी अलग था और प्रादेशिक भाषा भी। वे गरमा गये, बोले : ''परदेसी होना तो कोई अपराध नहीं। आप भी रोज़ी-रोज़गार से बँधकर किसी और प्रदेश में रहने के लिए जा सकते हैं। आपके प्रदेश के बहुत-से लोग हमारे यहाँ रहते हैं—वे भी तो आखिर वहाँ परदेसी ही हुए। ये बेजा बात है, हम सब भारतवासी हैं, मानव हैं।''

हमारे सहयोगी के इस तर्क से वे लुंगी-बनियानधारी मुनुवां खिलावन सज्जन फिर भड़के, कहा, ''यह घर मैं अपने साले के लिए अलॉट करवाना चाहता था, लेकिन वेटिंग लिस्ट में उसका नाम दूसरे नम्बर पर हो गया और आपका पहले नम्बर पर। आप यदि अपनी टाँग छोड़ दें, तो यह घर मेरे साले को मिल जायेगा।''

हमने उनको समझाया, ''देखिये सारी दुनिया को अपने पड़ोस में बसाइए, मगर साले-ससुरे से सात कोस दूर रहना ही आपकी गृहस्थी के लिए शुभ होगा।''

वे गरमा गये, कहा, ''आप मेरे साले की इन्सल्ट करते हैं।''

हमने घबराकर चटपट उत्तर दिया, ''बारहा कहा कि मेरी मजाल नहीं जो अपमान कर सकूँ। और अगर आपको लगा हो कि मैंने अपमान किया हैं तो लिखित क्षमा माँग लूँगा, मगर हाथ आया घर नहीं छोड़ूंगा। आपका जी चाहे तो मुझे हँसकर या गाली देकर साला कह सकते हैं, मैं दोनों स्थितियों में अहिंसावादी बना रहूँगा।''

जब उनका बस न चला तो हर मिडिल क्लास क्लर्क बाबू की तरह वे गरमा उठे। उन्होंने निजी बात को फौरन राजनीतिक जामा पहनाते हुए कहा, ''आप हम पर अपना साम्राज्यवाद लादना चाहते हैं। हमारे प्रदेश, हमारे नगर में आकर हमारे मकानों पर कब्जा करना चाहते हैं? ऑल राइट, आई विल सी यू।''

हमने कोई ध्यान न दिया, यह, वह या कोई भी प्रदेश क्यों न हो? सारे भारत में क्लर्क बाबू पहले-पहल इसी तरह पेश आता है, पोलिटिकल भाषा में बोलता है, 'आई विल सी यू' के जोम के साथ गुर्राता है और बाद में हिल-मिलकर एक हो जाता है—बेचारा चलती चक्की में पिसते हुए गेहूँ-सा क्यों न कुर्र-कुर्र बोले?

खैर साहब, उस घर में हम रहने लगे। हम बड़ी शराफत से रहने लगे। गृहस्थी

के लिए आवश्यक और उचित चीज़ें लाने के साथ-साथ हम गणेश और बजरंगबली के चित्र भी ले आये। घंटी, दीपक, माला, स्रोतों की पोथी, धूप-बत्ती आदि भी लाकर सजा ली, ताकि लोग हमें भला मानुष समझें। ऊपर-नीचे पास-पड़ोस में आते जाते नमस्कार कर अपना-उनका परिचय लिया-दिया। चार-पाँच दिनों में ही उनके साथ सवेरे-शाम राजनीति ज़माने और अखबारी समाचारों पर बहसें होने लगीं—बस एक वही साहब हमसे सीधा रुख न मिलाते थे, जिनका साला पड़ोसी न बन सका था। हमने उनक चिन्ता छोड़ी; एक के नाराज़ होने से क्या बिगड़ता है? हमने साले वाली बात भी औरों को बतला दी।

मगर एक पखवारा भी न बीता था कि हम अनुभव करने लगे, लोग-बाग हमसे कतराते हैं, अब नमस्कारों में मुस्कान का चमत्कार नहीं रहा, 'वेल सर, हाऊ आर यू' का शगूफा भी न छिड़ने लगा, पड़ोसियों के बच्चे-बच्ची भी हमसे, यानी अपने नये 'अंकल जी' से टॉफी माँगने न आने लगे। हम घबराये कि आखिर माज़रा क्या है? कुछ ही दिनों में हम एकदम अकेले पड़ गये। यानी कि लोगों ने नमस्कार का जवाब देना तक किसी हद तक बन्द कर दिया। हमने सोचा कि अवश्य ही कोई सालारजंगी चाल है। पर क्या चाल है, यह पता नहीं चलता था। खैर, समूह में सदा दो-एक नरम दिल के होते हैं, हमने एक पड़ोसी को बाहर ही पकड़ा, प्रेम से रेस्तरां में ले जाकर कॉफी पिलाई; तब मालूम हुआ कि हमको उस चाल में रहने वाले सरकारी बाबुओं के पोलिटिकल विचारों की जासूसी करने के लिए खास नयी दिल्ली से भेजा गया है।

हमने फौरन ही इसकी काट शुरू की, मगर जासूस का डर पक्का बैठ चुका था, बात हाथ से निकल चुकी थी। हमारी सफाई से पड़ोसियों का संदेह और बढ़ा।

चार दिन बाद हमारे कमरे के पिछवाड़े वाले दरवाज़े के पास एक मुर्गियों की ढाबली दिखलायी पड़ने लगी। हम डरे कि जाने किसकी हो, खामोश रहे। मगर शाम को जब घर आये तो देखा कि चाल की सारी स्त्रियाँ अपनी भाषा में गर्मागर्म शब्द छोंकती मेरे ऊपर टूट पड़ीं। हमने बहुत समझाया कि हमने मुर्गी-पालन कार्य कभी नहीं किया; हम घोर वैष्णव हैं, प्याज-लहसुन तक नहीं खाते, मगर कौन सुनता है? दूसरे दिन मकान मालिक भी गरमाता आया। हमने उसे लिख कर दिया कि मुर्गियाँ हमारी नहीं। मगर उसके बाद से हम सबकी नज़रों का खटकता खार हो गये।

इसके बाद एक सप्ताह ही बीता था कि एक दिन सुबह सिपाही के साथ साले साहब को लेकर बहनोई साहब आ धमके। दरवाज़ा खटखटाया और हमारे कुंडी खोलते ही सब लोग अन्दर घुस आये और बिना पूछेताछे धड़ाधड़ हमारा सामान फेंका जाने लगा।

हमने पूछा, "ये क्या माज़ारा है?"

बतलाया गया कि जिसके नाम वैधानिक रूप से घर अलॉट हुआ है, वह रहने आया है।

हमने कहा कि घर तो हमारे नाम अलॉट हुआ है। उन्होंने नाम पूछा, हमने अपना नाम बतलाया। वे बोले, इस नाम का किरायेदार तो परसों इसी घर में हार्टफेल से मर गया। सब लोगों की गवाही है। और हम कोई ऐरे-गैरे कल जबर्दस्ती इस घर में घुस आये हैं।

आप समझ सकते हैं, कि हम पर क्या गुज़री होगी। यानी अब तक ज़िन्दा थे और परसों मर चुके थे। हम, हम न थे बल्कि ऐरे-गैरे थे। हमारा सामान सड़क पर गया और घर साले का हो गया। हमारे बनाये कोई बात न बनी। फिर से अपने-आपको जीवित साबित करने में ही सारा दिन लग गया।

कवि का साथ

आपने भी बड़े-बूढ़ों को अक्सर यह कहते शायद सुना होगा कि हमारे पुरखे कुछ यूं ही मूरख नहीं थे जो बिना सोचे-विचारे कोई बात कह गये हों या किसी तरह का चलन चला गये हों। हम तो खैर अभी बड़े-बूढ़े नहीं हुए, मगर अनुभवों की आँचों से तपते-तपते किसी हद तक इस तथ्य का समर्थन अवश्य करने लगे हैं। हमारे पुरखे सदा अनुभव का मार्ग अपनाते थे। संगी-साथियों का भला-बुरा, तीखा-कड़वा अनुभव उठा लेने के बाद ही उन्होंने यह सर्वश्रेष्ठ दार्शनिक तत्व पाया कि—''ना कोई तेरा संग-संगाथी, हंस अकेला जाई बाबा।''

बड़े गहरे तजुर्बे की बात है। और मैं तो सेर पर पंसेरी की चोट लगाकर यहाँ तक कहना चाहूँगा कि 'बैर और फूट' का महामंत्र भी इसी महा अनुभव की देन है। न रहे बाँस न बजे बाँसुरी। लोगों में यदि आपस में बैर-फूट फैल जाये तो फिर 'साथी-संगी' शब्द ही डिक्शनरी से निकल जायेंगे—जब साथी न रहेंगे तो साथ निभाने की ज़रूरत भी न रहेगी, चलिए जैजैराम-सीताराम, कोई टंटा ही न रहेगा। इससे व्यक्ति की स्वतन्त्रता के अलभ्य-सभ्य स्वर्णिम युग की कल्पना शायद कभी साकार हो जाये। 'बैर और फूट' के मंत्रसिद्ध देश में जन्म लेकर, इतने बड़े उपदेश के बावजूद हम-आप सभी संगी-साथियों के फेर में पड़े रहते हैं। इसे कलिकाल का प्रभाव न कहें तो और क्या कहें।

हद हो गयी कि व्यक्तिगत स्वतन्त्रता के भयंकर समर्थक प्रति वर्षोत्तरी पीढ़ियों के नौनिहाल नौजवान भी दिन-रात किसी न किसी का साथ निभाने के पीछे अपने-आपको तबाह किये रहते हैं। लड़कियों को सखा और सखाओं को सखियाँ भी चाहिये। माँ-बाप प्रबन्ध करें या वे स्वयं—स्त्री-पुरुष दोनों को ही जीवन-साथी की चाहना भी अब तक हर वर्ष होती है। अगर यहीं तक बात थम जाती तो भी गनीमत थी, मगर एक जीवन-साथी के अलावा हर एक को काम के साथियों की आवश्यकता पड़ती है और मनबहलाव के साथियों की भी। काम और मनबहलाव दोनों ही अच्छे-बुरे होते हैं और साथ भी दोनों ही प्रकार के होते हैं। यहाँ तक तो दुभांत चलती है, मगर इसके बाद जहाँ तक साथ निभाने का प्रश्न है, वह चाहे अच्छा हो या बुरा, हर हालत में बड़ा कठिन होता है।

एक दिन मेरे एक परिचित सज्जन मुझसे अपना दुखड़ा रोने लगे। बेचारे बड़े

भले आदमी हैं। पढ़े-लिखे औसत समझदार, भावुक और काव्य-कलाप्रेमी युवक हैं। इनके दुर्भाग्य ने इनके साथ यह व्यंग्य किया कि इनके बचपन के एक सहपाठी मित्र को अन्तरराष्ट्रीय ख्याति का कवि बना दिया। एक समय में वह स्कूलख्यात कवि थे; वह कुछ भी नहीं था।...इसी संदर्भ में इस सज्जन को कवियों के संग-साथ का चस्का लगा। उस दिन उन्हें उदास देखकर जब मैंने बहुत कुरेदा तो बोले : ''आपसे क्या कहें, साथ निबाहने के फेर में हम तबाह हो गये। और हमारा तो ठहरा कवियों का साथ, गोया करेले पर नीम चढ़ गया है। कच्चे धागों में मन को बाँधकर जीने वाले इन कवियों-कलाकारों का साथ दुनिया-दिखावे के लिए तो अवश्य बड़े गौरव की बात है। बड़े-बड़े अन्तरराष्ट्रीय, राष्ट्रीय और स्थानीय ख्याति के कवियों के साथ घूमते हुए देखकर लोनीबाग हमें भी पाँच सवारों में मानते हैं। मगर इनके बाद का हाल?—अजी कहाँ तक कहें, मजबूरी यह है कि हमारे पास शेषनाग की तरह हज़ार बातें नहीं हैं।''

हमारे एक कवि साथी एक बार एक बड़े दरबारी किस्म के कवि सम्मेलन में जाते समय हमारी नयी घड़ी माँग ले जए। हम कोई धन्ना सेठ नहीं, हाँ, उम्दा चीज़ें रखने का शौक है। इसलिए धीरे-धीरे बचत के रुपये जोड़कर कभी-कभी अपनी मनचीती वस्तु खरीद लिया करते हैं। साढ़े तीन सौ रुपये का नया माल अपने कवि साथी को टेम्परेरी तौर पर भी सौंप देने में हमें संकोच हुआ। भले ही हमें उनकी नीयत पर शक न हुआ हो, मगर यह भय तो था ही कि मूडी और लापरवाह स्वभाव के कवि जी मेरी घड़ी कहीं इधर-उधर रखकर भूल आयेंगे और हें-हें करके बैठ जायेंगे, इधर हम बेमौत मारे जायेंगे, ऊपर से जीवन-संगिनी महोदया की हज़ार अलाय-बलाय सहनी पड़ेगी। हमारा संकोच देखकर कवि जी के मन का एक कच्चा धागा टूट गया, तपकर बोले : ''तुम! तुम बुर्जुआ हो, अपने एक कवि मित्र का गौरव नहीं सहन कर सकते। तुम चूँकि कविता नहीं कर सकते मगर घड़ी खरीद सकते हो, इसलिए मेरे मान-सम्मान को अपने पैसे की शक्ति से दबाना चाहते हो... ।'' फिर तो, मित्रवर कवि ठहरे, एक ज़बान से सौ-सौ वार कर चले। हार कर मैंने घड़ी दे दी। फिर.. .जिसका डर था वही हुआ। कवि जी ने आकर कह दिया कि घड़ी खो गयी। सुनकर जब मेरा चेहरा उतर गया तो वो गरज कर बोले : ''मैं ब्लड बैंक में अपना खून बेच-बेचकर चाहे क्यों न जमा करूँ, मगर साढ़े चार सौ रुपये कहीं से भी लाकर तुम्हारे मुँह पर फेंक जाऊँगा। तुम महा नीच हो, मेरे जैसे महान् कवि के मित्र कहलाने के योग्य नहीं। आते ही तुमसे यह तो पूछा न गया कि कहो मित्र तुम्हें वहाँ कैसा यश मिला? बल्कि अपनी ही घड़ी का रोना रोने बैठ गये।'' जोश में आकर कवि जी कहते चले : ''तुमने—तुमने अपनी घड़ी खो जाने की कचोट को एक बार भी मेरे अन्तरतम में, मेरे मर्मस्थल में टटोलकर नहीं देखा और मुँह लटकाकर बैठ गये। तुम्हें क्या मालूम कि उसके खो जाने की पीड़ा से तड़पकर मैंने एक कविता लिख डाली है अगर मालूम होता तो तुम्हें अपनी घड़ी के खो जाने पर अभिमान होता। लो सुनो, तुम्हें अपनी कविता सुनाता हूँ :

मेरे मित्र की घड़ी,
जाने कहाँ गिर पड़ी।
निर्धन मित्र के जाने कितने अरमानों
से अड़ी
बड़ी मुश्किलों से खरीदी हुई घड़ी—
जाने आज किस भाग्यवान के हाथों पड़ी—
किसकी कलाई पर जड़ी?
मेरे मित्र की घड़ी।''

यों घड़ी खोकर, साहित्य में उसके अमर हो जाने के गौरव से ही संतोष कर मुझे बैठ जाना पड़ता तो भी चुप रहता मगर छह-सात महीने बाद मैंने अपनी वही घड़ी एक दिन दावत में कवि जी की कलाई पर बंधी देखी। उस पर मेरी दृष्टि पड़ने का आभास पाते ही वो झट मुस्कराकर बोले : ''देखो, मैंने भी तुम्हारी जैसी घड़ी खरीद डाली।'' कलेजे पर पत्थर रख, साथ निभाने की चेष्टा से भर उठने का नाटक करते हुए मुस्कराकर कहा : ''बधाई।''

हमारे साथियों में अगर एक ही कवि होता तो भी बचत थी, मगर यहाँ तो जन्मपत्री में ऐसे ही ग्रह पड़े थे। मेरे बचपन के साथी एक अन्तरराष्ट्रीय ख्याति के कवि इस नगर में पधारने पर इस गरीब की कुटिया को ही अपनी चरणधूलि से पवित्र करते हैं कि ''मैं किसी बड़े होटल या बड़े आदमी के बंगले में ठहरने से कहीं अधिक अपने इस गरीब सहपाठी के यहाँ ठहरना पसन्द करता हूँ।—भले ही इसके यहाँ ठहरने में मुझे बहुत-से कष्ट होते हों।'' कवि महोदय यह कहकर अपने प्रशंसकों से भरे दरबार में बड़े प्रेम से हमारी ओर देखते हैं। सिवा इसके कि अपने महान् गौरव और सौभाग्य के कुएँ में धम्म से कूद पड़ें और कर ही क्या सकते हैं। महाकवि जी और उनके प्रशंसकों की खातिर करते हमारा बैंक-अकाउंट खुश्क हो जाता है—मुर्गा अपनी जान से जाता है और खाने वाले को स्वाद नहीं आता। जो भी हो, साथ तो निभाना ही पड़ता है। अन्तरराष्ट्रीय कवियों के अलावा कई आल इंडिया स्टार-कवि भी मित्र हैं, इनके गलों पर लाखों सुननेवाले और सुननेवालियाँ निसार हैं। कवि सम्मेलनों में इनकी ऐसी धूम मचती है कि क्या बखान करें।

इनके घमंड की थाह हम आज तक न पा सके, ये लोग आपस में ही एक-दूसरे को भुनगा समझते हैं। मजा तब आता है जब कवि सम्मेलन समाप्त होने पर इनके चहेते ऑटोग्राफ लेने के लिए इनके चारों ओर गिद्धों की तरह गोल बाँधकर जुटते हैं। कनखियों से हर कवि मुड़कर देखता है और तौलता है कि प्रशंसकों से किसका पलड़ा भारी है। फिर बाहर निकलकर शेखियाँ बघारी जाती हैं। एक कहता है, मैंने पचास ऑटोग्राफ्स दिये, दूसरा यह सुनकर भला चुप कैसे रहे, बोल उठता है, मैंने लगभग अस्सी-नब्बे ऑटोग्राफ्स दिये और फिर, उसके बाद घबराकर, जान छुड़ाकर भागा। अपने-अपने शिष्यों और निकटतम प्रशंसकों के सामने स्टार-कवि का बस

इतनी शेखी बघार देना बहुत काफी हो जाता है। शिष्य फिर ले उड़ते हैं, इस हद तक ले उड़ते हैं कि चोंचें लड़ जाती हैं, आपस में जूतमपैज़ार हो जाता है। ऐसे में बीच वाले की बड़ी मरन होती है—किसको क्या समझाये? हर स्टार-कवि अपने को कुतुबमीनार से कम ऊँचा नहीं समझता और मध्यस्थ से चाहता है कि वह उसे दूसरे से कम अज़ कम पौन इंच तो लम्बा मान ही ले। ऐसों का मध्यस्थ बनकर बतलाइये कि हम किसका साथ निभायें और किसका न निभायें?

शनि और लक्ष्मी की लड़ाई में मध्यस्थ होकर वीर विक्रमाजीत पर क्या कुछ न बीती! हम पर भी बीत चुकी है। खैर, अपनी क्या कहूँ!

एक बार बाहर की दो संस्थाओं ने आपस की होड़ाहोड़ी में एक ही दिन में दो कवि सम्मेलन आयोजित किये। दोनों ने एक-एक स्टार-कवि को आमन्त्रित किया। सितारे बस इसी को लेकर आपस में टकरा गये कि किसके कवि सम्मेलन में, किसके नाम से ज़्यादा भीड़ जमी। बात इतनी बढ़ी कि दोनों कवि अपनी मान-प्रतिष्ठा भूलकर आपस में ले-दही और दे-दही पर उतर आये। खैर, किसी तरह तत्तोथम्मो की गयी और यह तय हुआ कि दोनों स्टार मिलकर नगर के एक प्रतिष्ठित अधिकारी के यहाँ कवि गोष्ठी में जायेंगे, वहाँ दोनों का कविता-पाठ और सम्मान होगा, फ़ोटो भी खिंचेगी। खैर साहब, अधिकारी के घर का मामला था, बगैर लड़े-भिड़े कवियों ने अपनी-अपनी कविताएँ सुनायीं। हाँ, अपने-अपने प्रशंसक दल के छुटभैये कवियों को दोनों साथ ले गये थे जिससे एक की 'वाह-वाह' दूसरे से कम न हो। इसके बाद फ़ोटो खिंची। फ़ोटोग्राफ में बीच की कुर्सी पर बैठने वाला विशेष सम्मान का पात्र माना जाता है। अधिकारी महोदय सतर्क थे। उन्होंने दोनों कवियों को बीच में, अगल-बगल बराबर की कुर्सियों के साथ बिठलाने की व्यवस्था की थी मगर उनकी प्रशासनिक चतुराई की उड़ान से भी ऊँची अधेड़ जवान स्टार-कवियों की योजना-बुद्धि पहुँची। दोनों ही स्टार-कवि इस ताक में थे कि मध्यमूर्ति के रूप में वही प्रतिष्ठित हों। अधेड़ कवि जी इस सम्बन्ध में अपनी योजना कारगर करने में सफल हो गये। जवान कवि जी ने अधेड़ कवि जी की इस चाल को नोट कर लिया। चेले दोनों के साथ थे। फ़ोटो खिंच गयी। उसके बाद गोष्ठी विसर्जित हुई। बाहर आकर जवान कवि जी ठठा कर हँसे : "वो समझता होगा कि वह बीच में बैठा है। जब फ़ोटो देखेगा तो उसे मालूम पड़ेगा कि बीच की कुर्सी पर मैं बैठा हूँ।" इसके अन्दर रहस्य यह था कि जब अधेड़ कवि ने एकमात्र अपने को बीच में लाने के लिए चुपके से अपने एक चेले के कान में किनारे वाली एक कुर्सी हटा देने का मंत्र फूँक दिया; और ऐन मौके पर दो-दो कुर्सियाँ चुपके से बढ़वा दीं और कुर्सियों के भूखे दो छुटभैये अफ़सर उन पर चट से बैठ भी गये। इस कुर्सी क्रम में चतुर जवान कवि जी बीच की कुर्सी के अधिकारी हो गये। समझ में नहीं आता कि विकट कहूँ या ओछी, परन्तु ऐसी अहंतावालों का साथ निभाना बड़ा ही कठिन होता है।

और सुनिये, आपको एक रोमांटिक कवि का किस्सा सुनाते हैं। प्रेम करना

कवियों का जन्म-सिद्ध अधिकार है। भले ही कोई देवी जी उनसे प्रेम करें या न करें, भले ही कवि जी का चौखटा सुन्दर न हो, मगर वो सदा यही समझते हैं कि हर स्त्री उन पर आशिक हो जाती है। एक कवि महोदय हमारे यहाँ आया करते थे। हमारे कमरे की खिड़की के सामने पड़ोसवाले घर की खिड़की पड़ती थी। कवि जी ने एक दिन हमारी पड़ोसिन को देख लिया, बस उसके बाद तो उन्होंने आफत ही ढानी शुरू कर दी। वे रोज़ आते, खिड़की के पास बैठते, ज़ोर-ज़ोर से बातें करते। कवियों की बातों में सिवा आत्म-प्रशंसा के और तो कुछ होता नहीं, अपनी तारीफों के पुल बाँधते, अपनी प्रेम-कवितायें गा-गाकर सुनाते, संकेत के शब्द फेंकते। हमारी पड़ोसिन बेचारी बड़ी भली महिला थी। हमने कई बार कवि जी को समझाया। वो तमककर बोले : "तुम क्या जानो जी। मैं दावे से कह सकता हूँ कि कैसी भी सती-साध्वी हो, साक्षात् स्वर्ग की देवी ही क्यों न हो, मेरे प्रेम-पाश से बचकर कोई स्त्री कहीं जा ही नहीं सकती। मैं प्रेम की टेक्नीक का मास्टर हूँ, मास्टर।" इस तरह कवि जी अपनी करनी से बाज़ न आये। पड़ोसिन महिला ने हमारी गृहलक्ष्मी से उनकी शिकायत की। श्रीमती जी सत्याग्रह करने पर तुल गयीं कि इस कवि का घर में आना-जाना बन्द करो। हम बड़े धर्मसंकट में पड़े—कवि साथी का साथ निभायें या जीवन-साथी का। कवि जी को यदि रोकते हैं तो बाहर जाकर वे अपनी करतूत तो कहेंगे नहीं उल्टे हमारी झूठी बदनामी ही जगह-जगह करते फिरेंगे। एक बार पहले भी हम इनसे भुगत चुके थे। डाकिया सौ रुपये का मनीऑर्डर लेकर आया। हमारे ससुर साहब ने कुछ सामान मंगाने के लिए वह रुपया भेजा था। यही कवि-साथी उस समय वहाँ बैठे थे। हम मनीऑर्डर फॉर्म पर दस्तखत करने में व्यस्त हुए और कवि जी ने डाकिये के हाथ से नोट लेकर गिनना आरम्भ किया। गिनकर उन्होंने वे नोट अपनी जेब में ऐसे इतमीनान से रखे मानो वे उनके लिए ही आये हों। हम बड़े घबराये, उनकी चिरौरी करने लगे। कवि जी बोले, "मेरा मूड खराब मत करो जी। देखते नहीं, कैसी घटा उमड़ी है, कैसा सुहावना मौसम है।" हमने भी इतनी बड़ी रकम को हाथ से यों न जाने देने का निश्चय कर लिया, एक बार कवि-मित्राई निभाने में घड़ी से हाथ धो ही चुके थे। हमने ज़बर्दस्ती रुपया छीन लिया। कवि जी तब से आज तक हर जगह यही कहते फिरते हैं कि अपने घर बुलाकर इस व्यक्ति ने मेरी जेब से सौ रुपये के नोट जबर्दस्ती निकाल लिए। यहीं तक नहीं, उन्होंने एक कविता भी लिख डाली और भूमिका बाँधकर वह कविता हर जगह सुनाते थे। इसी कारण से हम अपने इन रोमांटिक कवि-साथी को घर से निकालते हुए डर रहे थे। परन्तु हमारी पत्नी ने उन्हें घर से निकालकर ही दम लिया।

इन घटनाओं से आप स्वयं ही सोच कर देखिये कि कवि का साथ निभाना कितना कठिन होता है।

'बैर और फूट' के तत्व-दर्शन कर पाने लायक दृष्टि मैंने इन सज्जन को दे दी है; यदि अमल में लायेंगे तो सुख पायेंगे। हरि ओम् बैर फूट तत्सत।

बुरे फँसे एक बारात में

फँसने-फँसाने के मामले में हमारा अब तक यह दृढ़ विश्वास रहा है कि लोग या तो बदफेली में फँसते हैं, या राजनीति की गुटबंदियों में। इसीलिए मैं हमेशा ही इन दोनों चीज़ों से बचता रहा हूँ। यह बात दूसरी है कि इन लतों में खुद फँसने के बजाय दूसरों को फँसाना, भुस में आग लगाकर जमालों की तरह दूर से तमाशा देखना ही मेरी ज़िन्दगी का मकसद...मेरा पेशा है।

फिर भी कइयों के मतानुसार हम कई चीज़ों में गले तक फँसे हुए हैं। मसलन, मेरे एक संन्यासी हो जाने वाले काका, जिन्होंने एक मोक्षस्वरूपिणी चेली को फाँस रखा है, और जो अपनी अंतरात्मा में अटकी हुई योग की फाँस निकालने के लिए रात-दिन अलख के बजाय गाँजे की चिलमें जगाने के लिए अपने चिमटे से धूनी की आग कुरेदा करते हैं, कहा करते हैं कि खानदान में एक मैं ही कपूत हूँ जो घर-गिरस्ती के माया-मोह में फँसा हुआ हूँ। अपने महाजनों की धारणानुसार मैं कर्ज़ में फँसा हुआ हूँ, डाक्टरों का कहना है कि खाँसी की फाँसी ने मुझे फाँस रखा है, और मेरी पत्नी समझती है कि मेरी नज़रें कहीं और फँसी हुई हैं।

परंतु मैं आपको विश्वास दिलाता हूँ कि इनमें से एक भी चक्कर में मैं नहीं फँसा। घर-गिरस्ती में तो आज तक नहीं फँसा, बल्कि असलियत यह है कि घर-गिरस्ती ही मुझसे फंसकर अपना करम फोड़ चुकी है। बीवी और बाल-बच्चे नित्य नियम से आधा फाका कर मेरे नाम को रोते हैं, और मैं औरों की महफिलों में अपने हलुवे-मांडे से तर रहता हूँ। कर्ज़ में इसलिए नहीं फँसा कि तय कर चुका हूँ कर्ज कभी अदा नहीं करूँगा। जो महाजन भी हमसे फँसा, उम्र-भर अदालत की गलियों में चक्कर काटता रह गया...कभी एक धेला भी वसूल न कर सका। खांसी एक ऐसा आसान रोग है जो महज गले का खटका दबाते ही पैदा हो जाता है, इसलिए मैं अब भी लोगों को अपने से दूर रखना चाहता हूँ, खाँस-खाँस कर थायसिस का मरीज बन जाता हूँ। और पत्नी की धारणा तो, गंगा उठाके कह सकता हूँ कि, एकदम निर्मूल है। मैं पहले ही अर्ज़ कर चुका हूँ कि बदफेली और राजनीति की गुटबंदियाँ, ये दो ऐसे फंदे हैं जिनमें मैं दूसरों को फँसाता हूँ, खुद कभी नहीं फँसता। आप इसी से अनुमान लगा लीजिए कि दफा चार सौ बीस का जुर्म करने वाले मुनाफाखोरों के युग में मैं या मेरे जैसे आदमी समाज के लिए कितने उपयोगी होते

हैं। ऐसा समाजोपयोगी जीव सदा एक प्रकार का दार्शनिक होता है...निर्मम, निर्लिप्त, निरभिमानी। मैं भी ऐसा ही हूँ, जल में कमल की तरह रहता हूँ, कभी किसी दलदल में नहीं फँसा। मगर मसल मशहूर है कि ईश्वर किसी का गुमान नहीं रखता, सयाना कौआ भी कभी-न-कभी चिड़ीमार के फंदे में फँस ही जाता है। मैं भी फँस गया, और फँसा भी तो एक बरात में फँसा।

किस्सा यों है कि हमारे मुहल्ले के वयोवृद्ध सेठ छिदम्मीमल को अभी हाल ही में, होली से पाँच-सात रोज़ पहले, अपने इक्यासी वर्ष के जीवन में पाँचवीं बार विधुर होना पड़ा। सवा साल के अर्से में पंद्रह बरस की सेठानी जी साठ से लेकर बीस बरस तक की उम्र वाले आठ बच्चों की माँ बनीं, दादी, परदादी, नानी, परनानी बनीं और भरे-पूरे कुनबे को छोड़कर भरा-पूरा सुहाग लेकर संखिया के सहारे जग की वैतरणी को पार कर गयीं। सेठ जी उसी समय से सबके आगे अपना दुखड़ा रोकर कहने लगे कि हाय, किससे होली खेलूँगा, कैसे मेरा मन लगेगा।

सुनते हैं कि घरवाले उसी दिन से छिदम्मी सेठ को खुशामदियों और दलाल किस्म के आदमियों से बचाने लगे। इसका एक कारण है। जब तीसरी मरी तो छिदम्मी सेठ पिछत्तर पार कर चुके थे, उसके मरे के बाद ही माया-मोह से मन हटाकर अपने ठाकुरद्वारे में कीर्तन भी करने लगे थे...कि...तभी मेरे ही जैसे किसी समाजोपयोगी दार्शनिक ने उनकी नौजवानी के मोहनजोदड़ो को उनके काल-जर्जर हृदय की स्मृतियों से उबारकर एक बार फिर विगत वैभव के उत्साह से भर दिया। नतीजा यह हुआ कि तब से पूरे-पूरे दो बरस भी न बीतने पाये कि यह दूसरी मरी। लूटने वाले हज़ारों रुपया इसी बहाने से लूट ले गये।

और अब तो छिदम्मी सेठ को चस्का पड़ गया है, उनके कृष्णरूप मन को होली खेलने के लिए...न हो तो साथ बैठकर गुड़िया खेलने के लिए ही एक राधा चाहिये। अधेड़ पतोहुओं और पोतों की जवान-जवान बहुओं को पंद्रह बरस वाली सासों और ददिया सासों से सख्त नफरत होती थी। अंतःपुर की राजनीति में पतंगे जैसी पुरखिन को लेकर आये दिन महाभारत होते थे। अविवाहित लड़के लड़कियों के क्षेत्र में भी जलन, कुढ़न और मानसिक विकृतियों की नयी-नयी लीलाएँ नित ही हुआ करती थीं। इसीलिए इस बार जब आठों के मेले के दिन छिदम्मी सेठ अपनी सूतक में घुटी हुई खोपड़ी के ताज़े उगते हुए बालों पर खिजाब लगाकर छकलिया, दुपलिया और चूड़ीदार पाजामे से लैस हो, झुकी कमर को जवानों की तरह तानते हुए पतली छड़ी लेकर बाहर जाने लगे तो पोते ने राह रोककर कहा, "बाबा, अब छकलिये-दुपलिये पर कोई नहीं रीझेगी, बुश्शर्ट और पतलून पहनकर बन्दरिया बाग में घूमा करो। माशाअल्ला गबरू जवान हो...सड़क पर रीझनेवालियों की लाशें बिछ जायेंगी।"

बाबा ने बुरा माना। उन घरवालों को कोसने लगे जो उनका सुख नहीं देख सकते थे। इस पर बहुओं के घूँघट से गोले बरसे। जवाबी हमले के तौर पर बाबा ने गंदी गालियाँ बकना शुरू किया। यह धमकी भी दी कि अपनी जायदाद सिरी

ठाकुरजी के नाम कर जायेंगे, घरवालों को रुलाकर छोड़ेंगे।

पहली और दूसरी के बेटे तो अस्सी बरस में फटनेवाली बाप की नयी जवानी पर शर्म से गर्दन झुकाकर ही रह गये, मगर तीसरी के तीनों लाल जो अपने भतीजों के साथ क्रांति के युग में पैदा हुए और पले हैं, हाकी की स्टिकें लेकर दरवाज़े पर खड़े हो गये। गर्मा-गर्मी में उन्होंने छिदम्मी की छकलिया-दुपलिया के लत्ते-पलत्ते उड़ा दिये, दो-तीन क्रांतिकारी तमाचे भी जड़ दिये, टाँग तोड़ने की धमकी देने लगे। बड़े बेटे ने आकर बाप को बचाया।

ऐसे सुसंवाद मुहल्ले के मनोरंजन की सामग्री बनने से नहीं बचा करते। उसी रात को लाला इंदरमल के कीर्तन में, बाबू राधेश्याम के चबूतरे पर जग्गू बैद की बैठक में...जहाँ देखो, इसी की चर्चा चल निकली। एक मनचले ने तो गीत भी जोड़ दिया कि ''बूढ़े बैल छिदम्मी लाल, कबर में ब्याह रचाने वाले।''

खबर मेरे कानों तक भी पहुँची। मज़ाक सूझा, फिर लोभवृत्ति जागी। सोचा फटे में पाँव डालकर ज़रा हम भी अपने जी की निकाल लें। एक बार हिचक हुई; मैंने अपने समाजोपयोगी जीवन-दर्शन और कला का उपयोग कभी अपने मुहल्ले में नहीं किया था। अब तक इसे सिद्धान्त की तरह मानता आया हूँ, मुहल्ले वाले निश्चिन्त भी हैं। मगर छिदम्मी सेठ की छदामों में मोहिनी थी। मेरा सिद्धान्त टूट गया।

दूसरे दिन छिदम्मी सेठ की हवेली पर पहुँचने से पता लगा कि मोर्चा तगड़ा है। तीसरी के तीनों, बाहरवालों को तो क्या घर के नौकर-चाकरों तक को अपने बाप के पास फटकने नहीं देते थे। घर की स्त्रियाँ उन्हें मंत्र दे-देकर और उकसाती थीं। मिलने की मना सुनी तो और भी जी में ठान ली। अपने उर्वर मस्तिष्क का लखलखा सुंघाकर किसी तरह हम छिदम्मीमाल के पास पहुँच ही गये।

सेठ छिदम्मी को दुखड़ा सुनाने के लिए एक आदमी मिला, अपनी फोश गालियों के कोश से चुन-चुनकर घरवालों के लिए रत्न लुटाने लगे। तीसरी के लाल फिर मारने को धाये। हमने बीच-बचाव किया, समझाया कि ''भई, अपनी भुजा के बल पर बढ़े हैं; इतनी माया बटोरी है; ज़िन्दगी हुकूमत और रौब-दाब से बिताई है। घर के बड़े हैं। इस उम्र में ऐसा व्यवहार कर इन्हें ओछा मत बनाओ।''

''ओछा तो यह आप ही बन रहा है खूसट। अपनी हविस के लिए दो लड़कियों की ज़िन्दगी मिटा चुका है, अब फिर तमाशा दिखाने चला है। हम इसकी हड्डी-पसली तोड़ डालेंगे...'' एक लड़का बोला, दूसरा बोला, तीसरे ने ज़बान खोली। ...सभी कुछ न कुछ कह चले। किसी ने गर्मी से बात की, किसी ने सिद्धान्त की चर्चा चलाई, कोई घरेलू दृष्टि से ऊँच-नीच की चर्चा समझाने लगा। सेठ छिदम्मी अपनी अकड़ पर बार-बार सान चढ़ाने लगे। उन्हें सबसे ज़्यादा इस बात पर क्रोध था कि जिन्हें पैदा किया, उन्होंने ही उन्हें घर में बन्द कर रखा है। घर में कौवा-रार मच रही थी। इंजानिब ने भी नारद की तरह सबसे मीठे बनकर आग में घी डाला,

छिदम्मी लाला का हौसला बढ़ाया। बड़े लड़के को समझाया कि इन्हें सबसे ज़्यादा ताव इसी बात का है कि यह कैद किये गये हैं। ज़रा बाहर हो आयेंगे, ठंडे हो जायेंगे, फिर ऊँच-नीच समझाकर बहला लीजिए। मैं भी इनके मन का बोझ हल्का करूँगा।

मुहल्ले की मुरव्वत में लड़के हमसे कुछ कह तो न सके, हालांकि मेरा बीच में पड़ना उन्हें खतरे से खाली नहीं लगता था...यह मैं उनके चेहरों पर पढ़ रहा था। मगर यह कि हम भी तो हम ही हैं, बड़े-बड़े इलेक्शन लड़ाकर कइयों के छक्के छुड़वाते हैं, हमने जीवन-भर राजे-रजवाड़ों की रियासतें फुँकवायी हैं। बड़े-बड़े महाजनों को सोलह दूने आठ का पहाड़ा पढ़ाया है। अजी अपने लिए हमने अपने घरवालों तक को उजाड़ा है, फिर भला छिदम्मी के लड़के किस खेत की मूली थे। लाला को अपने साथ-साथ घर से निकाल लाया।

सेठ छिदम्मी को हमारे घर आये आध घंटा भी नहीं बीता था कि हवेली से बुलावे आने लगे। छिदम्मी भला क्यों जाते? वे पहले ही से करेला हो रहे थे, और अब तो मेरी नीम भी चढ़ चुकी थी। सारा घर हार गया छिदम्मी टस से मस न हुए। कहने लगे, अब तो तभी आऊँगा घर में, जब घरवाली होगी। हम भी तन मन धन से सेठ छिदम्मी की मनोकामना पूरी करने में लग गये। तन-मन की सेवा में कुछ लगता नहीं था, धन की सेवा में जो लगता था, सेठ उनके प्रोनोट लिख देते थे।

मोहल्ले में प्रोनोटों की चर्चा फैलने लगी। हमारे खिलाफ मोर्चा शुरू हुआ। जब मैं बाहर निकलता, लोग बोलियाँ-ठोलियाँ मारते थे। मैं हँसकर निकल जाता था। आप तो जानते ही हैं, मैं दार्शनिक आदमी, अपने काम से काम रखता हूँ, मान-अपमान की परवाह नहीं करता। लड़की की तलाश जारी रही। मैं बाहर ही बाहर रहा था, शहर में तूफान होने का अंदेशा था।

एक लड़की मिल गयी। छिदम्मी के एक सजातीय अनेक पुत्रियों के पिता, जो अपनी गरीबी की आड़ लेकर दहेज देने के बजाय दहेज लेने में पटु थे, छिदम्मी की आयु का हिसाब लगाकर ब्लैक मार्केट का भाव माँगने लगे। मैंने भी समझ लिया कि यह बेटी का बाप मेरी परम्परा का एक समाजोपयोगी दार्शनिक है। दस में सौदा तय किया। छिदम्मी से पन्द्रह की दस्तावेज़ लिखाई।

ब्याह का दिन तय हुआ। चार बाराती—एक नाई, एक पुरोहित, एक पाधा और चौथा मैं। घर में गौर-गनेश पूजकर दूल्हे के साथ रात के समय बाहर निकले तो देखा, छिदम्मी के आठों लड़के, पोते और मुहल्ले के चार-पाँच धनी-धोरी दरवाज़े पर खड़े हैं। उन्हें देखते ही मुझे साँप सूँघ गया। सोचने लगा, इतनी गुप्त सूचना केवल मेरे ही किसी साहबज़ादे की मार्फत बिक सकती है। जो भी हो इस वक्त मैं ठगा-सा खड़ा रह गया। उधर छिदम्मी के बड़े मुन्नू ने बाप के कदमों पर टोपी रख दी, दूसरे भी हाथ जोड़कर खड़े हो गये। कहने लगे, "शादी करनी ही है तो अपने घर से कीजिये, इस तरह मुँह काला न कीजिये। आप जो भी हुकुम करेंगे, हमारे सिर माथे पर होगा।"

आपुसदारों ने समझाया, सेठ छिदम्मी भी राजी हो गये। मुझे भी तब सच्चे दार्शनिक की भाँति मुहल्ले वालों की बात का समर्थन करना पड़ा। तय हुआ कि बारात दूसरे दिन जायेगी, धूमधाम से जायेगी।

बड़े मुन्नू ने सबके सामने ही मुझे ब्याह का अगुआ बनाया और बाप से घर चलने को कहा। यही मैं किसी भी तरह न चाहता था। खुद छिदम्मी भी राज़ी न थे। उन्हें डर था कि कहीं घर जाकर यह सारे दिखावे के सब्ज़ बाग समेट न लिए जायें। मुहल्ले के एक दूसरे रईस लाला उन्हें यह कहकर ले गये कि मुहल्ले के नाते दूल्हे पर हमारा भी हक है।

दूसरे दिन बारात चली। गाजे-बाजे और धूमधाम को देखकर सेठ छिदम्मी भी शरमा गये। घरों के छज्जे और दरवाज़े औरतों से गली-बाज़ार देखने वालों से पटे हुए थे। सेठ छिदम्मी हमसे कहने लगे, ''बड़े मुन्नू ने जो यह सब धूमधाम की है वह हमारी उमर को शोभा नहीं देती।''

हमने कहा, ''वाह सेठजी। अभी आपकी उमर ही क्या है?''

सेठ फिर बहक में चढ़ गये। हँसकर बोले—''लड़के भी यही कहते हैं।''

छिदम्मी के लड़कों ने हर बात में मुझे ही अगुआ बनाना शुरू किया। बाराती नौकर-चाकर, नाई-बाम्हन, बाजे-गाजेवाले सब मेरे ताबे में कर दिये। बारात जब मोटरों में बैठी तो नौशा को लेकर बड़े मुन्नू तो आगे निकल गये, बाजेवालों की बिदाई मुझे ही देनी पड़ी। स्टेशन पर ड्राइवरों का इनाम-इकराम भी मुझे देना पड़ा। छिदम्मी के मुन्नू हर बार सामने से नदारद हो जाते थे। मैं परेशान, इस वक्त मेरे साथ जो चाल खेली जा रही है, उसका मैं जवाब भी नहीं दे सकता। दूसरा कोई मौका होता तो ऐसे-ऐसे मुन्नुओं को हम उल्लू बना देते, मगर मैंने भी सोचा, शादी से छिदम्मी तो मेरे हाथ रहेगा ही, वसूल कर लूँगा। इसी विश्वास के साथ मैंने मुन्नू के आगे बढ़ने से पहले ही बारातियों के टिकट भी खरीद लिए। तब मुन्नू ने आगे बढ़कर कहा—''क्या करूँ, मैं तो खर्च दे देता, पर बाबू ने हमसे कहा है कि हिसाब-किताब आप ही के ज़िम्मे रहेगा, बाद में वह आपसे समझ लेंगे।''

मुझे नये सिरे से यकीन हो गय कि बुड्ढा अभी मेरे ही कब्जे में है।

पच्चीस-तीस आदमियों की बारात में, शहर के कुछ चुने हुए लोग और छिदम्मी के लड़कों-पोतों के साथ पढ़नेवाले यूनिवर्सिटी-कॉलेजों के लड़के—इंटर क्लास में बरात जा रही थी। जिसे देखो वह मेरा ही मुँह देख रहा था। मैंने सामान चढ़वाया, सबके बैठने का इंतज़ाम किया, कुली-ठेले के पैसे चुकाये, जब ट्रेन चली तो 'नमो लक्ष्मीनारायण' किया...मगर ट्रेन के चलते ही हमने देखा कि हमारा बड़प्पन बगैर किसी इत्तिला और नोटिस के बड़े मुन्नू के कब्ज़े में आ गया। उनके नौकर-चाकर पान-सिगरेट-शरबत-सोडा का न टूटनेवाला क्रम साधने लगे। बारातियों ने मुन्नू को सलाह-सूत देना शुरू किया। मैंने देखा कि मुझे अब कोई बैठने तक को नहीं पूछता। लड़कों की टोली हमें बात-बात में कर्त्ता-धर्त्ता जी के नाम से कभी

पैर दबाने के लिए, कभी पीकदान उठाने के लिए, कभी मेरी हथेली को ऐश्ट्रे बनाने के लिए पुकारने लगी। पान तकसीम हुए, हम मुँह में रखने ही जा रहे थे कि एक लड़के ने झपटकर छीन लिए। कहने लगा कि आप तो कर्त्ता-धर्त्ता हैं, क्या कीजियेगा खाकर! इसी तरह शरबत का गिलास छीना, सिगरेटें छिनीं। कहते शर्म नहीं आती है, मगर यह सच है कि मेरी चतुराई फना हो गयी, कोई हमारे हथकंडे बयान करने लगा, कोई हमारी राजनीतिक पोलें खोलने लगा, बाराती-घराती—सभी उस हँसी-मज़ाक का आनन्द लेने लगे। मैं करता भी तो क्या, उनकी हँसी को इस तरह सिर-माथे पर चढ़ाने लगा, गोया अपने ऊपर आप हँस लेने की मुझे आदत है। इतने में लड़कों ने एक नयी नकल शुरू की। एक लड़का मेरा पार्ट करता अलग शान से बैठ गया, दूसरा लड़का सौ बरस की बुढ़िया बना। वह बुढ़िया कमर झुकाकर मेरे प्रतिरूप के पास आकर बोली—सुना है, तुम बूढ़ों का ब्याह कराते हो। मेरा भी ब्याह करा दो। न हो तो अपने ही साथ कर लो। मेरे पास दो लाख रुपया है।

मेरी नकल करनेवाले ने ऐसा अभिनय किया, जैसे मेरी लार ही टपकने लगी हो। नकल देखकर सारे कम्पार्टमेंट का हँसते-हँसते बुरा हाल हो गया। बुढ़िया के चंचल-कटाक्षपात, झुकी कमर के साथ उसका नाचना, पोपले मुँह से प्रेम के गीत गाना, और फिर जब मेरा और बुढ़िया का डुएट गाया गया तब तो लोगों ने आसमान ही सर पर उठा लिया। मैं पत्थर बनकर सब देखता रहा। इस वक्त हर तरह से बेबस था। मगर नकल के अन्त में जब यह दिखाया गया कि जिस दो लाख के लालच में हमने बुढ़िया से शादी की थी वह रुपये भी न मिले और मेरे घर में सौतों का झगड़ा होने लगा, मेरी कानखिंचाई होने लगी...तब मैं किसी तरह भी बर्दाश्त न कर पाया। गर्म हो उठा। सब लोग समझाने लगे कि आप भी बड़े होकर बच्चों का बुरा मानते हैं। अजी, यह तो बारात है बारात।

खैर, यहाँ तक भी बर्दाश्त किया। मगर हद हो गयी कि जब खाना आया तो यार लोग पत्तल उड़ा ले गये। दूसरी आयी, वह भी छीन ले गये। मैंने एक स्टेशन पर उतरकर कम्पार्टमेंट से बाहर जाना चाहा तो सब लोग दरवाज़े पर खड़े हो गये, मेरे पैर छूने लगे, मेरा तमाशा बनाने लगे।

पूरा दिन बीत गया। न पान, न सिगरेट, न एक बूंद पानी, न अन्न का एक दाना...तमाम उम्र में इतना गहरा चकमा कभी न खाया था। बेशर्म ज़िन्दगी में शर्म ने घूँघट उठाकर कभी हमको हमारे ही दिल में इस तरह पहले न देखा था।

स्टेशन आया, हमने देखा—मेरा बक्स और बिस्तर ही गायब। दिनभर का भूखा, हर तरह से जलील किया गया...इस वक्त मैं अपना आपा ही खो बैठा। मारपीट करने लगा, चीख-चीखकर गालियाँ देने लगा...लड़के और घेर-घेरकर मुझे हुश्काने लगे। बारात के दूसरे सम्भ्रांत लोग छिदम्मी सेठ को लेकर आगे बढ़ गये थे। प्लेटफार्म पर भीड़ लग गयी। रेलवे पुलिस आ गयी, पूछने लगी, क्या हुआ। एक लड़का चट से बोला, इसे भूत चढ़ गया है : सामाजिक न्याय तत्काल ही शह दे उठा।

लोग मिर्चों की धूनी देने की सोचने लगे।

किसी तरह हाथ-पैर जोड़कर जान छुड़ाई। अपनी दुर्दशा के अन्त में मैं यह भी बतला दूँ कि विवाह सेठ छिदम्मी का नहीं, वरन तीसरी के तीसरे बेटे का हुआ। मुझसे बैर चुकाने के साथ-ही-साथ मेरी दुर्दशा दिखाकर सेठ छिदम्मी को आतंकित करना उनके प्रोग्राम का एक सुनिश्चित कार्यक्रम था।

(1951)

हे बाबू सन्तावन आया है

मेरा नाऊ स्वामीदयाल उर्फ डाक्टर चम्पीवाला बड़ा भगत है। प्रति सप्ताह मालिश करने के लिए आकर गली, मुहल्ले एवं हाट-बाट की न जाने कितनी बातें सुनाता है और अन्त में निसाँस ढालकर कहता है, ''दुनिया में पाप बहुतै बढ़ गया है पंडित बाबू। कलजुग चारौ चरन टेके खड़ा है।''

तीन वर्ष हुए एक दिन डाक्टर मालिश करने आया और चुपचाप पैर दबाने में लग गया। डाक्टर यों चुप नहीं बैठता, बक-बक करना उसकी विशेषता है। उसकी गहरी उदासी देखकर मैंने पूछा, ''क्या बात है डाक्टर, आज बड़े चुप हो?''

एक निसाँस ढालकर उसने कहा, ''का बताई पंडित, हम बड़े सोच में पड़े हैं। कल रात सुना कि सन्तावन आ रहा है।''

''सन्तावन कौन?''

''अरे ओही जौन गदल मचाता है।''

सन्तावन और गदल के अर्थ बूझने में कुछ झण मेरा दिमाग चकराया, फिर हँसी आ गयी। मैंने कहा, ''अरे डाक्टर तुम भी किस चिन्ता में पड़ गये। सन्तावन अभी दूर है।''

''दूर? किती दूर है पंडित बाबू?''

''अरे अभी तीन साल पड़े हैं, और इस बार का सन्तावन गदर नहीं मचावेगा।''

डाक्टर मौन हो सोच में पड़ गया। थोड़ी देर बाद उसने फिर पूछा, ''अच्छा पंडित ये कहूँ लिखा है कि गदल नहीं मचेगा।''

उसे व्यर्थ की चिन्ता से मुक्त करने के लिए मैंने कह दिया, ''हाँ भागवत में लिखा है।''

''तुम ठीक-ठीक पढ़े हो पंडित बाबू। गीता का परमान है कि जब-जब सन्तावन आय के गदल मचाता है तब-तब भगवान आते हैं। अबकी कलंकी औतार आवेगा। तुम क्या जानौ पंडित जी महाराज, सन्तावन बड़ा गदल मचावेगा।''

गीता का प्रमाण सुनकर मेरा पढ़ा-लिखापन धड़ाम हो गया। मैंने सोचा कि सन् सत्तावन के गदर ने जनमानस पर कितना जबर्दस्त प्रभाव डाला है। डाक्टर बेचारे की तो बिसात ही क्या, हाई क्लास इंटेलक्चुअल लोग योगीराज श्री अरविन्द की

भविष्यवाणी का हवाला देते, अच्छे-अच्छे समाचारपत्र हिसाब फैलाते, और सन् 1957 में भी कुछ गज़ब होना एक पूर्व निश्चित बात मान ली गयी थी।

अपनी बात कहूँ, मुझे यह सत्तावनी समाँ पसन्द नहीं आता था। आन्दोलन के दौर में प्रत्येक राजनीतिक सम्प्रदाय के नेता, सन् सत्तावन की भारतीय क्रांति को प्रथम स्वाधीनता संग्राम कहा करते थे। मगर मुझसे उनकी यह मान्यता कौड़ी मोल भी मानते न बनी। मन में तर्क यह था कि अंग्रेज़ों से पहले भी अनेक बार आक्रमणकारियों से भारतीय लड़ चुका था, फिर सत्तावनी गदर में ही कौन सुर्खाब के पर लगे थे कि उसे प्रथम स्वाधीनता संग्राम कहा जाये? आप मानें न मानें, सन् 29-30 में प्राचीन इतिहास और तत्कालीन आंदोलन की खबरों से भरे समाचार पत्र पढ़ते-पढ़ते मेरी यह धारणा बन गयी थी कि जैसे हमारे ज़माने में एक होकर भारत आज़ादी के लिए लड़ रहा है वैसा कभी नहीं लड़ा। राष्ट्रीय भावना इतनी व्यापक होकर पहले कभी नहीं जागी।

किंतु डाक्टर के अक्सर सत्तावन चर्चा करने के कारण अनेक पढ़े-लिखे बाबू लोगों से भी प्रायः सुनकर मेरा कौतूहल एक नये रूप में जाग उठा। आखिर सत्तावन को लेकर हमारे जनसाधारण में इतनी चर्चा क्यों? यह भावना क्योंकि उस साल खून-खराबे वाली प्रलय आयेगी और सब कुछ बदल जायेगा? संपूर्ण नाश की नशीली रोमैंटिक तमन्ना तो समझ में आती है, कुंठित जनजीवन नयी गति चाहता है ओर अपनी विवशता में सर्वनाश की कल्पना कर सन्तोष मानता है। परन्तु समाज के आमूल परिवर्तन की बात किसी पूर्व अनुभव के ही संस्कार में उदय होगी।

गदर के बाद राजे-नवाब मिट गये, विक्टोरिया का राज आया। इस प्रसंग को लेकर पुराने बूढ़ों से बात कीजिये तो देखियेगा कि मलिका महारानी के राज की गुण गाती उनकी कमज़ोर आवाज़ें कैसी बलवती हो उठती हैं। तथाकथित प्रथम स्वाधीनता संग्राम के तुरन्त बाद ही भारतीय जनता यों अंग्रेज़ भक्त कैसे हो उठी? नवाबी बादशाही के बाद ऐसी क्या नयी विशेषता आ गयी कि जिसे सर्वत्र सराहा जा रहा था? गदर के बाद भारत की सामाजिक और आर्थिक स्थिति में बड़ा उलट-फेर हुआ। उच्च वर्णों में से बाबू वर्ण का उदय हुआ जिसके हाथ में ज़माने की बागडोर आ गयी। फिर थूड वर्ण के लोग भी अंग्रेज़ी पढ़-लिखकर इस नये बाबू वर्ण में सम्मिलित हुए। निस्संदेह एक क्रांतिकारी परिवर्तन था जो भारत के इतिहास में पहली बार हुआ।

इन बातों पर विचार करते गदर सम्बन्धी मेरी पुरानी मान्यता डगमगाने लगी। सहसा ऐतिहासिक परिस्थिति की ओर ध्यान गया। गदर या स्वाधीनता संग्राम खास तौर पर दिल्ली से लेकर बिहार के कुछ भाग तक तथा मध्य भारत की मऊ छावनी तक सीमित रहा, कलकत्ते के विद्रोही सैनिक भी इधर के ही थे और यह सारा इलाका तो हिन्दी भाषियों का है। एक बार यह बात डा. रामविलास से कही तो वे बड़े जोश से गदर को हिन्दी भाषी क्षेत्र का जातीय संग्राम मानने को तैयार हो गये। फिर तो कई हवाले भी सामने आये।

यह मानने से कोई इन्कार नहीं कर सकता कि भारत के साँसकृतिक इतिहास में इस क्षेत्र का स्थान सर्वोच्च है। भारतीय जन गण के मन प्राण में बसे पौराणिक ऐतिहासिक नामक नायिकाएँ यहीं की हैं। सामन्ती साम्राज्यवाद का गढ़ भी यही इलाका है। यही आर्यावर्त है और सत्तावनी क्रांति के हेतु इन सब बातों से मेरे मन में एक नया वैचारिक धरातल बनने लगा।

उस क्रांति में तीन धाराओं का संगम हुआ था। एक : अंग्रेज़ों के मातहत भारतीय सेना में गदर मचा। दो : राजे-नवाब, रानी, बेगम अंग्रेज़ों के खिलाफ लड़े। तीन : अवध, बुन्देलखंड और बिहार के जगदीशपुर क्षेत्र में किसानों और स्त्रियों तक ने अपूर्व वीरता दिखायी। इन सबमें रोटी और कमल के निशान घूमे थे, और तवायफों और संन्यासियों के भेष में विद्रोह की आग भड़काने वाले भी।

इसका दूसरा पक्ष भी ध्यान देने योग्य है। एक : अंग्रेज़ों की ओर से सिक्ख और तिलंगे लड़े थे। दो : गदर वाली पलटनों ने भारतीय प्रजा को भी सताया, लूटा, राजे नवाब प्रयत्नों पर भी संगठित नहीं हुए, अनेक तो गदर वालों की भी मदद करते थे और अंग्रेज़ों की भी। तीन : रोटी कमल के निशान और तवायफों, संन्यासियों के विद्रोह भड़काते घूमने से यह सिद्ध होता है कि भारतीय सामन्तों का एक केन्द्रीय संगठन था, पर वह मजबूत और भारतव्यापी न था। सबने बहादुरशाह को सिरमौर बनाया था, उसमें देश को आस्था न थी। राजपूत, बंगाली, दक्षिणी राजे-नवाब इस संग्राम से तटस्थ रहे।

भारत जैसे प्रभा और प्रतिभावान देश की यह उलझी हुई बदरंग तस्वीर बड़े कष्ट और लज्जा के साथ मन को ग्राह्य होती है। सन् सत्तावन का संघर्ष भले हिन्दी भाषी क्षेत्र का ही जातीय संग्राम रहा हो, पर उसमें अन्तर्निहित समस्या का तो देशभर में सम्बन्ध था। किंतु सन् सत्तावन के दो सौ वर्ष पहले से ही यह महादेश मुट्ठी भर अंग्रेज़ों के इशारे पर नाचने लगा था, और इतिहास साक्षी है उसके पहले भी अनेक बार नाचा है। सर्वगुणी होते भी उसमें कोई जबर्दस्त कमज़ोरी अवश्य है जिससे उसका महत्त्व बार-बार धुल-पुंछ जाता है।

यह कमज़ोरी सिकन्दर के आक्रमण काल से ही दिखाई देती है और सिकन्दर ने ही भारत के विशेष फलों के बारे में पूछा था तो किसी ईमानदार और चोट खाये भारतीय बुजुर्ग ने बतलाया था : बैर और फूट। बात सच है, और इसी जबर्दस्त कमी को देश के सर्वसाधारण दुहराते नहीं अघाते।

मगर मुझे इस पर भी आश्चर्य होता है कि ऋग्वेद में अनेक मंत्र हैं जो संगठित राष्ट्रभावना का परिचय देते हैं। महाभारत तो देश भावना से भरा पड़ा है। कई पुराणों में भारत के मानचित्र का विवरण मिलता है, प्रातः पठनीय श्लोकों में भारत के सात पर्वत सात नदियों आदि के नाम लिए जाते हैं, फिर यह क्यों कि विश्वगुरु होने के दावेदार अवतारों के देश में ही सदा अंधेरा बना रहा?

सच मानिये, सन् सत्तावन के अपने शानदार शौर्य प्रकरण और उसमें मिली

शर्मनाक पराजय को ध्यान में लाकर मैं दहल गया। इस देश के भाग्य में क्या सदा यही बदा है? मगर खैर, सन् सत्तावन में भारत हारा भी और जीता भी। हार उस सामन्ती प्रथा की थी जिसने भारत के जनमानव की प्रगति को जकड़ रखा था और जीत? जग जाहिर है।

मैं सामन्ती सभ्यता को कलंक का टीका लगाकर डिसमिस नहीं कर रहा। गदर के पराभव को मुगल साम्राज्य के विघटन काल से जोड़कर देखने पर तस्वीर बिल्कुल साफ हो जाती है। अकबर के अंतिम दिनों में ही उसमें घुन लग चले थे। सिंहासन को लेकर ही जहाँगीर ने पिता से विद्रोह और पुत्र से सौतिया डाह किया, शाहजहाँ ने भाइयों को मारा, औरंगजेब ने भाइयों की हत्या की और पिता को बन्दी बनाया। समाज की प्रथम संगठित इकाई का घर ही जब फूट गया, ईश्वर का प्रतिनिधि सम्राट ही जब आदर्शच्युत हो गया तो समाज को असन्तुलित होने से कौन रोक सकता था।

आलमगीर के बाद सिंहासन-सिद्धि के लिए खून-खराबे और विघटन की यह परम्परा उसी प्रकार बनी रही। नयी बात यह और हुई कि फिर बहादुर शाह प्रथम से लेकर बहादुरशाह 'जफर' तक तैमूर वंश में ऐसा कोई व्यक्तित्व न उभरा जो साम्राज्य की शक्तियों को धारण कर पाता। यह शायद हो भी नहीं सकता था। मुगल बादशाहों में अकबर समझदार था। फिर जो आये जग का भला करने का जोम लिए हुए विवेक शून्य भावुक व्यक्तित्व आये और केवल अपना भला चाहते हुए युक्तिपूर्वक अपनी ही इच्छा सिद्ध करने वाले आये। औरंगजेब के बाद तो महज काकटेल चरित्र आये, जो बहती बयार के साथ थोड़ी ही दूर और थोड़ी ही देर बह सकते थे।

औरंगजेब की धर्मान्धता और युक्तियों ने मुगल साम्राज्य के अनेक शत्रु उत्पन्न कर लिए थे। घर में शत्रु, बाहर शत्रु और सम्राट व्यक्तित्वहीन, चरित्रहीन। घरेलू शत्रुताएँ खड़ी हो गयी और देश भर में राजे-महाराजे नवाब सामंत स्वतन्त्र होने लगे। मराठों ने दिल्ली तक पर हमला किया। बड़ी लूटपाट हुई और सम्राट फर्रूखसियर अन्धा करके कैदखाने में डाल दिया गया। फिर जब सम्राट निर्माता सैयद बंधुओं ने मुहम्मदशाह 'सदा रंगीले' को सिंहासन पर बैठाया तो इन्हें ख्यालों से फुरसत न थी; सरदारों को महत्त्वाकांक्षाएँ पूरी करने से न थी और मराठे, सिक्ख राजपूत इन शासकों को परास्त करने में लगे थे। ऐसे समय में भारत पर आक्रमण करने के लिए नादिरशाह उठ दौड़ा। सम्राट का साम्राज्य सिमटकर लालकिले की चहारदीवारी में समाता चला गया। देश में आपाधापी मच गयी।

जो सूबे मुगलशासन से स्वतंत्र हुए, वहाँ भी विलास-व्यभिचार कुचक्र का ही बोलबाला था। प्रजा की स्त्रियाँ और धन चाहे जब लूट लिए जाते थे। सिपाहियों को वेतन नहीं मिलता था, इसलिए वे लुटेरे बन गये थे, किसानों की धरती खेती लुट गयी थी, इसलिए वे लुटेरे बन गये थे। निम्न श्रेणी की औरतों के प्रभाव में

बादशाह लोग नये-नये जागीरदार बनाते। जागीरदारों में कुलीनों-अकुलीनों का संघर्ष बढ़ा। कुचक्र गहराये मुसलमान हिन्दू को दबाता ही था, मुसलमानों को भी न छोड़ता था, ब्राह्मण ठाकुर नीची जातियों को तो पीसते ही, आपस में भी दूसरे को न छोड़ते। व्यक्ति की अहंता अपने आपको सर्वश्रेष्ठ मानने के अंधे-जोम में क्षुद्रता की अन्तिम सीमा तक उतर आयी।

ऐसी परिस्थितियों में अंग्रेज़ अपने गहरे जाल फैलाने लगे। सिराजुद्दौला हैदरअली, टीपू, मराठे, सिक्ख, सिंधी, बलोची एक-एक कर अंग्रेज़ों ने सबको छकाकर तोड़ दिया। देश को एकता के सूत्र में बाँधने और मज़बूत करने वाली कोई शक्ति नहीं रह गयी। सामन्ती समाज में आगे बढ़ने की गुंजाइश ही न थी। उन्हें आपसी बैर और फूट खा गये थे और जनता सदियों की अत्याचार से पीड़ित थी।

भारत के ऐसे समाज के विपरीत अंग्रेज़ों का जातीय संगठन बहुत मजबूत था। मेरी समझ में इसके तीन मुख्य कारण थे। एक : इनके इतिहास में शक्ति-संतुलन की नीति की परम्परा काफी पुरानी थी। इससे अपना व्यापार बढ़ाते-फैलाते हुए ये लोग अन्य विदेशी सत्ताओं को सुविधानुसार तोड़ने-जोड़ने में बेजोड़ रहे। दो : तात्कालिक वैज्ञानिक आविष्कारों का जैसा स्वागत और उपयोग इन्होंने किया वैसा किसी ने नहीं किया इसलिए तीन : इनके यहाँ बाबू और मजदूर वर्ग का जन्म पहले ही हो गया, जिससे राष्ट्रीय सत्ता केवल सामन्तों के हाथ में न रहकर डैमोक्रेटिक हो गयी। इन्हीं कारणों से ब्रिटिश जाति उस समय संसार की जिस भी सामन्ती शक्ति से मुकाबले में आयी, युक्तिपूर्व सवाई उतारी।

इस प्रकार सन् सत्तावन में भारत पर अंग्रेज़ों की पूर्ण विजय को मैं सब दृष्टियों से सामन्ती सभ्यता पर गणतान्त्रिक सभ्यता की ओर धार्मिक सदियों वाले पुराने युग पर नये वैज्ञानिक युग की विजय के रूप में देखना उचित समझता हूँ। इस अंग्रेज़ी शासन प्रणाली द्वारा भारत का धन तो बाहर खिंचने लगा मगर एक नयी जनशक्ति भी ऊपर उठ आयी। वह अंग्रेज़ी पढ़े-लिखे बाबू वर्ग की थी जो अंग्रेज़ी भाषा द्वारा नयी भौतिकवादी पश्चिमी दुनिया का सम्पर्क पढ़कर देश को नया उत्साह दे रहा था। अंग्रेज़ों की शासन पद्धति भी पार्लमेंटरी पद्धति से प्रभावित होने के कारण सामन्तकालीन व्यवस्था से कहीं अधिक सुथरी थी।

युगों की आपाधापी के बाद यह सुथरापन और स्थायित्व भारतीय जनता को अपने पूर्व के इतिहास, दर्शन, साहित्य, संस्कृति आदि पर पढ़ने सोचने का मौका देने लगा। बाबू वर्ग के उदय होने से देशव्यापी जागरण हुआ, राष्ट्रीयता की नयी लहर आयी, जनसाधारण का युग फूटा। वैज्ञानिक आविष्कार ज्यों-ज्यों इस विशाल देश को एक सूत्र में बाँधने लगे हमें अपनी सदियों पुरानी साँसकृतिक एकता और साहित्य कला आदि के महत्त्व का ध्यान सताने लगा, अनेक बातों में हमने पश्चिमी दुनिया से अपने आपको अधिक ऊँचे नैतिक स्तर पर पाया और हमारी हैरत बढ़ती गयी कि फिर भी हम बैर-फूट में क्यों फँसे?

नयी चेतना वाला बाबू वर्ग भी बैर-फूट से मुक्त न था। वहाँ बड़े बाबू और छोटे बाबू थे। कुलीन-अकुलीन ब्राह्मण-अब्राह्मण बाबू थे। अंग्रेज़ अपनी सुविधानुसार इस भारतीय परम्परा की ऊँच-नीच को बढ़ाते या दबाते थे। वे बनिये सामन्त थे, फूट डालकर न्याय के नाम पर बन्दरबाँट करना उनका सिद्ध खेल था। इस खेल के लिए उन्होंने तलवार का सहारा कम लिया, वैधानिक जाल का अधिक। इस सामन्ती व्यवस्था ने हमारी आर्थिक व्यवस्था को जड़ से उखाड़ दिया था : इसी से देश का हृदय उसके गाँव नष्ट हो गये। गाँव से ही हमारा मजदूर वर्ग और अधिकांश बाबू वर्ग आया था।

बाबू वर्ग में आये हर जाति के लोगों ने अंग्रेज़ी समाज की अपेक्षा भारतीय समाज को पिछड़ा हुआ पाया। इसके सुधार के लिए उसने नये जातीय क्लब बनाये। अपनी पुरानी पंचायतें वह गाँव में ही छोड़ आया था। ये नये क्लब भारत-व्यापी संगठन बने और इन्होंने अपने-अपने अखबार भी निकाले। दफ्तरों में जिस जाति का विशेष सत्ताधिकारी हो जाता, उसी बिरादरी को वह नौकरी में घुसाता था। ऐतिहासिक परिस्थितियाँ हर जाति के बाबू को इस स्तर पर रहने के लिए मजबूर कर रही थीं और व्यापक राष्ट्रीय स्तर भी बढ़ा रही थीं।

देश की आर्थिक गरीबी हर जाति से सम्बन्ध रखती थी। वैज्ञानिक युग की विशेषताएँ हमें पुराने आर्थिक स्तर पर लौटने नहीं देती थीं। इसलिए हम संगठित हुए हमारे सुधारवादी सामाजिक आंदोलन भी संगठित हुए। पर क्योंकि पुराना जातीय ढाँचा दफ्तरों में बाबू अफ़सरों की ऊँच-नीच वाली पालिटिक्स में बड़े काम का था उसकी जड़ें न उखड़ सकीं। धन्धे कम थे। नौकरी ही जीविका का साधन थी। अंग्रेज़ फूट डालने पर उतारू थे। जातिवाद भारत से न जा सका।

मैं एकाएक भरे मुँह से तो नहीं कह सकता कि यदि अंग्रेज़ न आते और फिर भी वैज्ञानिक उपलब्धियों के साथ औद्योगीकरण होकर बाबू वर्ग उदित हो जाता तो जाति भेद अब तक लुप्त हो चुका होता, पर एक जगह अपनी बात मुझे बाँधती अवश्य। जाति भेद के टिके रहने का सबसे बड़ा कारण विवाह संस्कार है। खान-पान में अलगाव मिट जाने पर भी विवाह आज स्वजातियों में ही होते हैं।

आचार्य क्षितिमोहन सेन के मत से यह वर्जनशीलता (एक्सक्लूसिवनेस) असंस्कृत आदिम अवस्था का एकमात्र धर्म है। आर्यों में यह रूढ़िवादिता न थी। गुण कर्मानुसार व्यक्ति की जाति कभी भी बदल जाती थी। अब ऐसा सदियों से नहीं है। असंख्य जातियाँ हैं, उनके ऊँच-नीच हैं। कितने ही विदेशी कबीले भी आकर बसे जो विजेता होने से ऊँचे रहे। इनके अपने-अपने संघ होते थे और कालान्तर में ये जातियों का रूप ले गये। रोटी-बेटी के व्यवहार से बहुत-सी जातियाँ एक में मिलीं पर भेद अलगाव और इसीलिए शत्रुताएँ भी बनी रहीं।

वैदिक-धर्म ने यहाँ की अनेक जातियों को वर्णाश्रम धर्म में समेट लिया। पर उससे काम राष्ट्र का इतना न हुआ जितना पुरोहितों का। मुसलमानों के आने से

पहले तक अनेक बार यहाँ वेदविरोधी स्वर उठा है। इसमें अन्य धर्मावलम्बी जातियों का अस्तित्व बोलता है, दबने-दबाने और विद्रोह की कहानी सुनाई पड़ती है। हमारे यहाँ जातियों और धर्म का उत्थान पतन हुआ ही पुरोहितों और सामन्तों की संकीर्णता क्रूरता के कारण। ईश्वर और धर्म के नाम पर हमने एक दूसरे से बड़ी घृणा की है।

इस घृणा और दमन से पीड़ित भारतीय जन पक-पककर मानव भी बना। उपनिषद् काल का मानव धर्म, बौद्धों जैनों की अहिंसा, भागवत धर्म, सन्तों का उदार प्रेम सब इस गन्दे सनातन धर्म की प्रतिक्रियावश पनपे। सामन्ती पुरोहितों अत्याचारों से पीड़ित जनता सिमट-सिमटकर मानवता के मार्ग पर आती है। इसी से नाना जातियों वर्णों का भारत एक हुआ है। नहीं, सामन्तों पुरोहितों ने तो बैर फूट से ही उसे विदेशी शत्रुओं का आखेट ही बनाया।

यह पृष्ठभूमि समझ लेने पर सन् सत्तावन की क्रान्ति मुझे काफी साफ़ दिखायी पड़ने लगती है। यह क्रान्ति इस हिन्दी भाषी मध्य देश में ही हो सकती थी और फिर भी समूचे देश का प्रतिनिधित्व कर सकती थीं। यह प्रदेश वेदधर्मी जाति के उत्थान से पहले भी समृद्ध जातियों से बसा था। वेदधर्मी सामन्तवाद के प्रवर्तक थे। कुरू, अवध और मगध तीनों सामन्तवाद के गढ़ रहे। यहाँ की संस्कृति ने सारे देश को बाँधा। यहीं की जनता सामन्ती पुरोहिती चक्की में सबसे अधिक पिसी। यही प्रदेश बौद्ध धर्म का भी केन्द्र रहा, और बौद्ध धर्म जब कुषाणों का रक्षाकवच बनकर प्रजा पीड़क बना, तब ब्राह्मण धर्म के पुनरुत्थान और नवीनीकरण का केन्द्र भी यही रहा। मुसलमानों और ब्राह्मणों की चक्की के दो पाटों में पिसती जनता ने सीताराम, राधाकृष्ण के सहारे यहाँ प्रेम प्रचार किया। यहाँ के पुरोहित और सामन्त जब रक्त शोषण कर ऐसे मोटे हुए कि मधेसिया शब्द आलसी का पर्याय बन गया।

यहाँ की जनता में विद्रोह की आग सदा बनी रही है, उसने अपने धर्म अर्थात् जातीय स्वाभिमान के नाम पर सदा युद्ध किया है इसीलिए गदर में धर्म और दीन का नारा सुनाई पड़ता है।

अवध, बुन्देलखंड और बिहार में जनता और स्त्रियाँ आत्मरक्षा के लिए ही सामने आयीं। सामन्ती खंडों से वे उतना ही पीड़ित थीं जितना अंग्रेज़ों से। लक्ष्मीबाई के बारे में संकेत मिलता है कि गंगाधर राव के महलों की कैद से छूटकर उनकी विद्रोही आत्मा विकृतियों के प्रति ललचा उठी थीं। वे मर न जाते तो लक्ष्मीबाई कुछ और ही होती। यह लक्ष्मीबाई जनसाधारण वर्ग से आयी थी लखनऊ के विलासी महलों में पलनेवाली वाजिदअलीशाह के परीखाने की सदस्या और शाह के बेटे की माँ हजरतमहल भी जनसाधारण वर्ग की थी। दिल्ली की जीनतमहल भी जन्म से राजकुमारी नहीं थी। विलासी शाह और सामन्त भले ही कायर हो चुके थे, पर उनके विलासों का खिलौना ये स्त्रियाँ क्यों न विद्रोह करतीं? रानी, बेगमों, तवायफों और साधारण किसान स्त्रियों का यह सामूहिक विद्रोह युग परिवर्तनकारी क्रान्ति का प्रमाण देता है।

इतिहासकार आर.सी. मजूमदार का मानना है कि उसके पीछे कोई संगठन न था। उनकी बात काटने का साहस कैसे करूँ। पर रोटी और कमल के निशान क्या बिना संगठन के फैल सकते थे? अंग्रेज़ों की भारतीय सेना में नाचनेवालियोँ और धर्मोपदेशकों के रूप में क्रांति क्या अपने आप पहुँच गयी? इस सारे आयोजन के पीछे क्या ऐसे कोई दिमाग न थे जो संगठन के सूत्रधार रहे? मुझे तो दिखायी देता है कि वे अजीमुल्ला खां और नाना साहब पेशवा थे।

अजीमुल्ला पठान बावर्ची का बेटा था। वह सातवा के छत्रपति के वकील रंगोबापू के साथ लंदन में एक संगठित आयोजन का सूत्रपात करता है यूरोप के अंग्रेज़ विरोधी देशों का भ्रमण करके अपने भावी आयोजन के लिए प्रेरणा और बल बटोरता है, और नाना साहब को साथ लेकर तीर्थयात्रा के बहाने सामन्तों और सेनानायकों को संगठित करता है। नाना साहब सहित यह भरत और राम की जोड़ी ही सन् सत्तावन के संगठन की पुरोहित थी। इन्हीं की मंत्रणा से बहादुरशाह क्रांति का प्रतीक बना। इस प्रकार क्रांति का मूल स्वरूप राष्ट्रीय क्रांति का था। आयोजन भी राष्ट्र व्यापी ही किया गया था। आयोजन असफल रहा, क्रांति सिमटकर हिन्दी भाषी क्षेत्र तक सीमित रह गयी, यह और बात है।

भारतीय जन अंग्रेज़ों से उस समय भले ही जीत न सका। पर उसका उत्थान सदियों की सामन्तशाही के मरण से न रुक सका। यही इस राष्ट्रीय संग्राम की बड़ी विशेषता है। भारतीय जन के राष्ट्रीय स्वाभिमान ने एक सदी भी न बीतने दी कि अंग्रेज़ों की बनिया सामन्तशाही को उखाड़ फेंका। अहिंसाधर्मी गाँधी के नेतृत्व में राष्ट्रीय आन्दोलन का संचालन भी मुझे आकस्मिक नहीं लगता। गाँधी का स्वर उस उत्पीड़ित मानव का स्वर था जो उपनिषत्कालीन मानव धर्म बौद्धों, जैनों की अहिंसा, भागवतधर्म और सन्त परम्परा के इतिहास में बोल रहा है।

आज सौ बरस बाद फिर सन् सत्तावन आया है। अफवाहें और भविष्यवाणियाँ उसे घेरे हुए हैं। जनमन को मनोवैज्ञानिक रूप से पिछला सन् सत्तावन प्रभावित कर रहा है। विश्व के राजनैतिक वातावरण में सभी कुछ है। मगर मुझे डर और से नहीं, लग रहा है तो अपने आपसे।

सन् 1920 से 1945 तक जो राष्ट्रीय भावना और नैतिक बल की अभूतपूर्व लहर दिखाई दी थी वह आज़ादी के बाद सपना हो गयी। समाजवादी भारत में इस समय व्यक्ति ही व्यक्ति दिखाई पड़ रहे हैं। समाज बहुत कम नज़र आता है। व्यक्ति बड़ा बनना चाहता है, औरों पर छा जाना चाहता है। यह बात बुरी न लगती यदि वह औरों को छोटा न बनाता। पर इस समय सब तरफ आपा-धापी मची हुई है, जन साधारण को अपने लिए कहीं स्थान नहीं मिलता। समाज उखड़ा हुआ है, जनमन विघटित कुंठित है।

समाजवादी भारत सरकार की बागडोर इस समय कांग्रेस के हाथ में है। हमें गर्व है कि जवाहरलाल जी के रूप में भारत ही नहीं वरन् विश्वजन प्रिय शान्ति

विधायक लोक नेता हमारे पास है और कांग्रेस आज उनके सामाजिक व्यक्तित्व का प्रमुख अंग है। मगर इसीलिए तो और भी हैरत होती है कि फिर कांग्रेस इतनी निस्तेज क्यों है? यह जब गाँधी जी के सामाजिक व्यक्तित्व का अंग थी तब ऐसी व्यक्तित्वहीन न थी।

गाँधीजी की समवयस्क पीढ़ी के अतिरिक्त दो अगली पीढ़ियाँ भी उसमें सम्मिलित थीं। क्या जवाहरलाल जी की कांग्रेस भी यह दावा कर सकती है? बापू पीढ़ी ने अपने युवकों को दबाकर नहीं रखा उन्हें काम करना सिखाया, उनकी विद्रोही वृत्ति को सहा-समझा और उससे बल लेकर उनमें आत्म विश्वास बढ़ाया। क्या जवाहरलाल जी और उनकी पीढ़ी जो अब बापू के स्थान पर है, अपनी छोटी पीढ़ी के साथ वही बर्ताव कर सकी? गाँधी के व्यक्तित्व के प्रभाव से कांग्रेस नेता देश में त्याग बलिदान और संगठन की शक्ति प्रतिष्ठित कर रहे थे। जनमानस उनसे ऊँची प्रेरणा पाकर अनेक शक्ति स्रोतों के रूप में फूट-फूट पड़ता था। आज के शक्ति स्रोत ऐसे भूखे हैं कि नेहरू के बाद कौन? का प्रश्न उठ रहा है।

गुरुदेव की एक कविता में अस्ताचलगामी सूर्य पूछता है कि मेरे बाद मेरा काम कौन करेगा? जगत चित्रवत निरुत्तर रहता है। छोटा-सा मिट्टी का दीया विनयपूर्वक कहता है अपनी शक्ति भर वह काम मैं करूँगा। 'नेहरू के बाद कौन' के उत्तर में कहीं से ये सुनायी न दिया। स्वयं नेहरू जी ने ही उत्तर देने के लिए प्रश्न उठाया और कहा : नेहरू के बाद करोड़ों हैं, मैं करोड़ों को अपना काम सिखाऊँगा। कब चाहेंगे वे ऐसा? कब उसकी फिजा पैदा करेंगे? उनकी निगरानी में देश का नवनिर्माण बड़े पैमाने पर आरम्भ हुआ है। पर उनके देशवासियों की ललक इस नवनिर्माण के साथ क्यों नहीं?

पिता पुत्र की दो पीढ़ियों का अदब बनाये रखते हुए अपनी भूखों और कमजोरियों को पहचानते हुए भी मुझे सविनय किन्तु सखेद कहना पड़ता है कि जवाहरलाल जी और उनकी पीढ़ी में यह भारी कमी है कि समाजवादी ढाँचे का निर्माण करते हुए भी वे अपने आप में कोरे व्यक्ति हैं, ऊँच-नीच की मान्यताओं से भरे हुए निरे व्यक्ति। उनके व्यक्ति और सामाजिक व्यक्तित्वों में कहीं उचित समन्वय नहीं हो पा रहा है।

अब उस सरकार को भी देखें जिसके द्वारा जवाहरलाल जी समाजवादी ढाँचा बना रहे हैं। सरकारी डिसिप्लिन की तस्वीर में हर बाबू अपने से बड़े बाबू अफ़सर का चपरासी है। यह चपरासियों की सरकार डिसिप्लिन के नाम पर ऊपर की घुड़की खाकर दाँत निपोरती है और नीचे वाले को स्वयं घुड़ककर दाँत निपोरने पर मजबूर करती है। डिमोक्रेसी के नाम पर अंग्रेज़ फाइलबाज़ी तो सिखा ही गये। इस चपरासी डिसिप्लिन द्वारा बाबू से लेकर चीफ तक का अहं कुंठित करना भी सिखा गये। डिमोक्रैसी की आड़ में फाइलशूर बनकर हर कर्मचारी अपनी कुचली अहंता का मरहम लगाता है। इस जड़ चपरासी डिसिप्लिन के कारण सरकारी मशीन का जो भी काम

होता है वह विलंब से और निष्प्राण और इस सारे डिसिप्लिन का विधाता है, चीफ व्यक्ति ऊँच-नीच की मान्यताओं से भरा दम्भी व्यक्ति। राष्ट्र के प्रति उसके श्रमदान में कमी नहीं? मगर उसकी भावना समाजवादी ढाँचे का निर्माण करने वाले की नहीं। वह जड़ सामन्ती अकड़ की है।

और देश के आर्थिक जीवन के कर्णधारों की तो क्या कहूँ वहाँ तो सब व्यक्ति हैं ऊँच-नीच की मान्यताओं के शिखर सबके बाद सारी जनता है जो दबो और दबाओ नीति के साथ अपनी अनगिनत कुंठाओं को बड़े विकृत रूपों में उछाल रही है। इस ऊँच-नीच के भेदभाव से ग्रस्त भारत को सही दिशा के लिए एक सामाजिक आन्दोलन की उतनी ही जबर्दस्त आवश्यकता है, जितनी नहर बाँध निर्माण करने वाली समाजवादी पंचवर्षीय योजनाओं की। दोनों को साथ-साथ चलाये बिना न तो भारत का जन मन ही शान्त रहेगा न उसकी प्रगति ही हो सकती है। पिछले सन् सत्तावन का मुर्दा सामन्तवाद अब सड़ चुका है, इस सन् सत्तावन में उसका दाह करना अत्यावश्यक है। अपनी और अन्तरराष्ट्रीय परिस्थितियों पर हावी होने के लिए ऋग्वेद के इस नारे को व्यापक बनाना सर्वथा अनिवार्य हो उठा है; 'राष्ट्रे जाग्रयाम वयम्', हम राष्ट्र में जागते रहें।

लो वह भी कह रहे हैं : ज़माना खराब है

पचास बरस पहले की एक बात याद आयी। एक रग्घू बाबा थे। वे उस समय 65-70 बरस के रहे होंगे। यानी जिस ज़माने में 40-45 की उम्र तक पहुँचते-पहुँचते लोगों का शुमार बूढ़ों में होने लगता था उस ज़माने में रग्घू बाबा की उम्र वाले लोग तो भीष्म पितामह की तरह जुलजुल बूढ़े माने जाते थे। रग्घू बाबा हम नवयुवकों को बड़े जोश से बतलाया करते थे : "क्या रखा है आज के ज़माने में, ससरी पैसे की चार जलेबियाँ। अरे हमारे बचपन में तो चार जलेबियाँ, एक पूड़ी, तरकारी, अचार, रायता सब कुछ सिरिफ एक पैसे में मिलता था। रुपये का सोलह सेर दूध, तीन सेर का घी, बीस सेर का गेहूँ। आमों की ढेरी—बड़ी दूधिया दशहरी-छह आने और छोटी दशहरी तो चवन्नी तीन आने में मिल जाती थी। क्या ज़माना था वो भी। अब तो लूट पड़ गयी है लूट। ऐसा खराब ज़माना आ लगा है कि कहते नहीं बनता।"

रग्घू बाबा की चाल पर हमारी पीढ़ी के लोग भी जो अब 60-65 के हो गये हैं, कहते हैं कि हमारा ज़माना अच्छा था : आज का खराब है। उस समय भी, खाली भावों में फर्क आ गया था, बाकी सब सतजुग ही था। हमने 17 सेर के बजाय आठ सेर का दूध पिया था। दो पैसे का पाव भर दही और तीन पैसे छिटांक बालाई खाई थी। बड़ी दूधिया दशहरी आमों की ढेरी यानी 33 आम बारह आने में आते थे। उस समय को देखते हुए हम आज की महँगाई को कोसते हैं। सामाजिक रूप से भी इसका प्रभाव पड़ता है, जब महँगाई बढ़ती है, गरीबी और अभाव अधिक फैलते हैं, तो पाप या अपराधों में भी बढ़ोत्तरी होती है। ज़माना खराब कहलाने लगता है।

अभी कुछ दिनों ही पहले की बात है। एक भले घर की पढ़ी-लिखी युवती अपनी माँ के साथ हमारी गली से गुज़र रही थी। दो लड़के दूसरी गली से आये। बहुत इत्मीनान, बड़ी दोस्ती के भाव के साथ एक लड़के ने उस युवती के कंधे पर हाथ रख दिया। युवती चौंकी, चीखी मगर इतनी ही देर में लड़का अपने दोस्तों के साथ उसके गले की जंजीर खींचकर उड़न-छू हो चुका था। फिर राह चलतों की भीड़ जुड़ी; किस्से चले—क्या ज़माना आ लगा है।

हम उस दिन संयोगवश ऊपर छोटे पुत्र के कमरे में थे, खिड़की से झाँक रहे थे। यह तमाशा देखा, बातें सुनीं। बातों ने यादों के राकेट पर चढ़कर एक मिनट में ही बड़ी-बड़ी दूर की सैर कर ली। विश्वामित्र की कठिन तपस्या से इन्द्र को यह

डर हुआ कि उनका इन्द्रासन हिल जायेगा। राजनीति-पटु इन्द्र ने उनका धरम बिगाड़ने के लिए मेनका अप्सरा भेज दी। अब देखिये कि पद-लालसा का तमाशा उस वक्त में भी चल रहा था और शरीफ भले आदमियों का ईमान डिगाने वाली अप्सराएँ भी उस ज़माने में थीं। फिर आज है भी क्या अचंभा। महाभारत के उस राज दरबार का ख्याल आया। जिसमें बैठकर राजकुमार जुए की राजनीति के दांव चला करते थे। आज के ज़माने में यदि किसी राजसभा या जन-संसद में ऐसा तमाशा हो तो दुनिया भर के अखबार हफ्तों तक पेज पर पेज काले करते रहेंगे कि हाय क्या बुरा ज़माना आ गया है। और द्रोपदी के चीरहरण के से तमाशे के दोहराये जाने पर तो दुनिया में अखबारी बवंडर ही उठ खड़ा हो जायेगा। इस पर भी लोग कहते हैं कि नया ज़माना खराब और पुराना बड़ा अच्छा था। सुल्तान लोग हारे हुए राजा-बादशाहों की लड़कियाँ और औरतें उड़ा ले जाया करते थे, लेकिन आज अगर ऐसी घटनाएँ होती हैं तो ज़माने को कोसा जाता है। कहने का मतलब यह है कि इंसान हमेशा यही समझता है कि दुनिया भर की सारी अच्छाई सिर्फ़ बीते हुए ज़माने में ही समाई हुई है, यानी पहले का समय बहुत अच्छा था। वैसे इस तरह के निराशा भरे चिंतन में भी एक जगह रचनात्मक इच्छा के सक्रिय बीज बेचारे रेगिस्तान में पड़े बीजों की तरह निष्क्रिय हो रहे हैं। ज़माने को बुरा कहते हैं वे उसे अच्छा बनाने को भी कहते हैं। बौद्धिक आलस्यवश या कह लीजिए, उचित और शक्तिशाली नेतृत्व की कमी के कारण वह लोक कामना सक्रिय नहीं हो पा रही है। इसलिए ज़माना खराब है।

सुनते हैं, हमारे शहर के बड़े इमामबाड़े को नवाब आसफुद्दौला ने भीषण अकाल के दिनों में अपनी प्रजा को सहायता देने के लिए बनवाया था और उस काल के बारे में हमने यह भी पढ़ा है कि रुपये का पाँच सेर गेहूँ बिक रहा था—और आज सन् 79 में एक रुपये तीस पैसे किलो का भाव है। तो बतलाइये भला, कौन-सा ज़माना बुरा था या है। अजी दूर कहाँ जायें, अभी सन् 43 में जब अविभाजित बंगाल में अकाल पड़ा और चावल रुपये का दो सेर बिकने लगा तो हम लोगों ने नौजवानी के जोश में गले फाड़-फाड़ कर ब्रिटिश सरकार के खिलाफ़ नारे लगाये थे कि कमबख्त कैसा खराब ज़माना लाये हैं। लेकिन अब क्या कहें। ज़माना हमारा है और महँगाई के लिहाज़ से पहले के तमाम ज़मानों से ज़्यादा खराब है। उसी के, ज़माने की उपलब्धियों को हमारी नज़र देखने से कतरा जाती है। हमारी पत्नी एक बार कहने लगीं कि अब तो ऐसा खराब ज़माना आ लगा है कि पैसे ले के जाओ फिर भी चीज़ नहीं मिलती। हमने उनसे कहा कि लड़ाई के बाद जर्मनी में एक डबलरोटी खरीदने के वास्ते लोग झोला भरकर नोटों की गड्डियाँ ले जाते थे। मेरी पत्नी अपने दोनों कानों पर हाथ रखकर बोलीं, ''ना बाबा, ईश्वर न करे ऐसा खराब ज़माना कभी आये।'' हमें पहुँचे हुए पंडित-दार्शनिकों की यह बात याद आती है कि तुम्हें आज जो कुछ घटता दिखलायी दे रहा है वह अदृश्य में पहले ही घट चुका होता है और

आगे भी घटता रहेगा। यानी इंसान की ज़िन्दगी कोल्हू के बैल की तरह है कि कोसों चक्कर काटो मगर फासला कभी कम या अधिक नहीं होता है। ज़माना हमेशा खराब है, खराब था और खराब ही रहेगा—या यों भी कह लीजिए कि सदा अच्छा था, अच्छा है और अच्छा ही रहेगा। बात में कोई फर्क नहीं पड़ता।

सम्राट अशोक या सम्राट अकबर दुनिया में भले ही सोने की सेजों पर सोये हों मगर आज के से रबड़ या फोम के मुलायम गद्दे उन्हें भी नसीब न हुए होंगे। उन्होंने घोड़े हाँके या रथ, हाथियों पर चढ़े मगर न हवाई जहाजों का मज़ा पा सके और न गोमती एक्सप्रेस के एयरकंडिशंड कोच का। आज जो अकबर-अशोक होते तो किस ज़माने को भला कहते और किसको बुरा?

खैर, जो भी हो, मगर उस वक्त मन ही मन हमें बड़ी जोर की हँसी आती जब कोई अफ़सरनुमा नेता दफ्तरों से लेकर छात्रों तक की अनुशासनहीनता पर घड़ियाली टेसुवे बहाता है या कोई धन्ना सेठ जब महँगाई का रोना रोकर ज़माने को कोसता है। जिन्होंने ज़माने को इस तरह बनाया लो, अब वह भी कह रहे हैं कि ज़माना खराब है।

(1980)

तीतर, बटेर और बुलबुल लड़ाना

यह मुमकिन है कि शान्ति के कबूतर उड़ाते-उड़ाते हम एटम हाइड्रोजन मिज़ाइल किस्म के भयानक हथियारों और आस्मानी दर आस्मानी करिश्मों के औज़ारों की लड़ाई बन्द कराने में सफल हो जायें, मगर यह कि लड़ाई का चलन ही दुनिया से उठ जायेगा, हम न मानेंगे जनाब! अजी, लड़ाई का मज़ा चार जवान नज़रों से पूछिए, नवोढ़ा प्रौढ़ा सुहागिनों के मानभरे मुँहफुलावन से पूछिए, सितार और मिज़राब से पूछिये, घुंघरुओं और इंसान के पैरों से पूछिये, इल्मोहुनर की लागडाँट करने वालों से पूछिये, इलेक्शन लड़ाने वालों से, वकील-बैरिस्टरों की ज़बानों से, पार्टीबाज़ों की तूतू-मैंमैं से पूछ देखिये—कोई भी न चाहेगा कि लड़ाई का चलन उठा दिया जाये। सच पूछिए तो लड़ाई का दूसरा नाम ही जीवन का विकास है; ग्रह-उपग्रहों के साँसकृतिक आदान-प्रदान के बावजूद इंसान लड़ने से बाज़ न आयेगा। जब तक दाल-तरकारी में नमक की ज़रूरत रहेगी तब तक सभ्यता का हाज़मा दुरुस्त रखने के लिए हम गालियों का इस्तेमाल भी करते रहेंगे, जब विटामिन की टिकियों से पेट भरने लगेगा तब भी ताने देने की बात तो मेरे ख्याल से न छूटेगी। मतलब यह कि विश्वशान्ति, ब्रह्माण्ड शान्ति आदि ॐ शान्तिः शान्तिः शान्तिः का साम्राज्य दसों दिशाओं में फैल जाये, फिर भी ज्ञान-विज्ञान की ऊँची-ऊँची चोटियों पर चढ़ने के लिए मनुष्य निरन्तर लड़ता ही रहेगा।

प्रकृति के बच्चों में सिर्फ़ आदमी ही लड़ता हो सो बात नहीं, छोटे-बड़े चेरिन्दे-परिन्दे भी कटाजुज्झ करते ही रहते हैं। इनकी लड़ाइयों में मानवी सभ्यता ने सदियों तक लुत्फ हासिल किया है। पुराने ज़माने में ही नागर सभ्यता ने जानवरों की लड़ाई को कला और शास्त्रविद्या तक पहुँचा दिया था। वात्स्यायन के कामसूत्र में लिखा है कि जानवरों की लड़ाई देखना रसिया रईसों के लिए टॉनिक का काम करता है। इसलिए पुराने दिनों के सम्राट बादशाह जानवरों की लड़ाइयाँ बड़े शौक से देखा करते थे। हमारे नगर, लखनऊ, में भी नवाबी बादशाही ज़माने से इसके संस्कार चले आते हैं। नसीरुद्दीन हैदर को पशु-पक्षी के युद्धों का बड़ा चाव था। चाँदगंज में पशुशाला थी, हाथी, ऊँट, गैंडे, चीते, सांड, भैंसों से लेकर तीतर, बटेर, मुर्ग, बुलबुल आदि तक की लड़ाइयाँ उसका मनोरंजन करती थीं। एक ज़माना था जब यहाँ बटेरों और तवायफों की बादशाही थी।

खैर, इस समय तो बुलबुल, बटेरों और तीतरों का तज़किरा छिड़ा है। इनकी लड़ाइयाँ भी खूब-खूब होती हैं, चोचें चलती हैं, ये परिन्दे आपस में एक-दूसरे पर झपट-झपटकर वार करते हैं, चारों तरफ इंसान तमाशाइयों की भीड़ खड़ी होकर इनका हौसला बढ़ाती है, ''और ले बेटे! काट ले और काट ले! हुमक के! जियो बेटे, वाह वाह!'' का समाँ बंध जाता है। इनकी हार-जीत पर सैकड़ों-हज़ारों का सट्टा हो जाता है। गरज़ यह कि इन पंछियों की लड़ाइयों का भाव रुपये, आने, पाई से अब तक बँधा है। इसीलिए लड़ाकू परिन्दों की खुराक और देख-संभाल में उनके पालने वाले दिल खोलकर खर्च करते हैं। इनके उस्ताद और खलीफा होते हैं, दंगल उस्तादों के नाम से होते हैं; इनकी हारी-बीमारी, चोट-चपेट के लिए दवाएँ हैं, शक्तिदाता जड़ी-बूटियाँ हैं, पालने और लड़ाने के नियम हैं, पोथियाँ हैं—यानी कि वह सब टीमटाम है जो मनुष्य के शौक और सट्टे के सिद्धान्तों का समन्वय करती है।

वैसे हमें न तो सट्टे का शौक है और न जानवर पालने का। सच पूछिए तो हमारी ऐसी हैसियत ही नहीं। हम आमतौर पर उन्हीं जानवरों की लड़ाइयाँ देख पाते हैं जो हमारे-आपके घरों में बरबस बस जाते हैं, मसलन चींटी, चूहे, मक्खी, मच्छर, खटमल वगैरह। दाना ले जाती हुई एक चींटी से दूसरी चींटी की रस्साकशी, चूहों की चूँ-चूँ और उछल-कूद-मार, मच्छरों का भन्ना-भन्नाकर एक-दूसरे पर वार करना अपना एक अन्दाज़ तो रखता ही है; मगर इनकी चर्चा बेकार है क्योंकि इनकी लड़ाइयों पर सट्टा नहीं होता।

भगवान भला करे हमारे पुराने प्रालितेरियन पड़ोसी कादिर भाई का, जिनकी बदौलत तीतर, बटेर और बुलबुलों के दंगल हमें देखने को अक्सर मिल जाते हैं। उनकी दुकान के सामने फुटपाथ पर कोई मौसम नहीं जाता जबकि एक न एक दंगल न होता हो। ख्यालगोई के दंगल, तीतर, बटेर, बुलबुल, मुर्ग, और अगिन चिड़िया के दंगल, बारहमासियों के दंगल—कुछ न कुछ होता ही रहता है। चलती सड़क से जन-जनार्दन सिमटकर जब भी 'वाह-वाह' और 'लपक के बेटे' का आकाशफोड़ शोर मचाते हैं तो हम सारे 'इज़्मों' से पगहिया तुड़ाकर अपने छज्जे पर खड़े हो इनका तमाशा देखने से चूक नहीं सकते। अहिंसा के सिद्धान्त को मानते हुए भी इन लड़ाइयों के मज़े से हम इनकार नहीं कर सकते।

तो आइये, पहले बटेरों पर ही बातचीत हो जाये। यह मैं निवेदन कर चुका हूँ कि नवाबी लखनऊ में बटेरों की बादशाहत थी। पंडित रतननाथ दर 'सरशार' अपनी 'आज़ाद कथा' में सफशिकन के बहाने लखनऊ के बटेर को अमर कर गये हैं।

वैसे इन पंछियों की लड़ाई का मौसम कार्तिक गंगानहान से लेकर फागुन तक होता है, मगर बटेर गर्मी और सर्दी दोनों ही ऋतुओं में लड़ते हैं। दोनों ऋतुओं में बटेरों की जातियाँ भी अलग-अलग होती हैं। गर्मी में 'चिनख' बटेर लड़ता है और जाड़ों में 'घाघर'। चिनख घाघर से छोटा होता है और वज़न में छटाँक-डेढ़ छटाँक का

होता है। चिनख की चार किस्में होती हैं; चिनख पोटिया, घाघर पोटिया, असल चिनख और कलपोटिया। घाघर पोटिया चिनख और घाघर की संकर जाति है। ये चारों किस्म के बटेर गर्मी के मौसम में ही मस्ताते हैं।

सर्दी में घाघर लड़ाया जाता है। यह चिनख से बड़ा और तोल में आध पाव ढाई छटाँक तक का होता है। इसकी दो किस्म होती हैं, असल घाघर और चिनख घाघर की संकर जाति घाघर पोटिया।

लड़ाकू बटेरों की परवरिश में बड़ी लागत लगायी जाती है। काकुन तो ये चुगते ही हैं, लड़ाने की तैयारी में इन्हें मेवे, केसर, मुश्क और जड़ी-बूटियाँ भी खिलायी जाती हैं।

इनकी कावुकों में चूल्हे की राख या छनी हुई बारीक मिट्‌टी बिछा दी जाती है, जिसमें लोट-लोटकर ये अपनी मस्ती बढ़ाते हैं। इन्हें नहलाया जाता है, आवश्यकतानुसार धूप-छांह भी दी जाती है। चैत में इनके बच्चे पैदा होते हैं; वे चैतुवे कहलाते हैं। साल दो साल पुराने पोढ़े बटेर कुरीज कहलाते हैं, जो बाकी चालू फसल में लिए जाते हैं वे 'नये' कहलाते हैं। ये तीनों आपस में लड़ाये जाते हैं। घर में लड़-लड़कर पोढ़े होते हैं; जो बहादुर निकलते हैं वे दंगलों में भेजे जाते हैं। लड़वैये बटेरों की चोंचे उस्तरे से बारीक बनायी जाती हैं ताकि उम्दा मार कर सकें।

बटेरों की लड़ाई देखने में बड़ी सनसनीखेज़ होती है। यह नन्हा बूटेदार कत्थई या काले रंग का पहाड़ी जानवर अपने प्रतिद्वंद्वी को देख पर फुलाते और बड़ी शान से पैंतरे बदलते हुए अचानक उछलकर वार करता है, कभी खींच मारता है, कभी मुर्री लगाता है, कभी फाड़ता है तो कभी दुश्मन की आँखों में चोंच मारता है या उसकी चोंच तोड़ता है। लड़ते-लड़ते बटेर लहूलुहान हो जाते हैं, जितना लड़ते हैं उतना गरमाते हैं। हरैला बटेर जीतने वाले से अपनी जान छुड़ाकर सीधा नोकदम पाली बाहर भागता है, वरना जीतने वाला उसकी जान न छोड़े।

अब तीतरों की बात सुनिये। टीले मैदानों में तीतर चुगते, खाली पिंजरा लिए 'लियो बेटे हुई-हुई' की हाँक मारते तीतर-प्रेमीजन गली-मुहल्लों और गाँव-खेड़ों में आपने अक्सर देखे होंगे। तीतर बड़ा मस्त और ताकतवर जानवर होता है। वह चैत में पैदा होता है और सर्दी में मस्त होकर लड़ता है। लड़वैये तीतरों की खुराक भी बटेर की तरह कीमती होती है। वैसे इसे मिट्‌टी, आटा और दीमक भी चुगाया जाता है। पालने वाले अपने घरों में इनके लिए एक नलची-सी बना कर उसमें बारीक मिट्टी भर देते हैं ताकि ये खूब लोटें-पोटें। गर्मी में पानी से तर बालू भर देते हैं। इनकी चार जातियाँ होती हैं और चार किस्में। ये देसी, गंगापारी, दक्खिनी और दोगली जातियों के होते हैं। रंग-भेद के अनुसार ये भूरिया, मेहंदिया, करौंदिया और काले कहलाते हैं। इनकी लड़ाई के दाँव-पेंच भी देखने के काबिल होते हैं। ये अपने दुश्मन की आँख काटते हैं, चोंच में चोंच डालकर ज़बान काटते हैं, जिसे 'कुफल मारना' कहा जाता है, दुश्मन की खोपड़ी में चोंच मारने को 'डंक मारना' कहते हैं, एक ही

स्थल पर बराबर आघात किये जाने का टेक्निकल नाम 'एक ठौर मारना' है और चंचल गति से दुश्मन के शरीर के हर भाग पर आघात करने को 'फड़कमार' कहते हैं।

अब दास्ताने बुलबुल सुनिये। सर्दी में पीतल के अड्डों पर बुलबुल लिए इनके शौकीन भी आपको अक्सर मिल जायेंगे। इनकी चार किस्में होती हैं, सफेद, काला, काला-सफेद और तौखी। अमरूदों के बाग में अक्सर ये पाये जाते हैं। इनका भोजन अधिक कीमती नहीं होता। भुने हुए चने का बेसन इन्हें खिलाया जाता है। जब लड़ना होता है तो दस-बारह घंटे पहले से इन्हें भूखा रखा जाता है। प्रतिद्वंद्वी को देखते ही ये भूखे बुलबुल एक-दूसरे पर झपट पड़ते हैं, एक पंजे से चोंच और दूसरे से पंजा पकड़कर ये गुँथ जाते हैं। जो ताकतवर होता है वह कमज़ोर को दबाकर पड़ जाता है और कमज़ोर उसके पंजों से छूटने के लिए जी-जान से प्रयत्न करता है।

इनकी परिचर्या भी बड़ी सावधानी से होती है। अड्डे पर लिए-लिए इन्हें बराबर घर-बाहर घुमाया और उड़ाया जाता है। इन्हें दंगलों में लड़ाने के लिए यह आवश्यक होता है कि एक ही जगह रखकर लड़ाने की प्रैक्टिस न की जाये, वरना ये दूसरी जगह न लड़ेंगे। हारा हुआ बुलबुल मुँह घुमाकर बैठ जाता है, विजयी से नज़रें नहीं मिलाता।

इस तरह तरह-तरह के शौक हैं, शौकों के पीछे आदमी तबाह है और तबाही में लड़ाई की बात तो आ ही जाती है।

(1967)

अगर आदमी के दुम होती

मनुष्य की एक आदत होती है, जिन बातों की उसे कुदरती चाहना हुआ करती है उन्हें वह सबसे पहले अपने साहित्य में प्रदर्शित करता है। प्रमाण के लिए चन्द्रमा की बात ही ले लीजिये, आज तो इंसान ने करीब-करीब उसे पा ही लिया है, परन्तु सदियों पहले ही साहित्य में उसकी यह तड़प तरह-तरह से प्रकट हो चुकी थी। चाँद को न देख पाने वाले बेचारे अंधे महाकवि सूरदास तक मनुष्य की उस कुदरती चाहना के गीत गा गये कि 'मैया मैं तो चन्द खिलौना लेहौं।' इसी प्रकार दुमदार बनने की चाहना भी कुदरती तौर पर मनुष्य जाति की रही है। चूँकि भगवान ने मनुष्य को सचमुच ही दुम नहीं दी इसलिए उसने दुम सम्बन्धी कई मुहावरे बना डाले। हम आप सभी अक्सर मौका पड़ने पर कहा करते हैं : वो देखो, वो आदमी कैसा दुम दबाये भागा जा रहा है। या फलाना तो फलाने के आगे सदा दुम ही हिलाता रहता है। इसके अलावा आपने दुमचल्ला या पुछल्ला शब्दों का प्रयोग भी अक्सर किसी न किसी के लिए किया ही होगा। इससे यह साबित होता है कि आदमी केवल दुम ही नहीं चाहता बल्कि अपनी दुम को सजाना भी चाहता है। बछेड़े भी दुमें उठाये किलोले मारते हैं, बिल्लियाँ जब क्रोध में उन्हें तान-तानकर एक-दूसरे पर गुर्राती हैं या बन्दर जब मुंडेरों पर अपनी-अपनी दुमें पटकाकर सानन्द बैठते हैं तो कितना सुहाना मालूम होता है।

अगर आदमी के दुम होती तो सोचिए कि लोग-लुगाइयों के फ़ैशनों में क्या-क्या परिवर्तन हो जाते। हज़रतगंज, कनाट प्लेस, कलकत्ता, बम्बई, लन्दन, न्यूयार्क या मास्को आदि की सड़कों पर लोग-लुगाइयाँ शाम को अपनी-अपनी दुमें उठाते हुए गंजिंग किया करते, कैसा भला लगता। तब औरतों की दो चोटियों में रिबन तो लटकते ही रहते मगर तीसरा रिबन उनकी दुमों को भी बहार दिया करता। जब चलतीं तो पीछे से लगता दो-तीन रिबनदार दुमों वाली ट्राइसिकिल जा रही है। पीठ पर चोटियाँ लहरातीं, ज़मीन पर दुम लहरातीं सच मानिये, आशिकों का हुजूम बढ़ जाता।

आदमी के अगर दुम होती तो उसका रूप ही निखर उठता यानी कुछ का कुछ होता। उस रूप को पाने के लिए हमारा यह प्रस्ताव है कि आदमी की दुम उगायी जाये।

हम जानते हैं कि इस दुम के प्रस्ताव पर आप लोग हँस पड़ेंगे, मगर तनिक सोचिए तो सही कि दुमदार आदमी की शान ही कुछ और होती। आजकल अखबारों

में चित्र छपते हैं अक्सर उनमें बड़े-बड़े जुलूसों के चित्र आप देखते ही होंगे। आपने यह भी गौर किया होगा कि लोग बाँस की खपचियों पर नारे वाले पोस्टर बाँधकर उन्हें उठाये-उठाये चलते हैं। अगर दुमें होतीं तो ये नारों वाले पोस्टर लोग-बाग अपनी दुमों में बाँधकर निकाला करते। इससे कई लाभ होते—एक तो यह कि बाँसों की राष्ट्रीय 'इकानामी' हो जाती और दूसरे यह कि नारों की सचाई और बढ़ जाती। मान लीजिए कि पोस्टर पर लिखा है कि 'हमारी माँगें पूरी हों।' अब सवाल यह उठता है कि किस की माँगें पूरी हों। बाँसों की? अगर दुमों में पोस्टर लटकते होते तो यह प्रश्न ही न उठता। आप कह सकते हैं बजाय बाँसों के माँगें दुमों की कही जातीं, मनुष्य से फिर भी उनका सीधा सम्बन्ध न होता। मगर नहीं, यों सोचना ही गलत है, क्योंकि बाँस तो आज की तरह तब भी धरती से ही निकलता, लेकिन दुम आदमियों के ही निकला करती।

दुम होती तो और कई फायदे थे। मसलन सिनेमा में प्रेम दृश्यों की महिमा बढ़ जाती। हीरो-हीरोइन मुहब्बत का गीत गाकर सीन के आखिरी शाट में जब प्रेमोन्मत्त होकर अपनी भाव-विभोर दुमें हवा में फरफराते हुए उन्हें एक-दूसरे से रस्सी की तरह गूँथना शुरू करते तो सारा हाल तालियों की गड़गड़ाहट से गूँज उठा करता। दर्शकों की दुमे अपनी-अपनी कुरसियों पर फटाफट दायें-बायें लगतीं। दुमों के सिरों पर उगे हुए बालों के गुच्छे आस-पास के दर्शकों को सहलाने लगते। बड़ा प्यार, बड़ा भाईचारा बढ़ता।

दुम से और भी कई फायदे होते। आज अनेक देशों की सरकारों को मलेरिया उन्मूलन के लिए मच्छरों से लड़ना पड़ रहा है। लाखों करोड़ों रुपयों की दवाएँ छिड़की जाती हैं मगर मच्छर कम नहीं होते और मलेरिया बढ़ता ही जाता है। अगर आदमी के दुम होती तो ये समस्या चुटकी बजाते हल हो जाती। गाय-बैलों को कभी आपने गौर से देखा होगा, मच्छर उनकी पीठ पर बैठता है, जब तक वो तफरीह करता है तब तक तो उसके रोओं में फुरफुरी उठती रहती है, मगर ज्यों ही उसने डंक गड़ाने की कोशिश की नहीं कि फट से दुम का कोड़ा पड़ता है। इसीलिए आपने आज तक कभी किसी दुमदार को मलेरिया होते न देखा होगा न सुना होगा। यह केवल के बेदुम आदमियों को ही होता है। इसी तरह दुम से मक्खियों का नाश भी किया जा सकता है।

दुम होती तो एक और भी बड़ा अच्छा दृश्य देखने को मिला करता। कल्पना कीजिये कि दफ्तर के एक कमरे में चपरासी, बाबू, बड़े बाबू, साहब और छोटे साहब सब एक साथ मौजूद हैं और बाबू की दुम बड़े बाबू के आगे हिल रही है, बड़े बाबू की दुम साहब के आगे और साहब की दुम बड़े साहब के आगे हिल रही है। और बेचारा चपरासी इन बड़े-बड़े दुमदारों के तुफैल में चारों ओर खुशामद में अपनी दुम लहरा रहा है। बड़ा मजा आता। दुमें होतीं तो यार लोग बजाय एक दूसरे के कन्धों पर हाथ रखने के घनिष्ठता से दुमें जोड़-जोड़ कर चला करते।

यदि मानवता की दृष्टि से देखिये तो भी दुम का महत्त्व चौगुना-अठगुना बढ़ जाता है। आपने रामायण में पढ़ा होगा कि जब अहिरावण भगवान रामचन्द्र और श्री लक्ष्मण जी को सोते में उठा ले गया तो हनुमान जी उनकी रक्षा के लिए दौड़े-दौड़े गये। हनुमान जी के पास दुम थी इसलिए फौरन उसे बढ़ा-चढ़ा कर एक किला बनाया और उसमें सोते हुए भगवान् और लक्ष्मण जी को सुरक्षित करके आप पहरे पर बैठ गये। सर्दी, बरसात की रातों में फुटपाथ पर सोने वाले असहायों को जब हम देखते हैं तो मानवता की भावना से प्रेरित होकर यह बात मन में उठती है, काश! कि हमारे भी हनुमान जी ऐसी दुम होती तो हम फौरन उसका सायबान बनाकर जहाँ-तहाँ खड़े हो जाया करते। अब तक एक ही चित्र लोगों के सामने है, वह ये कि भगवान कृष्ण छंगुलिया पर गिरि गोवर्धन उठाये बाढ़ पीड़ितों की रक्षा कर रहे हैं, लेकिन अगर हमारे दुम होती तो लखनऊ में बाढ़ आने पर अपनी दुम का सायबान बनाये हुए हम सब अवश्य ही शरणार्थी कैम्प चलाते। फ़ोटोग्राफर हमारी तिरंगी फोटुएँ लेते और घर-घर में हमारी तस्वीर टंगी होती। अब तक लोग केवल बजरंगबली के लिए ही श्रद्धापूर्वक कहा करते हैं कि 'बोल लम्बी पूँछ वाले की जय!' तब हमारी शान में भी इसी तरह की जय-जयकारें बोली जातीं।

आदमी की दुम के बारे में इतनी देर से तरह-तरह के ख्याल दौड़ाते हुए, सच मानियेगा कि अब तो हम एकाएक उसके लिए तड़पने लगे हैं। वैज्ञानिकों से हमारी अपील है कि विश्व मानव का शारीरिक और आत्मिक सौन्दर्य बढ़ाने के लिए इंसान को दुमदार बनाने की तरकीब सोचें। आजकल नेत्रदान, रक्तदान आदि तरह-तरह के दान मनुष्य लोग किया करते हैं, मेरा ख्याल है कि अगर 'पशु-सम्पर्क-समाज' की स्थापना करके हम लोग मरते पशुओं से ये अपील करें कि मानव सौंदर्य की वृद्धि के लिए आप लोग अपनी दुमें दान कर दीजिये तो कभी-न-कभी उनका हृदय-परिवर्तन भी हो ही जायेगा और वे अति उदार होकर पशु-जगत में दुम-दान-आन्दोलन चला देंगे। लेकिन यहीं एक खराबी समझ में आने लगी है। मान लीजिये कि अगर किसी मनुष्य को कुत्ते की दुम लगाई गयी तो वह बारह बरसों तक धरती में गड़ी रहने के बाद भी टेढ़ी की टेढ़ी ही रहेगी। एक दूसरी खराबी यह भी होगी कि आज के जो बड़े-बड़े नेता, अफ़सर, साहित्यिक, कलाकार, करोड़पति आदि बाहर बड़े-बड़े रोब झाड़कर घरों में घुसते ही अपनी पत्नियों के आगे दुम हिलाने पर मजबूर हो जाते हैं, उनकी सामाजिक रूप से कलई खुल जायेगी।

नहीं साहब नहीं, हम किसी बड़े आदमी की इज़्ज़त नहीं लेना चाहते। क्योंकि हमारा प्रस्ताव सुनते ही वे हाथ जोड़-जाड़कर यही चिल्लाने लगेंगे कि 'बख्शो बिलार हम लँडूरे ही भले।'

(1966)

अगर पत्रकार न होते तो क्या होता...

—"न होते तो क्या होता?" सवाल जितना प्यारा है, उतना ही पेचीदा भी। खुदा न ख्वास्ता कोई हमसे ही यह पूछ बैठे कि हजरत अगर आप न होते तो क्या होता! हम भला इसका क्या जवाब दे सकते हैं। ज़्यादा से ज़्यादा यही कह सकेंगे कि अगर हम न होते तो दुनिया की आबादी में एक आदमी कम होता, राशन दफ़्तर को एक कार्ड कम बनाना पड़ता और हमारी बीवी को एक आदमी की रोटियाँ न बनानी पड़तीं। मगर यहीं तो एक उलझन आन के पड़ती है। अक्लमन्द टोक देते हैं कि मियाँ, अगर तुम न होते तो तुम्हारी बीवी कहाँ से होती?

हम अपना न होना तो बर्दाश्त कर सकते हैं मगर बीवी न हो—यह ख्याल भी काबिले बर्दाश्त नहीं। इसी तरह हम यह तो मान सकते हैं कि अगर पत्रकार न होते तो दुनिया का कुछ न बिगड़ता, मगर कोई यह कहे कि पत्र न होते...तो भाई साहब, हम इस बात को सुनने से भी इनकार कर देंगे। बीवी और अखबार...ये दो चीज़ें ही अगर न होतीं तो ईश्वर की बनाई इस अल्लटप्पू-सी दुनिया में रस ही कहाँ होता? बीवी न होती तो बच्चे न होते और अखबार न होते तो खबरें न होतीं। तो फिर दुनिया बढ़ती कैसे? ये लड़ाइयाँ क्यों होतीं, महँगाई क्यों होती, साम्राज्यवाद से दुनिया डिमोक्रेटिक समाजवाद तक क्यों कर आगे बढ़ पाती? इसलिए झगड़ा ताक में रखकर यह मान ही लिया जाये कि बीवी और अखबार...ये दो चीज़ें ऐसी हैं जिन्हें प्रगतिशील से भी प्रगतिशील दुनिया में नहीं हटाया जा सकता। और जब बीवी मौजूद है तो हम भी हैं, अखबार हैं, तो पत्रकार भी हैं।

इस पर भी अगर आप ज़िद करें तो मैं यहीं कहूँगा कि अगर मुर्गे न होते तो सबेरा कैसे होता। और अगर पत्रकार न होते तो ये लकड़बग्घे और भेड़िये अपने घरों को छोड़कर, शहरों में पब्लिसिटी के भूखे बनकर भला क्यों आते?

आज की दुनिया में लकड़बग्घों से लेकर नेताओं तक सबको पत्रकारों की ज़रूरत है। पत्रकार न हों तो बड़े लोग किसके पेट का कंटोप पहनकर धर्मवीर और दानवीर बनें। इस तरह पत्रकार नेताओं के लिए भी बहुत ज़रूरी हैं। पल-पल पर ज़रूरी हैं। छींक आने से लेकर मौत आने तक उनकी ज़रूरत बनी ही रहती है। नेता डाक्टर के बगैर तो मर भी सकता है, मगर पत्रकार के बगैर वह मरना भी पसन्द न करेगा। हम रहें, न रहें मगर हमारी चर्चा तो बनी रहे...यह रोमानी ख्याल बड़े

आदमियों में रोग बनकर पलता है। छपास की बीमारी का यह हाल है कि हर बड़े शहर में आजकल हर कान्फ्रेंस से ज़्यादा प्रेस कान्फ्रेंस होती हैं। आप अगर बड़े आदमी हैं और अगर आपने इत्तफाक से कुछ मक्खियाँ मार ली हैं, तो आपके मुसाहब हौसला बढ़ाते हुए कहेंगे कि हुजूर, आपने बड़ी हिम्मत और हौसले का काम किया है। शेर का निशाना साधना आसान है, मगर मक्खियों को बार-बार पकड़कर चुटकी से दबा देना कोई आप ऐसा बिरला ही कर सकता है। इसलिए चट से एक प्रेस कान्फ्रेंस बुलवा लीजिए। बढ़िया चाय, उम्दा नमकीन और आला मिठाइयाँ कल सबेरे ही अखबारों से आपको तीसमारखां का खिताब दिलवा देंगी।

इसी से अनुमान कर लीजिए कि अगर पत्रकार न होते तो आपको बड़ा आदमी कौन बनाता? और अगर आप बड़े न बनते तो दुनिया में मुनाफाखोरी और महायुद्धों की परम्परा कैसे कायम रहती और इसी से आप यह भी अनुमान कर लीजिए कि पत्रकार कितने भोले जीव होते हैं। ज़रा-सा जलपान पाकर ही वे आप पर महान सम्मान निछावर कर देते हैं। सच है, सीधे न हों तो टेढ़ों की दुनिया फले कैसे? ये रौबदाब, हाँ-हजूरी, ये तेवर, ये गुस्सा, ये अत्याचार भला किस तरह और किस पर हों? इसलिए जब तक दुनिया को टेढ़ापन भाता है तब तक पत्रकारों को यूं ही सीधा रहना पड़ेगा। उनको इस तरह सीधा रखने के लिए बड़ी सुन्दर शिक्षा व्यवस्था की गयी है। नौकरी से छुड़ा दिये जाने का डर हथकड़ी-बेड़ी की तरह इन सीधे पत्रकारों के हाथ-पैरों को जकड़े हुए है, धमकी और अपमान संगीनों को पेट में गड़ाकर चौबीसों घंटे उन्हें सतर्क सीधा बनाये रखा जाता है, और इस पर भी अगर ये सीधा पत्रकार जो कहीं टेढ़ा बन जाने की जुरअत कर जाये, तो उसके लिए टेढ़ों ने दुनिया को महँगाई की बड़ी ऊँची चहारदीवारी से बाँधकर किसी नात्सी जेल से भी बदतर बना रखा है। इतनी सुन्दर शिक्षा व्यवस्था से हमारा आज का समाज संचालित है कि उससे बचकर कोई सीधा निकल ही नहीं सकता। चाहे वह पत्रकार हो, या इंसान, हैवान...कोई हो।

मगर पत्रकार को इंसान और हैवान दोनों ही से जुदा करके देखने की ज़रूरत है। इसलिए नहीं कि वह दोनों से जुदा है, मगर इसलिए कि उसका पेशा महत्त्वपूर्ण है। अगर दुनिया में इंसान हैं तो पत्रकारों में भी हैं और हैवानों की हैवानियत से होड़ लगाने में भी हमारे भाई पत्रकार हरदम कलम की ताल ठोंके खड़े रहते हैं। रुपयों के लालच में पड़कर, और कभी-कभी तो बहुत छोटी-सी लालच के लिए ही पत्रकार लोग अपना और सारी मानवता का आत्म-सम्मान गिरवी रख देते हैं। बुद्धि और चेतना को बालाये ताक रखकर वे बड़ी अंधाधुंधी के साथ बात का बतंगड़ बनाते हैं और जब इनके करतबों से कहीं आग लगती है तो नीरो की तरह से खुश होकर बीन बजाते हैं : राष्ट्रों को मिलाये रखना या लड़वा देने का काम इन्हीं कलमशूरों का है।

पत्रकारों में साहसी, दुस्साहसी और कर्मवीर भी होते हैं। पत्रकारिता के

इतिहास में ऐसे अनेक उदाहरण मौजूद हैं जिनसे अपने पेशे के प्रति इनकी जबरदस्त नमकहलाली का परिचय मिलता है। जहाँ तक पहुँचकर रवि और कवि भी अपना रिकार्ड नहीं स्थापित कर सकते, वहाँ पर पत्रकार पहुँच जाता है।

पत्रकारिता की मशीन का सबसे चलता पुर्जा रिपोर्टर होता है। आपने शायद देखे भी होंगे ये रिपोर्टर। यह वह शय हैं जो बड़ी-बड़ी मीटिंगों में भीड़, धक्कम-मुक्की और हुल्लड़ में चुपचाप अपनी कलम और पैंसिल चलाते रहते हैं। धक्के खाते हैं मगर घुस के तमाशा देखते हैं। और यह धक्के-मुक्की मान-अपमान वे अपने लिए नहीं सहते, या जनता के लिए और या फिर अपने मालिक के लिए। यह कर्मयोगी न होते, तो आप यकीन मानिये कि नेता तो होते मगर उनकी विश्वव्यापी वकत न होती, राष्ट्रव्यापी प्रभाव न होता।

रिपोर्टर ऐसे भी होते हैं, जो अपनी नोटबुक और पेंसिल जेब में रखे हुए आवारागर्दी किया करते हैं, घटनाएँ अगर आँख के सामने पड़ ही गयीं तो क्या किया जाये मजबूरी है, वैसे आम तौर पर वे सोर्सेज (जरियों) से ही पा लिया करते हैं। और अगर इत्तफाक से, आलस्य या यारबाशी या रेस्ट्रां, काफी हाउसों में बैठे रहने की वजह से कोई खबर शाम तक न जुटा सकें तो फिर सिगरेट के धुएं में जैसी भी तस्वीर देख ली वैसी ही खबर रंग देते हैं। नतीजा फिर चाहे जो कुछ भी हो।

रिपोर्टर ऐसे भी हैं जो अपनी जान पर खेलकर सच को सात पर्दों से बाहर निकाल लायें। हकीकत को पाने के लिए वे चोर-डाकू, षड्यन्त्रकारी सभी कुछ बन जाते हैं। बियाबान जंगलों से होकर वह अपनी राह निकाल लेते हैं। बर्फ़ से गलते हुए पहाड़ों के अन्दर भी खबर पाने का जोश इनको गरमाये रहता है। ईमानदारी की हद है कि अपनी जान देकर भी यह अखबारों को सच्ची खबर देते हैं।

हमारे एक पत्रकार दोस्त जब कभी मस्ती में आते हैं तो कहा करते हैं—''राहवालों, बाअदब, कि हम आ रहे हैं।'' ये 'हम' शब्द पत्रकारों के पेशे से घना सम्बन्ध रखता है। हर बार सताये जाने पर पत्रकार 'हम हम' चिल्ला उठता है। इसका कारण यही है कि आज का पत्रकार शोषितों का वकील है। हर सताया हुआ प्राणी पत्रकार से अपना दुखड़ा रोता है, और पत्रकार उसके दुख को संसार में प्रकाशित कर समाज से न्याय माँगता है। यही पत्रकार जब खुद को अपने को ही सताया हुआ महसूस करता है तो वह निरुपाय हो जाता है। जब अपने दुख को प्रकाश में लाने का समय आता है तो उसका पत्र मालिक की मिल्कियत हो जाता है। इसीलिए मजबूर होकर बेचारा 'हम हम' चिल्लाता है : ''हम ये हैं, हम वह हैं, हम तोप हैं, बन्दूक हैं...और आज हमारा मूड ठीक नहीं। लाओ काफी, चाय लाओ, या नशा, भाँग लाओ। हम नशे को अपना दुख समर्पित करेंगे और सो जायेंगे। कल सबेरे फिर सब कुछ भूल कर उसी मालिक के अखबार में काम करेंगे, क्योंकि वह काम हमें करना है। हमारे बाल-बच्चे हैं, पेट हैं। यही हमारी मजबूरी है, वरना हम पत्रकार शाहों, सम्राटों, राष्ट्रपतियों और प्रधानमंत्रियों के समान ही समाज से उच्चासन का अधिकार माँगते।''

ये पेट और बाल-बच्चों की मजबूरी वाकई बड़ी ठोस मजबूरी है। मगर आप चट से सवाल कर बैठेंगे कि अगर पेट न होता तो क्या होता? और इस तरह के सवालों-जवाबों का कहीं अन्त ही नहीं। लिहाज़ा हम इसी बात पर गौर करेंगे कि अगर पत्रकार न होते तो क्या होता? विदेशों को तो हम नहीं कहना चाहते, क्योंकि यहाँ की दशा का हमें आँखों देखा अनुभव नहीं, मगर अपने देश के पत्रकारों और खासकर के हिन्दी के पत्रकारों को देखकर तो हम यह कह सकते हैं कि अगर पत्रकार न होते तो दुनिया में बौद्धिक गुलामी न होती। हमारी इस बात को गलत मानें तो किसी देशी अखबार के दफ्तर में जाकर देख लीजिए। दफ्तर के कमरे में मेज़ों पर झुके हुए ये पत्रकार दनादन अंग्रेज़ी से अनुवाद करते चले जाते हैं। सरकारी प्रचार विभाग की सूचनाओं को जमा करने जाते हैं, जिले के संवाददाताओं की खबरों में काट-छाँट करते जाते हैं, दूसरे अखबारों से कतरने काट-काटकर अपने मैटर में चस्पा करते चले जाते हैं। मशीन की तरह उनकी रोज़ मर्राहियों ही चलती है, हुक्म के हैंडिल से पुरजों की तरह चलते जाते हैं। हाँ, आदत के तौर पर वह ये जानते हैं कि कौन खबर कितनी महत्त्वपूर्ण है, और उसे किस तरह छोटे-बड़े हैडिंगों से सजाकर पेश किया जाये। बुद्धि और सूझ का पेशा होने पर उन्हें अपनी बुद्धि और सूझ का इस्तेमाल करने की इजाज़त नहीं। उन्हें गत का पुस्तकालय नहीं मिलता, उन्हें घटनाओं की खोज में बाहर जाकर अपनी शक्ति की परीक्षा लेने का अवसर नहीं मिलता, प्रोत्साहन नहीं मिलता, खर्चा नहीं मिलता। उन्हें असलियत कुछ भी नहीं मिलती...फकत 'सब-एडिटरी' की कुर्सी मिलती है...खटमलों से मढ़ी हुई, डाँट-फटकार और जलालत से जड़ी हुई। बुद्धि छीनकर उनसे यह कहा जाता है कि तुम बेवकूफ हो, पर काटकर कहते हैं कि तुम्हें उड़ना नहीं आता इसलिए तरक्की के हकदार नहीं। सोचिए भला कि अगर पत्रकार न होते तो मालिकों को इस तरह साँप मारकर लाठी बचा लेने का करतब दिखाने का मौका कैसे मिलता?

इन सब-एडिटरों के ऊपर या कहना चाहिये कि अखबार के दफ्तर में सबसे ऊपर संपादक नाम का एक प्राणी होता है। इस प्राणी को कुर्सी पर बैठाने से पहले अखबार चलाने वाली पार्टी के कर्ता धर्ता या सेठ चारों ओर से ठोक-पीटकर देख लेते हैं कि वह उनके मन-मुताबिक डुगडुगी पर नाच सकता है या नहीं। संपादक का मालिकों के इशारे पर नाचना निहायत ज़रूरी है, क्योंकि उसी को तो नचाकर मालिक मदारी की तरह जनता से पैसे वसूल करते हैं। संपादक के पास बुद्धि का होना निहायत ज़रूरी है, मगर यह बुद्धि कोई ऐरी-गैरी न होकर व्यावहारिक होनी चाहिये। व्यावहारिक बुद्धि के माने यह है कि सत्य अगर मालिकों के हक में है तो उसे हर भाषा और देश के दर्शन, सिद्धान्त और साहित्य के ऊँचे से ऊँचे तर्कों से सजाकर संसार का सर्वोच्च सत्य सिद्ध करने की अक्ल उसमें होनी चाहिये। और मान लीजिए कि सत्य यदि मालिकों का काम बिगाड़ता है तो संपादक की यह ड्यूटी है कि उस सत्य की दुम-सींग काटकर उसका मज़ाक उड़ाने में वह अपनी पैनी से पैनी बुद्धि

का उपयोग करे। इसके अलावा सम्पादकों को अक्सर औकात खुशामद की कला में भी दक्ष होना पड़ता है।

सोचिए भला कि अगर सम्पादक नाम का पत्रकार न होता तो क्या होता? फिर तनख्वाह रूपी मेनका किस विश्वामित्र को कुत्ता बनाकर स्वर्ग की सभा में ले जाती?

मगर तस्वीर का यही एक पहलू नहीं। हमारे देश में भी ऐसे पत्रकार हुए हैं जिन्होंने कम्पोजिंग से लेकर अखबार बेचने तक का काम खुद ही किया। एक पेज का अखबार निकालकर बड़ी-बड़ी विरोधी शक्तियों का सामना करके भी सत्य और न्याय के सिद्धान्तों का प्रचार किया है, पेट पर पट्टी बाँधकर भूखी जनता के लिए लड़ाई लड़ी है। ऐसे पत्रकारों को देखकर वाकई यह सोचना पड़ता है कि अगर ये न होते तो क्या होता?

यहि पाखैं पतिव्रत ताखैं धरौ

वसन्त और फाग के मस्त मौसम में खबर आयी है कि स्वर्गपुरी का लालफीता अब संन्यासी होने जा रहा है। पृथ्वी पर ऐसा कौन है जिसे लाल फीते का वैभव विदित नहीं—लाली मेरे लाल की जित देखूं तित लाल।

लालमलाल स्वर्गपुरी की माया-महिमा का कौन बखान करे! जनेश, गणेश, सुरेश सब यहीं रहते हैं, फिर भी यहाँ की माया का आदि-मध्य-अन्त उनकी ही समझ में नहीं आ सका। इस स्वर्ग में चार नगर हैं—शाननगर, माननगर, विनयनगर और सेवानगर। शाननगर में उन आई.सी.एस. महाप्रभुओं का निवास है जिन्हें, औरों की तो बात ही जाने दीजिये, नये आई.ए.एस. छोकरे तक 'डैम' भारतीय नज़र आते हैं। माननगर में 'डिप्टी', 'अण्डर' आदि किस्मों के वे यानी उपप्रभु रहते हैं, जिनके आगे सैकड़ों फर्राशी सलामें झुकती हैं और लालफीते की नकेल डालकर शाननगरी महाप्रभु जिनका नित्य मान-मर्दन किया करते हैं। विनयनगर लालफीते का बोझ ढोने वाले जन्तुविशेषों का नगर है। माननगरी धोबिनें अपनी शाननगरी धोबिनों से बस न चलने पर इन्हीं के कान उमेठती हैं और यह विनयशील वर्ग किसी और पर बस न चलने के कारण आपस में ही दुलत्तियाँ झाड़ लिया करता है।

इस शान-मान-विनय और सेवा-धर्मधारी लाल फीते को बसन्त में बैराग लेने की सूझी है। यह समाचार हमारे कलेजे में होली दहका रहा है। कायाकल्प की हुई भरी जवानी में इस 'गेलार्ड' लाल फीते बेचारे पर ऐसी क्या गुजरी कि वसन्त में वेदान्ती बनकर उसे नशेबन्दी का आयोजन करना पड़ रहा है।

हम इस समय स्वर्गलोक की हाहाकारमयी स्थिति की कल्पना कर रहे हैं। सोचा, 'गेलार्ड', 'एम्बेसेडर', 'इम्पीरियल'—जैसे बड़े शान-मान वाले होटलों में ताले पड़ गये होंगे, हर बंगले-कोठी के कम्पाउंड में लान पर पर्णकुटियाँ खड़ी हो गयी होंगी। अब न लंच और एटहोम के जश्न होंगे और न काकटेल पार्टियों की रौनक। अब शान-मान नगरों की वे गुट-गोष्ठियाँ भी न रही होंगी जहाँ विनयनगर निवासी खुशामदाचार्य, ड्राफ्ट-शास्त्री, फाइल-पंडित-गण परनिंदा-पुराण बाँचकर नौकरशाही धर्म का प्रसार करते थे। बेचारे सेवानगर वाले अपने अफ़सरों के वेदान्ती हो जाने पर सेवा-धर्महीन हो बख्शीश के टोटे पर हाहाकार कर रहे होंगे।

फिर सोचा कि स्वर्गलोक को वेदान्त-संकट-ग्रस्त समझकर विलाप करना

कोरी भावुकता यानी मूर्खता है। स्वर्ग में लाल फीते के प्रभाव से सब काम सिलसिलेवार होता है। इसलिए वेदान्त भी सिलसिलेवार ही चलेगा। फिर क्या कष्ट है? इस वसन्त में किसी शानी महाप्रभु को 'निजी' या 'निजी और गोपनीय' अनुभव के कारण वेदान्त दृष्टिगोचर हुआ होगा, इसलिए फाइलों पर नोट चढ़ा अगले वसन्त तक फाइलें दौड़ती रहेंगी। एक लिखेगा—'वेदान्त का विचार तो ठीक है पर यह बजट कितना खायेगा?'

दूसरा लिखेगा—'बजट-तिलस्म की सातवीं कल के सातवें पेंच का छेद इतना बारीक है कि वेदान्त की ग्रीज लगाने से बिल्कुल बन्द हो जाता है और पेंच नहीं बैठता। इस पेंच की रक्षा करना बहुत ज़रूरी है। अतएव मेरा विचार है कि वेदान्त का प्रसार तो अवश्य किया जाये मगर सातवीं कल के साठवें पेंच अथवा लालफीताई तिलस्म के ऐसे तमाम बारीक पेंचों को उसके प्रभाव से रोका जाये।'

तीसरा अफ़सर, जो पहले अफ़सर का मित्र भी हो सकता है, लिखेगा—'वेदान्त बड़े लाभ की वस्तु है, इससे ज्ञान के रोमकूप तक खुल जाते हैं, फिर मेरी समझ में नहीं आता कि मेरे विद्वान् 'एक्स, वाई, जैड', को सातवीं कल के साठवें पेंच के छिद्र-भरण की चिन्ता क्यों सता रही है?'

फिर फाइलें घूमेंगी, और नोट चढ़ेंगे, फिर कोई सख्त नोट लिखेगा—'बड़े खेद की बात है कि वेदान्त-शिक्षा आरम्भ हो जाने के बाद भी एक्स.वाई.जैड., टी.टी.एल., एल.एल.टी., टी.टी.टी., पी.पी.पी.[1]—आदि व्यर्थ के नोट्स लिखकर लालफीते की तीव्र वेदान्ती गति में बाधा डाल रहे हैं। इन विद्वान् अफ़सरों को यह समझ लेना चाहिये कि उनके मन जब तक रजोगुण, तमोगुण या सतोगुण के वश में रहेंगे तब तक निरकुंश होने के कारण वे धर्म या अधर्म के कर्म किया करेंगे, धर्म कम अधर्म अधिक करते रहेंगे। विद्वान् अफ़सरों का मन देहाभिमान के साथ माया के गुणों से लिप्त है, इसीलिए एल.एल.टी., टी.टी.टी., पी.पी.पी. के मिथ्या अहंकार ने फाइल को महीनों अपनी-अपनी मेजों पर रोक रखा। मैं चाहता हूँ कि ये तीनों अफ़सर आठ दिन सोलहों दण्ड की एकादशी करें और रोज़ सवेरे चार बजे जमनाजी के कछुओं को राम-नाम की गोलियाँ खिलायें।

इसके बाद भी फाइलें रुकेंगी नहीं। लाल पिया का ऊँचा-नीचा पंथ चढ़ती-उतरती हुई अनेक कमेटियों का निर्माण करेगी। कमेटियाँ रिपोर्ट करेंगी। रिपोर्टों पर फिर फाइलें दौड़ेंगी। तब तक अनेक वसन्त बीत जायेंगे, किसी को वसन्त की खबर भी न लगेगी। इतना सब हो जाने के बाद फिर कभी यदि आप स्वर्गलोक की सैर करने जायेंगे तो 'गेलार्ड' में मृगचर्म के टेबुल-क्लाथों के ऊपर गैरिक वस्त्रधारी बैरागण आपको चाय से लेकर स्काच सोमरस तक अर्पित करते हुए मिलेंगे। सड़कों पर माया-अविद्या का नाश करने के लिए जगह-जगह साइनबोर्ड नज़र आयेंगे—'हमारी

---

1. ओहदों का संक्षेपीकरण

वेदान्त योजना को सफल कीजिये', 'या 'यह संसार मसान की तरह अमंगल का घर है, इसे त्यागिये', अथवा 'स्त्री-बच्चे आदि परिवार के लोग इस संसार-रूपी जंगल के सियार और भेड़िये हैं।' कहीं पर लिखा होगा—'स्त्रियाँ इस भवाटवी में घोर आँधी के समान हैं, इनसे बचिए।'

स्वाभाविक है कि वेदान्त-शिक्षा का इतना प्रचार हो जाने के बाद महा और उपप्रभुओं के घर तो उजड़ ही जायेंगे। वे अपने घर में रहने वाले सियार और भेड़ियों को दूर हंकालने की सोचेंगे, इसके लिए फिर फाइलें दौड़ेंगी, अजायबघर बनेगा जिसमें वेदान्तियों के बच्चे और बीवियों को रखने का आयोजन होगा। पापा की मोटरों पर दौड़ने वाले बच्चे कोठी मोटर से दूर होते समय बिलखेंगे। पिया की मोटी तनख्वाह पर चैन करने वाली महिलाएँ अपना इस प्रकार त्याग होते देखकर सभाएँ करेंगी, जुलूस निकालेंगी, नारे लगायेंगी, हो सकेगा तो सड़कों पर लगे हुए वेदान्ती प्रचार के साइनबोर्ड भी तोड़ डालेंगी।

ऐसी हलचल में शानी-मानी वेदान्तियों पर भवाटवी का संकट घिर सकता है। हमें भारी भय है कि उस समय उनका वेदान्त कहीं स्खलित न हो जाये, और ऐसे अवसर पर यदि होली आ गयी तो मुसीबत ही आ जायेगी। कामिनियों की कटाक्ष-पिचकारियाँ मनोज रंग मार-मारकर अपने प्रियतमों से गलबहियाँ डालकर कहेंगी—'सैंया, यहि पाखैं पतिव्रत ताखैं धरौ।'

हमें वेदान्त के पराभव के लिए उस क्षण का ही भय है। स्वर्गवासी महाप्रभु उस क्षण से बचने के लिए भी यदि अभी से ही फाइलें दौड़ायें तो संभव है कुछ उपाय हो सके। हमारी दूसरी सलाह यह भी है कि होली के अवसर पर यदि वेदान्त को प्रतिवर्ष पन्द्रह दिन की छुट्टी दे दी जाया करे तो वेदान्त के दीर्घायु होने की अधिक सम्भावना है।

(1955)

जय बम्भोला

शिवरात्रि के मेले की मौज-बहार लेने के लिए झोला कन्धे पर और सोटा हाथ में लिए हम भी मगन-मस्त चाल से दिग्गज के समान झूमते-झामते महादेवा के पावन क्षेत्र की ओर बढ़े चले जा रहे हैं। ये देखो, दसों दिशाओं से घेरकर महादेव की दर्शनार्थी, ग्रामीण जनता बम-बम भोला महादेव की जै जै कारें करती चली आ रही है। लाखों भगत चले आ रहे हैं; गंगाजल की कांवरों पर कांवरें कन्धों पर लादे चले आ रहे हैं। हर एक को बस एक ही लगन लगी है। भोलानाथ, तुम्हारे दर्शन कर लें, तुम्हें जल चढ़ा दें, और तुम्हारे सामने गाल बजाकर उलु-उलु-हरहर बमबम के नारों से आकाश गुंजाकर अपना जीवन सार्थक कर लें। क्यों नहीं भगवान्, आखिर तुम ब्रह्मा, विष्णु, महेश की हाई कमाण्ड में से एक हो, लय-प्रलय के देवता हो, और वरदानी हो। ऐसे भोले कि भगत की एक सच्ची-झूठी मनुहार पर रीझकर मनमाने वरदान दे देते हो। रावण, बाणासुर, भस्मासुर आदि सभी दुष्ट जन तुम्हीं को अपनी तपस्या से फुसलाकर बड़े-बड़े वरदान पा गये और बाद में स्वयं तुम्हें ही कष्ट देने लगे। तब क्यों न लोगबाग तुम्हारी सच्ची-झूठी खुशामद में लगें। लेकिन हे देवाधिदेव, भारत की अनपढ़ गरीब भोली जनता बड़े भाव से तुम्हारी स्तुति करती है, बड़ी अनोखी महिमा बखानती है "बम बम भोले नाथ कि जिनके कौड़ी नहीं खज़ाने में। तीन लोक बस्ती में बसाये आय बसे वीराने में।"

वाह, बिना कौड़ी के महिमामय भगवान तुम्हारी ऐसी निराली स्तुति भारत की जनता ही कर सकती है। वो देखो वो—मंझोले कद का वह भस्म-जटा-दाढ़ी चिमटाधारी साधु किस ठाठ के साथ अपनी कड़कदार आवाज़ में सुना रहा है :

डमरू डिमिकि डिमिकि डिम बोला।
नाचें अगड़धत्त बम्भोला
पहिंदे आसमान का चोला
माथे गंग नाग तन डोला
छानैं सौ मन भंग का गोला॥ नाचें अगड़धत्त॥

कमाल है विश्वनाथ, तुम्हारे भक्तजन तुम्हें सौ-सौ मन भंग के गोले छना देते हैं, आक-धतूरे का भोग लगाते हैं—यही नहीं, एक कवि ने तुम्हारी भंग-ठंडाई का जो नुस्खा लिखा है उसे तो पढ़ने मात्र से ही जब हमें घनघोर नशा आ जाता है तब

तुम्हारा क्या हाल होता होगा, ये तुम्हीं जानो। कवि जी ने तुम्हारे श्रीमुख से भगवती पार्वती जी को क्या कहलवाया है, सुनोगे प्रभु?—सुनो :

एक समय अति मगन मन बोले बिहंसि महेस।
मैं जइहीं प्रिय गोकुले सुनहु उमा उपदेश ॥
घर बन में विजया नहीं मिले न हाट बाज़ार।
मोहि भाँग बिन भामिनी कौन करेगा प्यार ॥

कवित्त

जैहौं ग्राम गोकुले गोविन्द पद बन्दन को
मोहिं जलपान को सामान करवाय दे
सुकवि शिवराम सौंफ कासनी पछोरि फोरि
घोरिकै अफीम तीन तामैं मिलाय दे।
काली मिर्च कालकूट सिंधिया धतूर तोरि
संखिया सुफैद रंग डैल से डराय दे।
लाय दे करोर बोर केसर सो सराबोरि
एती थोरी भाँग मेरी झोरी भराय दे।

देख रहे हो भोलानाथ, एक भगत ने तो सौ मन भंग का गोला छनाकर ही सन्तोष कर लिया था पर दूसरे को तो करोड़ बोरे भंग भी थोड़ी ही मालूम पड़ रही है, जिसमें संखिया, धतूरा, कालकूट और अफीम भी मिलाई गयी है ऐसी गहरी पंचरत्नी को भी मात्र तुम्हारे जलपान का ही साधन बतलाया गया है। हद हो गयी योगेश्वर, हद हो गयी—भला एक बात तो बताओ, इतनी भाँग पीकर तुम्हें हाई या लो ब्लडप्रेशर तो नहीं होता? अजब हाल कर रखा है तुम्हारे भक्तों ने, एक ओर तो तुम्हें इतनी नशे की गर्मी देते हैं और दूसरी ओर लोटों पर लोटे और कलसों पर कलसे गंगाजल चढ़ाते हैं। इस मार्च के महीने यदि और किसी को इतना नहलाया जाये तो उसे डबल निमोनिया ही हो जाये। मगर आप तो भूतनाथ हैं, सर्दी-गर्मी सब एक समान ही अपने अन्दर लय कर लेते हैं। आपके इसी विकट महादेवपन के कारण ही तो बड़े-बड़े कवियों ने आपके साथ बड़े-बड़े मज़ाक किये हैं। अरे संत शिरोमणि, गोस्वामी तुलसीदास जी तक आप की ब्याह-बरात का रंगीला वर्णन करने से नहीं चूके। राष्ट्रीय आन्दोलन के ज़माने में भी आपके भक्तों ने आपकी नशेबाज़ी की आदत का खूब मज़ाक उड़ाया है। उस ज़माने का किसी कवि का बनाया एक कवित्त मुझे याद आ गया—सुनियेगा भगवन्, सुनिये :

गाँधी की न आज्ञा गांजा भाँग आदि पीने की
भूतनाथ आप अब भंग न पिया करें
छोड़ें पुरानी अपनी अड़बंगी चाल

जोरू साथ बैठे न चकल्लस किया करें
छिड़ा है भारत में स्वतन्त्रता का घोर युद्ध
भारतीय नाते भाग इसमें लिया करें
आप बने लीडर गनेश वालंटियर बनें
कह दें उमा से जाके पिकेटिंग किया करें ॥

यह सब हँसी-मज़ाक सिद्ध करता है कि जनता आपको बेहद चाहती है। आपकी श्रद्धा से सराबोर होकर कोसों और मीलों से चली आ रही है—बम बम भोले। बम्भोले। हर हर महादेव।

लेकिन भोलेनाथ! एक बात सच्ची बताना। क्या तुम अपने इन बड़े-बड़े मन्दिरों में सचमुच विराजमान हो? यहाँ तो तुम्हारे नाम पर तुम्हारे पण्डे-पुजारी तुम्हारे भक्तों को लूट रहे हैं। ये देखो, तुम्हारे मन्दिर के अन्दर क्या मारा-मारी मची हुई है। तुम्हारे पुजारी लोग तुम्हारे अपढ़ भोले भक्तों के हाथों से झपाझप प्रसाद और पूजा-सामग्री छीन-छीनकर कोने में धरते जा रहे हैं। इन पुजारियों के चेहरों पर भक्ति-भावना की एक धुँधली-सी छाया भी नहीं पड़ी है। सूरत से ही ये लोग डाकू लग रहे हैं, डाकू। तुम्हारे इस मन्दिर में चाँदी के किवाड़ हैं, संगमरमर का फर्श है, चाँदी का विशाल सर्प और सोने का छत्र है, बाँस-बल्लियों की आड़ें लगी होने पर भी भक्तों की भीड़ तुम्हारे दर्शनों के लिए टूटी पड़ रही है—पर तुम यहाँ कहाँ हो भगवान।...कहीं दिखाई नहीं पड़ रहे हो, फूल, बेल-पत्र और धतूरे के फलों का एक पहाड़ तो अवश्य दिखलायी देता है—तो क्या इसी के नीचे तुम दबे हुए हो? तुम अपने भक्तों की अंध श्रद्धा से दबे हुए हो देवता? नहीं, तुम यहाँ हरगिज़-हरगिज़ नहीं हो सकते। शिव! तुमने तो सदा इन लुटेरे पण्डे-पुजारियों के कर्मकांड का विरोध कर भक्तिरस की अमृत धारा प्रवाहित की है। अपनी मोटी दक्षिणा की लालच से जब इन पोपपंथी कठमुल्लों ने राजा-प्रजा का कीमती धन और समय यज्ञ पर यज्ञ कराके स्वाहा करना शुरू किया, राष्ट्र को अंधा और अपंगु बना डाला तब तुमने भक्ति की महिमा बढ़ायी। तुमने उपदेश दिया कि जो व्यक्ति अपने घर से चलकर नित्य जितनी दूर गंगा स्नान करने जाता है, जितने कदम चलता है, वह एक-एक कदम पर सौ-सौ बाजपेय यज्ञों का पुण्यफल पाता है। वाह रे त्रिलोचन भगवान, तुमने हज़ारों लाखों रुपयों का घी-यव-धान्य आग में जलाकर दक्षिणा से मोटे बनने वालों के धर्म को निकम्मा सिद्ध कर दिया।

दक्षिण भारत के मीनाक्षी मन्दिर की दीवार पर तुम्हारी 'पुट्टू लीला' के चित्र भी मैंने देखे हैं—कैसी सुन्दर कथा है! एक बुढ़िया थी, बिचारी के कोई नहीं था, बड़ी गरीब थी, रोज़ चावल के पुट्टू बनाकर बेचती और तुम्हारा भोग लगाती थी। एक बार तमिलनाडु में अकाल पड़ा, बारह बरस तक पानी न बरसा तो राजा ने हुक्म लगाया कि प्रजा के सब लोग मिलकर तालाब खोदें। धनी लोग मजूरों को पैसे दे-देकर अपनी सेंती काम कराने लगे पर बिचारी बुढ़िया कहाँ से पैसे पाये, और

उसके शरीर में इतनी शक्ति भी नहीं थी कि फावड़ा चला सके। बेचारी बुढ़िया बड़ी दुखी थी। तुम्हारी पूजा करके वह कहने लगी कि हे महादेव बाबा, मेरे तो कोई बेटा नहीं, मेरी सेंती कौन काम करेगा। उसका ये कहना था कि तुम झटपट एक जवान मजूर का भेस धरकर वहाँ आ पहुँचे और कहा कि माँ मैं तुम्हारा बेटा हूँ। ये प्रसाद के पुट्टू तुम मुझे खिला दो तो मैं तुम्हारे बदले तालाब खोद आऊँगा। बुढ़िया बोली कि ये पुट्टू तो शिवजी को भोग लगाऊँगी। तुम्हें नहीं दे सकती। पर तुम भी ठहरे एक नटखट, तुमने कहा कि नहीं मैया, मैं तो यही पुट्टू खाऊँगा तब तालाब खोदने जाऊँगा। बुढ़िया बोली : ''मैं चाहे आप फावड़ा चला लूँगी पर ये शिवजी का भोग है सो उन्हें ही चढ़ाऊँगी।'' फिर जैसे ही वह तुम्हारी मूर्ति पर पुट्टू चढ़ाने लगी वैसे ही वह पुट्टू उड़कर मजूर के मुँह में चला गया और मजूर यानी कि तुम हँसने लगे। बुढ़िया चकित हो गयी। तुम्हें पहचान कर वह जैसे ही तुम्हारे चरणों में गिरने लगी कि तुमने कहा : ''नहीं, तुम तो मेरी माँ हो।'' और एक ही दिन में तुमने तालाब खोदकर पानी निकाल दिया। तुम गरीबों के भगवान हो, असहायों के सहायक हो, दीनबंधु दीनानाथ हो। अपने भक्तों की तीखी बातें सुनकर भी तुम उन्हें निहाल कर देते हो।

यहाँ मुझे आन्ध्र के कवि श्रीनाथ की कथा याद आ रही है। बेचारे एक जंगल से चले जा रहे थे, प्यास के मारे गला चिटक रहा था, न तालाब न बावड़ी, न नदी न नाला—बेचारे बड़े ही दुखी थे। चलते-चलते उन्हें दूर पर एक कुआँ दिखाई दिया। दौड़ते-हाँफते वहाँ पहुँचे कि अब पानी पीने को मिलेगा, पर वहाँ पहुँचकर देखा तो कुआँ अंधा था। श्रीनाथ बेचारे बड़े दुःखी हो गये। प्यास के मारे झुंझलाकर उन्होंने अपने इष्टदेव से, यानी तुमसे, कहा कि हे शंकर जी, तुम एक बीवी गंगाजी को अपने सिर पर चढ़ाकर और दूसरी पार्वतीजी को वामांग में बिठाकर भंग के नशे में बैठे-बैठे चकल्लस कर रहे हो और यहाँ तुम्हारे एक भक्त की प्यास के मारे जान निकली जा रही है। तुमको लज्जा नहीं आती? भक्त की फटकार सुनकर तुमने तुरन्त ही गंगा जी को उस अन्धे कुएँ में उतार दिया और प्यासे कवि श्रीनाथ जी की जान बचायी। यानी कथा का अर्थ ये है कि जहाँ सच्चा भाव होता है वहाँ कर्म भी होता है और जहाँ भाव है, वहाँ ज्ञानगंगा भी आप ही आप प्रवाहित होने लगती है।

हे त्रिनेत्र, तुम ज्ञान देते हो, भक्ति देते हो, शक्ति देते हो। तुम्हारा यही रूप मंगलकारी है, मैं तुम्हारे इसी रूप को भजता हूँ। जय भोले। भोले बम्भोले।

भोलेनाथ, क्या मरज़ी है तुम्हारी? होली के दिन नगिचियाये हैं। आजकल तो डबल गहरी छनती होगी मेरे गुरु, गुरुओं के गुरु। मगर एक बात कहें? कहोगे कि गुरु से छेड़खानी करता है, भारतीय संस्कृति के खिलाफ काम करता है। नहीं-नहीं, विश्वंभर, सो बात नहीं। अपने यहाँ के भक्ति दर्शन की यही तो महिमा है—

पितृ मातृ सहायक स्वामि सखा
तुम ही इक नाथ हमारे हो—

—सो तुम गुरु भी हो, यार भी हो। इस बखत हमारा तुमसे यारी बरतने का मूड है, सो यारी बरतेंगे और इस बहाने तुम्हें तुम्हारे हित में कुछ खरी-खरी सुनावेंगे। हम पूछते हैं भोले, महँगाई कितनी बढ़ गयी है कुछ इसकी भी खबर रखते हो कि सदा अलमस्त ही बने रहते हो। भगवती से पूछो भला कि तुम समान अलमस्त का खर्चा कैसे चलाती होंगी। ये तो कहो कि कार्तिकेय और गणेश अपने-अपने काम-धन्धे में लगे हैं। नहीं तो गुरु, ये तुम्हारा सारा नाच-हुड़दंग कब का खत्म हो जाता। हम पूछते हैं गुरुजी, इतना बढ़िया नाचते हो कि 'नटराज', 'आदि नट' कहलाते हो, एक बढ़िया-सी कम्पनी खोल के दुनिया-भर में अपना डांस ट्रप क्यों नहीं घुमाते? तुम्हारी नकलें उतार-उतार कर नर्तक लोग लखपती बन गये और तुम भिखारी के भिखारी ही रहे। भोलेनाथ, तनिक कल्पना तो करो कि ठाठ से सूट-बूट पहने हो, नेकटाई की जगह गले में सर्प डोल रहा है, हाथ में सिगरेट का टिन है, चेहरे पर लापरवाही और खोयेपन की अदा है, कपाल पर तीसरा नेत्र और सिर के जटाजूट में गंगा जी मानिन्द फव्वारे के मद्धिम-मद्धिम पिक्टोरियल एफेक्ट मार रही हैं। भूतनाथ, इस छवि को देखते ही सारी दुनिया तुम्हारे पीछे भूत बनी डोलेगी। जहाँ जाओगे फ़ोटोग्राफरों का हुजूम पीछे जायेगा। आटोग्राफ देते-देते तुम्हारा हाथ मशीन हो जायेगा। बड़े-बड़े राजमहलों में दावतें उड़ाना, मज़े से भारतीय संस्कृति पर लेक्चर देना और फिर ठाठ से एक महल बनवाकर रहना, बैल छोड़ मोटर, हवाई जहाज़ पर सवारी करना। चेला होने के नाते मैं भी तुम्हारी कम्पनी का मैनेजर हो जाऊँगा। मेरे भी ठाठ हो जायेंगे।

क्या कहा? आइडिया पसन्द नहीं आया। कहते हो यों ही गुज़री है, यों ही गुज़रेगी। हाँ, एक तरह से तो ठीक ही कहते हो नटराज! जब तुम्हारे भक्त तक इतने अल्पसन्तोषी हैं कि पुकार-पुकार कर कहते हैं :

चना चबेना गंग़ज़ल जो पुरवै करतार।
काशी कबहूँ न छोड़िए विश्वनाथ दरबार॥

जब भक्त ही कहीं नहीं जाना चाहते तो तुम अपने भक्तों को छोड़कर भला कहाँ जाओगे?

मगर भोले, आज के समय में ये अल्पसन्तोष की फिलासफी ठीक नहीं।

किम दातेन धनेन वाजि करिभिः
प्राप्तेन राज्येन किम।
किंवा पुत्र कलत्र मित्र पशुभिर्दे हेन गेहेन किम
ज्ञात्वेतत्क्षणभंगुर सपदिरे त्याज्यम् मनोदूरतः
स्वात्मार्थम गुरु वाक्यसो भज-भज श्री पार्वती बल्लभम् ॥

अच्छा गुरु नाथ, हमारी एक शंका का समाधान करो। ये तो तुम जानते ही

हो कि आज हम साफ-साफ कहने-सुनने के मूड में ही बैठे हैं।—हम पूछते हैं भोले —यह मान लिया कि यह शरीर क्षणभंगुर है—माटी में से आया बन्दे माटी में मिल जाना है—बिल्कुल ठीक है। फिर ये माया-मोह कि राजसुख पा लूँ और मान सम्मान पा लूँ, दिग्विजय कर लूँ, मामले-मुकदमे लड़ लूँ, ये मेरा है, ये तेरा है—ये सब व्यर्थ है—आदमी को नित्य ब्राह्म मुहूर्त में उठकर माला हाथ में लेकर ओम् नमो शिवाय ही जपते रहना चाहिये। वाह, क्या बात है, अगर ऐसा ही जीवन होता तो फिर कहना ही क्या था। मगर उसमें दो भारी अड़चनें हैं—एक तो पेट और दूसरे विवाह की समस्या। तुम कहोगे, क्या भौतिक बातें करता हूँ, अध्यात्म में क्यों नहीं मन रमता। पर तुम्हारे भगत लोग कह गये हैं गुरु कि :

भूखे भजन न होहिं गुपाला,
यहि लेओ कण्ठी यहि लेओ माला ॥

यह पेट का कुत्ता नहीं मानता। इसको भरने के लिए माला को खूँटी पर टाँगना ही पड़ेगा। अच्छा टाँग दी, अब क्या करें? चोरी करें, झूठे धर्म और तुम्हारी झूठी महिमा को बखान-बखान कर भोली-भाली श्रद्धामयी जनता को ठगें या मेहनत-मजूरी करें, सच्चा काम करें।

क्या कहा? काम करना चाहिये। सच्ची मेहनत की रोटी खानी चाहिये। ठीक है, तो अपने कथावाचकों और पोप गुरुओं की बेतुकी ज़बानों पर ताला लगा दो प्रभु, जो दिन-रात इस मूलभूत पेट से संचालित दुनिया को मिथ्या बताते हैं। तुम्हारे भक्त थे कलाकार, शिल्पी, इंजीनियर और मज़दूर, जिन्होंने एलोरा में ऊँचे पहाड़ को मोम की तरह काट-मोड़कर तुम्हारा अद्‌भुत कैलाश गुफा मन्दिर बनाया है। भोलेनाथ, तुम्हारे हिमाच्छादित श्वेत कैलाश पर्वत की शोभा अनन्त है, दिव्य है, यह माना, पर तुम्हारे भक्तों का—मनुष्यों का बनाया हुआ एलोरा का कैलाश मन्दिर भी अपूर्व है, इंच-भर का पत्थर का टुकड़ा भी बाहर से लाकर नहीं जोड़ा—एक ही पहाड़ में से अर्ध चन्द्राकार में दो मंज़िल इमारत बनाई, उसमें मण्डप बनाये, आले, खम्भे, और उनमें मूर्तियाँ उकेरीं, बीचों-बीच मुख्य मन्दिर बनाया—कमाल किया है। हमारे पुरखे, तुम्हारे भगत, ऐसे गहरे छनन्ता थे कि पहाड़ को ही नशीली लहर भरी परम स्वादिष्ट ठंडाई बनाकर पी गये और सदियों के लिए प्रेरणा का नशा छोड़ गये। और उसमें एक चकल्लस भी है। वह अद्‌भुत मन्दिर बनाने वाले अपनी श्रद्धा विनय की छाप भी छोड़ गये हैं।

रावण को लेकर तुम्हारी वह कथा जो प्रसिद्ध है न कि एक बार रावण को अपनी शक्ति पर इतना गर्व हुआ कि उसने अपने गुरु अर्थात् तुम्हारा कैलाश पर्वत उखाड़कर अपने हाथों पर उठा लिया। तुम उस समय पार्वती जी के साथ बैठे चौपड़ खेल रहे थे। कैलाश पर्वत हिला तो डरकर पार्वती जी तुमसे लिपट गयीं। तुमने ध्यान लगाकर कारण समझ लिया और अपना एक हल्का-सा अंगूठे का भार पर्वत पर डाल दिया। पर्वत फिर अपनी जगह पर बैठ गया। अहंकारी रावण के हाथ दब गये।

एलोरा के कैलाश मन्दिर में इस कथा की भावमूर्ति दो-तीन जगह बनाई गयी है, मानो बनाने वाले तुमसे कहते हैं कि हमने कला की शक्ति दिखलायी है। हमने भी बीसियों नहीं बल्कि हज़ारों हाथों से नया कैलाश उठाया है, पर हे परम गुरु, हम रावण की तरह अहंकार नहीं प्रदर्शित करते। क्या कहूँ, गुरु, तुम्हारे एलोरा वाले मन्दिर के उदात्त दर्शन ने मुझे मोह लिया है और तुम्हारे पोप कहते हैं कि माया-मोह छोड़ो। तुम्हारी श्रद्धा में कितना दिव्य शिल्प विकसित हुआ है इस देश में, अमरनाथ कश्मीर से लेकर धुर दक्षिण भारत तक, सोमनाथ, गुजरात से लेकर कटक-उड़ीसा-आसाम तक नेपाल तक—शिव के रूप में कला की ही महिमा विराजमान है—भोले, पूरा 'इमोशनल इण्टीग्रेशन' अर्थात् भावनात्मक एकता का जाल फैला रखा है तुमने, तुम्हारे नाम पर कितना कर्म हुआ है महादेवा! यह कर्म क्या मिथ्या है? एलोरा, ऐलिफेन्टा, चिदम्बरम, तंजौर, रामेश्वरम्, खजुराहो आदि में मनुष्य की कितनी मेहनत, सूझबूझ, सामर्थ्य और ज्ञान-भक्ति-साधना रमी है और सबसे बढ़कर कितना दृढ़ संकल्प है—शिव संकल्प—यह भी तो देखो भोले!

आज हमें उसी शिव-संकल्प की फिर से आवश्यकता है। हमारा वैदिक पुरखा जब अपनी महान संस्कृति को नया ही नया ढाल रहा था तब उसने शिव-संकल्प का महत्त्व समझा था। सबसे अच्छा धर्म है अपने मन को ऊँचा उठाओ, अपने मन को कल्याणकारी इच्छाओं से भरो। ओमू क्रतो स्मर कृते स्मर, आदि-आदि। अर्थात् संकल्प को याद करो, फिर कर्म को याद करो। कितना सोचा था कि कितना पाया यह याद करो। वाह-वाह, कैसा अनूठा सत्य हमारे पुरखे दे गये। अब गुरु तुम्हारे पोप कठमुल्ले इसी शिव-संकल्प को यों समझाते हैं कि जजमान कितना दान देने का संकल्प बोला था, कित्ता दिया? कितने ब्राह्मण ज़िमाने थे...कितने जिमाये, दक्षिणा कितनी सोची थी, यज्ञ कितने सोचे थे कितने किये?—धत्तेरे की, यानी तुम्हारे भोले भक्तों से जो सोचवाया तो अपने ही मतलब का सोचवाया, यह तो तुम्हारा धर्म नहीं भोले। ये महा झूठा, महानिकम्मा, धर्म है। वेदव्यास महाराज ने धर्म की जो व्याख्या की है, वही सच्ची है :

नमो धर्माय महते धर्मो धारयति प्रजाः।
यत् स्यात् धारणसंयुक्तम् सधर्म इत्युदाहृतः ॥

यानी उस महान धर्म को प्रणाम है जो सब मनुष्यों को धारण करता है। सबको धारण करने वाले जो नियम हैं, वे धर्म हैं। अब बोलो भोले, ये ऊँच-नीच, जात-पांत कहाँ गयी? ये बन्धन तो सबको एक में नहीं बाँध पाते? क्यों इसे मानना धर्म है। नहीं, हरगिज़ नहीं, कदापि नहीं। तब फिर भोले, शिव-संकल्प भी ऐसा ही होना चाहिये जो मानव-मात्र के लिए कल्याणकारी हो, यानी पेट भरने के लिए काम करना है और काम करने के लिए करना है शिव-संकल्प। शिव-संकल्प वही है जो मानव-मात्र के लिए कल्याणकारी हो। यानी अपना पेट इस प्रकार भरो कि दूसरे के पेट पर तुम्हारी लात न पड़े। तुम कहोगे कि मेरे पंडों-पुजारियों की निंदा करके मैं

स्वयं ही अपने पेट पर लातें मार रहा हूँ। अच्छा गुरु, अगर इनको बख्शूं तो चोर, डाकू, काले बाज़ारिए आदि सभी गुंडों को बख्शना पड़ेगा। क्या वह उचित होगा? नहीं। यही स्वार्थी लोग ही तो झूठे धर्म-प्रचारक हैं। अपना पेट भरने के लिए ध्वंसात्मक कार्य करते हैं। वह सब कुछ अवश्य ही मायाजाल है, मिथ्या है, परन्तु पेट तो फिर भी सत्य है। पेट है तो नाना प्रकार के रचनात्मक काम भी हैं। और इधर जब औरत-मर्द दुनिया में हैं तो उनका ब्याह भी होगा, बच्चे भी होंगे—पुत्र, कलत्र, मित्र, देह, गेह सभी कुछ होगा, इसमें कुछ भी मिथ्या नहीं है—तो क्या गुरुवाक्य झूठा है—पेट और बच्चे-बच्चों में ही फँसे रहे? नहीं, जो गृहस्थ अपना और सबका भला साधकर चलता है और अपने हर काम में तुमको ही भजता है तुम उसकी आत्मा हो, उसकी मति तुम्हारी गिरिजा है, उसके प्राण तुम्हारे सहचर हैं और उसका शरीर ही तुम्हारा घर है। वह जो कुछ कामकाज की बातें बोलता रहता है वे तुम्हारी ही स्तुति हैं। जितना चलता है तुम्हारी प्रदक्षिणा करता है, यानी दिन-रात जो कुछ भी करता है वह तुम्हारी आराधना है। हाँ भोले, झूठी माला फेरने से सबका मंगल चाहने वाली मेहनत-मशक्कत भरी आराधना ही सच्ची है। अब तुम कोरी आसमानी कल्पनामात्र नहीं हो योगेश्वर भूतभावन! तुम साक्षात् इस भौतिक जगत में हो, मनुष्यमात्र, जीवमात्र शिव है ऊँ नमो शिवाय। जय भोले। जय बम्भोले।

कहो गुरु, होली कैसी रही? जगदम्बा ने तुम्हारे श्रीमुख पर होली के हुड़दंग में जूते की लाल-काली पालिशें तो नहीं मली थीं—क्योंकि आजकल मियाँ-बीवी रंगों से नहीं, बल्कि जूते की पालिशों से होली खेलते हैं। मगर गुरु ये बतलाओ, तुम्हारे भगत भूतों ने तुम्हें तुम्हारी मर्ज़ी के खिलाफ रंगकर फिर मार-पीट तो नहीं की? आजकल ये सब भी होने लगा है गुरुजी। अभी परसों ही एक नवयुवक सवेरे-सवेरे किसी से मिलने जा रहा था। शायद अपनी चाकरी के सम्बन्ध में ही जा रहा होगा। होली के हुड़दंगिये उसके बगुले के परों-से सफेद कपड़े रंगने के लिए झपटे, बेचारे ने प्रार्थना की—कहा कि अभी न रंगों, एक तो कपड़े नये हैं दूसरे, काम से जा रहे हैं। लौटने पर जी चाहे तो रंग डाल लेना। मगर हुड़दंगिये कहाँ मानते हैं। उनका समझ से क्या सरोकार! बेचारे को रंग डाला। इस पर वह युवक नाराज़ हो गया, शायद गाली-वाली भी दी। बस, फिर तो हुड़दंगियों ने उसे रिक्शे से उतार बुरी तरह पिचकारियों-पिचकारियों ही पीटा। इस पर भी उन्हें संतोष न हुआ तो तैश में आकर युवक के पेट में छुरा भी भोंक दिया; बेचारे के साथ खून की होली खेल डाली। और ये सब हुड़दंगिये गुरु, तुम्हारे भक्त हैं, ब्रह्मा, विष्णु, महेश पूजते हैं, हर एक को नास्तिक कहते फिरते हैं—और तिस पर भी ये हाल है उनका। इसीलिए तो हमको तुम्हारी चिन्ता हुई भोलानाथ। क्या मज़े की बात है भगवान कि तुम्हारे पास तो तीन-तीन आँखें हैं और तुम्हारे भक्तों के पास एक कानी आँख भी नहीं बची। ये शिवभक्त भारत देश इस समय उचित-अनुचित कुछ भी नहीं देख पा रहा। बस

अपने-अपने गुमान में फूले चले जाते हैं हमारे लोग।

आज चारों ओर अहंकार का बड़ा ज़ोर है। जिसे देखो वही शान से ललकार रहा है कि हटो, बचो, हम चौड़े हैं और बाज़ार संकरा है, इसलिए पहले हमको आगे निकलने दो। हर तरफ शोर है—पहले हम, पहले हम, पहले हम—अच्छा देवेश्वर, लखनवी तकल्लुफ की 'पहले आप, पहले आप' वाला मज़ाक तो आपने अवश्य सुना होगा। तो बोलिए कि क्या कहूँ—पहले हम, कि 'पहले आप'?—चुप्पी साध गये प्रभु? जवाब न दिया? अच्छा, हमारी ओर कनपटी से निहारकर अब ये मर्म मुस्कान का तीर साध रहे हो भोले? जान गये कि मैं तुम्हारे साथ ठग विद्या कर रहा हूँ।—हः—हाः—हः गुरु, तुमसे पार नहीं पा सकता, तुम नीर-क्षीर विवेक करके सत्य को परख लेते हो। और हम?—अब छिपा तो सकते नहीं तुमसे, इसलिए अपने अहंकार को कहलाने के लिए सच ही सच बोले देते हैं। पर सीधे-सीधे नहीं कहेंगे देव, तुम्हें एक कविता सुनायेंगे, उसके बहाने जो चाहो सो समझ लेना। श्री विश्वनाथ प्रसाद की एक पुरानी कविता है भोलानाथ, मेरी बड़ी पुरानी नोटबुक में लिखी थी। आज वही तुम्हें सुनाये देता हूँ। सुनो महादेव :

रसना में महा मधु घोल कहीं, तृण से लघु को भी सराहते हैं
रच नाटक भावुकता का कहीं, हम प्रीति की रीति निबाहते हैं
जिसमें कुछ भी न गंभीरता है, उसको गुण से अवगाहते हैं
जग को ठग के अब भोला! सुनो, तुमको हम ठगना चाहते हैं।

यानी अकड़न्चू में जिसको चाहा, मनमाना तंग किया और जब उसने आपत्ति की तो नाराज़ होकर छुरा मार दिया। फिर जब पकड़े गये तो दनादन तुम्हारी खुशामद में लगे कि हे शिव जी, तुम्हें प्रसाद चढ़ायेंगे, कानून के पंजे से हमें मुक्ति दिला दो। हे भगवान, हमें फाँसी के फंदे से बचा लो। हे भगवान, इस समय मेरे प्राण संकट में हैं। तुम्हारे घिनौने से घिनौने या तिनके समान तुच्छ किसी भगत-पुजारी के कहो तो सौ बार पैर छू लूँगा, जहाँ कहो नाक रगड़ आऊँगा—और जब छूट जाऊँगा तो फिर उसी तरह अकड़न्चू दिखाऊँगा—अपनी अकड़ में मैं तुम्हारे ऊपर यह अहसान भी कर दूँगा कि तुम्हारा एक नया शिवाला बनवा दूँगा...न अपने पैसे के बल पर नहीं, पब्लिक चंदे के बल पर ही सही—कहो गुरु, तुम्हें ठग लिया कि नहीं? हः हः हः! ये भी मेरे अहंकार का ही एक रूप था—यानी कवि के शब्दों में—'रच नाटक भावुकता का कहीं हम प्रीति की रीति निबाहते हैं।'

ये अपने झूठे मन्दिर तोड़ डालो भोला। हमारी इन ठग विद्या का अन्त कर डालो। ये अहंकार तो ठीक नहीं।

लेकिन भोले, यहीं पर हमारी शंका भी निवारण कर दो। सारे धर्मशास्त्र चिल्ला-चिल्लाकर कहते हैं कि अहंकार बुरा है, बुरा है। पर अहंकार तो सब प्राणियों में है। और अहंकार भलाई-बुराई दोनों की जड़ है। यानी एक तरफ तो इतना बड़ा है कि 'शिवोऽहं' 'शिवोऽहं' की रट लगायी जाती है और दूसरी ओर भी इतना बड़ा

है कि हम—बस हमीं-हम की गुहार मचाई जाती है। इसमें सच क्या है?

क्या कहा? आत्मबोध का वह श्लोक पढ़ने को कहते हो जिसमें तुमने कहा है कि—ब्रह्मादि कीट पर्यन्ताः प्राणिनो मयि कल्पिताः यानी कि मामूली कीट-पतंगों से लेकर ब्रह्मा तक सारे जीवधारी तुम्हारे परम अहम् के अन्दर कल्पित हैं लेकिन ये तुम्हारा अहम नहीं है—जैसे समुद्र के ऊपर लहरें और बुदबुदे शान से फूलते इठलाते हैं पर उनसे समुद्र का गम्भीर रूप प्रकट नहीं होता इसी तरह मनुष्य के क्षुद्र अहंभाव में उसके अहम् का गम्भीर रूप भी परिलक्षित नहीं होता। उसे देखने के लिए तो समुद्र की गहराई में पैठना पड़ता है।

ठीक है प्रभु—तुम्हारी बात मानता हूँ। आजकल करीब-करीब हर जिले में एकाध ऐसे अवतार अवश्य प्रकट हो गये हैं जो डंके की चोट पर शिवोऽहं, शिवोऽहं कहते हैं। सौ-पचास चेले-चांटियों की गुण्डा पार्टी तैयार कर ली, भगवा रंग लिया। भंग छनने लगी, गाँजे सुल्फे के दम लगने लगे और भगतों को उपदेश यह दिया कि ये आजकल की नयी विचारधारा के नास्तिक भंगी, चमारों-शूद्रों को सिर पर चढ़ा रहे हैं। इनको मारो, ये पापी हैं, अधर्मी हैं। अभी-अभी तुमको इष्टदेव के रूप में पूजनेवाली एक ब्राह्मण जाति का एक जातीय अखबार पढ़ रहा था। उसमें एक ने लिखा है कि छुआछूत, ऊँच-नोच, जात-पाँत को अब नहीं मानना चाहिये—दूसरे ने इस पर लिखा है कि छुआछूत, जात-पाँत, ऊँच-नीच को मानना चाहिये क्योंकि यही धर्म है।

ये जितने जातीय अखबार हैं, सब अपनी-अपनी जातियों को पुराने तंग दायरों में बन्द करना चाहते हैं। नये ज़माने का स्वर अब हर छोटी-बड़ी जाति में फूट पड़ा है, उसे दबाते तो नहीं बनता पर दबाने की कोशिशें खूब की जाती हैं। नमूने देखोगे गुरु! देखो!

तुम्हारे विश्वनाथ मन्दिर में हरिजनों को जब तुम्हारे कठमुल्लों के विरोध के बावजूद दर्शन करने का अधिकार मिल गया तब एक संन्यासी ने तुम्हारे सेठ भक्तों के चंदे से एक नया विश्वनाथ मन्दिर बनाया और कहा कि वो विश्वनाथ तो अब गंदी जगह का पत्थर हो गये, इन नये विश्वनाथ को पूजो। ये तुम्हारे 'शिवोऽहं मार्का' भक्त हैं। देखी इनकी लीला, जब इनका गरब-गुमान तुमने खंडित कर दिया तो इन्होंने तुमको ही नष्ट करने का प्रयत्न किया। और जब शिवोऽहं जपते हैं तो विश्वभर में जितने 'हम-हम' बोलने वाले प्राणी हैं सभी में शिव-शिव ही दिखलायी पड़ता है, विश्वनाथ। यदि सचमुच ही विश्वेश्वर हो तो ब्राह्मण-हरिजन दोनों ही काँटे तोल एक समान हैं—सभी को शिवोऽहं करने का अधिकार है। जब शिव सब में हैं तो कैसी ऊँच-नीच, कैसी जात-पाँत।

अब जात-पांत का मज़ा भी देखो प्रभु! शायद तुमने अखबारों में पढ़ा भी हो कि हाल के चुनाव में एक ब्राह्मण देवता एक हरिजन उम्मीदवार को अपने किसी स्वार्थवश वोट देने को मजबूर हुए। वोट डालने गये तो गंगाजल साथ लेते गये।

हरिजन को वोट डालकर उन्होंने अपने ऊपर गंगाजल छिड़का।

ये 'बांभन' का धरम देखा गुरु! इस बंभने के ऊपर तुम गंगाजी से कहके मान-हानि का मुक़दमा चलवाओ भोले। इसने गंगाजी का बड़ा अपमान किया है।

हे देव, तुम्हारे उल्टे पैरों वाले भूतों से मुझे तनिक भी डर नहीं लगता, पर तुम्हारे इन उल्टी मति वाले भूत-पिशाचों से बड़ी घृणा होती है। इनको अबकी कुम्भ में भरके, ऊपर से कपड़ा बाँधकर गंगा जी में तैरा दो प्रभु। ये संन्यासी पंडित पोंगापंथी महामिथ्या अहंकारी सब रावण के वंश वाले हैं। ये तमाम जातीय संगठन राक्षसों के सेक्रेटेरियट हैं। इन सबको अपने गाँजे-सुल्फे की लपक में भस्म कर डालो प्रभु। ये पाप के घड़े हैं—इनमें घट-घट व्यापी राम नहीं समाता। ये शिवोऽहं कहने के अधिकारी नहीं। शिवोऽहं-यज बम्भोले।

(1962)

लखनवी होली

इसमें न तो मेरा ही दोष मानियेगा और न यश। कारण यह है कि 'नव जीवन' सम्पादक ने होली के दिन सवेरे ही अचानक टेलीफोन से मुझे अपने घर पर बुलाकर बड़े नाटकीय ढंग से डबल गहरी केसरिया भंग पिला दी और जब पहला ज़न्नाटा आया तो बोले कि पंडित जी, गुसाईं जी ने आपाद्काल में चार को परखने के लिए कहा है। आज आपकी मित्रता कसौटी पर है। होली के कारण हमारे रिपोर्टर आज अचानक गायब हो गये हैं। होली के दिन युवकों को कोई क्या कह सकता है और अखबार का काम, आप जानते हैं कि रुक नहीं सकता। इस संकट से आप ही आज हमें उबारिये। मैं सरदार अहमद का ठेला आपको दिलवाये देता हूँ। ड्राइवर के पास पर्याप्त धन रहेगा, वह बराबर पान-मिष्ठान्न, दूध-मलाई, इत्र-फुलेल, फूल आदि से आपका चित्त प्रफुल्लित रखेगा। आप आज हमारे लिए खबरें लाइये। मैंने कहा कि आपने मुझे अजब झमेले में डाल दिया। गहरी भाँग बड़ी उचक्की होती है, एक स्तर पर कभी रहने ही नहीं देती! खैर! जब फँस ही गया तो उसी चाल से मैंने भी गुसाईं जी की दुहाई देकर अपने मित्र श्री सर्वदानन्द को फँसाया। सर्वदानन्द ने श्रद्धेय बाबू जी (डा. सम्पूर्णानन्द जी) की सीक्रेट फाइल में से जवाहरलाल जी का वह पत्र चुराकर मुझे नकल करा दिया। जवाहरलाल जी का यह पत्र कितना महत्त्वपूर्ण है, पाठक पढ़कर खुद ही अन्दाज़ लगा लें :

''माई डियर सम्पूर्णानन्द! तुम्हारी अष्टग्रही की चेतावनी को मैंने कृष्ण मेनन की इलेक्शन मीटिंगों के लिए बम्बई जाने पर खूब अच्छी तरह से महसूस किया। मेरी एक फण्डामेंटल मजबूरी यह है कि इंटरनेशनल कारणों से तुम्हारी एस्ट्रालॉजीकल सायंस के मुताल्लिक कोई पब्लिक स्टेटमेंट नहीं दे सकता। हाउएवर, मैं तुमको तहेदिल से उस चेतावनी के लिए धन्यवाद देता हूँ। तुम्हें इस वक्त खत लिखने का मेरा खास मकसद यह है कि मेरे सामने राष्ट्रीय जलशक्ति अनुसंधानशाला की रिपोर्ट रखी है। उनका कहना है कि होली में हर साल जितना पानी बरबाद किया जाता है उतने पानी से देश में तीन हज़ार सिनेमाघरों में बिजली सप्लाई की जा सकती है। यह तो बड़े नुकसान और फिक्र और अफसोस की बात है। अलावा इसके, कुछ भी कहो हमारी फिल्में भारत में भावात्मक एकता ला ही रही हैं। कश्मीर से कन्याकुमारी तक हर तरफ एक-से गीत गाये जाते हैं। इसलिए ये कला की रक्षा

का सवाल भी है। मैं हिन्दुस्तानी संगीत को बहुत सुनने के बाद भी अपने आपको उसका कुदरती एडमायरर नहीं बना पाया क्योंकि नहाते वक्त कभी गुनगुनाने की ज़रूरत महसूस करने पर मैं अब तक पुरानी अंग्रेज़ी तर्ज़ें ही गुनगुनाता हूँ। तुम इस फन के भी माहिर हो, लिहाज़ा मैं चाहता हूँ कि तुम सिनेमाघरों की अहमियत पर ज़ोर देते हुए होली की दकियानूस रंगबाज़ी बन्द करने के लिए कानून बनाने की सिफारिश अपनी भावात्मक एकता की रिपोर्ट में करो।

तुम्हारा—जवाहर!''

सर्वदानन्द के घर से ही मैंने मद्रास में अपने पुराने मित्र और तमिल 'कल्कि' तथा 'अंग्रेज़ी 'स्वराज्य' के मैनेजिंग डायरेक्टर श्री सदाशिवम् से ट्रंककॉल मिलाई। गोसाईं जी की 'धीरज धर्म मित्र अरु नारी' वाली उक्ति के जोड़ ही की कोई उक्ति तमिल भाषा में लिखित महाकवि कम्बन की रामायण से पढ़कर भाव समझने की प्रार्थना मैंने सदाशिवम् जी से की। वे चक्रवर्ती राजाजी के खास आदमी हैं। उन्होंने मुझे इस प्रकार समाचार दिया :

''हाल ही में अमेरिका ने सूर्य का अनुसंधान करने के लिए शून्य में एक अनुसंधानशाला खोली है। उससे उपलब्ध कुछ तथ्य और आंकड़े आज ही अमेरिकन एम्बेसी ने श्री राजाजी के पास भेजे हैं। उनसे यह पता चला है कि सूरज के सात रंगों में से साढ़े तीन दशमलव जीरो-जीरो सात रंगों का स्टाक अकेले भारत देश की होली में ही प्रति वर्ष खर्च हो जाता है; इसलिए रंगों के असन्तुलन से सूरज दिनोदिन लाल होता जा रहा है।'' इसके बाद सदाशिवम् जी ने मुझसे कहा कि ''अवर राजा जी इन टेर्रिब्ली एंग्री ओवर दिस। वे एक वक्तव्य देने वाले हैं।'' वक्तव्य मैंने फोन पर ही लिख लिया है जो इस प्रकार है, ''सारी दुनिया को इस बात से जबरदस्त धक्का लगेगा कि भगवान सूर्यनारायण क्रमशः कम्युनिस्ट होते जा रहे हैं। उत्तर भारत में रंगों से खेली जानेवाली होली ही इसका कारण है। जवाहरलाल हर साल होली खेलकर कम्युनिज़्म को बढ़ावा दे रहे हैं। दिस इज़ अधर्मा। लाइक बकासुर द कांग्रेस इज़ डिवावरिंग गाड सूर्यनारायण।''

मुझे यह भी बतलाया गया है कि राजा जी रानी गायत्रीदेवी पर इस बात का दबाव डाल रहे हैं कि वे अपनी जीती हुई सीट से हारे हुए प्रो. रंगा को उप चुनाव कराके जिता दें जिससे कि लोकसभा में रंगान्दोलन ज़ोर पकड़ सके।

इसके बाद एक टिप श्री उपेन्द्र वाजपेयी से मुझे मिली। खबर यह है कि विभिन्न पार्टियों के हारे हुए कुछ लीडरों ने मिलकर अपनी पराजय के कारण ढूँढने के लिए एक सर्वदलीय जाँच समिति बनायी है। सर्वश्री आचार्य कृपलानी, राममनोहर लोहिया, अटलबिहारी वाजपेयी, अशोक मेहता, हरगोविन्द सिंह, त्रिलोकी सिंह और राजनारायण सिंह आदि ने एक स्वर से पराजय के कारणों में प्रमुखतम कारण गालियों का स्टाक समाप्त हो जाना बतलाया है। प्रायः सभी पार्टियों और वर्गों के हरैलों से इंटरव्यू करने के बाद इन लीडरों का कहना है कि होली के भड़वे प्रति

वर्ष गालियों के कोष का अपव्यय कर डालते हैं। यदि एक पंचवर्षीय योजना बनाकर होली के दिनों में उन्हें रोका जाये तो अगले चुनाव तक हर पार्टी के पास गालियों की इतनी प्रचंड शक्ति होगी कि हर पार्टी एक-दूसरे को खुलकर माँ-बहन तक की सनातन लोक-साँसकृतिक गालियाँ देने में समर्थ हो जायेगी।''

इस समाचार के लिए उपेन्द्र को बेनबो के रसगुल्ले खिलाकर और स्वयं छककर खाने के बाद नशे के आखिरी जन्नाटे में जो आगे चले तो हमारी कार शिवसिंह सरोज़ के रिक्शे से भिड़ गयी। खैर! रिक्शा-कार दोनों ही बालबाल सही-सलामत बच गये। इस अचानक मिलने को सरोज़ जी ने तीन खबरें मुझे देकर सार्थक बना दिया। सरोज़ ने एक तो चलती हुई साहित्यिक खबर यह दी कि श्री निर्मलचन्द्र चतुर्वेदी ने श्री चन्द्रभान गुप्ता जी से कहकर हमारे श्रद्धेय भैया साहब राय बहादुर पंडित श्री नारायण जी चौबे को भाँग की ठेकी खोलने का लाइसेंस दिला दिया है। सरोज़ ने बतलाया कि पं. इलाचन्द्र जोशी इस समाचार को सुनकर भैया साहब से साझा करने की योजना लिए मन ही मन में घुट रहे हैं, किन्तु उनके मन का एक भी विस्फोटक तत्त्व उनके स्वभावगत संकोच को तोड़कर भैया साहब से स्पष्ट रूप से कह नहीं पाता।

दूसरे यह बतलाया कि श्री बेढब बनारसी अपने नाश्ते के लिए काशी से एक हंडिया में पाँच सेर मगदल लाये थे। बेधड़क, भ्रमर और योगीन्द्रपति त्रिपाठी ने वह हंडिया उड़ाई तो साथ-साथ, पर बाद में बंटवारे पर झगड़ा हो गया। इसी बीच में पड़ोसी अधिकार प्रेस वाला कोई कम्युनिस्ट हंडिया लेकर चम्पत हो गया।

तीसरा एक छपा हुआ साहित्यिक वक्तव्य सरोज़ ने मुझे दिखलाया जोकि होली के मेले में वितरित किया जायेगा। वक्तव्य श्री भगवती चरण वर्मा, श्रीरामधारी सिंह दिनकर और श्री यशपाल ने सम्मिलित रूप से दिया है। वक्तव्य का शीर्षक, 'होली में आम का दुरुपयोग, एक अनन्त मार्मिक समस्या।' वक्तव्य इस प्रकार है :

''हम भारत के साहित्यकार होली के अवसर पर अपने समाज द्वारा मनों-टनों लकड़ी फूँककर मूल्यवान राष्ट्रीय सम्पत्ति का नाश करने की सनातन प्रवृत्ति को महती चिन्ता और महद् चिन्तन की दृष्टि से निरन्तर देखते ही चले जा रहे हैं। इससे मानवता का साहित्यिक, साँसकृतिक, आर्थिक, नैतिक एवं सैद्धान्तिक अकल्याण हो रहा है। होली ऐसे मौसम में आती है जबकि आग तापने का मज़ा खत्म हो जाता है। होली की आग में चाय या खाना भी नहीं पकाया जा सकता क्योंकि यह अधर्म है। होली युगों-युगों से धू-धू कर जलती हुई मानो अपनी मौन लपटों में आहें भर-भरकर कहती है कि 'मैं बिरहिन ऐसी जली कोयला भई न राख।''

''होली में आग चूँकि जलाई जाती है इस कारण से आग 'लगाने' के सुन्दर सुरुचिपूर्ण मुहावरे को नाजुक ठेस पर ठेस निरन्तर लगती ही चली जा रही है। इससे साहित्य के प्रति घोर अन्याय हो रहा है। लोगों को यह सोचना चाहिये कि आखिर भुस में आग लगाकर दूर खड़ी होनेवाली बी जमालो क्या किया करेंगी। यदि होली

ही जलेगी तो फिर एक-दूसरे का वैभव देख-देखकर जलनेवाली मानवीय प्रवृत्ति का आखिर क्या होगा? शुद्ध साहित्यिक दृष्टि से विरह की आग में जलना ही श्रेष्ठ है। अतः होली के दिन सबको अपने-अपने अन्तर में प्रचंड विरहाग्नि प्रज्वलित करनी चाहिये। जो जिसके विरह में जलना चाहे जले, होली में इसकी पूरी स्वतन्त्रता है। इस प्रकार होली मानव के मौलिक अधिकार का पावन दिवस बन जायेगा जो युग की धर्म-निरपेक्षता की माँग के सर्वथा अनुकूल होगा। इससे होली में प्रगतिशील समाजवादी तत्त्वों का पोषण होगा। आर्थिक दृष्टि से देश को यह लाभ होगा कि विरही राष्ट्र खाना कम खा पायेगा। अन्न की समस्या हल होगी। दूसरे, राष्ट्रीय बेकारी की समस्या भी सुलझ जायेगी क्योंकि विरही जनों को अर्ज़ी लगाने का अवकाश ही न मिलेगा। बची हुई लकड़ी के छोटे-बड़े कठघरे बनवाकर शेर-बन्दर, साँप-अजगर आदि भारत के विचित्र जानवरों को विदेशों में बेचने और साँसकृतिक आदान-प्रदान करने से राष्ट्र को एक नया लघु उद्योग मिलेगा। इसके बाद भी जो लकड़ी बच रहेगी वह शहीद हो जाने वाले विरही और विरहिणियों को पंचतत्व में मिलाने के काम आयेगी।''

''हम अपनी अनुभवी दूरदृष्टि से यह सहज ही देख रहे हैं कि इस महान राष्ट्र में अब भी ऐसे गैरतदार मौजूद हैं जो किसी न किसी के विरह में अपना प्राणोत्सर्ग कर सकते हैं। आर्थिक तंगी से त्रस्त राष्ट्र ऐसी महान आत्माओं के उस महाक्षण की बड़ी उत्सुकता से बाट देखेगा। हम भारत के साहित्यकार कविकुलगुरु कालिदास के नवविरही यक्ष-यक्षिणियों की आगामी अमर शहादत के प्रति अभी से ही अपनी शाश्वत श्रद्धांजलि अर्पित करते हैं और यह आशा करते हैं कि अपने अन्तिम महान क्षणों में वे महाकवि पन्त का यही गीत गाते रहेंगे : 'बाँध दिये क्यों प्राण प्राणों से; तुमने चिर अनजान प्राणों से'।''

इस साप्ताहिक वक्तव्य के नीचे श्री शिवसिंह सरोज़ के व्यक्तिगत प्रभाव से प्राप्त डिप्टी मेयर कैप्टेन वेदरत्न मोहन की डायर मीकिन कम्पनी का कलात्मक विज्ञापन भी छपा है। 'विरहियों की चिर संगिनी...' आगे व्हिस्की-बियर की बोतलों के चित्र हैं।

बोतलों के चित्र देखते ही हमारा भंग का नशा उखड़ गया : इच्छा रहते हुए भी फिर कहीं हम जा न सके।

(1962)

मिनी बरसाना

लिखने-सोचने का मसाला बटोरने के जुनून में पढ़ने के साथ-ही-साथ बूढ़े-बूढ़ियों से मिलने-बतियाने का चस्का मुझे करीब-करीब, बामुहावरा, घुट्टी में पड़ गया था। नौजवानी और जवानी में साठ-पैंसठ बरस के लोग स्वाभाविक रूप से मुझे बूढ़े और आदरणीय लगते थे। उस ज़माने में ही कभी एक साठ-पैंसठ साल के बुजुर्ग ने अपने इंटरव्यू में फरमाया था कि हर लखनवी में बस एक ही ऐब होता है—'नज़र का ऐब'।

इधर कई बरसों से इसी नज़र के ऐब की समस्या कुछ-कुछ मुझे भी परेशान करने लगी है। साठ के बाद की उम्रों वाले लोग अब मेरी नज़र में प्रणाम करने के बजाय आशीर्वाद देने योग्य हो गये हैं। मगर किसी-न-किसी हद तक बूढ़े ज़रूर लगते हैं, लेकिन यही बात शानदार इमारतों के खंडहरों-सी सठियाई बूढ़ियों पर लागू नहीं होती है—यानी हर बुढ़िया गुड़िया-सी नज़र आती है। उनकी थकी-ठंडी हविसों की छाप जैसी, आँखों के इर्द-गिर्द इक्का-दुक्का पड़ जाने वाली झुर्रियाँ मुझे सूरज की उन किरणों जैसी सुन्दर लगती हैं जो तख्तेदार बन्द दरवाजों की झिर्रियों से कमरे में बरबस घुस कर रोशनी देने की कोशिश करती हों। फालिज पड़े इंसान-सी बेबस उनकी मचलती, लंगड़ाती नयन पुतलियाँ उस विलायती ह्विस्की जैसी नज़र आती हैं जो अब ब्लैक में मिलती है। खैर! होली में आम बौराते हैं, फागुन में बाबा भी देवरों जैसे लगने लगते हैं, इसलिए किस्से पर आने के बजाय भूमिका में ज़रा बहक गया था।

बात उस साल की है, जिस साल कांग्रेस-आइ जनाताइयों को चुनाव में पैदली मात देकर फिर से आयी थी। गली-मोहल्लों की औरतें एक बार फिर मुहावरे के अनुसार मूँछों पर ताव देती नज़र आने लगीं। सर्दी के दिन थे, दोपहर की धूप में मूंगफलियों की टुंगार के मजे लेते हुए हम और हमारी स्वर्गीया गुड़िया (यानी बुढ़िया) मजे में बतिया रहे थे। तभी एक महिला पधारीं। मैं उन्हें जानता था। वे लड़कियों के एक कॉलेज की प्रिंसिपल थीं और हमारे परिचित एक पुराने खानदान की बाल-बच्चे, नाती-पोतेवाली कुलवधू भी थीं। मेरी पत्नी उन्हें देखकर गलगला गयीं, "आरी बहना, आज बरसों के बाद कैसे भूल पड़ी?" फिर मेरी ओर देखकर पूछा, "तुम इन्हें पहचानते हो?"

"अरे वाह, भला इन्हें कैसे नहीं पहचानूंगा! प्रिंसिपल साहिबा कोई मामूली हस्ती थोड़े ही होती हैं।"

"अरे ये खाली प्रिंसिपल ही नहीं, तुम्हारी साली भी हैं, इनका मैका भी हमारे आगरे में ही है। मैं तो इन्हें तब से ही जानती हूँ, जब ये छोटी-सी थीं।"

मैंने कहा, "वाह-वाह, साली तो सदा गदराये आम-सी मीठी लगती है। फिर ये तो ब्रजबाला ठहरीं, सदाबहार, तुम्हारी नज़रों में बुढ़िया होंगी, मेरी नज़रों में तो गुड़िया ही हैं।"

जंग-लगी तलवार-सी कटीली कनखियों से मुझे ताक कर साली साहिबा ने फरमाया, "इस धोखे में न रहियेगा, जीजा जी, हम ब्रजबालायें बहार के बाद पतझर में गिरे पत्तों-सी मर्दों की जवानी को झाड़ू मार-मारकर साफ भी कर देती हैं और मैं तो अब रिटायर भी हो चुकी हूँ बकौल आपके आम की जगह गुठली बन गयी हूँ जो खटाई के काम आती है।"

खैर, यों ही बातों के प्रसंग में उन्होंने एक पुराना किस्सा सुनाया। उनकी दादी का मैका बरसाने में था। जब ब्याह कर आईं तो मोहल्ले के एक रसिया देवर उन्हें भी मौके-बेमौके 'भौजी-भौजी' कहकर घेरने लगे। चूँकि दादी नयी-नयी ही ससुराल आयी थीं, इसलिए उन्हें जवाब देने के बजाय अकसर कतरा जाती थीं। एक दिन उन तथाकथित देवर की पत्नी कस्तूरी अपने पड़ोस की एक सहेली के साथ उनके यहाँ आयी तो बातें होने लगीं, मर्दों की शिकायतों का चरचा भी चला। सहेली जी नाक चढ़ाकर बोलीं, "अरे कुछ पूछ न भैना, ये कस्तूरी का खसम निगोड़ा तो बेलगाम का घोड़ा है, न महरी छोड़े न मेहतरानी। आस-पास के मोहल्ले-बिरादरी में जहाँ कोई राँड हुई, बस कातिक के कुत्ते-सा उसके पीछे लग जाता है। नयी ब्याहुलियाँ बिचारी शरम के मारे बोल नहीं सकतीं, इसलिए उनका तो पीछा ही ले डालता है। तू बुरा न मानियो, कस्तूरी।"

"क्यों बुरा मानूंगी भैना, जो जैसा होगा वैसा ही कहा जायेगा। मैं तो आप ही इनके मारे रात-दिन दुख झेलती रहू हूँ।"

सहेली बोली, "अरे यही नहीं, इनके साथी-संगाती भी अब इनके जैसे ही हैं।"

मेरी दादी ताव खा गईं, कस्तूरी से बोलीं, "जो तू बुरा न माने तो अबकी होली में इन्हें ऐसा सबक दूँगी कि जनम भर याद करेंगे।"

सहेली के घर बर्तन माँजनेवाली मिठाना महरी भी कस्तूरी के पति और उनके मित्रों की बलात्कार लिप्सा का शिकार हो चुकी थी। प्रिंसिपल साहिबा की दादी की मंत्रणा से उसे माध्यम बनाया गया। उसने कस्तूरी के पति से कहा, "बागन काहे को जाओ पिया, घर बैठे ही बाग लगाय दिखाऊँ। तुम जिस-जिस को कहो, बुला लूँगी। अबकी बरसाने की होली लोहा मंडी पर ही हो जायेगी। तुम अपने यार-दोस्तों को भी बुला लो, वो मज़ा आयेगा कि याद करोगे।"

अंधे को क्या चाहिये—दो आँखें। वह बोला, "तू जो ऐसा कर देगी तो तुझे मल्का के रुपयों का कंठा पहनाऊँगा रानी, मगर मोहल्ले में ऐसी कौन-सी जगह है, जहाँ सब बड़े-बूढ़ों से छिपाकर इस होली का आनंद लिया जा सकता है?"

वह जगह भी तय कर ली गयी। लल्लोमल की भुतही हवेली बरसों से लगभग बन्द ही पड़ी थी, भीतर से बहुत कुछ टूट भी चुका था। मोहल्लों और बिरादरी के पंचों की यह सलाह हो रही थी कि चंदा इकट्ठा करके उसे धरमशाला बना दिया जाय। प्रिंसिपल की दादी ने कहा, ''अरे पहले मैं इन ज़िन्दा भूतों का करम तो कर दूँ। फिर धरमशाला बनेगी।''

दिन तय हुआ, सारी बातें तय हुईं। औरतों ने ताँबे के बर्तन में भाँग उबाल कर घोटने-पीसने के लिए रखी। प्रिंसिपल साहिबा की दादी ने अपने पति को इस षड्यंत्र में मिलाकर उस भूतिया हवेली की ताली लाकर उसे खुलवा दिया। कहा गया कि आज वहाँ भूतों की पिटाई होगी। कस्तूरी के 'छबीलेलाल' अपने रसिया बिहारी यारों की टोली के साथ आकर दोपहर ढले ही से खुशनुमा रात के लिए तैयारी में जुटे। कटोरे में घुली-घुलाई भाँग, बादाम, पिस्ता, मुनक्का, दूध, मलाई देखकर सिल पर रगड़े मारने लगे। भाँग ताँबे में औटी है, यह पता उन्हें न था, सिल पर रगड़-रगड़कर उसे सुरमा बनाया गया। भाँग, पिस्ता, इलायची, मुनक्का, केसर, दूध यानी कि सातों बहारें थीं। यारों को मज़ा आ गया।

छमकछल्लो मिठाना महरी बीच-बीच में आकर आशिकों को यह तसल्ली भी दे जाती थी कि रात ढलते ही वह उनकी माशूकों को लेकर यहाँ पहुँच जायेगी। एक बड़ा कमरा साफ करके बिछात बिछा दी गयी थी। भाँग छान-छान कर सब रसियागण अपनी माशूकों की याद में बैठे गाते रहे 'नाथ हरे सीदति राधा वास गृहे'। ज़हरीली भाँग का नशा थोड़ी ही देर में आशिकों की आँखें झपकाने लगा। करीब-करीब सभी नींद या अधनींद में गुमसुम हो गये थे।

तभी लंबे-लंबे घूँघट ताने पन्द्रह-बीस औरतों के गोल ने हवेली में घुसकर अन्दर से दरवाज़े बन्द कर लिए और कमरे में धुत्त पड़े हुए आशिकों की ऐसी धुनाई की कि उनके लत्ते-पत्ते उड़ गये। उनकी समझ में ही नहीं आ रहा था कि यह क्या हो रहा है। कमरे में अंधेरा था, चोटें पड़ने लगीं तो नशे भी हिरन होने लगे। घबराहट में बाहर निकले तो आँगन में केले के छिलके बिछे हुए थे जिसका पाँव पड़ता, वही महात्मा कबीर की 'उलटबाँसी' बन जाता था। खड़े होने की कोशिश करें तो फिर मार। हाय-तौबा इतनी मची कि शोर बाहर तक पहुँच गया। औरतें चुपचाप हवेली से बाहर निकल कर अपने घरों में चली गयीं। कराहटों और चीखों के मारे कुप्पे और मशालें ले-लेकर मोहल्ले के लोग भी वहाँ पहुँच गये। तब किसी तरह चोट खाये, पिटे आशिकों को निकाला गया।

पूरी बात सुनाकर प्रिंसिपल साहिबा बोलीं, ''आपके लिए भी वैसी ही भाँग घुटवाऊँ, जीजा जी? ब्रज की साली के साथ एक बार बरसाने की होली खेलकर तो देखिये।''

मैंने हाथ जोड़कर कहा, ''बख्शो बिल्ली रानी, हम लंडूरे ही भले।''

ये बेचारे मोहब्बत के मारे

प्रेम से लेकर इश्क लड़ाने, चोट खाने और आँखें सेंकने तक...प्रणय के अनेक स्तर हैं, मोहब्बत के तरह-तरह के झमेले हैं। कभीकदा इन बेचारे मोहब्बत के मारों पर भी हमदर्दी की एक निगाह डाल लिया कीजिये...या हसरत की?

मानें न मानें विश्वप्रेम और मानवतावाद के जोरदार प्रचार के कारण ही दो वस्तुओं का कारबार आजकल बहुत बढ़ा है। एक बम बनाने का, दूसरा आँख लड़ाने का। बमों की रोकथाम के लिए तो संयुक्त राष्ट्रसंघ ना ना करता हुआ भी अपने द्वार पर सुरक्षा समिति का साइनबोर्ड लगा, उसके निहोरे कुछ-न-कुछ कर ही रहा है परन्तु कारबार-ए-प्रेम पर वैधानिक रूप से अब तक न तो विश्व मानव की निगाह गयी है और न इस सम्बन्ध में उसने अपने संघ में कोई विभाग ही खोला है। आये दिन हर घड़ी, पल-छिन दुनिया भर के बड़े-बड़े नगरों में (परम वैज्ञानिक युग में रहते हुए भी) करोड़ों नज़रों के तीर चलाने वाले हर जगह बेरोक-टोक घूमते हैं। सरे-आम दिन में हज़ार बार मरने वालों की संख्या भी करोड़ों तक पहुँचती ही रहती है। रूस की इंटर कन्टीनेन्टल मिज़ाइल आज निकली है परन्तु हालवुडियन हीरो हीरोइन के नयन क्षेप्यास्त्र तो वर्षों में सात समन्दर पार दूर-दूर देशों तक जवान दिलों पर बड़ी सफलता से मार करते आ रहे हैं।

हमारे देश में भी आये दिन नदी की बाढ़ों को प्रलय से लय में बदलने के लिए सरकार न जाने कितने भाकड़ा नंगल बाँध बंधवाती है मगर प्रेम की बाढ़ के ऊपर उसका ध्यान अब तक नहीं गया। अपनी एक भी पंचवर्षीय योजना में हमारी सरकार ने इस बढ़ते हुए नयनोद्योग पर ध्यान नहीं दिया। प्रेम कई तरह से होता है यानी प्रणय होता है, इश्क होता है, इश्क लड़ता है, आँखें लड़ती हैं और आँखें-सेकी तो खूब ही जाती हैं। इश्क-ए-हकीकी या प्रेम-योग अब ईश्वर से नहीं बल्कि कुत्तों से होता है और इश्क-ए-मजाजी के पीछे लोगबाग पुराने समय से लेकर अब तक जान देने की परम्परा निभाये चले आ रहे हैं। असफल प्रेमी पहले या तो ज़हर खाकर, कटार मारकर, कुएँ में डूबकर या मजनूं होकर मरा करते थे, अब रेल के नीचे कटकर मरते हैं। बारीकी से जाँच कर देखने पर यह भी मालूम हुआ है कि सचमुच मरने वाले कम होते हैं। हाँ, मौखिक मौतें बेहताशा बढ़ती चली जा रही हैं।

हमारे मित्र एक रसिक सुकवि जी का कहना है कि जो मूढ़ अचेत जन अपने ऊपर प्रेम गति न व्यापने के कारण प्रणय की गहराइयों को न समझकर उसका मखौल उड़ाते हैं उन्हें गोली मार देनी चाहिये। मैं इस समय गोली खाने के मूड में नहीं इसलिए मानकर चलता हूँ कि प्रणय एक पवित्र वस्तु है जिसमें रूस और अमेरिका की तरह दो पक्षों के नैन लड़ते हैं, लज्जा की घबराहट और गुदगुदी की सनसनी फैलती है तथा होश-हवास रबड़ की तरह खिंचने-बढ़ने-सिकुड़ने लगते हैं। इसके बाद फिर दोनों पक्षों के प्यारे नयन देखे की लाज और अनदेखे के आग्रह से मचलकर बाहर भीतर जाते-जाते टकराने की ताक में रहते हैं। जैसे पड़ोसियों के कुत्ते अपने-अपने दरवाज़े की चौखट पर खड़े होकर गुर्रा-गुर्रा कर भौंकने के लिए मौका ताका करते हैं, आँखों की तड़प में कुछ-कुछ वैसा ही होता है। पढ़े-लिखे होते हैं तो अंग्रेज़ी में वरना अपनी-अपनी मातृभाषाओं में पत्र लिखते हैं। ढाई अक्षर के प्रेम पंडित अगर निरक्षर होते हैं तो सिनेमा के गीत गाकर अपने भावों के आन्दोलन को नशीली आहों के नारों से गरमाया करते हैं। फिर जब तक कि दो लौ मिलकर एक रूप में प्रज्जवलित होने के लिए लपकें झपकें तब तक निष्ठुर समाज बीच में लोहे की दीवार बनकर खड़ा होता है।

प्रेम की बीमारियों में प्रणय ही सबसे घातक बीमारी है। चूँकि प्रणय का रंग आम तौर पर असली गोमार्का पीले के बजाय असली सूरज छाप केशर-सा ही होता है इसलिए रंग बिखरने के साथ-ही-साथ इसमें तेज महक भी होती है। टूटे दिलों के प्रणयी आम तौर पर कवि कलाकार हो जाते हैं और टूटे दिलों की प्रणनिनियाँ आम तौर पर अच्छी घरेली पालतू महिलायें बन जाती हैं।

जिस विभाग में इश्क होने की घटनायें होती हैं वहाँ की दशा भी प्रणय कक्ष जैसी ही है। भेद केवल इतना ही है कि यहाँ दिल टूटते ही आशिक फौरन साकी बालाओं के हाथ में सौंप दिया जाता है। फिर ताड़ी या सन्तरा हो, महुआ हो, रम व्हिस्की, बोडूका या शैम्पेन हो जिसके भाग्य में जिस नशे का सुख बदा हो—वैसा ही लेता हुआ वह लम्बी-लम्बी सर्द आहें डाल अपनी उम्र कम कर डालता है।

अजी हमारे देखते-देखते ही प्रेम और इश्क के नमूने बदल गये। पुराने मॉडल में प्रेम कम इश्क अधिक होता था। गली-पड़ोस की लड़कियों में इतना खुलाव नहीं आया था, उनके कॉलेज कम थे, आना-जाना कम था सिनेमा का चलन भी मर्यादा की चौहद्दी में कसा हुआ था इसलिए प्रेम होने की संभावना दो प्रतिशत ही हुआ करती थी। प्रेम गली मुहल्लों में और इश्क बाज़ार में ही हुआ करता था।

हमारे साथी पर एक मुहल्ला प्रणयिनी मर मिटी थी। पहले तो छत की मुंडेरों से बात आरंभ हुई बाद में एक छिटंकी भर का टेंची दासी पुत्र उनकी चिट्ठियाँ लेकर मित्रवर के पास आने-जाने लगा। कच्ची-पक्की लिखावट वाली उन प्रेमपातियों में बड़ा विटामिन बी भरा होता था। मेरे प्रान अधार, संवलिया, किसुन-कन्हाई जैसे सम्बोधनों से लेकर यथार्थवादी शब्दों में प्रणयनिवेदन तक मैटर पढ़ते-पढ़ते ऐसी

थर्मामीटर तोड़ गरमी चढ़ती थी, बस सिर पर मटकों ठंडे पानी के तड़ाके छोड़ने की नौबत आ जाती थी। बीच-बीच में दोहे होते थे–

"कागा सब तन खाइयौ, चुन-चुन खइयो माँस।
दो नयना मत खाइयो, पिया मिलन की आस।"

मेरे मित्र घर से रोज़ एक चवन्नी पाते थे, रोज़ एक आने के सोलह पेड़े और इकन्नी की दालमोठ पुड़िया में बाँधकर ऊपर से कपड़ा डोरी लपेट गेंदनुमा बना कर अपनी प्रेमिका की छत पर सम्हले हाथों फेंका करते थे। एक बार प्रेमिका देवी प्रमी देव से किसी बात पर रूठ गयीं। हफ्ते भर तक रोज़ दाल-मोठ पेड़ें की गेंद लौटकर फच्च से प्रेमी के छत पर गिरती रही। प्रेमी जी के हाल पतले हो गये। हर दम रोती-सूरत बनाये बेखुद, बेहोश रहा करते थे। बात करते उनके गले और आँखों में आँसुओं का सागर उमड़ पड़ता था। प्रेमी मित्रवर कहते, "मिठाई लौटाने का इत्ता गम नहीं होता, वो मेरी चिट्ठियाँ भी फाड़चीर कर मेरी ही छत फेंक देती हैं। अगर वो मुझसे न बोलीं तो स्कूल के कुएँ में डूबकर जान दे दूँगा।"

ऐसे ही एक-दूसरे दिलदार साथी के इश्क की याद आती है। गर्मी की छुट्टियाँ थीं। हम लोग सुबह पार्क में दौड़ने जाया करते थे। उस ज़माने में बाज़ारू अम्मी-जानें अपनी नयी नथुनी, हार बंधनियों को लेकर बादे सबा-सी इठलाती पार्क में डोला करती थीं। फिर तो आप स्वयं सोच सकते हैं, आयी हुई को कौन रोक सकता है। हमारे मित्र दौड़ते-दौड़ते अटकने लगे। फिर पार्क की झाड़ियों में वार्तालाप होने लगे। एक दिन उनकी कोठी में माता के संदूक का ताला टूट गया, कुछ सैकड़ों नकद और कुछ सौ के आभूषण गायब हो गये, नौकर शक में लात-जूते खाकर निकाला गया और इसके बाद ही हमारे मित्र का चेहरा हरदम खुशी के मारे गैस के हंडे-सा चमकने लगा।

हम तब तक प्रणय इश्क अनुभव शून्य नाबालिग थे। मित्र हमारी निगाहों में नेपोलियन बोनापार्ट हो गये। वे हमें अपनी प्रेम प्रगति की रिपोर्ट दिया करते थे। आज तो शिताबो ने मेरे लिए एक रईस की दोस्ती ठुकरा दी, अपनी अम्मा तक को नाराज़ कर दिया। उसकी अम्मा कहती हैं कि तुमने मेरी लड़की पर न जाने क्या जादू कर दिया है कि किसी से सीधी तरह बात भी नहीं करती। फिर, महीने डेढ़ महीने बाद ही मित्र रूआंसें रहने लगे। पता चला, शिताबो ने नये आभूषणों की माँग की। जब कई बार वादा खिलाफी हो गयी तो उम्र भर उससे इश्क का ठेका लेने की बड़ी-बड़ी कस्में खाने वाली शिताब जान ने इनसे मिलना-जुलना बन्द कर दिया, अम्मा झिड़क कर बातें करने लगी। मित्रवर को अपने घर में नयी चोरी करने का अवसर न मिला। चारों ओर से निराश होकर वे विरही हो गये। जब मिलते माशूक की बेवफाई पर आहें भरते ही दिखलायी देते थे।

आपबीती कहें या जगबीती जवानी में किसका जियरा उड़-उड़ नहीं जाता। बहुत बाद में संभल कर दुनियादारी की दृष्टि से समझदार हो जाते हैं। अनेक किसी

ऊँचे बौद्धिक, कलात्मक या आध्यात्मिक भाव में अपने प्रेम विरह को लय कर देते हैं। कुछ विरही तड़प में लखपती करोड़पती बन जाते हैं, कुछ सनककर निकम्मे हो जाते हैं। प्रणय या इश्क काजर की कोठरी है, कैसो हू सयानो जाये, काजर की एक लीक लागिहै, पै लागिहै।

इन दोनों की अपेक्षा इश्क लड़ाने वाले आम तौर पर अधिक चतुर होते हैं। इश्क लड़ाने वालों का दिल जब टकराता है तो आवाज़ हू-ब-हू उतनी ही ज़ोर की होती है जैसी कि प्रणयिनों और आशिकों के दिल टकराने की मगर फिर वह लगातार की फटाफट में बदल जाती है। जैसे ज़ोरदार आँधी में बिना सिटकनी के दरवाज़े फटाफट खुलते और मुंदते हैं, वैसे ही इश्क लड़ाने वालों के दिल भी। आज माया के नाम पर रोये तो कल मरियम के नाम पर और परसों उन्हें कहीं ढूँढ न पायेगा। तो बी-महतावी की गलियों में चक्कर काटते ऐसों से घड़ी भर मिलिए तो खुशी से चमकती आँखों में शराबी डोरे दिखेंगे राह चलते गुनगुनाते मिलेंगे कि "मुझे किसी से प्यार हो गया"—और घड़ी भर बाद जो उनकी गलियों में पलटकर देखियेगा तो आपको लगेगा कि मुँह लटकाये यही बुदबुदाते मिलेंगे कि, "हाय इश्क! हाय बेवफा।"

(नेपथ्य से) नोट : आज कल मानवतावाद की प्रेरणा से बहुत से लोग मरने के बाद अपनी लाशों के सम्बन्ध में यह वसीयत कर जाते हैं कि उनके शरीर की चीरफाड़ कर उसके अच्छे भागों से किसी ज़रूरतमंद रोगी को अच्छा कर दिया जाय।

क्या समय रहते यह चेतावनी देना उचित न होगा कि आशिकों की लाशों का दान अस्पताल वाले स्वीकार न किया करें। इनकी आँखें जो किसी भले मानुष को लगा दी जाये तो बेचारे की मुसीबत हो जाय। इनके जिगर के भी हज़ार टुकड़े हो जाते हैं और दिल सैकड़ों पंक्चर जुड़े हुए पहिये की तरह हर वक्त ऊँचा-नीचा ही हुआ करता है।

जब आँखें लड़ाने वालों का ब्योरा सुनिये : मान न मान मैं तेरा मेहमान की तरह जिस-तिस के पीछे साईकिलें दौड़ाने में, सीटियाँ बजाने में और आवाज़ें-तवाज़ें फेंकने के फूहड़पन में नैन लड़ाकुओं से बढ़कर और कोई वीर नहीं होता। हमारे एक वैद्य मित्र का कहना है कि पहले जन्म में किसी कारण से जिन आत्माओं की आँखों पर चर्बी और मगज पर पित्त चढ़ जाता है वे ही इस जन्म में नयनशूर हो जितने जूते खाते हैं उतने ही स्वस्थ रहते हैं।

इन सब में आँखें सेंकने वाले बड़े ही फलाहारी किस्म के होते हैं। इनसे समाज को किसी भी प्रकार का नुकसान होने की संभावना नहीं होती। नयनसुखियों का कहना है कि—

"जेरे दीवार खड़े हैं तेरा क्या लेते हैं?
देख लेते हैं तपन जी की बुझा लेते हैं।"

बहरहाल विश्व का प्रेम विभाग इसी तरह द्रुत विलम्बित गति से आगे बढ़ता चला जा रहा है।

दुविधा में दोऊ गये यार मिला न प्यार

दुनियादार बुजुर्गों से सुना था कि सफल वही होता है जो यार की यारी से काम रखता है, यार के फेलों से नहीं। लेकिन ज़माने भर के कड़वे-मीठे अनुभवों का बोझ सिर पर लाद-लाद कर अपनी चाँद गंजी करने के बाद मैं इस नतीजे पर पहुँचा हूँ कि यारवाला यानी कि होशियार वही है जो यार की यारी से मतलब रखे और उसके फेलों से भी। आप कहेंगे कि कोई अक्लमंद भला यार की बदफेलियों में क्योंकर शरीक हो सकता है।

मगर मेरा निवेदन है कि अब ओखली में सिर डाल ही दिया तो भला मूसलों से क्यों डरें। कहीं ऐसा न हो कि लोग हमें भी मतलबी समझ के हमारी ओर उँगलियाँ उठा-उठा के कहें कि गंजेड़ी यार किसके, दम लगाया और खिसके। यार दोस्त भी हो सकता है, माशूक भी और खुदा भी।...यारी मेरे यार की जित देखूं तित यार। तरह-तरह के यार हैं ज़माने में, कोई माहिर है खाने में, कोई खिलाने में। हमारे एक यार थे। बरसों हम प्याला हम नेवाला रहे। एक दिन मालूम हुआ कि जाली नोट बनाते थे, पकड़े गये। पुलिस ने हमें भी घेरा, घर की तलाशी ली, तरह-तरह के सवाल किये। ऐसी हालत में हम क्या यह कहते कि हम इन्हें जानते तक नहीं। यह भला क्या शराफत की बात होती। यारी का कर निभाव चले जेल जाइये, दलदल में फँसे छकड़े को यों ठेल जाइये। मगर मैं जानता हूँ, आप मेरी इस सलाह पर अमल करने को तैयार न होंगे, यारी का मज़ा लूट के मिस्मार न होंगे, खैर जाने दीजिये। मगर यह याद रखिये कि दुनिया आपको अछूता न छोड़ देगी। आप लाख कहें कि हम तो चिकने घड़े हैं, यार के प्यार का पानी हमारे ऊपर कभी ठहर ही नहीं पाया। तब लोग कहावती नज़ीर पेश करेंगे कि ''काजल की कोठरी में कैसो हू सयानो जात, एक रेख काजल की लागिहै पै लागिहै।'' इसलिए हमारा सुझाव तो यह है कि यारी सिर्फ़ होश के साथ ही करें होशियार बनें, खुदायार बनें, मगर शहरयार कभी न बनें।

लेकिन भाई जान जमाना ऐसा है कि आप चाहें या न चाहें अगर आपके व्यक्तित्व में किसी किस्म का शहद चिपका है तो यकीन मानिये, मक्खियों और चींटों से यार आपके साथ दिन-रात चिपके ही रहेंगे। पुरानी कहावत है कि ''यार के घर खीर पके दौड़ के चखिये। यार के घर आग लगे पड़े-पड़े तकिये।'' यानी कि खीर चखने वाले स्वार्थी यारों की दुनिया में कमी नहीं है, एक ढूँढों हज़ार मिलते हैं।

हम ऐसे यारों का ज़िक्र यहाँ नहीं करेंगे ईश्वर ऐसे यार से बचाए और प्यार से भी। ऐसी यारी में दिलाज़ारी के सिवा और कुछ हाथ नहीं लगता। सच पूछिये तो खुदायार होना ही मुनासिब बात है मगर ऐसे लोग ही ईद का चाँद हो रहे हैं। बड़ी मुश्किल से किसी के हाथ लगते हैं। एक ऐसे ही खुदायार से हमारी भेंट हो गयी थी, उनके करिश्मे देख-देखकर हमें यह लगा अब तक जीवन में जो हासिल हुआ वह यही है बाकी सब बेकार। उन खुदायार गुरु ने मेरे मन के तमाम तारों को झनझना दिया, मुझे ऐसा लगने लगा कि यह सारी दुनिया निलौंस लिए सुनहरे रंग में डूबी हुई है, हर चेहरे पर वही वह नज़र आ रहा है; उसके सिवा कहीं कुछ नहीं, दीन-दुनिया नहीं, भूख-प्यास नहीं, होश-हवास नहीं बस तू है, तेरा जलवा और गोश-ए-तन्हाई। हमसे गुरु ने कहा, ''तारों की छैयाँ में नहाओ और यार को याद करो वह तुम्हें मिल जायेगा।'' हम ऐसा ही करने लगे। माला के एक-एक मनके पर यार के हज़ार नाम जपे। गुरु ने जो कहा, वह किया...मगर सच तो यह है—कि हमने जो किया उसे कहावत में 'यारां चोरी और पीरां दगाबाज़ी' ही कहा जायेगा। यार से प्यार करते-करते यार और प्यार का मतलब ही बदल गया।

आपको एक सच्चा किस्सा सुनाता हूँ...नौजवानी में हमारे एक दोस्त थे। उन्हें फिल्मों का बड़ा चस्का था। खुद भी फिल्म बनाने उकसे। हमने मना किया कि यार इस चकल्लस में न पड़ो। फिल्मी धंधा हाथी के दाँतों जैसा है...खाने के और दिखाने के और। कहीं प्यार का धंधा करते-करते प्यार में फँस गये तो घर की लुटिया-थरिया तक बिक जायेगी। कौड़ी के तीन हो जाओगे मगर हमारे यार न माने, एक फिल्म कम्पनी खोल ही दी। तमाशा बनाने के लिए कहानी भी छाँटी तो 'लैला-मजनूं'। फिल्म की लैला कहानी की लैला की तरह काली-कलूटी न थी बल्कि चाँद का टुकड़ा थी। हमारे दोस्त उसके प्यार में बंध चले। उनके गुरु ने आगाह किया कि ''हो सके तो चाँद को छुओ पानी में चाँद की परछाई पकड़ने की कोशिश न करो, धोखा ही हाथ लगेगा'', मगर यार न माने। हमने भी समझाया मगर कुछ असर न हुआ, कहने लगे—''मेरी लैला के प्यार में मुझे ईश्वर का जलवा दिखाई देता है। अब बतलाइये भला कि इस खुदाई जलवे की समझ से कौन लड़े, वह तो समय आने पर ही उन्हें मालूम हुआ कि फिल्मी लैला उनकी नाव डुबोकर आँखों पर बेमुरव्वती के ठीकरे रखकर चल दी। अब जब कि पछता कर वे अपने गुरु की सिखावन मानना चाहते हैं तो महसूस करते हैं कि वह सीख भी उनके हाथ से छूट चुकी है। बेचारे हर तरफ से हताश हैं, न यार की यारी ही पा सके, और न माशूक का प्यार ही। दुनिया ऐसे ही भोले बेवकूफों को त्रिशंकु कहती है जो सदा अधर में ही लटके रहते हैं न ज़मीन न आसमान...उन बेचारों को कुछ भी नसीब नहीं होता। आइये हम सब बैठकर इन उद्‌भ्रान्त आत्माओं के लिए शांति की प्रार्थना करें।

एक गप्प

विलायत में तीन गप्पी मिले उन्हें एक चौथे सेठ मिल गये। उन्होंने कहा मेरे पास छः सौ रुपया है, तुम तीनों में जो सबसे उम्दा गप सुनायेगा उसे मैं इतना रुपया इनाम दे दूँगा। एक ने कहा कि हमारे बाबा की एक सराय थी जो लन्दन से न्यूयार्क तक फैली हुई थी। दूसरे ने कहा कि हमारे बाबा के पास एक बाँस था जो इतना लम्बा था कि जब पानी नहीं बरसता था तब वे उससे बादलों को कोंच-कोंचकर बारिश करवा देते थे। सेठ जी ने पूछा कि इतना बड़ा बाँस वे रखते कहाँ थे। गपोड़िये ने जवाब दिया कि इनके बाबा की सराय में। दोनों गपोड़िये अपनी-अपनी गप्पें सुना गये और यह सोचने लगे कि अब छः सौ रुपया हाथ आया। मगर सेठ बोले कि बात कुछ जमी नहीं। उन्होंने तीसरे की तरफ मुँह किया तीसरा बोला कि हमारे गाँव में एक आयरिश मैन रहता था और वह बड़ा ही बुद्धिमान था। सेठ ने तुरन्त छः सौ रुपया उसे इनाम दे दिया। कहा इससे उम्दा झूठ और कोई हो ही नहीं सकता।

हम साहब इस किस्म की गप्प को निहायत अनुचित मानते हैं। हमारे यहाँ भी बलिया, भोगाँव, शिकारपुर, कुर्सी के लोगों को लेकर या सरदारों और जाटों को भी लेकर ऐसे बहुत से लतीफे गढ़े हुए हैं और रोज़ ही गढ़े जाते हैं। राधा गप्प है मगर कृष्ण के साथ सत्य होकर जुड़ी है। उसने असलियों को उड़ा दिया। रुक्मिणी, सत्यभामा चकराती रह गयीं।

मगर सेक्यूलियर डिमाक्रेटिक स्टेट में इस किस्म की चीज़ें हम ज़रा अनुचित मानते हैं। खैर साहब, गप्पों और गप्प साहित्य के सम्बन्ध में यही सब सोचते हुए हम चले आ रहे थे। बीच-बीच में अपने पुराने इलाहाबादी दोस्तों का भी ध्यान कर लेते थे। गप्प से ज़्यादा हमें दोस्तों के यहाँ चाय पानी करने की फिक्र थी। एक दोस्त के बारे में सुन रखा था कि उन्होंने अकस्मात शादी कर ली है। हमें यकीन नहीं आ रहा था क्योंकि हमारे दोस्त कवि हैं। और कवियों की कौम ऐसी होती है जो कि शादी-ब्याह और प्रेम के मामले में दुनियां को अकसर चकमें दिया करती है। बगैर शादी किये ही यार लोग अपनी दूसरी बीवी तक पर कविता लिख डालते हैं। अजी छोटों और बराबर वालों की कौन कहे बड़े-बड़े बुजुर्ग भी चकमा देने से नहीं चूकते। हमने बरसों पहले 'भावी पत्नी के प्रति' एक कविता पढ़ी थी। सच मानिये बड़े ही खुश हुए। सोचा कि बुजुर्गवार शादी कर रहे हैं लिहाजा हम सबके लिए भी दो दिन

का जश्न रहेगा। विवाह के निमंत्रण के लिए हर रोज़ सुबह शाम डाकिये का इन्तज़ार करता रहा मगर महाकवि की भावी पत्नी आज तक भावी ही बनी रही। अब तो उनके बाल भी सफेद हो गये हैं। भला अब क्या शादी होगी और क्या पत्नी आयेगी। महाकवि गेटे के बारे में भी सुना है कि उनके साहित्य में अमर प्रेयसी 'बिएट्रिस' कोरम-कोर गप्प का मसाला थी। अक सर औकात लोग अपने प्रेम और प्रेमिकाओं का ऐसा सजीव वर्णन करते हैं कि सच का शक होता है मगर असलियत यह है कि उनकी प्रेमिकायें केवल अफीमचियों को ही दृष्टिगोचर होती हैं। और वे भी उस वक्त जब कि वे पीनक में हों। हमने सोचा कि शायद हमारे कवि दोस्त ने ऐसी ही शादी न की हो।...यही सब सोचते हुए हम चले आ रहे थे। रेल की खिड़की के बाहर नज़र डाली देखा धुंधलके में उजाला भर चला था, घड़ी पर नज़र डाली, सुबह के पौने पाँच बज रहे थे। हमने चट से अपना बिस्तर गोल किया और इलाहाबाद स्टेशन पर उतरने के लिए तैयार होकर बैठ गया। साढ़े पाँच बजे स्टेशन आया तो ज़रूर मगर वह इलाहाबाद नहीं बल्कि अहमदाबाद था। हम बड़े फेर में पड़े, सोचा कहीं लखनऊ से चलते वक्त धोखे से दूसरी गाड़ी में न बैठ गये हों, हालांकि अपनी आदत के मुताबिक हम गार्ड टिकट चेकर और कुली से भी यह पूछकर आश्वस्त हो चुके थे कि गाड़ी इलाहाबाद ही जा रही है। और हमारी ही यह हालत हो सो बात नहीं, तमाम मुसाफ़िरों का यही हाल था। गार्ड से लेकर इंजन ड्राइवर तक परेशान थे। खैर साहब मुसाफ़िरों की नारे बाज़ी के कारण तुरन्त एनक्वायरी बैठाई गयी, पता चला कि कोयला झोंकने वालों में एक को अफीम खाने की आदत थी, ड्राइवर के डर से उसने अपनी अफीम की डिबिया कोयले के ढेर में छुपा कर रख दी थी। दूसरे ने रात में कोयला झोंका, धोखे से अफीम की डिबिया भी इंजन की भट्टी में पहुँच गयी। नतीजा जो होना था वही हुआ, भाप पीनक की तरह उड़ी, गाड़ी बजाय इलाहाबाद के अहमदाबाद पहुँच गयी।

अंधी भवानी और लंगड़े शंकर

श्रद्धा और विश्वास, पति-पत्नी। बड़े सुन्दर, बड़े उदार और परम सहायक गोस्वामी जी ने भवानी शंकर स्वरूप मानकर इनकी वंदना की है। हज़ारों वर्ष पहले भारतीय संस्कृति के तपस्वी और उच्चाकांक्षी पुजारी गण यह प्रार्थना करके इन्हें हिमालय के कैलाश पर्वत से उतार लाये थे, प्रभो! भारत के जन-जन के चित् कैलाश में रहिये जिससे कि हमारा उत्तरोत्तर सुविकास और परम कल्याण हो। भोले विश्वास और उनकी पति परायण अर्द्धांगिनी की कृपा से भारतीय संस्कृति और उसके पुजारी सदियों खूब फूले-फले। पुजारियों ने अपने वंशजों से कहा—यदि अपना भला चाहते हो तो इन्हें यहाँ से न जाने देना।

वंशज बड़े लाल बुझक्कड़ निकले, सुपर सयाने। उन्होंने अपार शोर मचाकर बहुमत से यह निश्चय किया कि यदि हम श्रद्धा को अंधी और विश्वास को लंगड़ा बना दें तो फिर यह कैसे जायेंगे? बना दिया।

अब अंधी भवानी और लंगड़े शंकर हमसे पूछते हैं—अरे सयानों हिमालय का कैलाश तो दूर रहा अब हम तुम्हारे पूर्वजों की भाँति तुम्हारे चित् कैलाश पर कैसे चढ़ें। तुम्हारी उन्नति और सुविकास में क्योंकर सहायक हों।

(1980)

चौराहे पर

ताँगे के घोड़े ने इक्के की घोड़ी की ओर प्रेम से देखकर कहा : ''डार्लिंग।''

घोड़ी प्रेम-विभोर हो गयी। नैनबान से घोड़े को घायल करती हुई वह मारे प्रसन्नता के हिनहिना उठी।

घोड़े ने कनौतियाँ उठाकर एक बार सारे जहान को बड़प्पन की नज़र से निहारा, और फिर अपनी हिनहिनाहट में रस घोलकर बोला, ''लो। डार्लिंग, घास खाओ।''

नयी दुलहिन की तरह सकुचाते हुए घोड़ी ने गर्दन बढ़ाई, फिर सहम गयी, बोली, ''तुम्हारा मालिक देख लेगा?''

घोड़ा थूथन से थोड़ी घास घोड़ी की ओर बढ़ाकर बोला—''माई लिटिल थिंग, डरो डोण्ट, वो सामने काफ़ी हाउस में सवारी से पैसे लेने गया है।''

घोड़ी निश्चिन्त होकर घास खाने लगी। घोड़ा उसके थूथन से थूथन मिला कर भावावेश में बोला : ''स्वीटी! यू आर वण्डरफुल।'' कनखियों से ताककर घोड़ी मुस्करायी, फिर बोली : ''तुम अंग्रेज़ी कैसे सीख गये?''

घोड़े ने गर्व से कहा : ''रोज़ यूनिवर्सिटी जाता हूँ न। मेरी सवारियाँ यूनिवर्सिटी से काफी हाउस तक की हैं। बड़ी-बड़ी इंटलेक्चुअल बातें सुनता हूँ। मैंने न जाने कितने रोमांसों का बोझ उठाया है। मेफेयर, प्लाज़ा और कैपिटल के आगे खड़े होकर मैंने सिनेमा के पोस्टरों से विलायती प्रेम करना सीखा है। तुम अगर मुझे रोज़ मिलती रहीं डार्लिंग, तो सच मानों, पन्द्रह दिनों के अन्दर तुम्हें आवा गार्डनर बना दूँगा।''

ठंडे दिल से आह निकालकर घोड़ी बोली : ''ऐसे मेरे नसीब कहाँ। मेरी सवारियाँ तो नखास की होती हैं। आज तुमसे मिलना बदा था सो इधर चली आयी।''

घोड़ा बोला : ''तुम्हारा इक्का भी सड़ियल है। तुम तो, सच पूछो तो किसी बढ़िया ताँगे में जुतने काबिल हो। हाय, मुझे तुम्हारी जवानी पर तरस आता है।''

घोड़ी की आँखों में आँसू छलछला आये। वह बोली : ''खाने तक को भी पूरा नहीं मिलता।''

तेवर चढ़ाकर घोड़े ने कहा : ''क्यों?''

घोड़ी बोली : ''जब मालिक को ही पूरा नहीं पड़ता तो मुझे क्या खिलायेगा। इधर जब से मेरी मालकिन की नयी सौरी हुई है, मालिक मेरा पेट काटकर बच्चे-कच्चे के दवा पानी में लगा देता है।''

घोड़ा तैश में आकर एक डग बढ़ गया, बोला : "यह कैपिटलिस्टिक करतूत है। यह मालिक वर्ग हमारा शोषण करके हमें एक्सप्लायट करके अपनी तोंदे बढ़ा रहा है।"

"मेरा मालिक तो बहुत दुबला-पतला है नाथ, उसके तोंद नहीं है।" घोड़ी ने मुलायमियत से कहा।

"तुम समझती नहीं हो डार्लिंग। जब तक दुनिया में मालिकवाद रहेगा, तब तक घोड़ा क्लास को कभी भी उसके अधिकार नहीं मिलेंगे। क्रांति चिरंजीवी हो। मालिकवाद मुर्दाबाद।" कहकर घोड़े ने जोर से अपनी गर्दन हिलायी। उसके गले में बंधे हुए घुंघरू बज उठे।

घोड़ी घास खाना भूलकर सकपकाई हुई नज़र से अपने उत्तेजित प्रियतम को देखने लगी। एक सेकेंड बाद जब घोड़े की तरफ देखा। वह सहमी हुई थी। घोड़ा बोला : "डर क्यों गयी प्रिये। घास खाओ।"

घोड़ी बोली : "तुम्हारी बातों से मुझे डर लगता है। ऐसी बातें आज तक किसी घोड़े ने मुझसे नहीं कीं।"

घोड़ा हँसा, बोला, "शायद किसी यूनिवर्सिटी वाले से तुम्हारी मुलाकात अब तक नहीं हुई थी, इसीलिए डर गयी। यूनिवर्सिटी में बातों से कोई नहीं डरता। वहाँ बड़ी-बड़ी बातें होती हैं।"

"तो क्या तुम्हारी अनवर-सिटी में बस बातें ही होती हैं?" घोड़ी ने भोला-सा मुँह बनाकर पूछा।

घोड़े ने एक बार लापरवाही से गर्दन पीछे की ओर फेंककर, फिर नथूने फुला कर इस तरह साँस छोड़ी, जैसे सिगरेट का कश छोड़ा हो, फिर कहा : "नहीं, लेक्चर भी होते हैं।"

घोड़ी ने पूछा : "लिच्चर क्या?"

घोड़े ने शान के साथ अपनी प्रियतमा के कौतूहल का समाधान करते हुए कहा : "लेक्चर में भी तरह-तरह की बातें होती हैं।"

घोड़ी ने फिर पूछा : "अच्छा, लिच्चर होता है और क्या होता है?"

"और..." घोड़ा बोला, "और कान्वोकेशन होता है।"

"ये क्या होता है?"—घोड़ी ने पूछा।

"ये एक किस्म का मेला है डार्लिंग। जैसे देवें शरीफ के मेले में हम लोग जमा किये जाते हैं, वैसे ही मालिक क्लास के जवान पट्ठे कान्वोकेशन में जमा होते हैं। जैसे हम लोगों की परख होती है, वैसे ही उनकी भी होती है।"

घोड़े की बात पूरी होते न होते ही घोड़ी ने बेसब्री के साथ पूछा : "तो लोग उन्हें वहाँ से खरीद ले जाते होंगे।"

घोड़े ने एक सेकेंड गौर कर संजीदगी के साथ कहा : "नहीं, वहाँ तो मैंने किसी को बिकते हुए देखा नहीं। हाँ, यूनिवर्सिटी अलबत्ता कान्वोकेशन में बिक जाती है।"

घोड़ी ने नैन नचाकर हँसी उड़ाते हुए कहा : ''भला, भला। मेला भी कहीं बेचा जाता होगा। मेले में जानवर ज़रूर बिकते हैं।''

घोड़े ने अपने थूथन से उसे टहोका मारकर कहा : ''यू सिली डॉली। तुम कुछ भी नहीं समझतीं। यूनिवर्सिटी की बिल्डिंग नहीं बिकती, उसकी डिगरियाँ बिकती हैं। जो पच्चीस-पचास हज़ार दे सकता है, उसे अलिफ बे न जानने पर भी डाक्टर बना दिया जाता है।''

''और जो इत्ता रुपया नहीं दे सकते, उन्हें पढ़ा-पढ़ा के बेचा जाता होगा।'' घोड़ी ने पूछा।

''नहीं, उन्हें पढ़ा-पढ़ाकर बिक्री का पास दे दिया जाता है। बाहर जाकर वे आप बिक जाते हैं।''

घोड़ी ने चकित होकर कहा : ''अच्छा जी! अपने आप बिक जाते हैं? ये तो अच्छा हुनर तुम्हारी अनवरसिटी पढ़ाती है। जो कहीं हम लोगों में भी ऐसी पढ़ाई होती तो हमें फिर मालिक क्यों बेचता—अपने आप ही बिक जाते हम लोग भी।''

घोड़ा फिर जोश में आ गया। खुर पटककर उसने कहा : ''वो वक्त भी जल्द आयेगा। जिस दिन सारी हार्स-पावर हमारे कब्जे में हो जायेगी, उस दिन मालिक क्लास की गाड़ी ठप्प हो जायेगी। क्रांति अमर हो। मालिकवर्ग मुर्दाबाद।''

घोड़ी मान करके बोली, ''तुम तो मुझे बार-बार डरा देते हो। बड़े वैसे हो जी।''

घोड़ा हँसा, कहने लगा : ''तुम्हारा दिल बहुत कमजोर है डार्लिंग। अगर तुम सिर्फ़ पन्द्रह दिन भी मेरे साथ रह लो तो तुम्हें सच्चा कामरेड बना दूँ।''

घोड़ी बनावटी गुस्सा दिखाकर बोली : ''तुम भी खूब हो। एक बात पर स्थिर रहना नहीं जानते—घड़ी में आवा गरड़ियन बनाते हो, घड़ी में कामरेड, तुम्हारे साथ रहूँ तो छीछालेदर हो जाय मेरी।''

मनाने की गरज से घोड़ा बोला : ''बुरा न मानो प्रिये। रोज़ यूनिवर्सिटी से काफ़ी हाउस तक आते-जाते रहने से मैं भी पूरा आशिकमिजाज हो गया हूँ। हर चीज पर आशिक होता हूँ वह चाहे इंटेलेक्चुअल हो या रोमान्टिक।''

घोड़ी उपेक्षा से बोली : ''आशिक मासूकी करने वाले प्रेम करना नहीं जानते।''

''मैं प्रेम करना भी नहीं चाहता।'' घोड़े ने आवाज़ में हिकारत भरकर जवाब दिया, ''प्रेम बुर्जुआजी की निशानी है। बुर्जुआजी मुर्दाबाद। क्रांति जिन्दाबाद।''

घोड़ी जलभुन गयी, बोली, ''बस तुम्हें तो दम-दम पर चीखना ही आता है। भला ये कौन-सा तरीका है?''

''चीखना विद्रोह की निशानी है।'' घोड़े ने शान से कहा।

''इससे क्या होगा?'' घोड़ी ने फिर पूछा।

''इससे क्रांति आयेगी'' घोड़े ने तनकर उत्तर दिया।

''भला जी—'' घोड़ी मुँह मटका कर बोली : ''हमें चराने चले हैं। चीखने से

भी भला कहीं सकरांत आती होगी सकरांत में तो लोग मौन धरके अपनी पूजा-पाठ करते हैं। बस, मैं समझ गयी। तुम हो बिल्कुल कोरे के कोरे, निरे बातों के अखाड़े वाले। कर-धर कुछ भी नहीं सकते।''

घोड़ा फिर जोश खा गया। ज़ोर-ज़ोर से टाप फेंकता हुआ गरज कर बोला : ''मैं सब कुछ कर सकता हूँ। मैं दुनिया में आग लगा सकता हूँ। मैं...मैं...''

हड़बड़ाकर घोड़े ने अपना ज़बानी जोश दबाया, और मालिक की मर्जी पर कदम बढ़ा दिये।

इस बार घोड़ी के हँसने की बारी थी।

चीन-प्राचीन पुराण वार्ता

(1)

मौनी अमावस का दिन। संगम पर लाखों भक्तों की भीड़। सूत जी महाराज शौनक जी और काकभुशुण्डि जी के साथ रेतिया पर बैठे मन ही मन रामनाम जपते हुए आते-जाते भक्तों की भीड़ को देख रहे थे। मौनी अमावस के दिन बड़ा हुल्लड़ था। साधु-संत चिल्ला-चिल्लाकर धर्मवचनों और आशीर्वादों को नीलाम कर रहे थे।

सूत जी को यह देख-देखकर अचरज हो रहा था कि आज के दिन भी साधु-संत मौन क्यों नहीं रह पाते। उन्हें यह देख-देखकर घुटन भी हो रही थी कि हुल्लड़ मचाने वाले साधुओं को तो भक्त लोग जलेबियाँ और दक्षिणा दे रहे हैं और उन्हें कोई पूछता भी नहीं।

शौनक जी को जलेबियाँ देख-देखकर बड़ी भूख लग रही थी और काकभुशुण्डि अगल-बगल अपनी कानी आँख घुमाकर साधुओं के आगे फैले हुए कपड़ों पर भगत-भगतिनों द्वारा फेंके जाते हुए नये पैसों को गिन रहे थे।

सूत जी को यह देखकर बड़ा दुःख हुआ। मौन के कारण बोल तो सकते नहीं थे, इसलिए उँगली से बालू पर लिखा : "हे लोभी नास्तिकों, राम-नाम जपना तुम लोग पराया माल हड़पने की जो इच्छा कर रहे हो वह अधर्म है।"

शौनक जी झुककर पढ़ने लगे। इतने ही में उनके कानों में एक पड़ोसी सण्ड मुस्टण्ड साधु की आवाज पड़ी। वे अपने आगे सेर भर जलेबी की छितनियाँ रखने वाले जिजमान को गद्‌गद स्वर में आशीर्वाद देते हुए कह रहे थे : धन्न-धन्न जिजमान, तुमने जलेबी दान करके स्वर्ग में अपनी सीट रिजर्व करा ली है। बच्चा! शास्त्र में लिखा है कि मौनी अमावस के दिन साधु-संत जब-जब मुख से धर्मवचन बोलें तब-तब भगत लोग साधुओं का मुख जलेबियों से भरकर उनका मौन सधाय दें। साधुओं के मनों पर जब जलेबियों का स्वाद घटाटोप सा छा जाता है तब ज्ञानरूपी चन्द्रमा उदित नहीं हो पाता और इस प्रकार मौनी अमावस्या पूर्णरूपेण चरितार्थ हो जाती है। तो हे भगतो, जलेबी दान करो। सोनादान, श्रमदान, रक्तदान आदि ये आजकल के नये-नये दान अधर्म के कारण हैं। देश की रक्षा इन दानों से नहीं हो सकती। इससे नास्तिकता का उदय होगा।

अरे, अपने बल पर शत्रु से लड़ना चाहते हो? यह अधर्म करना चाहते हो? भारतीय संस्कृति को पतन के खड्ड में ढकेलना चाहते हो? अरे भोले भक्तों। ईश्वरावलम्बी बनो! जब चीन आक्रमण करे तो रामनाम जपो और साधु-संतों को जलेबी खिलाओ। हम साधु-संत अपनी प्रार्थना के जोर से अमरीका को बुलाय देंगे। भगवान के सुदर्शन चक्र के समान अमरीका आवेगा और शत्रु को मार डालेगा। तुम बैठे-बैठे रामनाम जपो।

साधुजी के इस प्रवचन को सुनकर भक्तों ने उनके आगे जलेबियों और नये पैसों का ढेर लगा दिया। भक्तिनों में साधुजी के श्रीमुख में जलेबियाँ ठूँसने की होड़ लग गयी।

शौनक जी से अब न रहा गया। अपनी माला सूतजी भगवान के ऊपर फेंकते हुए शौनक जी चिल्ला उठे : भूखे भजन न होहि गुपाला, यहि लेब कण्ठी यहि लेब माला। भक्तों इधर आओ, इधर आओ, असली पुराण मार्का ऋषी लोग इधर बैठे हैं। हमें जलेबी खिलाब, हमें जलेबी खिलाबी।''

शौनक जी को देखा-देखी काकभुशुण्डि जी भी अपना मौन तोड़कर जलेबीदान, पैसादान माँगने लगे।

सूतजी यह देखकर तड़प उठे, फिर बालू पर लिखा : ''तुम लोग नास्तिक हो। धर्म छोड़कर अधर्म कर रहे हो।'' जनता सूतजी के लिखे को झुककर पढ़ने लगी। यह देखकर सूतजी ने आगे लिखा : ''निकम्मे साधुओं को दान देना अधर्म है, ये सब पापी हैं, सुरक्षा कोष में दान दीजिये।''

चारों ओर के साधु अपने-अपने चिमटे लेकर सूतजी को मारने धाये। कहा कि ये साधु नहीं, ढोंगी है, पंचमाँगी है। इसका धरम मत सुनो। हमारा धरम सुनो; यही सच्चा है।

सूतजी यह सुनते ही ब्रह्मतेज से भड़क उठे। जटा-दाढ़ी फटकार, आँखें निकाल, उन्होंने अपनी झोली से 'पाँचजन्य' का एक अंक निकाला और उसमें से लखनऊ नगर के भूतपूर्व नगर प्रमुख श्रीमान गिरिराजधरण रस्तोगी का लेख निकालकर काकभुशुण्डि जी से उसे पढ़कर सुनाने को कहा।

काकभुशुण्डि जी अपने काँव-काँव स्वर में पढ़ने लगे : ''जिनके हाथ में आज देश का शासन है उनकी विचारधारा में तथा जनता के सोचने के तरीकों में बहुत अन्तर है वह रोटी के सवाल को प्राथमिकता देकर बाकी सब प्रश्नों को हल करना चाहते हैं।''

भूतपूर्व नगर प्रमुख का यह वक्तव्य सुनकर जनता में मौन छा गया, क्योंकि जनसंघ धार्मिकों की संस्था है। जलेबी का दान माँगने वाले साधु-महात्माओं के मुँह

लटक गये। शौनक जी ने देखा कि सूतजी के उपाय से भक्तों का दानोत्साह ठण्डा पड़ रहा है तो उन्होंने चटपट अपनी तपस्या के प्रभाव से जठराग्नि को प्रज्ज्वलित किया। उस जठराग्नि से एक महातेजस्वी तर्क उत्पन्न हुआ।

वे बोले : भक्तों, भू.पू. नगर प्रमुख की बात एक सौ ग्यारा नये पैसे सत्य है। रोटी खाइबो पाप है क्योंकि रोटी खाइबे ते देश-प्रेम, संस्कृति-प्रेम, धर्म-प्रेम, ईश्वर-प्रेम आदि जावत महान प्रेम हैं उनका नाश अवश्य सम्भव है। रोटी बुरी वस्तु है, जलेबी खाइये। जो जलेबी खावत और खिलावत है वही साँचो धर्मात्मा है, देश प्रेमी है।

भक्तों में से एक ने पूछा : "हे महात्मन, यह पुण्यपुरुष भोंपू नगर प्रमुख जी कौन हैं और क्या खाते हैं?"

काकभुशुण्डि जी बोले : "हे भक्तों, ये पैसा खाते हैं, पैसा ओढ़ते हैं, पैसा पहनते हैं। यह भोंपू भू.पू. नगर प्रमुख जी साक्षात पैसा परब्रह्मस्वरूप हैं।"

एक भक्त ने पूछा : "तो क्या ये रोटी नहीं खाते?"

पड़ोस के सण्ड मुसण्ड साधु ने अपना दाँव देखकर उछलकर कहा—"भक्तों, यह रोटी नहीं, दूध, रबड़ी, मलाई, मोहन-भोग, छप्पन भोग खाते हैं।"

जनता में से किसी ने कहा : "यह तो सब ठीक है पर रोटी खाते हैं या नहीं?"

मुस्टण्ड महात्मा बोले : "पूरी, परौंठा, कचौड़ी खाते हैं।" जनता में से एक ने पूछा कि : "अजी यह बताइये—रोटी खाते हैं या नहीं?"

शौनक जी ने कहा। "रोटी भी खावे हैं, वामें का धरौ है। अरे जो भाग्यशाली हैं जो साक्षात् स्वर्ण गिरिराज धरण हैं, दुख दैन्य, दारिद्र्य की मूसलाधार वृष्टि से सर्वथा सुरक्षित है, इन्द्र कोप-भय मुक्त है, वाकी रोटी में सिगरो जग समायो है। अरे रोटी कमायबे के नाम पे, पेट पालिबे के नाम पे, सारे जग के लोग धन्धा करत हैं। श्री गिरिराज धरण हूँ करत है। भगवान की दया से इनहूँ ने लाखन-करोड़न की सम्पत्ति रोटी बनाय कै अपनी तिजोरी रूपी चूल्हे में फुलायबे के खातिर डाल दीनी है। सो ऐसो निश्चिन्त भाग्यशाली भगत यदि रोटी की चिन्ता त्यागिबे को उपदेश देय तो वामें अचरज काहे को है!"

जनता में से एक दुबले-पतले भगत तड़प कर बोले : "सन्तों, रोटी साक्षात लक्ष्मी है चाहे वह रूखी हो या चुपड़ी। बिना रोटी सिद्ध किये किसी को नारायण मिल ही नहीं सकते। बरत-बातूले सब कुछ ही दिनों तक किये जा सकते हैं। साल के तीन सौ पैंसठ दिन कोई बरत के नाम पर भी भूखा नहीं रह सकता। जब पेट में रोटी न पड़ेगी तो शरीर में शक्ति भी न रहेगी, प्राण भी न रहेंगे।"

काकभुशुण्डि जी बोले : "शक्ति की हमको क्या आवश्यकता है। शक्ति को अन्नमय कोष से उबारकर मनोमय कोष में ले जाओ। अपने मन में बिचार करो कि हमने रोटी खा ली है, पेट भर गया है और हममें अपार शक्ति का उदय हो गया है और यदि कलि के प्रभाव से तुम्हारा मनोबल यहाँ तक न पहुँचे, तो किसी शक्तिशाली को अपना मित्र बना लो। उसकी शक्ति पर भरोसा रखो और इस प्रकार

अपना मनोबल ऊँचा रखो लेकिन याद रखो, आप स्वयं शक्ति से दूर रहना, क्योंकि शक्ति सत्ताधारिणी भी होती है और सत्ता से काम, क्रोध, लोभ, मोह आदि मायावी विकार फूटते हैं।''

एक बोला कि महाराज फिर हमारी चौकसी के लिए शक्तिशाली मित्र की आवश्यकता ही क्या है? जब हम शक्ति संचय को बुरा ही समझते हैं तो कोई आओ और हमें लूट ले जाओ। भला लूट में क्या धरा है, ये तो माया मोह है।

इस पर सूतजी ने चटपट अपनी झोली से 'आर्गनाइजर' का सुरक्षा स्पेशल अंक निकालकर काकभुशुण्डि जी को पढ़ने के लिए दे दिया। उसमें ब्रह्मर्षि भारतरत्न चक्रवर्ती राजगोपालाचार्य महाराज का एक सन्देश छपा था। सूतजी ने अपने मौन संकेत से उसे ही सुनाने को कहा।

काकभुशुण्डि जी पढ़ने लगे :

> ''सुरक्षा का सर्वोत्तम उपाय यही है कि विदेशों की विश्वसनीय सरकारों के साथ दृढ़ समझौते कर लिए जायें। इस प्रकार जो नैतिक बल प्रस्तुत होगा वह आक्रमणों से हमारे बचाव के लिए इससे कहीं बेहतर होगा कि हम हथियारों की दौड़ में अपने देश का पैसा बहायें।''

...शौनक जी सुनकर मस्त हो गये, घूमकर बोले : वाह रे ब्रह्मर्षि चक्रवर्ती, याको विचार को चक्र अद्‌भुत है, बड़ो गूढ़ है। सौ जाको विचार कर लेब, जोतिष शास्त्र के अनुसार कोऊ-कोऊ बखानत है कि भारत की रासि कन्या है। तो कन्या जो कोऊ सक्तिसाली कौ खसम बनाय ले तो लौंडन की छेड़खानी से छूटै। जै हो चक्रवर्ती की!

''कोई भगत अखबारन के 'वाण्टेड' कालम में जा इस्तहार छपायबे को पुन्य लहै कि ज़रूरत है एक सक्तिसाली खसम की जो इण्डियारूपिणी कन्या की सुरच्छा करि सकै।''

जनता में कुछ लोग हँस पड़े, कुछ लोग क्रुद्ध भी हो गये, क्योंकि यह तो भारतमाता का सरासर अपमान था। कुछ नास्तिक किस्म के आस्तिक लोग संन्यासी वेशधारी शौनक को मारने के लिए भी झपटे तब सूतजी ने अपना मौन तोड़ दिया।

सूतजी बोले कि हे भक्तों, जो हैं सोमू सावधान होकर सुनो। आज से सौ बरस पहले इस पावन भूमि में एक स्वामी विवेकानन्द जी जन्मे रहे। तौन उनकी अबहीं जन्मशती मनाई गयी। तौन आर्गनाइज़र अखबार ने अपने सुरक्षा नम्बर में स्वामी विवेकानन्द जी का क्षात्रतेज और ब्रह्मतेज बखानते हुए सम्पादकीय लेख लिखा है। विवेकानन्द जी कहते हैं : ''जो है सोमू, हम बहुत-सी बातों को तोते की तरह बार-बार मुख से रट तो जाते हैं पर उन्हें कभी अमल में नहीं लाते। कथनी और करनी में विरोध रखना हमारी आदत पड़ गयी है। हम जनाना राष्ट्र हो गये हैं।''

सूतजी कहते हैं कि हे भक्तों, जो हैं सोम् भारतीय संस्कृति की चरम परम महत्ता को ऋषिवत् बखानने वाले दर्शनरत्न, विचार-रत्न, भारत-रत्न श्री चक्रवर्ती जी बड़े सुलझे-सयाने हैं। उन्होंने स्वामीजी की आधी बात को स्वीकार कर लिया यानी कि हम जनाना राष्ट्र हैं और हमें अपनी सुरक्षा के लिए कोई विदेशी मर्दाना बाँका वीर चाहिये। बाकी हे भक्तों, राजाजी ने स्वामी जी की आधी बात को ही माना है और आधी को काटा है। 'आर्गनाइज़र' ने दोनों ही बातों को आमने-सामने छापा है। तनिक ध्यान दीजिये कि जो है सोम् पृष्ठ के बाम पक्ष में स्वामीजी का वाक्य इस प्रकार छपा है : "जो है सोम् कि जो हमें चाहिये वह यह है कि हमारे मसिल लोहे के हों और स्नायुतन्त्र फौलाद का हो। ऐसे सुगठित शरीर के अन्दर ही ऐसा मस्तिष्क भी पनपता है जो उसी धातु का बना होता है जिसका कि वज्र।

इतना कहकर सूतजी बोले कि हे भक्तोंम् सुनोम् कि उसी पृष्ठ के दक्षिण पक्ष में राजाजी कहते हैं कि "अपने हथियार बढ़ाने की प्रतिद्वन्द्विता में अगर हम पड़ेंगे तो उससे शत्रु को भी हमसे अपनी शक्ति अधिक बढ़ाने का हौसला मिलेगा।" इस प्रकार दो मार्ग हैं—या तो भारतीय संस्कृति की दुहाई देते हुए भारत की सुरक्षा के लिए कोई विदेशी मर्दाना, खास तौर पर पश्चिमी गुट का मर्दाना सहायक बनाओ और या फिर स्वामी विवेकानन्द की बात मानकर अपनी मेहनत से अपने बाजुओं, लोहे के मसिल, फौलाद की स्नायुओं और वज्र सदृश दृढ़ आस्था वाले स्वकर्माभिमानी, स्वाभिमान राष्ट्र की तरह उठो।

(2)

माघ मेले की समाप्ति पर सूत जी ने त्रिवेणी तट पर गड़ा अपना चिमटा उखाड़ा और हर-हर, बम-बम करते हुए चलने की तैयारी में उठ खड़े हुए।

काकभुशुण्डि जी उस समय एक अन्धे भिखारी की फैली हुई झोली के सामने बैठे हुए कुत्तों से उसके माल की रक्षा का शुभ संकल्प करके अन्धे भिखारी की झोली में पड़ी हुई जलेबियाँ खा रहे थे। सूत जी को चलते देखकर वे बोले कि, "हे महात्मन, तनिक ठहरें मुझे इस दीन-हीन अन्धे भिखारी की सुरक्षा का पूर्ण प्रबन्ध कर लेने दें।"

सूत जी बोले : "हे काकभुशुण्डि, सुरक्षा के नाम पर अनजाने में किसी दीन-दुर्बल अन्धे को लूटना पाप है जो है सोम्। इसलिए अब मैं यहाँ एक क्षण के लिए भी नहीं ठहरूँगा।"

काकभुशुण्डि बोले : "महाराज, आप मेरी नीयत पर ऐसा अविश्वास क्यों करते हैं। इस दीन-हीन अन्धे भिखारी पर माया-मोह ने आक्रमण किया है। मैं इसका मित्र हूँ। इसकी सुरक्षा करना मेरा धर्म है। अतः मैं जलेबी छत्र लगाकर काम, क्रोध, मोह, मत्सर, मायादि के आक्रमणों से इसकी रक्षा उसी प्रकार कर रहा हूँ जिस प्रकार कि पश्चिमी गुट के मित्रगण भारत की सीमा पर हवाई छत्र लगाकर उसकी सुरक्षा का पुण्य प्रयत्न कर रहे हैं।"

सूत जी बोले : "हे काकभुशुण्डि, भला यह कैसी सहायता है। यदि तुम इसके मित्र हो तो इसकी आँखों का इलाज करो जिससे कि वह स्वावलम्बी बनकर भविष्य में अपनी रक्षा का उपाय आप कर सके।"

काकभुशुण्डि जी बोले : "नहीं, महात्मन, आप जो उपाय बतला रहे हैं वह हमारी दृष्टि में राष्ट्र-विरोधी है। जिस प्रकार रूस भारत में लड़ाकू मिग हवाई जहाज़ बनाने के कारखाने स्थापित कर भारत को स्वावलम्बी बनाना चाहता है, उस प्रकार इस अन्धे को ज्योतिदान देने से इसका घोर अकल्याण होगा।"

सूतजी ने पूछा कि सो कैसे।

काकभुशुण्डि बोले : "महाराज, भारतीय परम्परा का तनिक ध्यान कीजिये। विश्वामित्र जी ऋषि रहे। जब राक्षसों ने उनकी तपस्या में विघ्न डाला तो उन्होंने आप हथियार न चलाकर अपने तपोवन की सीमा सुरक्षा के लिए श्री राम लक्ष्मण को बुला लिया। इसी सनातन भारतीय परम्परा का ध्यान करके भारत को विश्वामित्र समान जानके पश्चिमी फौजी गुटरूपी महाराज दशरथ के चार लाल—अमरीका, ब्रिटेन, आस्ट्रेलिया, कनाडादि उसके रक्षक बनके हवाई छाता ताने चले आ रहे हैं और इन्हीं पावन परम्पराओं के अनुसार मैं भी इस अन्धे भिखारी की सुरक्षा के निमित्त यहाँ बैठा हूँ।"

सूत जी बोले : "हे काकभुशुण्डि, यह अच्छी सुरक्षा है जो है सोम् कि अन्धा बिचारा देख न पावे और तुम उसकी रक्षा के नाम पर उसका माल हड़प जाओ।" इतना कहके सूत जी महाराज चिमटा बजाकर गाने लगे—

"तेरी गठरी में लागा चोर,
रे अन्धे चेत जरा।"

गाते-गाते सूत जी महाराज विश्वविद्यालय की ओर पहुँच गये। वहाँ देखा कि अनेक गोरी चमड़ी वाले अमरीकी लाल नौनिहाल और लालियाँ नौनिहालियाँ हिन्दी भाषा का प्रचार कर रही हैं।

भारतीय संन्यासी को देखकर लालों और लालियों ने उन्हें घेर लिया और श्रद्धापूर्वक हाथ जोड़ के यह वचन उचारा कि, "हे महाराज, हम भारत के शिष्य होकर यहाँ आये हैं। हमारा देश लक्ष्मी की कृपा से इस समय रजोगुण और तमोगुण प्रधान हो रहा है सो गुरु-दक्षिणा के रूप में आप हमसे ये गुण ग्रहण कीजिये और हमें सद्ज्ञान-दान कीजिये!

सूतजी बोले कि न बाबा, दूध का जला छाछ को भी फूँक-फूँककर पीता है। एक बार हमने ज्ञान-दान दिया सो यह अनुभव हुआ कि गुरुजी गुड़ ही रह गये और चेले 'चीनी' हो गये।

चीनी शब्द सुनकर एक शिखा सूत्रधारी डॉक्टर प्रोफेसर ने अपने मन में घोर घमंड स्थापित करके और ऊपर से संन्यासी को सांकृतिक हाथ जोड़ करके कहा, "महाराज, हमारे चेले चीनियों ने किस प्रकार छलांग मारकर सफलता पाई, इसका भेद बतलाकर हमारे राष्ट्र को सबल बनाइये।"

सूत जी बोले, "कि हे भक्तों, पहले सत्य का बिरवा लगाओ, कहो कि इसमें शत-शत फूल एक साथ खिलेंगे फिर उसे असत्य के जल से सींचकर कहो कि इसमे सब फूलों के रंग कच्चे हैं। केवल पीला रंग पक्का है।"

शिखासूत्रधारी डाक्टर प्रोफेसर ने गद्-गद् होकर कहा : "हाँ महाराज, हम भी यही करते हैं। हमने भारतीय संस्कृति रूपी सत्य का बिरवा लगाया और कहा किबिरवा एक है पर फूल अनेक हैं। फिर हमने कहा कि इस साँसकृतिक बिरवे की एक डाल के फूल मलेच्छवर्णी हरे रंग के हैं, उन्हें छाँटो। सो हम मुसलमानद्रोही बने। फिर हमने कहा कि इसकी दूसरी डाल के फूल टाँगलशूद्रवर्णी लाल रंग के हैं, उन्हें छाँटो। सो हम कम्युनिस्ट, कांग्रेस, सोशलिस्ट आदि के दुश्मन बने। अब बची तीन डालें, तीनों के फूल पीले। सो हमने कहा कि बौद्ध दर्शन के केसरिया फूल विशुद्ध भ्रान्ति हैं और गाँधी दर्शन के पीताम्बर वर्णी मानव फूल हिन्दूकुलकलंक कायरता की दुर्गन्ध फैलाने वाले हैं, अतः इन दो डालों को भी काट डालो। इस प्रकार बिरवे के चार अंग काट डाले, अब बचा पंचमाँग, सो उसे हमने अपना लिया। कहा कि यही असली गौमार्का पीला रंग है।"

सूत जी बोले : "तुम सच्चे पंचमाँगी हो।"

शिखासूत्रधारी आँखें निकालकर बोले : "महाराज पंचमाँगी तो केवल कम्युनिस्ट ही हैं। हम तो सच्चे स्वदेशाभिमानी हैं।" सूत जी हँसे कहा : "चीनियों के समान।"

"सो कैसे।" शिखासूत्रधारी ने पूछा।

सूत जी बोले, "कि हे भगत सुनो। जैसे तुमको अपनी राष्ट्रीय महानता पर बड़ा गरब-गुमान है उसी प्रकार चीनियों को भी है। तुम दोनों ही की राष्ट्रीय महानता रूपी ढोल में पोल है जो है सोम्। चीनी मार्क्स-लेनिन के सूत्रों की तोता-रटंत मुँह से करता भया, अपनी राष्ट्रीयता-महत्ता के गरब-गुमान में अपनी सच्ची वस्तु-स्थिति को झुठलाकर, अपने नये शत्रु को गुड़ बनाकर और पुराने गुरु भारत को धोखे में लट्ठ मारकर। स्वयं अपने आपको असली चीनी साबित करने के फेर में एक झूठ पर सौ-सौ झूठों के फूल खिलाता है। और तुम वेद, उपनिषद्, कपिल, कणाद, पाणिनी के सूत्रों की तोतारटंत मुख से करते भये अपने हर आचरण में उनको झुठलाकर। फिर अपनी राष्ट्रीय महत्ता का पोलभरा नगाड़ा पीटते हैं। ब्याह, जनेऊ, मुंडन, श्राद्ध से यांत्रिक तत्वों को गौण और उनके सामाजिक आडंबर को महत्व देना भारतीय संस्कृति के प्रति पंचमाँगी कार्य हैं। पराये बल पर तिब्बत तक सैनिक छलांगें भरने का नारा लगाना पंचमाँगी कार्य हैं। सोना कानून के विरुद्ध सरकार पर छीटें कसना और इस प्रकार अमीरों को अपनी टट्टी की आड़ देकर स्वदेश की गरीब सरकार को विदेशों की अमीर सरकारों का आश्रय लेने के लिए मजबूर करना यदि राष्ट्रीय स्वाभिमान की महत्ता बढ़ाना है तब तो आप अवश्य देशभक्त हैं। और यदि नहीं हैं तो आप पूरे सौ नये पैसे बराबर पंचमाँगी हैं।"

इतना कहके सूत जी बोले कि, "हे देशवासियो, सुनो, अन्धा राष्ट्रवादी सदा पंचमाँगी होता है चाहे वो चीनी होवे, चाहे स्वतन्त्री जनसंघी।"

यह सत्य वचन सुनकर शिखासूत्रधारी की शिखा ढीली पड़ने लगी और सूत्र उसके बदन के मैले-पसीने से गलकर टूटने लगे। वह अपनी असलियत पहचान कर उदास हो गया।

लाल लालियों ने जो यह देखा तो सूत जी पर त्योरियाँ चढ़ाकर शिखासूत्रधारी के गले में प्रेम से हाथ डाल दिया और एक लाली लंकऊँचाय के, नैन-सैन चलाय के, मुस्काय के इस प्रकार हिन्दी में बोलती भयी कि, "हे शिखासूत्रधारी, हे डियर डाक्टर, चलो। गुस्सा थूको और च्यूयिंग-गम चूसो। इस संन्यासी की भारतीय संस्कृति के आक्रमण से भी मैं तुम्हें हवाई दर्शन की छतरी तानकर बचाऊंगी। चलो तुम महान् भारतीय हो। हमें भारतीय संस्कृति पढ़ाओ। हम तुम्हारे शिष्य हैं।"

शिखासूत्रधारी डाक्टर प्रोफेसर का आत्म-विश्वास अपने चेलों और चेलियों, लाल और लालियों की गुलगुली कृपा से अब ठीक-ठिकाने हुआ तो वे वहीं खड़े होकर लैक्चर देने लगे, बोले : "काम सूत्र के वेश्यिक अधिकरण में लिखा है, वेश्या को चाहिये कि नपुंसक प्रेमी से भी जब तक अपना स्वार्थ अटका रहे तब तक हरदम यही कहती रहे कि तुम्हारे जैसा जवां मर्द मैंने दूसरा नहीं देखा। जब अपना स्वार्थ निकल जाये तो जूतियों से मार-मारकर उससे अपनी चाकरी कराये और उसकी महानता की खिल्ली उड़ाये। देखो, विदेशी छात्रों, हमारे महान ऋषि-मुनियों ने केवल आध्यात्मिक सत्य ही नहीं, बल्कि भौतिक सत्यों का यथार्थ भी उद्‌घाटित किया है। हमारी संस्कृति महान् है। हम चाहते हैं कि तुम लोग इस महान् संस्कृति की कम्युनिस्टों से रक्षा करो।"

एक लाली गुरु के गले में स्वर्णिम हार-सी गलबहियाँ डाल के झूल गयी और बोली : "डियर गुरुजी, हम कामसूत्र के उपदेश का अक्षरशः और अवश्य-अवश्य पालन करेगें, आप देखियेगा। डियर गुरुजी, और पढ़ाइये, सूत संन्यासी से मत डरिये। हम छतरी ताने हैं। आप महान हैं डियर गुरु जी, डियर डियर।"

सूत जी ने यह लीला निहार के गाया—

"तेरी गठरी में लागा चोर,
रे अन्धे चेत जरा।"

(3)

माघ पूरा होने पर सूत जी महाराज काकभुशुण्डि और शौनक जी को साथ लेकर रेल पर चले। सूत जी ने काकभुशुण्डि जी को टिकट खरीदने के लिए कुछ धनराशि दी। रुपये टेंट में खोंसकर थोड़ी देर इधर-उधर नज़र-ओट रहने के बाद

काकभुशुण्डि जी लौटकर चले आये बोले कि महाराज गाड़ी पर गमन कीजिये। खैर गाड़ी चल पड़ी।

प्रतापगढ़ स्टेशन पर टिकट चेकर आया। उसे देखते ही काकभुशुण्डि जी ने अपनी एक आँख बन्द कर ली, क्योंकि दूसरी तो जन्म से बन्द थी ही। टिकट चेकर ने जब सूत जी से टिकट माँगा तो उन्होंने काकभुशुण्डि को टिकट दिखाने का आदेश दिया। काकभुशुण्डि जी आँख मूँदे पद्मासन जमाये ओम-ओम जपते कहने लगे : ''महात्मन, क्या टिकट चेकर आया है? हमारा टिकट देखेगा? अवश्य देख ले। मैं भी इस समय अपने दिव्य चक्षुओं से यह देख रहा हूँ कि उसके ऑफिस के बड़े अफ़सर इस समय उसकी नौकरी का पत्ता काट रहे हैं। बड़ी रिश्वत मारी है इस माई के लाल ने!''

मौके की बात थी, टिकट चेकर की अपने अफ़सर से दफ्तर में चल भी रही थी, इसलिए एक साधु को उसी प्रसंग में कुछ कहते देख टिकट चेकर महाशय की बम बोल गयी।

सारे यात्रियों को छुट्टी मिली और वे काकभुशुण्डि जी के पास आकर बैठ गये, हाथ जोड़कर बोले कि हे दिव्यचक्षु महात्मन् मेरा अफ़सर बड़ा दुष्ट है। वह न तो आप बेईमानी का पैसा पब्लिक से वसूल करता है और न दूसरों को करने देता है। भला बतलाइये हम गरीबों के साथ यह अन्याय है या नही। और मैं अपने ईमान पर चलता हूँ महाराज, अपने नफे से धर्मादा भी कटाता हूँ, जनता से धर्मदान कराता हूँ, इसीलिए मेरे पुण्य फल को देख-देखकर वह मुझसे जलता है।

काकभुशुण्डि जी आँख बन्द किये हुए ही हँसे, बोले : ''तुम्हारा अफ़सर जस्टिस विवियन बोस के ही समान होगा बच्चा, तभी तो वह जलता है। तुम धर्म कर रहे हो। अपने माता-पिता और गुरु को छोड़कर बाकी किसी से भी घूस-रिश्वत आदि लेने से कदापि न चूके, यह सत्पुरुष का धर्म है। गृहस्थ को चाहिये कि येन-केन-प्रकारेण द्रव्य उपार्जन करे। फिर उससे अपने बाल-बच्चों, कुटुम्बीजनों का बहुविध पालन करे, तीर्थयात्रा करे, मठ-मन्दिर बनवाये, साधु-महात्माओं को दान देवे, बड़े-बड़े अखबार चलावे, जीवन-भर धर्म, अर्थ और काम को प्राप्त करता भया जब देह से छूटें तो मोक्ष लाभ करले।

भगवान के बनाये इस मार्ग पर चलने वालों को जो सरकार गैर-समाजवादी, घोरतम् पापी और अन्यायी मानकर, दानवीर डालमियाँ, वैष्णव मूंदड़ा जैसे सेठ-साहूकारों को या आप जैसे टिकटचेकरों, घूसखोर अफ़सरों को पकड़ती है वह घोर पाप करती है। समाजवाद धर्म, अर्थ, काम, मोक्ष चारों पदार्थ के विरुद्ध है। इसका शीघ्र से शीघ्र साढ़े सत्यानाश कर देना चाहिये।''

टिकट चेकर तथा उस रेल के डिब्बे में बैठे हुए तीन-चार व्यापारी सेठनुमा मुसाफ़िर और उनकी धर्म-पत्नियाँ अपनी मनचीती श्रद्धा के लोहे को काकभुशुण्डि जी की एक आँख के तेजोमय चुम्बक से बाँधने लगे। काकभुशुण्डि जी की बड़ी भारी

जय-दाढ़ी में उनकी एक आँख वैसे ही चमक रही थी जैसी 'ब्लिट्ज' में छपी तस्वीर में कैदी सेठ डालमियाँ की दो आँखें।

बाकी यात्रियों में कुछ आल्हा गाने में मस्त थे। कुछ रेल की खड़खड़ में खो रहे थे और कुछ लोग काकभुशुण्डि जी को घूर-घूरकर देख रहे थे।

सूत जी ने यह समाँ देखा तो उनका ब्रह्मतेज तड़प उठा, वे बोले : "हे शौनक जी, आप ज़रा इस भरी सभा में महात्मा काकभुशुण्डि जी से कहिये कि पहले टिकट चेकर महोदय को हमारे टिकट दिखावें बाद में उपदेश करें। कहीं ऐसा न हो कि ये जन-जनार्दन भगवान इस रामझरोखे में बैठकर हमारी सच्चाई को भी गलत समझ लेवें, जो है सोम्।"

शौनक जी बोले कि हे ब्राह्मन, मैं और आप तो अपने टिकट के दाम काकभुशुण्डि जी को दे ही चुके हैं, अब ये जानें और इनको धरम जानै। हमकूँ जा जंजाल मैं पड़िबे की का पड़ी है, महाराज।

काकभुशुण्डि जी ने देखा कि उनके साथी ही अपने धर्मभाव के कारण उनकी निन्दा कर रहे हैं तो टिकट चेकर और अपने अन्य श्रद्धालु भक्तों और भक्तिनों को सम्बोधित करने लगे : "हरे-हरे, शिव-शिव ये हाल है हमारे साधु-महात्माओं का आजकल, धर्मभाव में भी टिकट जैसी मायामोह की वस्तु ले आये। टिकट चेकर साहेब, सत्य बतलाइयेगा, इस ड़िब्बे में आकर आपको खड़े-खड़े टिकट बाँटने में आनन्द आ रहा था या इस प्रकार बैठकर धर्मवचन सुनने में।"

टिकट चेकर साहब एक बक्काल की डिबिया से पान लेकर खाते हुए बोले : "आनन्द तो इसी में है, पर टिकट चेक करना मेरी ड्यूटी है महाराज।"

काकभुशुण्डि जी दाढ़ी पर हाथ फेरकर गद्गद वाणी में बोले : "सत्य वचन कहा, टिकट चेक करना आपकी ड्यूटी है। और टिकट लेकर गाड़ी में बैठना हर यात्री की ड्यूटी है। सो हम यह विश्वास कर लें कि आपने हमारा टिकट चेक कर लिया और आप यह विश्वास कर लें कि हम सबने आपसे टिकट चेक करवा लिया, चलिये झगड़ा समाप्त भया महाराज। विश्वास पर ही धर्म टिकता है, ये दुनिया टिकी है।"

जब घट-घट में साँचा साईं रमता है तो कौन किसका अविश्वास करे। बोलो भगत, न्याय करो। अरे बिल्ली को अपना गुरु बनाकर एक धरम सीखो। बिल्ली जब शिकार नहीं करती तो अपने सारे अंगों को सिकोड़कर सुख से शिकार का ध्यान किया करती है, अथवा राम-राम जपा करती है। हमारे ये दोनों महात्मा संसारी मोह-माया में पड़े हैं। इनकी आत्माओं का इलाज करने के लिए ही मैं आज तक इनको बराबर अपने साथ रखता हूँ।"

भगतमण्डली मुग्ध। टिकट चेकर भी इस मस्ती में कि चलो एक डिब्बा धरम के नाम पर मुफ्त में ही छोड़ा, संन्यासी अपने धरम की सच्ची बातें बतला रहा है,

आगे काम आयेंगी। किन्तु सूत जी तने बैठे थे, बोले : ''काकभुशुण्डि जी, हमारे और शौनक जी के टिकट आप तुरन्त हमारे हवाले कर दीजिये।''

टिकट चेकर बोला : ''महाराज टिकट की चिन्ता छोड़िए। लखनऊ तक इस गाड़ी के साथ मैं ही चल रहा हूँ। आप लोगों को फाटक के बाहर तक छोड़ आऊँगा। कुछ धर्म चर्चा कीजिये!''

सूत जी बोले कि हे भगत, जो है सोम्, हम धर्म की ही बात कह रहे हैं। टिकट लेकर यात्रा करना ही धर्म है। आप नहीं पूछेंगे पर ईश्वर तो हमसे अवश्य पूछेगा। टिकट चेकर बोला : ''अरे ईश्वर को अब यह सब देखने-सुनने की फुरसत नहीं रह गयी, महाराज। दुनिया में अब इतने बड़े-बड़े पाप बढ़ गये हैं कि छोटे-छोटे पापों तक ईश्वर का ध्यान पहुँच ही नहीं पाता है।''

शौनक जी हँसने लगे, बोले : ''धन्य हो भगतराज, तुमने सत्य के प्रकाश तै बचिबे की खातिर भगवान की आँखिन पे धूप को कारो चसमों खूब चढ़ाय दीन्हों है। मोकूँ जान पड़े हैं कि तू चक्रवर्ती स्वतंत्राचार्य जी को चेला हवै गयो है।''

एक सेठ जी तिनग गये। बोले : ''महात्माजी, हम लोग सुतन्त्र पार्टी, जनसंघ जैसी संस्थाओं का साथ न देवें तो आखिर क्या करें। कांग्रेस ने तो हमारे रोज़ी धन्धे ही चौपट कर दिये। सोने बिना व्यापारियों को अब नींद कहाँ। सोने के गहनों के दम पर हम अपना व्यापार चलाते थे। अब कोई महाजन उन्हें रेहन रखने या खरीदने को तैयार ही नहीं होता।''

सुनकर शौनक जी फिर हँसे, बोले : ''हाँ-हाँ भगत, बात तिहारी बड़ी सांची बनके तेरे म्हों सो उतरी है पर ज़रा ये तो बता कि सोने को भाव पहले से अब ज्यादे क्यों चढ़ गयो है। देश को सोनो विदेशन मैं 'स्मगल' कियो जा रहयो है। जे का सर्राफन की पंचमाँगी कार्य नायें हैं।''

शौनक जी के बातरूपी प्रहार से अपने भक्तों को बचाने के लिए काकभुशुण्डि जी ने चट से धर्मछत्र तान दिया। बोले : ''स्मगल कर रहे हैं तो इसमें इन भक्त को क्या दोष है महाराज! अरे सरकार इन्हें स्मगल करने को मजबूर करती है तो ये अपना सोना नेपालियों के हाथ क्यों न बेचें। मुनाफा कमाना मनुष्य का धर्म है...।''

कान पर बीड़ी खोंसे एक गरीब जवान बोला : ''मुनाफा कमाना तो खैर धमर है महाराज, चलिये मान लिया। मगर यह तो बतलाइये कि अपने मुनाफे के लिए देश का सोना देश के बाहर बेचना भी क्या धर्म माना जायेगा? तब क्या ये सेठ लोग पंचमाँगी नहीं हैं।''

काकभुशुण्डि जी बोले : ''सेठ माने श्रेष्ठ। जो श्रेष्ठ है वह पंचमाँगी कैसे हो सकता है बच्चा। इसलिए असली पंचमाँगी उस सरकार को ही मानना चाहिये जो ऐसे घनघोर राष्ट्रीय आपद्काल में भी बेचारे धर्मप्राण श्रेष्ठियों को ऐसा अधर्म करने के लिए बाध्य कर रही है। इसलिए सेठों के अधर्म का पाप सरकार के सिर पर चढ़ाओ। यही धर्म है।''

सेठ लोग झुक-झुककर काकभुशुण्डि जी के चरण चूमने लगे। लेकिन वो जवान भी कम न था तप कर बोला : "सेठ और धार्मिक! झूठ बोलने की हद कर दी, बाबा जी आपने। सरकार ने क्या खुशी से यह सोना कानून बनाया है? सेठ लोगों ने करोड़ों रुपया सरकारी टैक्सों का बेईमानी से मार लिया और अब भी नहीं चूक रहे। सोना बॉण्ड निकाले गये, वह भी न खरीदे तब सरकार सोना कानून न बनावे तो क्या करे। बेचारे गरीब किसान, मजदूर, क्लर्क, अध्यापक, छोटे दुकानदार वगैरह करोड़ों भारतीय तो देश के लिए तन मन धन लगावें और मुट्ठी भर सेठ साहूकार सोने की स्मगलिंग करें डेढ़ सौ रुपये के भाव से सोना बेचें ये धर्म हैं और जो इन पर रोक लगावे वह अधर्मी है। अरे, अब हम इन सब बेईमानों को पीट-पीटकर सही राह पर लगावेंगे। यही लोग पंचमाँगी हैं।"

सूतजी बोले कि हे भगत। जो है सोम्, यह तू नहीं, तेरी जिभ्या से साक्षात् महाकाल बोल रहे हैं। इन पापियों के पाप से पृथ्वी त्राहि-त्राहि बोल रही है। हे काकभुशुण्डि, हम इन पापियों को अपने किसी दुष्कर्म से बल नहीं देना चाहते। तुम इसी समय टिकट चेकर से हमारे टिकट बनवाओ, नहीं तो मैं, जो है सोम् जंजीर खींचकर गाड़ी रुकवाता हूँ। और साक्षात् जन-जनार्दन भगवान के सामने तुम्हें पुलिस के हवाले करता हूँ जो है सोम्।"

काकभुशुण्डि जी को सुनते ही साँप सूँघ गया। टिकट चेकर महोदय ने जेब से टिकट की रसीद कापी निकाली और काकभुशुण्डि जी ने अपनी कानी आँख से एक आँसू टपका कर झोली से रुपये निकाले।

सूतजी बोले, "हे भक्तोंम्, सुनोम् कि भारत की जो पिचान्नवे प्रतिशत जनता अपने देश की रक्षा के हेतु अपना तन-मन-धन अर्पित कर रही है उसे सेठ-रूपी पंचमाँगियों से सदा सावधान रहना चाहिये। उनसे, उनके घूसखोर नौकरशाह साथियों से और उनके झूठे वकील प्रचारक स्वतन्त्री खटमलों और संघी मच्छरों से डटकर मोर्चा लेना चाहिये। पुराने राजे-महाराजे, नवाब, कालेचोर सेठिये और लगुवे-भगुवों को रावण मानकर जन-जनार्दन राम अब उनका सत्यानाश करै और भारतमाता के पवित्र मन्दिर को पंचमाँगियों से शुद्ध करै यही युग धर्म है, जो है सोम्।"

(4)

प्रयाग की ट्रेन से लखनऊ स्टेशन पर उतरकर सूत जी और शौनक जी अलग-अलग चलने लगे। काकभुशुण्डि जी ने यह देखा तो उनका पीछा करने लगे। सूतजी ने तेज कदम बढ़ाये। ये देखकर काकभुशुण्डि जी भी लपके। शौनकजी ने कहा : "काने महात्मा, अब तौ हमारौ पिंड छाँड़ौ। तिहारे साथ रहिबे तें हमारी तौ बदनामी ह्वै जायेगी।"

काक जी बोले कि हे शौनक जी, यह लछिमनपुर नवाबन की राजधानी है। हियाँ चार आँखों वाले भी देखने में धोखा खा जाते हैं और मेरी तो एक ही आँख है। यहाँ मेरा साथ न छोड़ें।

सूतजी को दया आ गयी, बोले : ''हे काकभुशुण्डिजी जो है सोम्, हम तुम्हें एक ही वचन पर साथ रख सकते हैं और वो ये कि तुम हमें राँड़-भाँड़ और साँड़ के मोहपास से कदापि नहीं बाँधोगे।''

काक जी बोले : ''अच्छा महाराज, मैं वचन देता हूँ। पर पहले ये बतलाइये कि ये राँड़, भाँड़ और साँड़ कौन हैं और कहाँ रहते हैं?''

सूत जी बोले कि हे महात्मन्, मैंने सुना है कि राँड़ तो यूनिवर्सिटी किंवा योनिभ्रष्टी है जो विद्यार्थियों की मति भ्रष्ट करती है। वे विद्यार्थी अपनी परिषद बनाय के राजर्षि टण्डन के सुनाम को बदनाम करते हैं। यहाँ परदेसी भाँड़ दारू-मेंकिंग कप्तानी के करतब दिखावते भये। उत्तर प्रदेश भर के राजनीतिक सांड यहाँ दिन रात नाना प्रकार के उद्यम जोतते हैं। सो इन तीनों विघ्नबाधाओं में हमें फँसवाने की जतन न करना जो है सोम्।

काकभुशुण्डि जी ने वचन दे दिया। तीनों चले, अमीनाबाद आये। बड़ी भीड़ें, बड़ी रोशनी, बड़ी भोंपूबाजी,

जहाँ देखो यही गुहार मची है कि माँ की पुकार सुनो।

काकभुशुण्डि जी बोले : ''हे महात्मन्, माँ पुकार रही है।''

सूत जी बोले : ''किसकी माँ पुकार रही है जो है सोम्?''

काकभुशुण्डि जी बोले कि अभी पता लगाता हूँ। थोड़ी देर में वे पता लगाकर आये और कहा : ''हे महात्मन्, जनसंघियों की माँ पुकारती है। उस बेचारी को कम्युनिस्ट, मुसलमान और नेहरू जी घेरे हुए हैं, बड़ी छीछालेदर मची है महाराज। चलिए बेचारी संघमाता का उद्धार कीजिये!''

काक जी की बातें सुनकर सूतजी और शौनक जी दया-द्रवित होकर उस ओर चले। नुमाइश के फाटक पर रुककर काकजी ने कहा कि हे ब्रह्मन, तीस नये पैसे टिकट के लिए दे दीजिये। शौनक जी आँखें तरेरकर बोले कि काकजी, तिहारौ रेल के टिकटन कौ जालबहो अब केर नाय चलैगो।

उनकी बात काटकर काकभुशुण्डि जी बोले : ''भगवान ये रेल का टिकट नहीं माँ की पुकार का टिकट है।''

सूत जी बोले : ''हे शौनक, ये बड़ा चक्कर है जो है सोम्। भारत की राजधानी दिल्ली में मोरार माता की पुकार पै टिकस लगता है और उत्तर प्रदेश की राजधानी लखनऊ में संघ माता की पुकार पै टिकट लगता है। ये टिकस और टिकट का रहस्य क्या है जो है सोम्?''

शौनक जी बोले : ''हे भगवन्, यह रहस्य जानै कोऊ-कोऊ। तुकबन्दी को प्रमाण है कि—

चीनी विदेसिन को,
आक्रमण भो भारत पै।

छींको है टूट्यो मानो,
भाग बिल्ली राँड़ के ॥
बुरो है समाजवाद,
साम्यवाद अति ही बुरौ।
मुसलमान सबते बुरो,
बचन संघी साँड़ के॥
जो हैं गरीब सो गद्दार
सबै भारत के।
सेठ सब देशभक्त,
शिव मुरार साँड़ के॥
माँ की पुकार यही
लूटो गरीबन को।
धर्म सत्य आदि थोथे,
पौधे हैं टाँड़ के ॥''

यह सुनकर सूत जी बोले कि हे महात्मन्, ऐसी माँ की पुकार पै हज़ार बार धिक्कार है जो है सोम्। ये भारत माँ की पुकार नहीं बकरे की माँ की पुकार है। इन बलिदान के बकरों की माँ आखिर कै दिन खैर मनायेगी! इन सेठ साँड़ों और उनके भाँड़ों का अंत अब निकट आय रहा है। भारत की जनता इनका सर्वनाश करके ही छोड़ेगी जो है सोम्।

(5)

'माँ की पुकार' प्रदर्शनी के सामने तीन-तीन भव्य संन्यासियों को खड़े देखकर नुमाइश के आयोजकों को उत्सुकता हुई, एक को पता लगाने के लिए भेजा। काकभुशुण्डि जी से उसकी बातें होने लगी कि हे महात्मन, आप लोग कहाँ से पधारे हैं? काकभुशुण्डि जी बहुत देर सभा में न पूछे जाने वाले मानीगुमानी कवि की तरह मुँह फुलाकर बोले : ''आप लोग अपने को हिन्दू कहते हैं और हमें नहीं जानते। अरे हम लोग पौराणिक ऋषिमुनि हैं, ये महात्मा सूत जी हैं, ये शौनक जी महाराज हैं और मैं जगद-विख्यात काकभुशुण्डिजी हूँ। हम तीनों ही माँ की पुकार सुनना चाहते थे पर आप लोगों ने टिकट लगा रखा है ये कैसी कलिकाल की माया फैला रखी है।''

नुमाइश आयोजक ने तुरन्त तीनों महात्माओं की चरणरज अपने मस्तक पर धारण की और हाथ जोड़कर कहा : ''महाराज, आपके लिए टिकट का प्रश्न ही नहीं उठता। चलिये और अपनी चरणरज से हमारी प्रदर्शनी को पावन कीजिये। माँ की पुकार सुनकर हमारा मनोबल बढ़ाइये।

आजकल पंचमाँगी कम्युनिस्टों ने हुल्लड़ मचाकर हमको बहुत बदनाम करने का प्रयत्न किया है। इहलोक के सुब्रह्मण्य विद्वान और एक कांचनी विदुषी ने तो हमारा मनोबल बढ़ा दिया है अब आप परलोक के पौराणिक महात्माओं से मनोबल पाकर हम कृतार्थ होना चाहते हैं। पधारिये।''

''नुमाइशी आयोजक के बहुत अनुनय-विनय करने पर तथा काकभुशुण्डिजी का आग्रह मानकर सूत जी और शौनक जी चले। बड़ी बिजलियाँ, रंगारंग दूकानें, पीली टोपियों और पीले झण्डों की छटा बड़ी चहल-पहल, लाउडस्पीकरों पर भजनों और राष्ट्रीय गीतों के रेकार्ड बज रहे थे। सूतजी महाराज को यह सब देखकर अच्छा लगा, जहाँ जनमंगल हो सद्‌व्यापार चल रहा हो वहाँ भला किस अभागे को सुख का अनुभव न होगा। सूतजी आनन्द मग्न होकर अथर्ववेद के संज्ञान मुक्त का एक मंत्र गा उठे।''

''ज्यायसवन्तश्चित्तिनो मा वि यौष्ट
संरायधन्ताः सधुराश्चरन्तः।
अन्योन्यस्मैं वल्गु बदन्तो यात
समग्रास्थ सध्रीचीनान्।''

फिर जिज्ञासु श्रोताओं के लिए भाषा में भाष्य करते हुए सूत जी बोलेम् कि हे भक्तोंम् सुनोम् मंत्र का सार यह है कि श्रेष्ठता को प्राप्त करते भये सब लोग जो हैं सोम् हृदय से एक साथ मिलकर रहो, कभी विलग न होवो। एक-दूसरे को प्रसन्न रखकर एक साथ मिलकर भारी बोझ को खींच ले चलो जो है सोम्।

नुमाइशी आयोजक हाथ जोड़कर बोले : ''हाँ महाराज, हम लोग यही कर रहे हैं। देखिये हमने जनसंघी होते हुए भी कांग्रेस के एक भूतपूर्व राष्ट्रपति स्व. राजर्षि टण्डन के नाम से एक स्मारक समिति स्थापित करके उसकी ओर से यह प्रदर्शनी कराई है। माँ की पुकार में हमने अपने प्रधानमंत्री की सम्मान-रक्षा का ही एकमात्र प्रश्न उठाया है। हम तो प्रसन्नमुख दीपक की जोत अपने चेहरे में दिखाते हुए राष्ट्र संकट का भारी बोझ खींच कर लिए चल रहे हैं परन्तु पंचमाँगी कांग्रेसी कामरेड और कम्युनिस्ट हमें इस संकटकाल में भी माँ की पुकार नहीं सुनाने देते। हुल्लड़ मचाकर हमारा मनोबल क्षीण कर रहे हैं। आप हमारा मनोबल बढ़ाइये।''

काकभुशुण्डि जी लपककर बोले, ''एवमस्तु। चलिये हम आपका मनोबल बढ़ायेंगे।''

आयोजक लोगों ने बड़े सम्मान और समारोह के साथ तीनों महात्माओं को माँ की पुकार के चित्र दिखलाइये। एक पोस्टर में नेहरू जी के चित्र पर नरमुण्डों की माला चढ़ाकर दो संगीनों की नोंक पर नेहरू जी के चित्र को टिकाया गया है। आगे डोरी से एक और पोस्टर लटकाने का चित्र अंकित करके लिखा है कि नेहरू जी को जन्मदिवस पर भेंट। पोस्टर में सबसे नीचे भयचकित, भयत्रस्त बच्चे ऊपर बनाये गये चित्रों की प्रतिक्रिया दिखलाने के लिए बनाये गये हैं।

पोस्टर देखकर एकाएक शौनक जी ने पूछा : ''क्यों नेताजी, जे चित्र का चीनबारन ने हमारों अपमान करिबे के खातिर बनाय कै भिजबाओ है जा प्रदर्सिनी में?''

नुमाइशी आयोजक बोले, ''नहीं, महात्मनु, हमने अपने चित्रकार से इसे यहीं बनवाया है। इसमें हमारा आशय भी नीचे ही लिखा है—क्या भारत, प्रधानमंत्री के इस अपमान को बर्दाश्त कर सकेगा?''

शौनक जी बोले कि ''महाराज, हम तो संत संन्यासी लोग, काहू की प्रजानांय, चारों अलग अपनी ही जगीरी है, पर या परम पावन भरत भूमि में हमारो मन बसे हैं, सो हमैं तो जेई सोच भारी लग्यौ है कि अब कहा हमरी यौ तपोनिष्ठ भारतभूमि के निवासी आपस में एसे बैरी ह्वै गये हैं कि स्वयं अपने ही देश के स्वाभिमान के प्रतीक के सम्बन्ध में ऐसी घृणामयी कल्पना चीन वारेन की कुमति की उपज है। राम, राम, हरे राम।''

सुनकर आयोजकों के चेहरे लटक गये। नुमाइशी आयोजक खिन्नरचर में हाथ जोड़कर बोले : ''महाराज जी, आपके इस कथन से तो हमारा मनोबल क्षीण हो रहा है।''

काकभुशुण्डि जी लपककर बोले : ''आपके मनोबल की सदा जय हो। इन्होंने नीचे लिखे महावाक्य पर अपने महात्मापने के हठ में हरताल फेर दी है। बेचारे आयोजकों ने लिख तो दिया है कि क्या जनता इस अपमान को बर्दाश्त करेगी.. .नहीं कदापि नहीं। इस प्रश्न पर सीधा यही उत्तर हमारे मन से निकलता है, इसलिए इस चित्र से हमारा मनोबल बढ़ता है।''

आयोजकों ने काकभुशुण्डि जी से भक्तिभाव से चरण गहे। शौनक जी बोले, ''ठीक है हमारे मनतें हूँ यही निक्सनहै कि ''नहीं कदापि नहीं परन्तु सवाल तो यौ है कि अपमान किन्ने करयो चीनबारन ने कि संघबारन ने।''

''चीन वालों ने। उन्होंने नेहरू जी के जन्मदिवस पर सबसे भारी युद्ध किया था, हमारे सैंकड़ों जवान मारे थे। मैंने समाचार पत्रों में पढ़ा था। उसी अपमान को हमारा मनोबल बढ़ाने के लिए यहाँ चित्रित किया गया है।'' काकभुशुण्डि जी के यह कहते ही सारे आयोजक उछल-उछलकर 'महात्मा काकभुशुण्डि जी की जय' के नारे लगाने लगे।

शौनक जी खिलखिलाकर हँस पड़े, बोले ''काकभुशुण्डि तू तो अब निरो जिभ्यानन्द ह्वै गयो रे। मलाई पूरी छपन भोग पाइबे लालच में ऐसो बैखिलानों है कि तोंय सत्यहू नांय लख परयो। अरे भलेमानस, नैक ये तो बिचार कर कि वा बुरे दिन की कल्पना का चित्र में कैसे घिनौने रूप में कीनी गयी है। नेहरूजी भारतीय जवानन के मुण्डमाल पहनके मुस्क्याय रहे हैं। या मुस्क्यान के आंकिबे में राष्ट्रीय अपमान को प्रतिकार करिबे के निमित्त क्रोध कौ भाव उपजतु है या नेहरू के प्रति व्यक्तिगत घृना?''

सूतजी बोले : ''हे शौनक जी, आपके वचन सत्य हैं। स्वदेशवासियों की मुण्डमाल पहनाकर नेहरू जी को मुस्कराते हुए दिखलाने में निश्चय ही अमानुषीय घृणा का हाथ है नेहरू जी मनुष्य हैं, उनके गुण हैं और कुछ दोष भी होंगे। पर क्या वो इतने बुरे हैं, राक्षस हैं कि एक भारतीय चितेरा उन्हें भारतीय जवानों की मुण्डमाल पहने मुस्कुराते भये अपने चित्र में दरसावै? राम राम! चीन वालों के लिए यह निम्नकोटि की व्यंग भरी कल्पना सहज थी।

यह चित्र बनाया है एक भारतीय चित्रकार ने और उसे प्रदर्शित करने वाले भी भारतीय ही हैं। ये विकृत बुद्धि के लोग नेहरू-द्रोही तो हैं ही दरअसल मानवद्रोही हैं।

ये घर ही में व्यर्थ का रक्तपात करना चाहते हैं जो हैं सोम्। रक्तपात करने की कुत्सित कामना में ये लोग जनमानस में घृणा उभार कर अपने विरोधी मत के स्वदेश बंधुओं ही का रक्त बहाने को लालायित हैं। ''हे राम।''

नुमाइशी आयोजक बिगड़ उठे, मुक्का तानकर गरजते स्वर में कहा, ''हम रक्तपात को घिनौनी वस्तु नहीं मानते, हमारे क्रांतिकारी अध्यक्ष ने कहा है कि अहिंसा की करुणा और उसके लचीलेपन का नाम निशान तक मिटा दो। हम लड़ेंगे। हम कम्युनिस्टों से अवश्य लड़ेंगे।''

सूतजी बोले, ''अवश्य लड़ो जो है सोम्। पर हमारी एक शंका का समाधान कर दो! तुमने माँ की पुकार के इन चित्रों में एक जगह चीनी कम्युनिस्टों की गृहयुद्ध विजय का चित्र बनाकर लिखा है कि स्वजनों की लाश पर माओ ने कम्युनिज्म का झंडा चीन में फहराया। मान लो कि भारत में तुम्हारी कल्पना का गृहयुद्ध हो भी जाये और तुम्हीं जीतो तो क्या अपने लिए ऐसा चित्र बनाया जाना पसन्द करोगे? क्या तुम माओ, जैसा घिनौना काम नहीं करोगे?''

'कदापि नहीं।'' नुमाइशी नेता बोले, ''कम्युनिस्ट तो स्वजनों को मारते हैं लेकिन हम केवल कम्युनिस्ट और उनके पिट्ठुओं को ही मारेंगे।''

''जे कहाँ को गोलमाल सिद्धान्त है तिहारो। तुम मरौ तो कम्युनिस्टन के स्वजन हौ और कम्युनिस्ट मरैं तो वे तुम्हारे स्वजनहू नांय, भारतीय हूँ नांय। जे भला कौन सो न्याय है तिहारो। शौनक जी की बात सुनकर काकभुशुण्डि जी बोले, ''अरे शौनक, तुम निरेबुद्धि के छौने ही रहे। इतना बड़ा चित्र बना है कि कम्युनिस्टों में कोई चीन भक्त हैं और कोई रूस भक्त। दोनों लड़ते हैं, पीछे से माँ पुकारती है कि अरे तुममें कोई देशभक्त भी है। इससे ही यह सिद्ध हो गया कि जब कम्युनिस्ट देशभक्त नहीं तो स्वजन भी नहीं। और इसलिए इनका रक्तपात करने में दोष नहीं। चीनी कम्युनिस्टों का बदला भारतीय कम्युनिस्टों को मार कर लो। ये नेहरू जी की ढाल बनाकर छिपे हैं। इसलिए नेहरू जी का यह अपमान बर्दाश्त मत करो।''

सूत जी बोले कि हे काकभुशुण्डि गृहयुद्ध कराने के लिए घृणा उकसाने वाली यह प्रदर्शनी जो है सोम् राष्ट्रीय एकता को बल देती है या फूट की भावना को?

गृहयुद्ध की कल्पना को बढ़ावा देने से देश सबल होगा या निर्बल? फिर ये काम देश प्रेम है या कि देशद्रोह?''

शौनक जी बोले : ''कम्युनिस्ट तौ रूस चीन भक्त दरसाय कै देशद्रोही सिद्ध करि दीने गये। चलो ठीक कियौ, पर खास देशभगती कौ एकाधिकार मानने हारे जनसंघिनकौ यौ पारस्परिक घृणा प्रचार कार्य का देशद्रोह नांय है? बेद कहैं कि श्रेष्ठता को पाओ और ये बेदन के ढोंगी पुजारी या प्रदर्शनी में घृणा प्रचार करिकै नीचता को पाय रहे हैं। राम राम।'' यह सुनकर नुमाइशी नेता लोग इन दोनों साधुओं पर रोष प्रकट करते और इन्हें देशद्रोही कहते हुए इनका साथ छोड़कर चले गये। काकभुशुण्डि जी अपनी मलाई पूड़ी का डौल बैठाने के लिए इन दोनों का साथ छोड़कर नुमाइशी नेता के पीछे लपके।

(1963)

यदि मैं समालोचक होता

(1)

दिल्ली होटल
69, कंसारी पाड़ा रोड
भवानीपुर, कलकत्ता-25
9/10-1-1958

प्रिय भाई राजनाथ,

डॉ. रामविलास का पत्र, लखनऊ के पते पर उनका तार पहुँचने की सूचना, तुम्हारा पत्र मिले।

ब्रह्म-समाधि, रतिभोग और उपन्यास के क्लाइमेक्स लेखन के तन्मय क्षण छेड़े नहीं जा सकते।

आपको वचन दे चुकने के कारण अपनी जिम्मेदारी अनुभव करते हुए मैंने दो दिन प्रयत्न किये, पन्ने लिखे फाड़े—सन्तोष न हुआ। मेरे उपन्यास का नायक इस समय जिस ऐतिहासिक अरदब में फँसा हुआ है उसके सामने दुनिया की कोई नायिका मुझे समालोचना की मुसीबत में मुब्तिला नज़र नहीं आती फिर नायिका भेद कैसे करूँ।

आप चाहें तो मेरा पत्र प्रकाशित कर, पाठकों के दरबार में असली अपराधी को उपस्थित कर, अपना पिण्ड छुड़ा सकते हैं।

यों समालोचक बनने की कामना करते ही छींकना कुछ भली बात नहीं, पर इस छींक को पाठक मनहूसियत की निशानी न मानकर जुकाम की छींक मान लें, महत्त्व न दें, नाराज़ न हों।

अगले अंक से विधिवत समालोचक बनने की नीयत बरतूँगा।

पाठक परमेश्वर से बार-बार क्षमा प्रार्थी हूँ।

—सप्रेम
अमृत लाल नागर

(2)

सम्पादक जी,

आपने सौन्दर्यशास्त्र अंक से श्रीगणेश किया। बधाई। हम एक बहनवादी उपन्यास पढ़ रहे थे पर 'समालोचक' पाकर उसे तकिये के नीचे दबा दिया। यह सोचकर 'समालोचक' उठा लिया कि ईद की रस्म भी निभेगी और गले मिलने का मज़ा मुनाफे में मिलेगा। मगर थोड़ी देर उलटने-पलटने में यह समझ में आया कि आजकल के माने जाने सौंदर्य से सौंदर्यशास्त्र कुछ अलग वस्तु होती है। सम्पादक जी, आपने हमको बड़ा निराश किया। आपने सिनेमा स्टारों के सौंदर्य को शास्त्रीय दृष्टि से क्यों नहीं देखा? सिनेमा हमारे जनजीवन का महत्त्वपूर्ण अंग है; सिनेमा स्टारों के सौंदर्य को हमारा राष्ट्र तीन-तीन लाख रुपया ब्लैक देकर पालता है फिर भी आपकी शास्त्रीय दृष्टि ने उनकी अवहेलना की।

इसके अतिरिक्त आपने 'भाँग की पकौड़ी', 'गाँजे की कली', 'दोस्त के घर एक रात' जैसी महान साहित्य-सौंदर्यवर्द्धिनी अनेकानेक पुस्तकों का समालोचन भी नहीं किया। ये पचास या साठ सत्तर पन्नों की पचीसियों कथा-पोथियाँ, पुलिस, कानून और सभ्यता की आँखों में धूल झोंक पाँच से पन्द्रह रुपयों तक हज़ारों की संख्या में बिकती हैं। हमारे राष्ट्र की लड़कियों में उनकी बड़ी बेढब माँग है। समालोचक की हैसियत से आपने भारतीय नगर समाज के पाठकों का जी दुबारा खट्टा किया। अजी सम्पादक जी, ऐसी पोथियाँ केवल हिन्दी के देवनागरी अक्षरों में ही नहीं छपतीं वरन बंगला की देवनागरी से भी खूब भालोबाशा करती हैं। सभी प्रादेशिक भाषाओं में इस साहित्य का इस समय जोरदार प्रचार है। दिल्ली, कलकत्ता, बम्बई आदि बड़े नगरों में तो इनका बड़ा खुफिया धंधा है। सम्पादक जी, आपने इस माँग में निहित सौंदर्य को क्यों नहीं आँका?

आपके पास मोटर नहीं है यह मैं जानता हूँ, पैदल भी चलते हैं; यद्यपि आप को दायें-बायें देखकर चलने की आदत नहीं है फिर भी बचपन में कनकौआ लूटने की आपकी नज़र शायद कभी अपने नगर की दीवारों से इस उम्र में भी टकराती ही होगी। आपने मदभरे नैनों वाली, लुभावनी मुस्कान सने होठों के कोने में किसी चार सौ बीस नम्बर या अफलातून मार्का बीड़ी को दबाये हुए सुन्दरी के पोस्टर शायद कभी देखे हों और यदि नहीं देखे तो मैं पूछता हूँ कि आपने जग में आकर फिर क्या देखा है? दर्ज़ी, धोबी (लांड्री), जौहरी, बजाज, सर्राफ आदि तरह-तरह की दुकानों के संकेत-पटों पर नारी सौंदर्य उनका माल बेचता है। आपने नारी के विज्ञापनी सौंदर्य पर भी शास्त्रीय दृष्टिपात नहीं किया। न पुरानी भटियारिनों, न आज की महरियों के उँगली-मटकावन वाक्‌युद्ध का भाषा-सौंदर्य देखा, न आपने साहित्यिक गुटबाज़ियों में खूबसूरती देखी, मूंदड़ा केस के सौंदर्य पक्ष का मूल्याँकन भी नहीं किया, झूठ की सुन्दरता को नहीं निहारा। कहाँ तक गिनायें महाराज, हमें आपके शास्त्र में बड़े-बड़े

बिल नज़र आये। खैर होगा, ये तो दोस्ती में मुरौवत के मारे इतना कहकर ही चुप हुए जाते हैं, हम अगर सच्ची-मुच्ची के समालोचक होते तो देखते आप। हद कर दी आपने, नायिका भेद तक न बखाना।

ये सब कमियाँ होते हुए भी हम इतना अवश्य स्वीकार करेंगे कि आपका सौंदर्य शास्त्र पढ़कर हमारी समझ में यह आ गया कि सौंदर्य का चितवनों कनखियों से नहीं, वरन् शास्त्र से भी सम्बन्ध है।

हमको भी श्रृंगार रस में खासा प्रेम है। इस रस का क्या कहना? पण्डित कृष्ण बिहारी जी मिश्र ने लिखा है कि "रसों में सबसे अधिक वर्णन श्रृंगार रस का पाया जाता है और श्रृंगार रस का स्थायी भाव प्रेम है। प्रेम विधेयात्मक सहानुभूतिमय और सत्य है। यह सबसे अधिक व्यापक स्थायी उपयोगी है। इसमें स्वार्थ का अभाव सम्पूर्ण आत्म त्याग और तन्मयता की पराकाष्ठा है। इन्हीं कारणों से श्रृंगार रस रसों का राजा माना गया है।"

श्रद्धेय मिश्र जी ने राजा शब्द का उपयोग आज़ादी आने से पहले किया था, अब आप चाहें तो श्रृंगार रस को राष्ट्रपति या राज्यपाल उर्फ लाट साहब मान सकते हैं। हमें लाट-गवर्नरों के साथ रहने में बड़ा सुख मिलता है, सम्पादक जी, बड़े ठाठ-बाट रहते हैं और इसी के लिए हम श्रृंगार रस के हामी हैं। फिर इसमें एक लाभ यह है कि आदमी जब बाल-बच्चेदार, बड़ा-बुजुर्ग, इज़्ज़त आबरू वाला हो जाये तो उसे साजन, सजनी रोमांस के बजाय श्री राधाकृष्ण प्रेम की लीलाएँ सरे आम बखानने की पूरी छूट है; फिल्मी हीरो हीरोइन के गीतों को भी वह हरि कीर्तन समझ कर गा सकता है।

लेकिन सम्पादकजी, आपने शास्त्र में रस के साथ जुड़कर एक बड़ा ही अश्लील शब्द पण्डितों के द्वारा प्रयोग में लाया जाता है। वे लोग कहते हैं कि विभाव, अनुभाव, सात्विक भाव तथा व्यभिचारी भावों की सहायता से श्रृंगार रस के स्थायी भाव में जो एटमी आनन्दोद्भूति होती है उसे रस कहते हैं। हम विभाव को बेभाव समझकर अपना सकते हैं। अनुभाव का अर्थ हमें अनाज-गल्ले की मंडी में भी नहीं मिला। सात्विक भाव ठीक है; उससे हमारे तिलक, कण्ठी जनेऊ की आबरू बढ़ती है। पर इसके बाद पण्डित लोग रस के नाम पर व्यभिचार का प्रचार भी करते हैं। हम मन ही मन तो पंडितों की इस सूझ-बूझ के बड़े कायल हैं पर उजागर में इसका खण्डन ही करेंगे। आप समझते नहीं सम्पादक जी, दुनिया बड़ी कठिन है। यदि हमने खुलेआम रस में व्यभिचारी भावों का पोषण किया तो पचासे की उमर में पद्मश्री और सठियाने पर पद्म विभूषण प्राप्त करने का हमारा जन्मजात स्वप्न चकनाचूर हो जायेगा। आप सम्पादक भले हो गये हों, छह-सात अक्षरों की उपाधि से भी सज गये हों परन्तु मैं आपको समय रहते ही यह चेतावनी दिये देता हूँ कि यदि उम्र आने पर आप पद्मपति न बने तो मैं क्या कोई भी दुनियादार शरीफ आदमी फिर आपकी इज़्ज़त नहीं करेगा। इसलिए मेरी सलाह है कि श्रृंगार रस के व्यभिचारी भावों का

प्रचार आप प्राइवेट तौर पर ही किया कीजिये और यदि खुले आम ही करना चाहते हैं तो पहले मोटर बंगला ले लीजिए, प्रोफेसरी सम्पादकी छोड़कर या तो सट्टे बाज़ार के दलाल बनिये या सरकारी अफ़सर। फिर आप वैधानिक कन्ने काटकर जी चाहे सो कर सकते हैं। ''समरथ को नहीं दोष गुसाईं।''

और यदि आपकी तकदीर ऐसी सिकन्दर नहीं है, प्रोफेसरी, सम्पादकी, समालोचकी ही करना बदा है तो भी तरकीब से काम लीजिए, ज़माने को नायिका भेदी दृष्टि से देखना सीखिये, आपका कल्याण होगा। सम्पादकजी, पैसा परमेश्वर पीला सफेद होते हुए भी स्वयं साक्षात कृष्ण है। इस जगत में पैसा ही पुरुष है बाकी सब गोपियाँ। पैसे को आप सत्ता भी कह सकते हैं; सत्ता शब्द स्त्री-लिंगी होते हुए भी दरअसल पुरुष है। पैसा उर्फ सत्ता-रूपी नायक के आगे बाकी सब नायिकायें हैं।

अब इन नायिकाओं को समझ लीजिए।

महाकवि मतिराम जी के मतानुसार नायिकाभेद इस प्रकार होता है :

''कही नायिका तीन विधि, प्रथम स्वकीया मान।
परकीया पुनि दूसरी, गानिका तीजी जान ॥''

इसमें आप जैसों को स्वकीया नायिका ही कहा जा सकता है। लिखने-पढ़ने से चिपके, सो उसी के होकर रह गये।

''तेरे सुशील सुभाव भटू कुल नारिन को कुलकानि सिखाई।''

लेकिन सम्पादक जी, बुरा न मानें तो एक बात कह दूँ, आजकल स्वकीयाओं का कोई भाव नहीं। हाँ, ड्राइंग रूम में जब नायक या नायिका के कुछ सम्भ्रान्त मित्र-मित्रणियाँ आ जाती हैं तो नायक केलि-कलह का सा नाटक साधकर बाहरी समाज की दृष्टि में स्वकीया नायिका का गौरव बढ़ा देता है। आप और आप जैसों के साथ भी यही होता है। यानी जब समालोचकों विद्वानों की लिस्ट में नाम गिनाये जाते हैं, तब उस लिस्ट में आपका नाम भी जोड़ लिया जाता है परन्तु विशेष महिमा नहीं बखानी जाती है। महिमा परकीया और गनिकाओं की ही होती है। इसलिए हमारी सलाह तो यही है कि आप अपना स्वीकीया व्रत छोड़कर परकीया बन जायें। परकीया नायिकायें छः प्रकार की होती हैं : ''गुप्ता, विदग्धा, लक्षिता, मुदिता, कुलटा और अनुशयना।''

गुप्ता नायिका आप हो नहीं सकते, यह विशेषता अवसरवादियों में ही होती है। मन में सदा गुपचुप अपने स्वार्थ की सुरति कर ऊपर से रामभक्ति बनी रहने वाली गुप्ता अवसरवादिनी चतुराई की खान होती है। आप विद्वान भले हों पर क्षमा कीजियेगा, चतुराई आपको छूकर भी नहीं निकली। जो चतुर होते तो अब तक आप बड़े भारी नेता बन गये होते। आपके विदग्धा परकीया बनने में भी मुझे सन्देह है। हाँ अपने हिन्दी साहित्य-क्षेत्र में ऐसी नायिकाओं की भी कमी नहीं है। आपको वचन विदग्धायें भी बहुत-सी मिलेंगी (यानी मिलेंगे) और क्रिया-विदग्धायें भी। दोहे का प्रमाण आपकी सहूलियत के लिए प्रस्तुत करता हूँ, स्वयं जाँच लें, कौन कैसा है।

विदग्धा लक्षण

करे बचन सों चातुरी, बचन-बिदग्धा जान।
करे क्रिया सों चातुरी, क्रिया-बिदग्धा मान॥

इस बार कलकत्ते के अखिल भारतीय लेखक समारोह में हमें मुग्धा, मध्या, प्रौढ़ा, परकीया, उत्कण्ठिता, वासकसुजाओं के दर्शन हुए। उनकी लीलाएँ देख-देखकर चित्त को बड़ा सुख प्राप्त हुआ सम्पादक जी। एक मिनिस्टर प्रोफेसर चतुर परकीया की भाँति लेखक-समारोह रूपी सेज-सिंगार सजाकर अपने प्रियतम अंग्रेज़ों की बोली सुनने की बाट में बैठे थे। उन्हें देख-देखकर मुझे महाकवि मतिराम की ये पंक्तियाँ याद आ रहीं थीं :

साँझ ही तें करि राखे सबै
करिबे के जे काज हुते रजनी के।
पौढ़ि रही उमंगी अति ही
''मतिराम'' अनन्द अमात न ही के।
सोवत जानि के लोग सबै
अधिकाने मिलाप मनोरथ पी के,
सेज ते नारि उठी हरुवे-हरुवे
पट खोल दिये खिरकी के॥

अजी सम्पादक जी, क्या कहूँ, ऐसी खिड़की खुली कि बड़ी परकीयायें और गणिकायें झलक पड़ीं। एक प्रबुद्ध लेखक के बारे में सुना है कि बड़े इन्टेलेकचुहलिए हैं। हिन्दी वालों से इतनी नफरत है कि बात करना भी पसन्द नहीं करते। ये अपनी बुद्धि के सौन्दर्य पर स्वयं लट्टू हैं। उनका स्वर इतना मधुर था कि हमें भगवती चरण वर्मा की, 'चरमर-चरमर चूं चरर-मरर' वाली कविता याद आ गयी। उनका कहना था कि आर्यों से लेकर मुसलमानों तक ने उनकी भाषा पर बलात्कार कर लिया है और अब वे हिन्दी वालों को बलात्कार नहीं करने देंगे। उन्हें सात समन्दर पार वाले लाल भभूके पिया की प्यारी-प्यारी बोली सुनने की बड़ी उत्कंठा थी।

एम परमानन्दी महाशय अंग्रेज़ी को भारत की पन्द्रहवीं राष्ट्र-भाषा बनाने के लिए शब्दों के साज-सिंगार करके गणिका उत्कंठिता की तरह बोले थे। क्या बतावें सम्पादक जी, हमारे पास कैमरा नहीं था, नहीं तो अपने इस आदरणीय मित्र की 'लाला रुख वाली छटा' आपको भी दिखा देते। फिर भी महाकवि मतिराम के नायिका-भेद में उनका शब्द चित्र ऐसा सटीक मिल जाता है, जैसे भृगु-संहिता में सबकी जन्म कुण्डलियाँ सटीक मिल जाती हैं। घड़ी में वह अंग्रेज़ी हिमायतियों को नेह से ताकते, पल में हिन्दी के हिमायतियों को क्रूर कनखी से देखते और छिन भर में मातृभाषा की ढैयाँ छूकर उससे छिनक भी जाते थे। दाएँ-बाएँ जहाँ मौका पाते अपने अंग्रेज़ी-प्रेम को बिना टिकट ही प्रदर्शित कर देते थे।

पीतम को धरि ध्यान घरीक करै
मन ही मन काम किलोलैं।
पातहु के खरके 'मतिराम'
अचानक ही अखियाँ पुनि खौलें।
पीतम ऐहैं अजौ सजनी।
अंगराय जंभाय घरीक यों बोलैं।
गावै घरीक गरे ही हरे-हरे
गेह के बाग हरे-हरे डोलैं ॥

ऐहैं प्रीतम आजु यों, निश्चय जाने बाम।
साजे सेज सिंगर सुख, वासक सज्जा नाम।

लेकिन सम्पादक जी अपने तमिल भाषी मित्रों की तलाबेली का वर्णन कैसे करूँ। शिकायत भरे आये थे। भारत सरकार से चिढ़कर बंगाल के जादू का सहारा लेते हुए तमिल-देश-वासिनी मध्यकलहान्तरिता की फ़ोटो भी टुक निहार लीजिए।

पायन आय परे तो परे रहे,
केती करी मनुहारि न झेली।
मान्यो मनायो न मैं 'मतिराम'
गुमान में ऐसी भई अलबेली।
प्यारो गयो दुख मान कहूँ,
अब कैसे रहूँ यह राति अकेली।
आप ते ल्याउ मनाय कन्हाईको
मेरो न लीजियो नाम सहेली ॥

दूसरे दिन राष्ट्रीय नायक लेखक की हैसियत से मंच पर बोलने आये हमारी समझ में नहीं आता सम्पादक जी कि राष्ट्रीय नायक को हम दक्षिण, शठ, धृष्ट आदि में किस प्रकार का नायक मानें बहरहाल अपनी सूझ-बूझ के अनुसार उन्हें दक्षिण नायक मानते हैं। उन्होंने सभी प्रादेशिक भाषाओं से एक साथ स्नेह प्रकट किया। मतिराम जी के कथनानुसार—

एक भाँति सब तियन सौं जाको होय सनेह।
सो दच्छिन 'मतिराम' कहि बरनत है मतिगेह ॥

सियावर रामचन्द्र की जय शरणम्।

बस, अब बहुत हुआ, हमसे नायिका भेद की अधिकफस्द न खुलवाइये। होली का मौसम है, नायिका भेद बखानते हुए जो कहीं हमारे मन में व्यभिचारी भाव आ गया तो हमसे पदम-पचासा छूट जायेगा। इसलिए आज यहीं तक।

आपका
चौक, लखनऊ नागर नायिकाभेदी

(3)

सम्पादक जी,

होली बीती। नया वर्ष आरम्भ हुआ मगर जान पड़ता है सम्पादक होकर आपकी आयु के वर्ष आगे बढ़ने के बजाय पीछे मुड़कर दौड़ने लगे हैं।

आप शायद स्वयं भी इस बात की गवाही देंगे कि नौजवानी में हमारी मित्र मंडली में आप ही ऐसे व्यक्ति थे जो जनेऊ के समय रटाई गयी प्रतिज्ञाओं का पालन करते थे। उस समय जब हम नायिकाओं का वर्णन करते थे तब आप बैठे-बैठे झेंपा करते थे और अब ऐसे हो गये हैं कि अपनी साहित्यिक पण्डिताई की आड़ में हमें बार-बार नायिका भेद करने के लिए ही उकसावा देते हैं। यह सब देखकर मसल याद आती है कि आप तो डूबेंगे ही साथ में यार को भी ले डूबेंगे। ऐसी हरकतों से आप मेरे पचासे और साठे को पद्मश्री भूषित न होने देंगे।

खैर, आप डाल-डाल तो हम पात-पात। हम आपकी कही भी करेंगे और अपनी आबरू भी निबाहेंगे। आबरू निबाहना बड़ा आवश्यक है सम्पादक जी। आप तो खैर निभाये बैठे हैं। यों समालोचक की हैसियत से बहुत बार गालियाँ खाकर भी दुनियादारी की दृष्टि से आप खासे आबरूदार हैं। अरे भाई, डॉक्टर हैं और वह भी रंगे-सियार के काले चश्मे से देखी गयी निगोड़ी कलमुँही हिन्दी के नहीं बल्कि गोरी चिट्टी बड़े नाजोपली अंग्रेज़ी के डॉक्टर; तिस पर कुरसीपति प्रोफेसर भी हैं। आपकी आबरू तो इन्श्योर्ड है; मगर हम अच्छे खासे भलेमानुष होकर भी, रूखे और बड़े-बड़े बाल न रखते हुए भी, सब कुछ बोल चालकर आखिर है तो कलाकार। यह शब्द ही बेआबरुई का साइनबोर्ड है। इसलिए हम जो तनिक चूके तो जमाना नाक सिकोड़-सिकोड़ कर कहेगा : ''अजी, यह तो पहले ही से मालूम था। आखिर है तो कलाकार ही न! देखिये, नागर नायिका भेदी हो गया। अब इसको घरों में न घुसने दिया जाये।'' सम्पादक जी आपकी सलाह पर यदि मैं चला तो मेरा जो कुछ अध्यात्मवादी नुकसान होगा सो होगा ही, ऊपर से यथार्थवादी हानि का पलेथन लग जायेगा। जान-पहचान का दायरा लम्बा चौड़ा रहने के कारण यदि योजना बनाकर एक-एक दिन सबके यहाँ चाय या भोजन के अवसर पर पहुँचता रहूँ तो अपना एक समय का राशन यावत्चन्द्र दिवाकरौ बड़े मजे में बचा सकता हूँ। और चूँकि यों भी एक ही समय भोजन करता हूँ इसलिए घर से मेरे राशन की समस्या ही कट जायेगी। आज के समय में घर के एक प्राणी का राशन कम होना, खर्च की कुछ बचत होना कुछ अर्थ रखता है।

आपने कला के माध्यम पर तो बड़ा ख्याल बाँध दिया, क्या कहने! लेकिन कलाकारों के माध्यम पर यदि बड़ा नहीं तो छोटा ख्याल ही कभी सुना दीजियेगा। सम्पादक जी! द्रुत नहीं तो विलम्बित ही सही। हेगेल, गेटे और भरत के उद्धरण देने की आवश्यकता न पड़ेगी। कलाकारों के माध्यम पर कोटेशन दिये बगैर ही काम

चल सकता है। आपने स्वयं कभी गौर किया होगा कि कलाकार जब 'कोट' करता है तो अपने ही वाक्यों को। मैंने अपने कोटेशनों को अक्सर बड़े ध्यान से सुना है सम्पादक जी, नमूने के तौर पर दो चार आप भी सुन लीजिए :

कोटेशन नं. 1—"अजी जो मैंने लिख दिया उसे समझने में अभी सौ साल लगेंगे।"

"कोटेशन नं. 2—"अजी वो (कोई भी) साला क्या लिखेगा मेरे आगे। अभी दस बरस सिखा सकता हूँ।"

कोटेशन नं. 3—"साधना कीजिये, साधना! कला कलेजे के खून को सुखाकर ही निखरती है।" (अर्थात् कलेजे के खून को सुखाकर पाउडर कर लीजिए, फिर जहाँ कहीं रसीली आँखें मिलें, अपनी कला कलेजी के सफ़ूफ़ को उसमें घोलकर काफ़ी-हौसिया-बातों की नौ-रतन चटनी चट्ट से तैयार कर लीजिए।)

इस प्रकार के कलाबाजी वाले कोटेशन इतने मिल सकते हैं कि आपको बटोरते हुए भी अनावश्यक बोझ लगेगा। या नीहम भी कभी-कभी (और कभी अक्सर भी) कुछ कोटेशन नुमा कलाबाज़ी दिखला ही जाते हैं। बाद में जब हमारा प्रच्छन्न कलाबाज़ रूप झक मारकर सो जाता है और मनुष्योचित विवेक जागता है तब... तब की न पूछिए सम्पादक जी, हँसी तो आती ही है साथ ही हमारे स्वभाव का भोलापन झेंप जाता है।

कुछ कलाकारों ने अपने निकम्मेपन को ढंकने के लिए शेखीखोरी को अपना माध्यम बना रखा है। दस-पन्द्रह वर्ष से लिखना-पढ़ना छोड़ बैठे हैं अपनी पुरानी रचनाओं को ही नये-नये नामों से छपवा कर कौड़े सीधे करते हैं, सरकारी, गैर सरकारी डेलिगेशनों में जाने के लिए नीति-अनीति सब कुछ बरत लेते हैं—तिकड़म खुशामद सब कुछ। फिर भी वे अपने को महानतम से कम नहीं समझते और जब कोई भोले-भाले पाठक प्रशंसक उनके यहाँ पहुँच जाते हैं तो अपने मान-गुमान और डींग हाँकनी से बेचारे के प्राण सुखा देते हैं। ऐसे कलाकार नायिका-भेदी दृष्टि से अधमा नायिका कहलायेंगे।

"पिये सों हित हूके किये करे मान जो बाल।
तासो अधमा कहत है कवि 'मतिराम रसाल' ॥

कुछ नये कलाकार दो-चार कवितायें, कहानियाँ और उपन्यास लिखने के बाद ही इस बात के लिए अधीर हो उठते हैं कि उनके रचे साहित्य पर अभी तक न तो बड़े-बड़े पौधे लिखे गये हैं और न छोटे-छोटे लेख ही। वे चिढ़कर चिल्लाते हैं : "ज़माने साले को मेरा आर्ट समझने की तमीज़ ही नहीं है।" इन ऐसों को आप मध्या अधीरा मानिये—

"मध्या कही अधीर तिय बोलै बोल कठोर।
पियहिं जनावत कोप सों........." इत्यादि।

अच्छा ये तो बेचारी नायिकायें हैं, अच्छी बुरी कैसी भी हों, अबला हैं; परन्तु कुछ कलाकार ऐसे हैं जो शिकायत नहीं करते करतब करते हैं। करतब पौरुष का चिह्न है इसलिए उनको नायिका के बजाय हम नायक मानते हैं। इनमें शठ, धृष्ट, उपपति, वैशिक, वचनचतुर, क्रिया-चतुर सभी कोटियों के नायक हैं। इनकी करतबगारी के माध्यम भी अलग-अलग हैं।

शठ नायक आपको फिल्मी कलाकारों-कलाकारिनों में बहुतायत से मिलेंगे। इन्हें पहचानने के लिए दोहा सुनिये :

"प्रिय बोलै अप्रिय करै निपट-कपट जुत होय।
सठ नायक तासों कहत कवि कोबिद सब कोय ॥"

फिल्मी कलाकार देश, समाज मानवता, कला, दर्शन आदि के सम्बन्ध में बड़ी मीठी, भाव-भरी तर्कसजी बातें बोलता है और काम करता है ब्लैक धंधे का। 'स्मगलिंग' की शराब पार्टियों में उड़ाना, आपस में भी एक्टिंग करते रहना, अखबार वालों को खिला-पिलाकर अपना ढोंग-धतूरा फैलाना, पुल्लिंगी शठ नायक होने पर औरतबाजी तथा स्त्रीलिंगी शठ नायक होने पर मर्दमार बनना, पीकर सड़कों पर अपनी मोटरों का चालान करवाना, इनकमटैक्स विभाग को ठीक पूंजीपतियों के से लटक-झटकों से चकराना रिझाना आदि-इत्यादि इनके करतब होते हैं।

मगर सम्पादकजी, इनकी बड़ी कीमत है। शठ नायक आज के युग में पुजता है। अजी उसका ऐसा सम्मान है कि चोटी के नेताओं के साथ फ़ोटो खिंचवाता है, उनके साथ क्रिकेट खेलता है, राज-दरबारों में दावतें उड़ाता है; आलम उसके पीछे दीवाना है। यह पुल्लिंगी स्त्रीलिंगी शठ नायक हमारा भाई-बिरादर फिल्मी कलाकार अपने सुख चैन के लिए राष्ट्र से एक विशेष टैक्स उगाहता है। उसका नाम है 'मास्टरबेशन टैक्स'। सम्पादकजी, जहाँ तक अदालत शास्त्र और मेडिकल शास्त्र आवश्यकता पड़ने पर तथाकथित अश्लील शब्दों का उपयोग कर लेते हैं वहाँ तक मुझे भी निष्काम रूपेण अश्लील हो जाने की आज्ञा प्रदान कीजिये।

अच्छा सम्पादकजी, कभी सोचा है कि ये लाख-दो लाख-तीन लाख का 'काला रुपया' आखिर हमारे इन फिल्मी बन्धुओं को क्यों कर मिल जाता है? हमारे निराला, पन्त क्या ऊँचे कलाकार नहीं? इन्हें क्यों नहीं मिलता? बहुत विचार किया तब यह समझ में आया कि हमारे निराला, पन्त, उनके गुरु रवीन्द्रनाथ, उनके गुरु कालिदास, फिर उनके गुरु वेद व्यास यहाँ तक कि सबके दादा गुरु आदि कवि वाल्मीकि तक उस कृष्ण-लक्ष्मी को रिझा पाने के नितान्त अयोग्य थे और हैं। मस्ती के दौर में अदब हो जरा देर के लिए बाअदब बालाये ताक कर 'बाँकेमली' लहजे में कहने को जी चाहता है कि भैयो हमन-तुमन मिलके जिसे जो चाहो कह लो और पूज लो। पर पबलक तो इन्हें खुस्कैट समझे है। तरकैटियाँ तो भैयो बाइस्कोप सनीमा में रहवे हैं—रस तो बिसी बरसाने में बरसे हैं।

अच्छा, हमारे ये फिल्मी बन्धु तो फिर भी समय के थपेड़े खाकर सम्हल जायेंगे। इनसे आशा की जा सकती है क्योंकि सारी शठता के बावजूद ये अधिकतर नौजवान हैं, हरे बेंत हैं, अभी इनका भोलापन स्वार्थ से सूखकर पूरी तरह काठ नहीं हुआ। अभी 'ब्लैक' पर मरते हैं; अभिनय, चरित्रचित्रण करना बहुत से बड़े-बड़े नाम चीन्ह स्टारों को भी नहीं आता; लेकिन यदि उचित रूप से इनका काला स्वार्थ बंधन में जकड़ा गया तो कल ये उज्ज्वल समाज की रूपरेखा प्रस्तुत करने में इतने ही जोश से सहायक भी हो जायेंगे।

परन्तु सम्पादक जी, धृष्ट नायकों का क्या किया जाये। ये पेश-ए-कलाकारी से जीवन आरंभ कर नाम और धन कमाते हैं; फिर समाजवादी सरकार में ऊँचे-ऊँचे राजमुकुट पहनते हैं; जब मुकुट उतर जाता है तब वेद, उपनिषद् महाभारत और गीता का प्रवचन जाल फैलाकर सत्ता की नयी और कीमती चिड़िया फँसाने के फेर में रहते हैं और यदि संयोगवश वह नहीं फँसती तो संस्कृति भेद, भाषा भेद, आदि के बेद-लबेद छाँटते हैं। इन बुजुर्ग कलाकारों को कितना ही समझाओ, बरजो, मगर ये स्वार्थी अपनी धृष्टता से बाज नहीं आते। महाकवि मतिराम जी ने ऐसे कलाकारों का हुलिया इस प्रकार बयान किया है—

"करै दोस निरसक जो डरै न तिय के मान।
लाज धरै मन में नहीं नायक धृष्ट निदान ॥"

तो सम्पादक जी, यही सब कलाकारों के माध्यम हैं। कोरे लिखने, चित्र, मूर्ति आदि बनाने से जब पेट नहीं भरता तो कलाकार कला के माध्यमों का तरह-तरह से उपयोग करता है। हम भी पेट के लिए कभी फिल्मलेखन रूपी गणिका के फेर में पड़कर वैशिक नायक बने हैं और रेडियो-डाक्यूमेंटरी आदि के लिए लिख कर उपपति भी बनते हैं। हमारी उलझन समझिये, हम कहानी कला को एक पत्नीव्रती होकर अपनाना चाहते हैं परन्तु ये कला नायिका रोटी बड़ी कच्ची सेंकती है, गृहस्थी चलाने में अब तक फूहड़ साबित हुई है। इसीलिए परकीयाओं और गणिकाओं का पल्ला पकड़ना पड़ता है। हम बहुत रुपया पैदा करने के फेर में न रहें तब भी शहरी जीवन की आवश्यकताओं और मान्यताओं को बिल्कुल अमान्य कर नहीं चल सकते। हम कला नायिका से बार-बार क्षमा माँगकर कहते हैं कि सती तुम्हें मैं छोड़ नहीं सकता पर क्या करूँ तुम बाँझ हो।

सम्पादकजी, गाली देने से न चलेगा, कलाकारों के माध्यम पर भी उचित और अनिवार्य सहानुभूति से विचार करना ही होगा वरना एक ओर अफलातूनी साधनावाद का आदर्श और दूसरी ओर पेटवाद का घोर यथार्थ आपसी रस्साकशी कर कला की जान निकाल लेगा। कलाकार लोग इसी रस्सीकशी में होते-होते अधम नायिका और धृष्टनायक हो जाते हैं। जो लोग यहाँ तक पहुँचने से अपने को बचा लेते हैं, वे बस बचा ही लेते हैं, लेकिन दम इतना फूल जाता है कि अपनी कला-स्वकीया को रिझाने का पूरा-पूरा हौसला नहीं रह जाता।

सम्पादकजी, यहीं पर आकर नायिका भेद बड़ा कठिन ही सही मगर बकौल एक गदर कालीन गीत के—

''जीवें लोग सिपाही लड़ब हम दीन की ताई।''

आपका
नागर नायिकाभेदी

(4)

सम्पादक जी,

चिट्ठी मिली। आपने सेठ बाँकेमल से साहित्य के सम्बन्ध में इंटरव्यू लेने की फरमाइश की। पत्र पढ़कर बड़ा आश्चर्य हुआ। आखिर आपको ये क्या सूझी जो जन-साधारण से साहित्य की फजीहत करवाने पर उतारू हो गये हैं। पहले किसी ऐतिहासिक ज़माने में होता तो कह नहीं सकता मगर अब तो साहित्य असाधारण हो गया है, जनसाधारण के बौद्धिक स्तर से बहुत ऊँचा उठ गया है हर प्रतिष्ठित साहित्यिक अब जनसाधारण के लिए साहित्य की रचना करना अपनी शान के खिलाफ समझता है। उस पर ज़्यादा जोर दीजिये तो कहता है कि 'मासेज़' के लिए लिखना साहित्य का स्तर गिराना है। वह अपने दस-बीस मित्रों के लिए लिखता है। अमुक-तमुक-ठमुक-चमुक जी (कामरेड पार्टनर या प्रियवर) के लिए ही वह कविता, कहानी, नाटक या उपन्यास लिखता है। यदि उन्होंने पढ़कर पसन्द कर लिया तो स्वनामधन्य साहित्यिक यह समझ लेता है कि उसकी रचना से सम्पूर्ण विश्व में क्रान्ति हो गयी। बस जै-जै राम, सीताराम, फिर कहाँ का जन-साधारण और कहाँ की उसकी साहित्यिक अभिरुचि। उसे पूछता कौन है। खैर, आपके आग्रह करने से हम सेठ बाँकेमल के यहाँ गये।

आह, उन सड़ी गलियों में जाते हुए न जाते हुए न जाने कितनी-कितनी बार हमारा मूड बिगड़ा। गुस्सा आप ही पर आया। अजी जब हम बाँकेमल जैसों की जीवनी लिखते थे, तब छोटे लेखक थे; अब उन्हीं किताबों की बदौलत बड़े लेखक हो गये हैं। कहिए तो अपनी ही साहित्य सम्बन्धी इंटरव्यू लेकर भेज दूँ पर बाँकेमल जैसे...। अच्छा जी, नाक-भौं सिकोड़कर चला तो गया ही पर मलाल लेकर।

मगर सेठ बाँकेमल के सामने पहुँचने पर मिज़ाज और मूड सब हवा हो गये। पिछली भेंट से इस बार सबसे बड़ा अन्तर यह था कि बाँकेमल जी की आँखें जाती रहीं। कहाँ तो मुझे देखते ही बत्तीसी खिलाकर आओ भैयो, आओ भैयो, की हाँक मारते थे और कहाँ अब वे दूसरों के बतलाने पर ही लाड़ जतलाने के लिए मेरी खोपड़ी टटोल पाते हैं।

''पूछने लगे : ''चौं भैयो, मेरी किताब लिख डाली तैने।''

''हाँ चाचा जी! इतने दिनों तक आपको भेज नहीं सका था। उसके लिए क्षमा

चाहता हूँ।'' अंधे चाचा जी को मैंने अपनी साँसकृतिक दीनता दिखलायी।

सेठ बाँकेमल ने किताब हाथ में लेकर चारों कोनों से उसे टटोलकर देखा और बोले : ''किताब तो अच्छी जान पड़े है। इसमें मेरी वो फ़ोटू भी होगी जो तैने खिंचाई थी!''

मैंने कुछ झेंप और कुछ खिसियाकर कहा : ''नहीं चाचा जी। आपकी फ़ोटो तो प्रकाशक की दराज़ में ही बन्द हैं।''

सेठ बाँकेमल ने किताब ज़मीन पर हल्के-से फेंकते हुए कहा : ''तब ससुरी में क्या दम होगा, फौक्स होगी। बिना फोटू के कहीं मेरी म्हैमा बढ़ सके है। आजकल फोटू से ही तो आदमी की इज़्ज़त बने हैं। बोल भैयो, तैने अपने कमरे में कोई अपनी फोटू भी टाँग रखी है कि नहीं,''

मैंने कहा : ''नहीं चाचा जी, मुझे यह अच्छा नहीं लगता कि जहाँ सौ फीसदी जीता-जागता इन्सान बैठे, वहीं उसकी गूंगी फ़ोटो भी मौजूद हो।''

सेठ जी मुझसे तुनक गये। बोले : ''अब मेरी-तेरी नहीं पट सके है भैयो, तू भौत बुद्धमान हो गया दीखे है। तू कानूनी पौइंट ही नयी समझे है, तौ तुझसे क्या बात करूँ। अरे भैयो जब तलक आदमी जिया तब तलक तो ससुरा अपने कमरे में बैठायी है और जब मर गया तो सुसरे की फ़ोटू टंगी है कमरे में, इससे हक्क बाद मुर्दन साबत होवे हैं, समझा। खैर, बोल तेरे लिए सोडा लमलेट मंगाऊँ कि लिपटन की चहा बनवाऊँ।''

मैंने कहा : ''सोडा-चाय कुछ नहीं लूँगा चाचा जी, इंटरव्यू लेने आया हूँ आपसे।''

सेठ जी कुछ परेशान से नज़र आये। बोल : ''भैयो, वो तो अपने पास नयी है। जब से चौबे जी मर गये तब से नये-नये फ़ैशनों का पता ही नहीं चल पावे है।''

मैंने कहा, ''चाचा जी, इंटरव्यू के माने ये हैं कि आपसे बातें करूँगा।''

''सो तो तू कर ही रह्या है भैयो।''

मैंने कहा : ''ये तो मामूली बातें हैं, मैं आपसे साहित्य के सम्बन्ध में वार्तालाप करूँगा। एक बड़े स्वनामधन्य सम्पादक की इच्छा से मैं इस समय आपके पास आया हूँ।''

''वो सम्पादक जी कहाँ रहवे हैं?''

मैंने कहा, ''आप ही के नगर में, अशोक नगर मोहल्ले में।''

''हमारे स्हैर में इस नाम का कोई म्हौल्ला ही नईं है ससुरा।''

मैंने कहा : ''नया मुहल्ला है; गोकुलपुरे से उतर कर घटिया तले पचकुइयों के ऊसर इलाके में जहाँ संपादक जी बसे, वहीं अशोक नगर बस गया। आप सम्पादक जी को साहित्य की सती सीता समझ लीजिए।''

''तूने अच्छा किया भैयो। अब लग जो परदेसी अढ़तिये बेपारी आ जाया करें थे उन्हें मैं ताजबीबी का रोज़ा बतला दूँ था। अब उन्हें साहित्त सीता सम्पादक जी

का अशोक बन भी देखने के ताईं भेज दिया करूँगा। हाँ भाई मेरी बातें छाप के मेरी म्हैमा बढ़ायेंगे। तू कहवे भैयो तो अब से इनके बाल-बच्चों के ताईं कुछ मेवा मिठाई भी भेज दिया करूँ। वैसे टेंट ससुरी खुसकैट है आजकल, जेबों में तरिए नहीं हैं सालियाँ। जब से आँखें गयीं हैं भैयो, मैं फोक्स हो गया ससुरा। खैर, लटा हाथी सवा लाख का होवे है भैयो।''

मैंने फौरन कहा : ''नहीं नहीं, ये न कीजियेगा चाचा जी सम्पादक जी बड़े सिद्धान्तवादी आदमी हैं। रिश्वत लेना-देना पाप समझते हैं। हाँ, चूँकि उन्हें पहलवानी का शौक है, इसलिए अगर आप किसी अच्छे मालिश करने वाले नाऊ को बारह आने पैसे अपनी जेब से देकर सम्पादक जी के यहाँ भेज दिया करें और वहाँ जाकर नाऊ कहे कि मुझे बाँकेमल जी ने आपकी सेवा के लिए भेजा है, चवन्नी में डेढ़ घंटे मालिश कर दूँगा तो विश्वास मानिये, सम्पादक जी आपका बड़ा उपकार मानेंगे। इसी तरह दूध, रबड़ी भी उनके यहाँ चवन्नी सेर में भिजवा दीजिये। फिर तो सम्पादक जी यहाँ से लेकर रूस तक आपकी महिमा बढ़ा देंगे। उनकी कलम में बड़ा ज़ोर है।''

सेठ जी खुश हुए। बोले : ''वाह मेरे लाल, क्यों न हो, आखिर है तो चौबे जी का ही भतीजा। मैंने जित्ता समझ रखा था, उत्ता बुधमान तू दरसल में है नहीं, भलामानुस भी है। जो पौइंट तूने बताया है जिससे सम्पादक जी क्या बड़े-बड़े मिनिस्टरों तक को चित्त कर आऊँगा पट्ठे। अच्छा तो अब मैं तैयार हूँ, तू मुझसे वो साहित्य की इन्टरबहू ले डाल।''

सेठ जी पालथी मार, सीधे तनकर शान से बैठ गये। मैंने तुरन्त कलम-कापी से लैस हो अपनी दूकान सजा ली और पूछा : ''आपने हिन्दी साहित्य के...'';

''ठैर जा भैयो, मैं ज़रा अपनी मूँछें तिलोर लूँ। ऐसे बात करने में कुछ रुवाब नहीं आ रह्या।''

सम्पादक जी, मूँछें तिलोरने पर मैं सेठ जी को टोक न सका। सेठ बाँकेमल तो देशी तन-मन धारी हैं परन्तु जो देशी-तन विलायती-मन धारी होते हैं, वो क्या इंटरव्यू लेने वाले को सामने देखकर अपने मिज़ाज की मूँछें नहीं तिलोरते। यदि गवाही चाहें तो अपने नगर के इंटरव्यू आचार्य डा. कमलेश को टटोल देखें। खैर, मेरे यह पूछने पर कि हिन्दी साहित्य के विषय में आप क्या जानते हैं, वे बोले—

''हिन्दी साहित्य में दसखत करना चिट्ठी-पत्री बाँच लेना मुझे आवे है। भजन लावनी की भौत पुस्तकें पढ़ी हैं। वैसे हमारे माई डियर फ्रेंड चौबे जी तो इंग्लिश का पेपर बाँचे थे 'हिन्दुस्तान टैम्स' पर जब तोड़ी मेरी आँखें रहीं, मैं भी हिन्दी साहित्य में 'अमर उजाला' बाँचू था। और 'चन्द्रकान्ता' के सब भाग पढ़े भैयो। और कुछ जादा पढ़ने-लिखने का शौक नयीं रहा मेरा। अबके लड़के-लड़कियों में पढ़ने का सौक भौत है भैयो। हमारे ज़माने में इत्ता चलन नहीं था।''

लड़के-लड़कियों में पढ़ने का शौक जागा है, इसमें तनिक भी शक नहीं, पर क्या पढ़ते हैं, इस विषय पर सेठ बाँकेमल से अच्छी जानकारी कोई पुस्तक विक्रेता या पुस्तकालयाध्यक्ष ही दे सकेगा, सम्पादक जी। यद्यपि आपने उन लोगों की इंटरव्यू नहीं माँगी परन्तु कहिए तो मैं कलकत्ता के एक बड़े पुस्तकालय के एक कार्यकर्ता की कही लगे हाथ सुना डालूँ...खैर जाने भी दीजिये, पिछले दो अंकों में कुछ न कुछ संकेत तो दे ही चुका हूँ। बाकी बाँकेमल जी की बातों से भी आगे चलकर कुछ स्पष्ट हो जायेगा। सेठ बाँकेमल यद्यपि साहित्य के प्रेमी या पारखी नहीं पर अनुभवों के धनी हैं। उनसे साहित्यिक वार्तालाप करने में हमें भी जो अनुभव हुआ वह कुछ कम नहीं है। मैंने उनसे कहा : "मान लीजिए मैं आपको आज के उपन्यासों, उनकी शैलियों के कुछ नमूने सुनाऊँ तो क्या आप उन पर अपनी राय देने की कृपा करेंगे।"

"ज़रूर भैयो, अरे अपने भतीजे पै किरपा नहीं करूँगा तो किस साले पै करूँगा। पर पैले भैयो रबड़ी खाके तरकैट होजा।"

रबड़ी खायी, पान जमाये, फिर उन्हें उपन्यासों के नमूने सुनाने का आयोजन करने लगा मैंने सोचा कि चन्द्रकान्ता तो ये पढ़ ही चुके हैं और प्रेमचन्द...प्रेमचन्द को मैंने इस योग्य न समझा कि उनकी चर्चा चलाऊँ क्योंकि आजकल जिस किसी उपन्यास की समालोचना निकलती है, उसके विषय में ही यह पेटेंट वाक्य लिखा जाता है कि प्रेमचन्द के गोदान को कोसों पीछे छोड़ गया। मैं जानता हूँ सम्पादक जी कि आप प्रेमचन्द के अनन्य भक्तों में से हैं। उनके प्रति मेरी भी अगाध श्रद्धा है। पर यह सब तो प्राइवेट बातें हैं। वर्तमान फ़ैशन के अनुसार प्रेमचन्द को चर्चा का विषय बनाना बड़ा दकियानूस काम मालूम होता है। फिर प्रेमचन्द अगर जीवित होते, उन्हें सरकारी सम्मान मिल जाते, योरप जाने की तिकड़म भिड़ाकर यदि कहीं वे मूँगफली के छिलके से बनी गाँधी जी की तस्वीर भेंट कर आते, लेखक-समारोह में सबके हाँ-हाँ चिल्लाते हुए भी स्वयं प्रस्तावित, स्वानुमोदित सभापति होकर मंच की कुरसी पर धप से बैठ जाते तब तो हम अवश्य ही उनकी चर्चा करते, वैसे क्या ज़रूरत है। अच्छा हुआ मर गये, जीते रहते तो हम लोग भला कैसे महान लेखक कहलाते। और हमारा महान होना आवश्यक है सम्पादक जी, क्योंकि हम फ़ैशनेबल मजदूर-साहित्य साधक हैं और प्रेमचन्द सचमुच के थे। खैर, तो मैंने एक शैली का नमूना पेश किया। किताबों का बोझ ढोकर ले जाना चूँकि मुहाल था, इसलिए 'एक्सटेम्पोर' नमूना सुनाया—

"कलकण्ठकूजितसुहासिनी नायिका के शीतल मंद सुगन्धित समीरोच्छ्वास के वातायन से झांककर नायक ने देखा कि उसकी आराध्य देवी के हृदय-मन्दिर के गवाक्ष खुले हुए हैं। नायक को लगा जैसे भारतीय षड्दर्शनों के सारे सूत्र उनकी प्रिय नायिका के अदृश्य अगोचर मुखमण्डल से दन्त-पंक्ति सम शोभायमान हैं। नायक ने कहा : "प्रिये, लो टोस्ट खाओ।"

नायिका की दार्शनिक दन्तपंक्ति ने भौतिकवाद की आत्महत्या कराने की उत्कट लालसा से टोस्ट पर चवर्ण कर डाला..."

एकाएक सेठ जी बोले—''भैयो, जे कौन-सा हिन्दी साहित्य है, भाखा की संसकीरत?''

मैं बड़े चक्कर में पड़ गया। भाषा के दो अर्थ हमने जाने हैं एक तो यह कि भाषा बोलचाल को कहते हैं, दूसरे यह कि भाषा माने हिन्दी होता है। यदि भाषा को बोलचाल के अर्थ में लूँ तब तो बाँकेमल जी खट से मेरी बात की दुम पकड़ कर मरोड़ देंगे, और यदि इसे हिन्दी कहता हूँ तो प्रेमचन्द की हिन्दी को क्या कहकर पुकारूँ? मेरी राय में दोनों को एक ही नाम से देखूं क्योंकि हमारी हिन्दी तो विष्णुसहस्त्र नाम है।

मैंने कहा : ''चाचा जी, ये हिन्दी की संस्कृतनिष्ठ शैली है।''

''पंडतों को सुना। जे अपनी बोली नहीं है भैयो।''

''ये बोली की समस्या बड़ी जटिल है चाचा जी। खासतौर पर हिन्दी की बोलियों की तो गिनती ही बड़ी लंबी है। अब आज ही देखिये कि चहकने और दाना चुगने के लिए पंछी चोंच खोलते हैं, हम मुँह और आप के शहर वाले 'म्हौ' खोलते हैं। बोली के साथ बोलने का ढंग बदल जाता है पर इसमें भी भाषा एक रहती है।''

सेठ बाँकेमल रुआब से बोले : ''समझ गया तेरी बात पर मेरी बात ही ठीक है भैयो। ये अपनी बोली नहीं है पंडतों की है।''

''मगर है हिन्दी,'' मैंने कहा।

''हाँ, दाँत तो हाथी का ही है मगर दिखाने वाला। पंडतों से समाज की शोभा है, उनकी विधा की बड़ी म्हैमा है, पर समाज में पंडित हैं कितने भैया।'' सेठ बाँकेमल स्वयं अपनी बात पर प्रसन्न होकर हँसने लगे। फिर कहा : ''अच्छा दूसरा नमूना सुना।''

मैंने कहा सुनिये—''रो दी धरा। जाने क्यों कह दिया सतीश ने कि धरा भाभी, स्वेच्छा से या विवश होकर जैसे भी हो, तुम्हें मेरे पास आना ही है क्योंकि मैं तुम्हें चाहता हूँ। तुम मेरे क्रांतिकारी दोस्त हबलू की पत्नी हो, जानता हूँ। लेकिन पत्नी का पत्नी होना क्या होता है? पत्नी होकर भी नहीं हो सकती और यदि पत्नी है तो पत्नी का पत्नीपन क्या है? यह सब बड़ा आल-जाल है धरा। मोहे कहा पढ़ावत आल-जाल। मेरा तो नियति से ही विरोध है। जिससे भविष्य में मेरे प्राण बंधने वाले थे, उसे भूत में नियति ने हबलू को क्यों दे डाला। नियति के नियम को तोड़कर मैं तुम्हें अपनी बनाऊँगा।''

धरा बोली—''लो बनाओ अपनी। यह हूँ मैं।'' कहकर धरा ने अपने एक-एक कर सारे वस्त्र उतार डाले और कहा : ''भूखे क्रान्तिकारी, मुझे अपनी बनाओगे? बनाओ। तुम्हें मेरी घुँघराली जुल्फें पसन्द हैं, लो। कहकर अपनी जुल्फें काट डालीं धरा ने और उसे दे दीं। फिर कहा : ''नाक पसन्द है—लो।'' कहकर धरा ने नाक पर ब्लेड रखा ही था कि—''

बाँकेमल बोल उठे : ''रहैन दे रहैन दे। नया नमूना सुना। हैं भैयो, साहित्य में क्या ऐसा ही प्रेम होवे है कि कपड़े उतारो और नाक लो, गाल लो, बाल लो!''

मैंने कहा : ''हाँ चाचा जी, जब भाभियाँ साहित्य की नायिकायें थीं तब ऐसा ही प्रेम होता था। भाभियों ने देवर साहित्य को बड़े-बड़े ऊटमटीले दार्शनिक सिद्धान्त दिये। इस शैली के पराकाष्ठा तक पहुँचने पर साहित्य भाभी मोह से मुक्त हुआ। फिर मनोविश्लेषणात्मक शैली आयी। इस नये जाल में नयी नायिका के रूप में चचेरी बहन फँसी।''

''धत्तेरे की। खैर नमूना सुना।''

मैंने कहा, सुनिये : ''ललौहें गालों वाली नायिका नायक के अन्तश्चेतन में बहन थी, उपचेतन में ललचौंहीं सखी थी और चेतन में गपचौंही प्रेमिका। सिगरेट के धुएँ की लकीर-सी वह उसके विचारों के वातावरण में लहराती हुई सहसा विलीन हो जाती। नायक सिर पकड़ कर कहा, क्या करूँ, कहाँ जाऊँ। योरप, अमेरिका जाकर कुल्ट्यूर लाऊँ कि बम बनाऊँ कि गम उठाऊँ; झख मारूँ या ज्याँ पाल सार्त्र का सिर कागज पर पटक मारूँ। मैं सर्वशक्तिमान, दीप्तिवान, महतोमहीयान, पहलवान छाप बीड़ी के समान जला जाता हूँ। मुझे संघ को दे दो, बुद्ध को, धम्म को दे दो। और फिर लोमा, तोड़ो ये संस्कारों के मोह बंधन और मेरे हृदय पाश में आकर बंध जाओ। तुम मेरे हृदय के दोने में भरी रसभरी हो। अरी रसभरी, रहेगा तुझे याद?''

सेठ जी हाथ बढ़ाकर बोले : ''अब बस कर भैयो। फिर कभी सुनूंगा। अब मेरी सतासी-अठासी बरस की उमर हुई। जवानी में शौक बुरे नहीं लगे हैं। जोसे जवानी सुसरी ऐसी गजब ही होवे है भैयो कि सीरीं ने कही कि प्यारे फरियाद, मैं तब जानूं कि तू सच्चा आसक है कि कोहकाफ पर्वत तोड़ के दूध की न्हैर निकाल दे। इसपे फरियाद ने अपनी छाती ठोंक के कही कि अरी मेरी प्यारी, तेरे प्रेम ने ऐसी ससुरी जोसे जवानी दी है मुझे कि कोहकाफ क्या, तू कहे तो अवकास फोड़ के इमरत सुसरे की न्हैर बहा दूँ तेरे तांईं। भैयो, आसिक मासूकी होवे तो ऐसी होवे सुसरी। अपनी देश की दशा ही पलट जावे भैयो। और ये चोरी छुपे की चचेरी भैन, भाभी के साथ लप्पाझप्पी करने को भला कोई प्रेम कह सके है। कोच्छ नयी, आई योप डामफूल, वो साहित्य ससुरा डबल फौक्स है जिसे पढ़ के जोसे जवानी नहीं उमड़ती, जिसे पढ़ के मर्दानगी के काम करने का हौसला नहीं मिलता। कोई ऐसी कहानी सुना जिससे लौंडे-लौंडियों में पहले डंड बैठक लगाने का शौक जागे, बाद में दिल लगाने का। सुसरे बिना नींव का म्हैल खड़ा करेंगे तो साहित्य भी हिजड़ा हो जायेगा। अरे मुझे देख, नब्बे के लपेटे में हूँ, आँखों से सूझे नहीं है, खाने को अब वो माल भी नहीं मिले है, पर आज भी रोज़ सबेरे दस-बीस डंड बैठकें लग ही जाय हैं। हमारे चौबेजी भी ऐसे ही थे। कह्या करें थे भैयो कि हैल्थ है तो वैल्थ है, बाकी सब फौक्स है।''

समझे सम्पादक जी, यह फजीहत हुई साहित्य की सेठ बाँकेमल के आगे। और कहियेगा उनसे इंटरव्यू लेने के लिए। अबकी इज़्ज़त-आबरू सम्हाल कर फरमाइश कीजियेगा। ''मीर साहब ज़माना नाजुक है, दोनों हाथों से थामिए दस्तार।''

आपका

नागर नायिकाभेदी

(5)

सम्पादक जी,

यह भी मजे की बात रही कि जिन दिनों हम बिटिया-ब्याह-करन की समस्या सुलझा रहे थे उन्हीं दिनों आप भी हिन्दी-व्याकरण का गोरखधन्धा संभालने में दत्तचित्त थे। हमें दोनों ही समस्यायें एक जैसी लगती हैं। हिन्दी और कन्या पूरमपूर सौ नये पैसे भर एक हैं; उसी प्रकार हिन्दी वाले और बेटी वाले में भी कोई अन्तर नहीं कि बेटे वाला बहू के रूप में बेटी की कीमत न जानता हो पर मौके पर उसे तुच्छ मानकर आमतौर पर आप महोच्च बन जाता है। हिन्दी के साथ भी इस समय ऐसा ही खिलवाड़ हो रहा है। ऐसा लगता है कि हिन्दी जबर्दस्ती दूसरों के घर में घुसी जा रही है जहाँ उसकी कोई आवश्यकता नहीं और खुद अपने घर में तो वह सौतेली बेटी है ही।

समझ में नहीं आता संपादक जी कि इस अकड़फूं आन्दोलन में सत्य कितना है। बहरहाल अपना तर्जुबा तो यह रहा है कि हिन्दुस्तान भर में जहाँ कहीं हम घूमने गये—उत्तर, दक्खिन, पूरब, पच्छिम हर दिशा में, अन्य भाषाभाषी प्रदेश के हर नगर कस्बे में हमको पाँच चीज़ें अवश्य दिखलायी पड़ी। उनके नाम भी सुन लीजिए : एक तो लड्डू सब जगह खाने को मिला, दूसरे जलेबी से मुँह भरा, नम्बर तीन पापड़, नम्बर चार बड़ा और नम्बर पाँच हिन्दी से हमें भारत की किसी भी दिशा का नगर कस्बा खाली नहीं मिला; गाँवों की बात हम नहीं जानते।

अच्छा आप तो बड़े विद्वान हैं सम्पादक जी, यह बतलाइये कि सैकड़ों या हज़ारों बरस पहले जबकि रेल, तार, डाक, रेडियो, अखबार, और सिनेमा की डॉक्यूमेंट्रियाँ नहीं थी तब ये पंच प्यारे-प्यारियाँ भारत भर में कैसे फैल गयी। 'उत्तर जाओ चाहे दक्खन-वही करम के लच्छन'—हिन्दी फिल्मों के गाने हर जगह गाये बजाये जाते हैं। हम कोई पाँच-छः साल पहले धुर दक्षिण तक घूमने गये थे। हमारे साथ आप भी थे, सुख्यात 'उखड़े हुए लोग' श्री राजेन्द्र यादव भी थे। ट्रेन मलबार के क्षेत्र में चली जा रही थी। जिस डिब्बे में हम यात्रा कर रहे थे उसी में एक मलबारी अम्मा अपने दस-बारह चेले-चांटियों के साथ गैर कानूनी देशी दारू भी उड़ाये लिए जा रही थी। श्री 'उखड़े हुए लोग' जी जमकर उनकी निगरानी कर रहे थे। तभी ट्रेन पर गा-गाकर भीख माँगने वाला लड़का आया। धुर दक्षिणवासी भारतीयों को रिझाने

के लिए माचिस की डिबिया पर तीली बजाकर उसने हिन्दी फिल्म का गीत गाना आरम्भ किया 'गम का फसाना किसको सुनायें' उस केरल-किशोर के मुख से 'दुम का पजाना किच्चे सुनायें' बनकर दक्षिण भारतीय यात्रियों को मानसिक तरावट पहुँचा रहा था। आपको शायद याद हो कि हमारे सुझाव पर श्रीमान राजेन्द्र यादव ने उसे बुलाकर समझाया था कि "भइया, ऐसे नहीं ऐसे गाओ—दुम का पजामा किससे सिलायें।"

खैर, यह ब्योरा तो महज याद दिलाने के लिए दिया गया, पूछना यह चाहता हूँ कि धुर दक्षिण का भिखारी अपने ही प्रदेश में हिन्दी फिल्म का गाना क्यों गा रहा था? कहा यह जाता है कि यदि किसी की मातृभाषा जाननी हो तो उसे यहाँ तक गरमाओ कि या तो वह गाना गाने लगे अथवा गालियाँ देने पर आमादा हो जाय। हिन्दुस्तान में इस सिद्धान्त को लेकर धोखा हो सकता है क्योंकि संविधान में बखानी गयी भाषाओं के अलावा अन्य भारतीय भाषाओं के बोलने वाले भी जब मूडमग्न या मूडभग्न होते हैं तो अपनी मातृभाषा के अलावा हिन्दी भाषा का प्रयोग भी करते हैं।

अब दूसरी हवा देखिये। छः महीने पहले कलकत्ते में अखिल भारतीय लेखक समारोह हुआ था। उसमें एक दिन हिन्दी की ऐसी पिटाई हुई महाराज, इतनी कुटम्मस हुई कि हॉल में बैठे-बैठे हमको 'सूफियाना हाल' आने लगे; तबीयत एकदम झकाझक हो गयी। हिन्दी के लेखक होने के कारण हम यह सोच रहे थे कि हे परमात्मा धरती फाड़ दे जिससे कि हम उसमें बंग जातीय महासभा भवन की कुर्सी समेत समा जायें, या फिर किसी जादू से हम बंगला या तमिल के लेखक हो जायें क्योंकि मंच पर होने वाले भाषणों के अनुसार यही दो भाषायें भारत क्या विश्व भर में सर्वश्रेष्ठ थीं। मगर ऐसा कुछ भी न हुआ। सम्पादक जी, इस बदनसीब हिन्दी वाले को—छातूखोर हिन्दुस्तानी कूकुरशाला,—को कलकत्ते की सड़कों पर बेशर्मी लादकर अपने होटल तक जाना ही पड़ा। हमारा होटल भी ठेठ बंग संस्कृति के गढ़ में यानी भवानीपुर में था। होटल पहुँचे; उस गली में पहुँचना था कि हमें लगा, कहीं पैदल चलते-चलते हम बिहार या यू.पी. तो नहीं पहुँच गये क्योंकि महामहिम बंगाली लेखक भाषणकर्ताओं के अनुसार बंगाली हिन्दी से नफरत करता है और वहाँ यानी बंग-संस्कृति के घर भवानीपुर में लाउडस्पीकर पर बड़े ज़ोर-शोर से हिन्दी फिल्मों के रेकार्ड बज रहे थे। समझ में नहीं आता सम्पादक जी कि हम प्रबुद्ध प्रख्यात इनटेलेक्चुहलियों की बात मानें या उनके प्रदेशों की जनता की? इसमें तनिक भी सन्देह नहीं कि हर प्रदेश वाला अपनी मातृभाषा पर जान देता है पर उसके साथ-ही-साथ वह हिन्दी के लाड़ भी खूब लड़ाता है।

हिन्दी को यदि हम बहू का रुतबा दें तो वहाँ की जनता को उसकी सास का पद भी देना ही चाहिये और इस प्रकार जो राजनीतिक साहित्यिक हुल्लड़ मचाते हैं उन्हें वैधानिक रूप से ससुरा मानना ही पड़ेगा। सौभाग्यवती हिन्दी का यह सद्भाग्य रहा कि सास तो प्यार करती है मगर ससुरे चहकते हैं। तब किसकी मानें सम्पादक जी, जन-सास को या इन सुसरे इन्टेलेक्चुहलियों को।

अब घर पर आइये, यहाँ तो सास-ससुर नहीं, सब मैके वाले हैं, चचा-ताऊ हैं। मगर यहाँ भी उसकी दुर्दशा है।

एक दिन हम एक बड़े ओहदेदार सज्जन से मिलने गये। एक महाशय की सिफारिश करनी थी। उस विषय पर बात करने की नौबत ही न आयी। बातों-बातों में हिन्दी पर बात छिड़ गयी। ओहदेदार महोदय एक दम तन कर त्यौरियाँ चढ़ाकर बोले : ''साहब आपकी हिन्दी में है क्या।''

हमारी ज़बान पर कवियों वाली धाराप्रवाह मुहावरेदार भाषा बनकर स्वयं सरस्वती विराजमान हो गयीं; उनका सवाल होना था कि चट से जवाब हाजिर हुआ। हमने कहा : ''अजी यह कहिए कि क्या नहीं है। भगवान की दया से हमारी हिन्दी की हवेली के चार चौक बालगोपालों की किलकारियों से हरदम गूँजते हैं, तहखानों में पुरखों की कमाई गजान्तलक्ष्मी गंजी पड़ी है, कोठे-कोठे चौबारे-चौबारे उजाला है। मगर यह बतलाइये कि हमारी हिन्दी आपकी कौन है?

''व्हाट डू यू मीन?'' साहब की त्यौरियों के बल अब तक न उतरे थे।

उनकी त्यौरियों को नज़रअंदाज कर हमने बात बढ़ाई, कहा : ''मतलब यह है कि आप क्या बोलते हैं?''

साहब चिरचिराये, बोले : ''मैं भाषा के पचड़े में नहीं पड़ना चाहता। आल दैट आई नो कि आपका ये हिन्दी-आन्दोलन घड़ी की सुई को पीछे लिए जा रहा है।''

हमने कहा : ''अजी हुजूर लिवर बिगड़ा होगा, इलाज कराइये फौरन; मगर पहले मेरी छाती का बोझ यह बतलाकर हल्का कर दीजिये कि आपकी मातृभाषा क्या है?''

''मैं आपके साहित्यिक बहस-मुबाहसे में हरगिज नहीं पड़ूँगा नागरजी।''

''आपकी मर्जी।'' हमने कहा : ''लेकिन आपकी इंटरव्यू में मैं यह अवश्य दर्ज कर दूँगा कि आप बिना अम्मा के उसी तरह पैदा हुए थे जैसे जन्माष्टमी के दिन भगवान् खीरे से पैदा होते हैं।''

साहब के कमरे में उस समय तीन-चार छोटे साहब भी बैठे थे। अपने साहब की शान में ऐसी तीखी बात सुनकर सबके सब लाल रूस हो गये। एक ने कहा, ''नागर साहब, तहज़ीब अदब की बेटी है और वह खीरे से पैदा नहीं होती।''

मुसाहब-मण्डल हँसा, बड़े साहब भी मुस्कराये गोया जीत गये मगर हम भी संझा बेला भाँग छाने हुए थे। सबकी हँसी के बीच अपनी बत्तीसी का कमल खिलाकर हमने कहा : ''जी, तो हम तहज़ीब की पैदाइश के सम्बन्ध में शक ही कब कर रहे थे जो आपने... साहब के साथ उसे भी जोड़ लिया?''

फिर सबके चेहरे चुकंदर हुए। वे छुटभैये फिर बोले, ''आप अदीब हैं साहित्यिक हैं—''

मगर उनके जोश की ढाबली में मेरे लखनवी विनय के कबूतर ढंप गये, वे ज़ोर शोर से कहते रहे : ''कोई बेपढ़ा-लिखा जाहिल होता तो उसे समझाना भी पड़ता

कि हमारे इंडियन कल्चर में बात और मजलिस के रिश्ते को क्या इंपोर्टेंस दी गयी है।''

हमने कहा : ''जी हाँ, इसके अलावा मुँह और तमाचे की रिश्तेदारी को भी इंपोर्टेंस दी गयी है। मगर यह सब तो आपसी चुहल की बातें हैं, इसमें आपका नाराज़ होना गैरज़रूरी साथ ही अनुचित भी मालूम देता है। आखिर यह पूछने में बुराई ही क्या थी कि आपकी मातृभाषा क्या है?''

इस बार बड़े साहब स्वयं बोले : ''खैर, जहाँ तक मातृभाषा का प्रश्न है वहाँ तक हम उसकी कद्र करते हैं। मगर इसके साथ-ही-साथ योग्यता भी देखनी होगी। हिन्दी में है ही क्या। आप खुद ही कहिये कि उर्दू के मुशायरे कितने शानदार होते हैं—और-और एक जनाब हिन्दी के कवि सम्मेलनों को देखिये, कोई लुत्फ नहीं। मैं तो भाई साहब, जब कभी रेडियो से कवि सम्मेलन होता है तब रेडियो सीलोन पर स्विच ओवर करवा देता हूँ।''

हमने नाटकीय ढंग से चट उठकर सलाम किया और बाअदब अर्ज़ किया : ''हुज़ूरेवाला आप धन्य हैं। आपने कवि-सम्मेलनों की जो ऐसी-तैसी फरमाई है वह तो खैर ऐसी दशा में उचित ही है, मगर हमें तो बेचारे मुशायरों के भाग्य पर रोना आता है जिन्हें ऐसे आला अफ़सर का दरबार पाकर भी कद्र मिली तो यह मिली कि रेडियो सीलोन के लारालप्पा के बवज़न तोल दिये गये।''

अहा, सम्पादकजी क्या निवेदन करूँ, बड़े छोटे साहबों के चेहरों पर अफ़सरी तमक ऐसे सहज भाव से चढ़ी जैसे वेश्या के चेहरे पर हर रात नया सुहाग चढ़ता है।

मगर हम भी नंबरी मूरख रहे सम्पादकजी, भला बतलाइये, एक बड़े अफ़सर और उनके छुटभैयों को नाराज़ कर दिया। कहाँ तो हम किसी की नमाज़ छुड़ाने गये थे और कहाँ अपने ही गले रोज़े मढ़वा कर लौट आये। पर ये रोज़े तो अब रोज़ी हुए चले जाते हैं।

आमतौर पर हम अंग्रेज़ीदां उत्तरप्रदेशिया हिन्दी के नाम पर यों खौखिया कर दौड़ता है मानो नंगी खाट से सोके भागा हो। एक पढ़े-लिखे सज्जन हमें एक बरात-पार्टी में मिले। यह जानते ही कि हम हिन्दी में कुछ गोद-गाद कर लेते हैं, वे एकदम उलझ पड़े : ''मुझे तो हिन्दी से नफरत है। अपने घर के दरवाज़े पर एक बार कूड़ा बर्दास्त कर लूँगा मगर किसी हिन्दी वाले की सूरत देखना मुझे फूटी आँखों भी नहीं सुहाता।''

आसपास हमारे दो-चार भक्तगण थे। वे हमारी ओर परेशान नज़रों से देखने लगे। जब हम मगनमन होते हैं ऐसी-वैसी बातों का बुरा मानने के बजाय मज़ा लेते हैं। खादी पहनने के कारण अक्सर बस में, राह चलते 'कांग्रेस वाला' माने जाकर हम अनजानों की गालियाँ खाते हैं, ताने सुनते हैं; इधर अब 'हिन्दीवाला' की हैसियत से भी लोगबागों (यानी जन्तुलमैनों) के रौब की भड़ासें फटते-निकलते देखने का

सौभाग्य प्राप्त हो जाता है। ये बाबू अफ़सर नहीं थे, काले-बाज़ार के नये सफेदपोश रईस थे। हमने इनका मज़ा लेने की ठानी, कहा : ''भाई साहब, आपकी साफगोई से मेरा चित्त बड़ा प्रसन्न हुआ। ऐसी तबियत सिर्फ़ पहुँचे हुए लोग ही पाते हैं मैं आपको बधाई देता हूँ।''

जंतुलमैन हमसे यह सुनने की आशा नहीं रखते थे, अचकचा गये। हमारे भक्तगण दरअसल हिन्दी के भक्त थे, उन्हें हमारा यह रुख पसन्द न आया, यह उनके चेहरे पर हम पढ़ रहे थे। लेकिन मज़ा लेने वाला मूड ही निराला होता है, हम फिलहाल जंतुलमैन साहब को जुल दे रहे थे, कहा : ''तबीयत तो मेरी भी बहुत होती है कि हिन्दी बोलने वालों को घर से निकाल दूँ मगर आपकी तरह इतना बड़ा कलेजा नहीं पा सका। आप धन्य हैं—मेरे ख्याल से आपने तो सबको झाड़ू मारकर अवश्य निकाल दिया होगा।''

''जी किसको?''

''नौकरों को छोड़कर बाकी सब घर वाले नाते-गोतियों को? नौकरों से हिन्दी बोलना तो अंग्रेज़ भी जायज मानते थे।''

जंतुलमैन जी अब तमतमाये, कुछ कहने ही वाले थे मगर हमने बात की पटरी खाली ही न छोड़ी, कहा : ''आपसे भी ज़्यादा ऊँचे दिमाग वाले हमें बस एक ही मिले थे, आगरा के बिल्लोचपुरे मुहल्ले में स्पुत्निक जैसे दिमाग वालों के लिए सरकार ने एक आरामगाह बनवाई है वहीं उनके दर्शन हुए थे। उन्हें अपनी मातृभाषा से इतनी घृणा थी कि हरदम लंका की बोली बोलते थे।''

जंतुलमैन साहब बिगड़कर चले गये। लोगबाग कहने लगे : ''पंडित जी, लखनवी होकर आपको इतनी सख्त बात नहीं कहनी चाहिये थी।''

चलिए यहाँ भी हमारा बेड़ा गर्क हुआ। हम बड़े परेशान हैं। हिन्दीमैया हमारा तो ब्यौहार छुड़ाये दे रही हैं। विश्वरत्न नेहरू जी ने जबसे इलाकायी ज़बान का प्रश्न खड़ा कर दिया है तब से और भी नाक में दम है। समझ ही में नहीं आता कि उत्तरप्रदेश, बिहार, मध्यभारत, दिल्ली आदि में कौन-कौन से गाँव इलाकायी ज़बान के लिए छांट दें कि पंडित साहब को तसल्ली हो जाये। मैं समझता हूँ कि खास-खास नगरों के खास-खास घरों में ही हिन्दी की वे खास बोलियाँ बोली जाती हैं जिन्हें हम अखाड़ेबाज़ी के लिए 'हिन्दी' और 'उर्दू' कहते हैं। इस बहाने एक सच्चा लतीफा सुनाता हूँ। आदरणीय पंडित हरिशंकर जी शर्मा से सुना था कि एक बार स्वर्गीय पं. पद्मसिंह जी शर्मा के यहाँ कोई गुप्तजी पधारे। उनके पैर के अंगूठे में संयोग से चोट लग गयी। वे उस पर तेल पानी का फाहा रखकर पट्टी बाँध रहे थे कि शर्मा जी वहाँ पहुँच गये। पूछा : ''गुप्तजी, ये क्या हुआ आपको?''

गुप्तजी बोले : ''संपादकजी, पादांगुष्ठ में व्रण हो गया है, तैलसिक्त आर्द्र वस्त्र परिवेष्ठित कर रहा हूँ।''

पंडितप्रवर बड़े हँसे। हँसने की बात ही थी। उसी दम कोई भी इस तरह अपना अंगूठा चुटिया कर यदि कहता कि ''जख्मे शहीद हो गया है रोगन आमेज तर पार्चा चस्पा कर रहा हूँ।'' तो दोनों चुटैले आपस में एक दूसरे की बात शब्दों के बजाय संकेत से ही समझ पाते।

अच्छा संपादक जी, क्या ये दो अलग भाषायें हैं? अपने राम की समझ में तो ये एक ही व्यक्ति की पोशाकें हैं। पोशाक बदलकर आदमी कुछ नया-सा तो अवश्य दिखाई देता है मगर रहता वही का वही है। परदेसीपन खाली लिपि का है। दाँई बाँई लिखावट के फेर में तमाशा खड़ा हो गया है। इसको लेकर सभी हमारी भाषारूपिणी बछिया के ताऊ बने जा रहे हैं। हिन्दी की बछिया बेचारी बेमौत मरी जा रही है।..हमें एक सूझ आ रही है सम्पादक जी, चाचा नेहरू उत्तरप्रदेश के नाते हिन्दी बछिया के ताऊ भी हुए और मानें न मानें, वो बाम्हन भी हैं ही—तब क्यों न इस टंटे की जड़ मरी बछिया को पंडित नेहरू को दान देकर हिन्दी-भाषा-भाषी क्षेत्र के लोग किरंटे टोप लगाकर गिटपिट बानी बोलें? क्यों इस भारतीय संस्कृति आदि की गुहार मचायी जाये? फीज़माना काम चलाने के लिए कोकाकोला कल्चर किससे कम है? बोलिए, क्या राय है?

अच्छा सम्पादकजी...बा-ब्बाई, टा-टा, चीरियो।

आपका

चौक, लखनऊ — नागर नायिकाभेदी

(6)

सम्पादक जी,

इस सड़ी गर्मी में अपना तो क्या अमरीका और ब्रिटेन जैसे बड़े बड़ों का तेल निकल गया महाराज। बरसात न होने के कारण हमारे अन्नमय कोश में महँगाई और चोरबाज़ारी के पत्थर पड़ रहे हैं, हम बड़े चिंताग्रस्त और दुखी हैं। पर यदि अपनी उदारता को पसारा देकर सोचें तो हम क्या और हमारा दुःख भी क्या, क्या पिद्दी क्या पिद्दी का शोरबा। असली संकटग्रस्त और दुखी तो अंग्रेज़ अमरीकी कूटनीतिज्ञ राजनैतिक बेचारे महाजनगण हैं कि जिनकी आशाओं की बरसात नहीं हुई और जिनके प्राणमय कोश में इस समय केवल बगदाद पैक्ट की चिन्दियाँ ही फरफरा रही हैं। हाय, ये क्या से क्या हो गया सम्पादक जी। अपि नियति नटी, अरी निष्ठुरे, तू बड़ी कठोर, बदमस्त और अल्हड़ है। न राजा भोज को पहचाने न गंगुआ तेली को अपनी मस्ती में समभाव से और बिना अवसर देखे ही तू जिस तिस के मिज़ाज की मूंछें उखाड़ लेती है या सीधे किसी की छाती पर ही वज्र-प्रहार करती है। हमें गुसाई जी पर भी इस समय क्रोध आ रहा है जो ''हानि-लाभ जीवन-मरण यश-अपयश विधि हाथ'' सौंप गये। इन संतों को भाववेश में चट से शाप या वरदान दे डालने की

अवैज्ञानिक आदत होती थी, इनके ज्ञानमय कोश में इतनी भी सामाजिक, राजनैतिक चेतना और दूरदर्शिता न थी कि तेल देखते तेल की धार देखते। इसके अलावा अपने पुराने कवियों को भी हम क्या कहें, न जाने क्या देखकर नियति को नटी कह गये। यदि नटी होती तो भला मौका चूकती! यह अवसर तो भवों, आँखों, होंठों और गर्दन पर शोखी और भोलेपन के दोहरे डोरे डाल, नैन नचा, ठोकर मार फिर चट से आँखों में घोर विस्मय का भाव ला ठोड़ी पर उँगली रखकर कहने का था : ''उई अल्लाह ये क्या हो गया?'' फिर दोनों की चोटें सहलाती हुई नियति नटी आँखों में आँसू भर चेहरे पर मासूमियत का भाव लाकर कहती : ''माफ करना डैडी माफ करना अंकल, मैं तो नाच रही थी। हाय ये मुझसे क्या भूल हो गयी!'' फिर टपाटप आँसू टपकाने लगती। नियति रानी को वर्ष का सर्वश्रेष्ठ अभिनय पुरस्कार मिलता हम दुखियारे भारतीयों को भाग्य से वर्षा मिलती; अनाज के भाव गिरते। फ़सल अच्छी न होने से हमारा करेला यों ही क्या कम कड़वा था कि ऊपर से महायुद्ध की नीम भी चढ़ने लगा। जाने कैसे और क्योंकर जी रहे हैं हम, ऊपर से ये लड़ाई की धमकी हो गयी।

आज दोपहर में हम बैठकर घर में बैठे अखबार पढ़ रहे थे, बाहर गली में कई स्त्रियों की कौवारोर सुनाई पड़ने लगी। बाहर की छजली पर बैठे किसी व्यक्ति ने पूछा : ''अरे क्या हुआ री फूलों की माँ। किसकी टाँग पकड़ के खिंचवा रईए?''

''अरे कुछ नईं, बु 'जो' दुकानदार है के नयीं कंटौलबारौ, अब तुमीं इनसाफ करौ जी जिनके घर में लैन में कोई दिन भर ठाड़ो होनबारो न होय बु क्या करै...।''

सभी स्त्रियाँ, कुछ राह चलते पुरुष के बँटवारे पर टीका टिप्पणी करने लगे। बहुत से अपने नौकर-चाकर तक लगाकर बहुत सारा अनाज जमा कर रहे हैं, और बहुत से अपने रोज़ का राशन भी नहीं ले पाते। दूकान अपना दिन का कोटा पूरा होते ही बन्द हो जाती है। औरतें दूकानदार की नीयत पर पक्का संदेह प्रकट कर रही थीं, इसी पर फूलो की माँ ने तड़प कर कहा था कि दूकानदार की टाँग पकड़कर सड़क पर घसीट लेतीं और बेईमान को जूतियों-जूतियों पीटतीं। क्या समझे सम्पादक जी? बोलिये चौरासी घंटे वाले की जै।

आप मानें या न मानें, जब से भारतीय नारी को वोट का अधिकार मिल गया है तब से बज्र बेपढ़ी लिखी औरतें भी अपने अधिकार के मामले में एकदम एम.ए, एल.एल.बी. हो गयी हैं। कुछ ही महीने पहले हमने डेढ़ हत्था घूँघट काढ़े एक गली बुहारने वाली मेहतरानी को फटे जूते से अपनी राह चलते आशिकेज़ार की किसी बुरी फब्ती पर बुरी तरह से ठुकम्मस करते देखा था। हमारे कहने का तात्पर्य यह है कि ''जयन्ती मंगला गौरी भद्रकाली कृपालिनी'' तक के हाथ में अब जूता उठ आया है, दीन बन्धो—और उन्हें खाने का ठेका कुछ अकेले दिलफेंकुवों ने ही नहीं लिया, लेभगुवे, चोरबाज़ारिए, रिश्वतिये सभी उनकी जूतियों के तुफैल से अब होशो-अकल पायेंगे। जनता जाग गयी है सम्पादक जी!

लेकिन यहीं हमारे मन में एक और शंका भी आती है। जाग कर, ढेर सारा ऊधम मचा कर भी हमारे जन जनार्दन कहीं-नीम से गिरकर बबूल में न अटक जाय।

सात-आठ रोज़ पहले हम सोवियत रूस की राजधानी मास्को की सैर कर रहे थे। मास्को दुनिया भर के कम्युनिस्टों की मक्का है, हम समझते थे कि कम से कम वहाँ तो अमीरी-गरीबी और एक सत्ताधिकार का नापाक तमाशा देखने को न मिलेगा। लेकिन वहाँ भी वही सब देखा। यह ज़रूर है कि वहाँ सबको रोटी अवश्य मिल जाती है पर किसी को काली और किसी को लालमलाल मिलती है। वहाँ भी चोरबाज़ारी है, वहाँ के सरकारी अफ़सर हमारे सरकारी अफ़सरों के समान ही घमंडीमल मक्खनदास हजमकर एण्ड कंपनी प्राइवेट लिमिटेड हैं। वहाँ अकेली कम्युनिस्ट पार्टी का एक सत्ताधिकार है; कम्युनिस्टों में भी जिसकी चल जाये वो मीर बाकी सब तीर की नोक पर रहते हैं। जिससे एंड कंपनी प्राइवेट लिमिटेड का स्वार्थरत मत न मिला उसी को अपने तहखाने में कचहरी लगाकर फांसी की सज़ा सुना दी, दूसरे दिन अखबारों में लिख दिया कि साला देशद्रोही और गद्दार था।

ढाई दिन हम मास्को में थे सम्पादक जी, एक स्कूली मास्टर से गहरी दोस्ती हो गयी। उस बेचारे ने लोहे के पाइप ढालने की एक उम्दा मशीन का नुस्खा ईजाद किया था। देश को ऐसी मशीन की सख्त ज़रूरत थी। पर एक महान वैज्ञानिक एण्ड कंपनी प्राइवेट लिमिटेड ने अपना एक सत्ताधिकार एक टुटपुंजिये फिजिक्स मास्टर के नये आविष्कार द्वारा तबाह होते देखा, बस फिर क्या था, अफ़सरी तिकड़म की मशीन चालू हो गयी। मास्टर बेचारे को जेल में सड़ा डाला, तहखाने में अदालत खोलकर उसकी मौत तक का सरोज़ाम कर डाला। वह तो कहिए किस्मतवर था बच गया, बड़े जंगी जीवट का था, अपने अधिकार के लिए लड़ गया और जीत भी गया। हम सोचते हैं बहुत से अभागे और कमज़ोर साम्यवादी रूप में भी आये दिन पीस दिये जाते होंगे। उनमें से कुछ अवसरवादी मक्खनवादी बनकर अपने जीने की राह निकाल लेते होंगे और बहुत से बेचारे मेरे मास्टर दोस्त के हमदर्द बूढ़े प्रोफेसर की तरह गरीबी और निराशा की माँग में जलकर भस्म हो जाते होंगे।

आप कहेंगे, "क्यों रे नायिका भेदी, तू रूस कब गया था जो वहाँ का रहस्य भेदी भी बन गया। सच-सच बता तू किस पार्टी का जासूस है?" ईमानकसम, हम गये थे सम्पादक जी। हमारी तरह से आप भी जा सकते हैं, या शायद हो भी आये हों—यानी सुलेखक दुदिनस्तेव के तरोताज़ा उपन्यास 'केवल रोटी ही नहीं' के सहारे। अब यह किस इस पार्टी के हैं सो पार्टियाँ तो दुनिया में दो ही बची हैं—एक नेता-अफ़सर एण्ड कम्पनी प्राइवेट लिमिटेड और दूसरी जनता अनलिमिटेड। चाहे रूस अमरीका हो चाहे हिन्दुस्तान ब्रिटेन या कोई और देश—हर जगह यही दो पार्टियाँ बच रही हैं। इनको एक होना ही पड़ेगा। इसी में हमारी निष्ठा निहित है। यही हमारी आस्था है। रूसी उपन्यास के नायक मास्टर ने, तनिक से कोरिया और बित्ते बराबर

लेबनान, ईराक ने, हमारी गली में गरजने वाली फूलो की माँ ने हमें अपने अदृश्य महासंगठन की शक्ति का अतुल बल दे रखा है। जन भोलानाथ को बहलाकर तरह-तरह के नशे पिलाकर अपने बस में रखा तो जा सकता है पर तभी तक जब तक कि वे जानकार नहीं बन जाते; जान जाने पर वे प्रलयंकर हैं।

खैर जाने दीजिये, सम्पादक जी आप भी कहेंगे कि साहित्यिक मूड में यह कहाँ युद्ध और महँगाई और आस्था आदि का रस-भंगकारी पचड़ा लेकर बैठ गया। क्या करें सम्पादकजी, ''दिल ही तो है न संगोखिश्त दर्द से भर न आये क्यों?'' लड़ाई की खबर आते ही हमारी रोटी स्वकीया से परकीया हुई जा रही है, दवाओं की महँगाई का ख्याल कर मृत्यु मुग्धा नायिका की तरह खड़ी दिखलायी देती है, वस्त्र शठनायक की तरह अभी से अंगूठा दिखाने लगे, दूसरी ओर सर्वोपरि रसों की अधिष्ठात्री प्रकृति परमेश्वरी-फूलो की माँ का टाँग घसीटन जूती मार सिद्धान्त हमें साक्षात् कालपुरुष के दर्शन करा रहा है।

'टाइम्स ऑफ इंडिया' की खबर है कि अमरीकी सेनानायक भी इस समय युद्ध नहीं चाहते, केवल दो सत्ताधीशों के हुकुम से फौज़ों लेबनान गयी हैं...बाई द वे, लेबनान कौन-सा रस है सम्पादक जी?

दुदिनस्तेव के 'नाट बाइ ब्रेड एलोन' की खबर है कि लगभग एक शताब्दी से अपने अधिकारों की बात सुनत-सुनते, अड़तीस वर्षों में उनके लिए नेताओं की आज्ञानुसार संयम बरत कर सामान्य रूसीजन अब तैयार हो चुका है। अब वह नेता गुटबाज, साहित्यिक वैज्ञानिक अथवा अफ़सर गुटबाज़ के किसी शिकंजे में अधिक नहीं फँस पायेगा। हिन्दुस्तान, मिस्र, ईराक, अमरीका कहाँ तक नाम गिनायें, धरती का यही रंग है। व्यक्ति कहता है कि हम बहुमत को, समाज को मानते हैं। हम उमर और ज्ञान में छोटे-बड़े का मान करना भी मानते और अच्छा समझते हैं; हमें ओहदों की कद्र भी मालूम है, नेता और गुरुजन का पूज्य स्थान भी हमारी दृष्टि में है—और यह तब तक भरपूर रहेगा और दिनोंदिन बढ़ेगा जब तक कि हमारी रोटी और रचनात्मक बुद्धि की कसौटी पर हमारी प्रगति करने का अधिकार सुरक्षित रहेगा। अब बड़ी से बड़ी या छोटी से छोटी एण्ड कंपनी प्राइवेट लिमिटेड यदि अपने स्वार्थ या दम्भ में हमारी छातियों पर पैर रखेगी तो कसम हक की सम्पादक जी, चाहे यह पृथ्वी नामक ग्रह बचे या जाये, हम चैन न लेंगे। अब तो हमें मालूम है कि—'सितारों से आगे जहाँ और भी है।''

आपका

गोकुलपुरा, आगरा | नागर नायिकाभेदी

(1958)

सब्ज़ बाग

(1)

सब्ज़ बाग में नये-नये डोरे डाले जा रहे हैं, नये-नये जादू टोनों से हिन्दुस्तानी जवान के दिल को भेड़-बकरा बनाया जा रहा है।

चंडी ठाकुर और उनकी रामी धोबिन नगर-मुहल्ला ग्राम-धाम, यहाँ तक कि घर की दीवारें और दरवाज़ें तक प्रेम के बना डाले। बंगाले का जादू चल गया।

बेसवा-तवायफ का राज उस वक्त तक देसी राजे-रजवाड़ों की ताकत और रौब की तरह सस्ता हो चुका था। लोग उनसे ऊब चुके थे, मगर मन-उलझाव का दूसरा कोई रास्ता न देखकर हज़ार-हज़ार दिल कोठे की परी के ख्याल से मजबूरन बंधे हुए थे।

फिल्म ने प्रेम की दुनिया ही बसा दी। नौजवानों के सब्ज बाग़ देखा। कोठे का माशूक बेवफा होता है, प्रेम करने के लिए फीस बड़ी डबल चार्ज करता है। तमाशबीन मुफलिस हो चुका है। पहले आये दिन रईसों के यहाँ महफिलें होती थीं, जी की लगी किसी तरह बुझा लिया करते थे। फिर रईस भी उजड़ गये। बेवफाई ने वियोग का सितम ढाया। दिलचस्पी की शग्ल धीरे-धीरे गुल होने लगा। तीज-त्यौहार और मेले-ठेलों में अब वो रौनक न रही घर की बीवी चूल्हे-चक्की के नग्में सुनाती है, अलगौझे के मंतर पढ़ाती है और मोटे-मोटे झाँज और कड़ों की फरमाइश को लेकर बेचारे जवान बाबू के रंगमहल को आये-रात कोपभवन में तबदील कर दिया करती है। बाबू अंगरेज़ी का अखबार पढ़ता है, प्रेम के नॉविल पढ़ता है और साहब की घुड़कियों का राज़ उनकी साहबियत में पाकर वह अब खुद साहब बन चुका है। बीवी को झिड़क देता है और करवट बदलकर सो रहता है। लेकिन उसके दिल को तो करवट बदलने का ठिकाना भी न था।

सिनेमा आया। दिमाग के हज़ार पर्दों में छुप-छुपकर बैठने वाले माशूक को अब ख्याल की महफिल में मनमुताबिक नचाने के लिए उसके पास साज़ो-सामान जुट गये। सिनेमा, कम-खर्च, बाला-नशीं, स्क्रीन पर हीरोइन से इश्क लड़ाते हुए हीरो के रूप में चुपचाप वह अपने को देख-देखकर मौज लूट लेता है। इससे वह अपने में ताजगी महसूस करता है, जोश में रहता है। लेकिन बीवी का रात में रंगमहल को

कोप-भवन बना देना उसे अखरता है। हार कर वह अपनी बीवी को भी उसी सब्ज़ बाग में ले जाना चाहता है। पुराने ज़माने के बन्धन उस वक्त भी निभाये जा रहे थे। चूँकि माँ-बाप और बुजुर्गों के सामने अकेले बीवी को लेकर घूमने जाना गुनाह है, इसलिए भाई-बहन, भावज वगैरा को भी साथ जाना ज़रूरी होता है। अम्मा नहीं जातीं, मगर जब संत तुलसीदास और नरसी भगत भी 'परतच्छ दरसन' देने लगे, जहाँगीर और सिकंदर दीखे, तो अम्मा भी जाने लगीं।

फिर तो घर-घर में सिनेमा की ही रामायण बाँची जाने लगी। घर में तीन-तीन चार-चार बरस के बच्चे-बच्चियाँ "तिरछी निगाहों के तीर मेरे कारी है, बचके रहो!" की आवाज लगाते हुए घूमते हैं, हुस्न के हुज़ूर में अपना सर झुकाये घूमते हैं, और उनके माँ-बाप देख-देखकर खुश होते हैं। पड़ोसियों के सामने नुमाइश करते हैं। अपने बचपन में उन्होंने हुस्न के हुज़ूर में सर झुकाना नहीं सीखा था। अगर उन्हें इन बच्चों के जैसा सुनहरा मौका मिला होता तो वे अब तक हुस्न के हुज़ूर में अपना सर पूरी तरह झुका कर अब तक उसके शहीद भी हो चुके होते! खैर, अब खुद नहीं तो ये बच्चे नाम कमायेंगे। जुग बीत गये, कोई लैला-मजनूं और रोमियो-जूलियट की तरह मशहूर नहीं हुआ। हिन्दुस्तान के हर बाबू का बच्चा कल रोमियो-जूलियट की तरह हिस्ट्री में मशहूर होगा, और उनके माँ-बाप की हैसियत से उनका भी थोड़ा बहुत नाम होगा ही।

सब्ज़ बाग ने हिन्दुस्तान की तमाम शहरी आबादी को सावन का अन्धा बनाकर, दरखतों के परे, गाँवों में भी अपना सब्ज़-कदम रखा है।

दिल और दिमाग सब्ज़ बाग में कैद, दुनिया में लड़ाई छिड़ी हुई। नोट बढ़ गये, रेज़गारी हवा हो गयी। रुपये का नोट लेकर जाओ तो सिनेमा का बुकिंग क्लर्क कहता है, "छुट्टे पैसे ले आओ।" भूखा पेट अनाज माँगने लगा, नंगा तन कपड़े माँगने लगा।

इज़्ज़तदार बाबू किसी को भी कुछ नहीं दे सकता। मजबूरी उसका दम घुटा रही है। वह दिल ही दिल में रो रहा है।

इसीलिए सिनेमा में अब तक वह देवदास, चंडीदास, मनमोहन और विद्यापति देखना पसन्द नहीं करता वह सिनेमा में प्रेम के लिए रोना पसन्द नहीं करता। पहले वास्तविक जीवन में रोना कम था, इसलिए प्रेम पर आँसू खर्च करने में एक मज़ा आता था। अब हर तरफ से आँसुओं ने धमकी देना शुरू कर दिया है, लिहाज़ा बाबू उससे चिढ़ता है।

बाम्बे टॉकीज़ के 'कंगन', 'बंधन', 'नया संसार', 'झूला' और 'किस्मत' ऐसे ही ज़माने में दिखाये गये और बेहद पसन्द किये जाने लगे। नाच-गाने, हीरो-हीरोइन की छेड़छाड़, हँसी-मज़ाक। बाबू खुश हो गया, बाबू का घर भर खुश हो गया। सिनेमा हॉल में गुज़रने वाले दो ढाई घंटे ज़िन्दगी में नया रस ले आते थे। पिक्चरों की जुबलियाँ मनायी जाने लगीं।

दूसरे प्रोड्यूसरों ने चाँदी बरसते देखी तो बॉम्बे टॉकीज़ का नुस्खा साधा। दो नाच, दो दुगाने, एक हीरो का खुश होकर गाना, एक हीरोइन का, फिर एक-एक गम और बेवफाई के गीत, एक आध भगवान की शिकायत-खुशामद, और एक आध भारत माता की शान में भी; आँसू न बहा माता, मोती न लुटा माता। ऐ माँ तेरे चरनों में आकाश झुका देंगे! अब जाग उठे हैं हम!"

यह नुस्खा इतना चला कि सस्ता हो गया। बाबू और उसके परिवार को रोमांस का नया तरीका चाहिये। प्रोड्यूसर को ढूँढे न मिला क्योंकि उसने अपनी नज़र बहुत बाँधकर रखी है। नुस्खा गिरा, तो प्रोड्यूसर ने स्टारों को चढ़ाकर उसे संभालना चाहा। बाप-दादों के ज़माने की सैर कराते हुए गरीब गुलाम बाबू को सिनेमा प्रोड्यूसर नया सब्ज़ बाग दिखाने लगा। स्वार्थ के लिए उसने देश की गरदन मरोड़ी। वह 'हुमायूं', 'अकबर', 'बाबर', 'विक्रमादित्य', 'रामराज्य' से लेकर नानी की कहानियाँ भी सजाकर सुनाने लगा।

नयी सजावट से बाबू का जी कुछ दिनों बहला, अब वह इससे भी ऊब गया है। सिनेमा के सब्ज़ बाग से आज वह उसी तरह बंधा-बंधा ऊब रहा है जैसे, कल तवायफ के कोठों से ऊब उठा था। तवायफ के कोठों को बदलने में उसे कोई दिलचस्पी नहीं रह गयी थी, लेकिन सिनेमा का नुस्खा बदलने के लिए बाबू शोर मचाता है। सिनेमा उसके लिए मंदिर और मस्जिद हो गया है। सिनेमा में जाकर मज़ा पाना वह अपना हक समझता है। सब्ज़ बाग देखने की उसे आदत पड़ गयी है। और पुराना सब्ज़ बाग उसे अब लुभाता नहीं।

प्रोड्यूसर ने थैली नरम देखी तो लपका ज़माने का हाल देखने; समझा, दुनिया की मौजूदा ज़िन्दगी से सिनेमा के सब्ज़ बाग का कोई भी रिश्ता नहीं रहा है। इसलिए उसकी थैली कमज़ोर पड़ सकती है। पड़ रही है। प्रोड्यूसर यह बरदाश्त नहीं कर सकता।

उसने नये ज़माने का रंग अपने सब्ज़ बाग में लगाना शुरू कर दिया। बाबू और उसका परिवार खुश हुआ। मगर अब फिर धीरे-धीरे नाराज़ हो चला है।

प्रोड्यूसर बेचारा परेशान है : कॉस्ट्यूम-पिक्चर फेल होते हैं, सामाजिक फेल होते हैं, नाच और गाने फेल होते हैं—'बॉम्बे-टॉकीज़' की धुनें फीकी पड़ गयीं, 'पंचोली आर्ट' की पंजाबी तर्जें बेहद चढ़ीं और अब उतर भी चुकी हैं। पूरबी और ग़ज़ल-दादरा किसी तरह खींच-खाँच कर गाड़ी चला रहे हैं। प्रोड्यूसर की समझ में नहीं आ रहा कि वह अपने आका, और उसके परिवार को किस तरह खुश करे।

यह बात साबित हो चुकी कि अब कॉस्ट्यूम पिक्चर और बड़े-बड़े स्टार बाबू को लुभा नहीं पाते।

बाबू नाच और गानों से ऊब उठा है। उसे आज के ज़माने में उनसे खुशी, जोश या शान्ति नहीं मिल रही।

हीरो-हीरोइन की आजाद मोहब्बत उसे भाती है। लेकिन प्रोड्यूसर को यह भी न भूलना चाहिये कि आज बाबू और उसका परिवार मुहब्बत के अलावा पोलिटिकल चहल-पहल में भी हीरो-हीरोइन बनना चाहता है।

यह ठीक है कि वह अब भी हीरो-हीरोइन की छेड़छाड़ का भूखा है, लेकिन उसके साथ-ही-साथ यह भी ठीक है कि बाबू अब नये ज़माने के नये रंगों में उन्हें देखना चाहता है।

सब्ज़ बाग का रंग फीका पड़ रहा है।

(1945)

(2)

चार फेरे चौक से अमीनाबाद के किये तब कहीं जा के दो चेहरे साही के कौड़े जेब में खनके। पिछाड़ी की नाल टूट गयी है, जानवर लंगड़ाता है। नब्बन से कहके आया था : "उस्ताद, टाट समेट न लेना, अभी लौट के आता हूँ। नाल जड़वानी है, नहीं तो आज साम की मजूरी के लाले पड़ जायेंगे।" मगर नब्बन उस्ताद को किसी की क्या पड़ी है? सांझ हुई और सनीमा की लैनडोरी में टंगे खड़े हैं। अमा, अजब लत है इस सनीमा की! ताड़ीखाने में जाओ तो मुँह नाली में पड़े और कटी नज़रें लड़ाओ तो चार उँगलियाँ उठने लगती हैं। सनीमा अपना अच्छा—हींग लगे न फिटकरी, और रंग चोखा ही चोखा। नसा ऐसा कि नब्बन उस्ताद को देख लें : कभी इलफिस्टन और कभी निसात। अल्लामियाँ चाहे सूरज के अरुज-गरुब में एक दिन लेट हो जायें, मगर नब्बन उस्ताद को तो मरने के बाद भी दफन होते-होते तक जो कहीं सनीमा की घंटी सुनाई पड़ गयी तो मिनट की देर न लगेगी, चट से ताबूत फाड़ के चिल्ला उठेंगे, कि भई ठहर जा, जरा खुर्सीद से नज़रें लड़ा आवें!...ये देखो, चला आ रहा है ये घसीटे भी, मेरा यार! रास कहीं, घोड़ा अलग कनौतियाँ उठाये मस्ती में और आप क्या मज़े में गला फाड़ते चले आ रहे हैं : "पहले जो मुहब्बत से इन्कार किया होता...हाँ ऽ ऽ!" अमाँ खूब चल पड़ा है ये गाना भी। गली-गली में गूँज रहा है। अहाहा! खूब गाया है खुरसीद ने भी। जी चाहता है गला काट के अपने कलेजे में छिपा लूँ। मासेअल्ला खपसूरती भी क्या पाई है कि दिलों में नस्तर चुभोती है मेरी जान। भई कुछ भी कह लो खपसूरती तो सनीमा के परदे पे है। खुरसीद, और काननबाला औ लीला चिनी—ऐहै! देख-देख के दिल यों उछलता है कि जैसा मेरा कालिया!—लंगड़ा रहा है मेरा बेटा। जाके खोल दूँ इसको; जो कहीं ज़्यादा चुटीला हो गया तो यह दिन की रोज़ी जायेगी। मालिक तो सिर चीर के तीन रुपये रोज़ ले ही लेता है : दाने घास के दाम बढ़ गये हैं कि अल्ला-अल्ला! अपने हिसाब जैसे घास भी लड़ाई पे जाती है। अमाँ, क्या जमाना आने लगा है! पहले चार-छैः आने में गट्ठर आता था। जी चाहे जित्ता घोड़े को खिलाओ। और मुहल्ले भर के बेवकूफों

की अकल भी पेट भरके चर ले। और अब तो अपनी ही टके-सी जान रह गयी है—लबों पे आते ही खस्ता कचौड़ी-सी टूक-टूक होती है। अमाँ, बहुत दिन हो गये खस्ता-कचौड़ी खाये भी। मगर खाये क्या अपना सिर? आज के ज़माने में जो दो जून नमक रोटी भी मिल जाये तो खुदाबन्द करीम के बड़े हाथ समझो! अगर लड़ाई और महँगी का यही हाल रहा तो गेहूँ गिन्नी का एक तोला मिला करेगा। पार वाले साहजी ने सच कहा था कि चौदहवीं सदी में कयामत होगी। आधी खिल्कत लड़ाई में कट जाती है, और बाकी खुदा के बन्दे यों महँगी के मारे सिसक-सिसक के दम तोड़ देंगे। करीम बुखार में पड़ा है बिचारा। आज सात-आठ दिन हो गये। न दिन को चैन, न रात को करवट। खांसते-खांसते आधा हुआ जाता है मेरा बच्चा। उसकी माँ बिचारी हलाकान हुई जाती है अस्पताल दौड़ते-दौड़ते। मगर गरीबों की कहीं भी सुनवायी होती है भला। चार दिन से लैनडोरी में खड़ी होती है। बिचारी दो बजे अस्पताल बन्द होने पर ही, भरी धूप में हांफती-कांपती लौंडे को गोद में लिए घर लौटती है। मगर अब तो सब जगह रिसवत चलती है न। गरीबों के गले में अडर-कानून और सारी मुसीबतों के फंदे पड़ते हैं। अपने ज़माने में जब हम बूढ़े होंगे, तो बच्चों को यही नसीहत देंगे कि बेटा गम खाके जिन्दा रहना, और मिल जाये तो किसी नदी तालाब का पानी पी लिया करना, क्योंकि नल के पानी पर भी टिकस लगता है। आज के ज़माने में फिर भी कुछ बुजुर्गों का सबाब बच रहा है—मुँस्पालटी के मिम्बर सड़कों पर मुफत के नल लगवा दिया करते हैं। सहबीलें और प्याऊ खुले हैं मगर यही हाल रहा और अजाब बढ़े तो कल की दुनिया में हवा और धूप पर भी टिकस लगा करेंगे। तब अमीर ही ज़िन्दा रहेंगे और हम गरीबों के लिए तो कयामत आयेगी!...आज ही देख लो, साढ़े तीन सवेरे मिले, दो इस दमके। नाल टूट गयी सो रात की मजूरी भी गयी, वरना पाँच-छैः रुपये तो बन ही जाते। घर लौटके जाऊँगा तो करीमे की अम्मा उठा के खा जायेगी। वो भी क्या करे बिचारी, छै दिन से लौंडा बिना दवा-दारू के पड़ा है। कल सवेरे झंवाई टोले वाले हकीम साहब के यहाँ ले जाने की सोच रही थी। मालिक का आदमी तो सवेरे ही आके तीन रुपये ले जायेगा। फिर क्या तो जनवर को खिलाऊँ और क्या लौंडे की दवा में लगाऊँ चार दिन से गेहूँ के लिए झींक रही है। रस्तोगी लाला का आदमी ब्याज के लिए लट्ठ लिए खड़ा रहता है। पिछली कमाई आगा की छुरी छीन ले गयी। इनसे तो कान पकड़ लिए बाबा, फिर कभी आगाओं से कर्जा नहीं लूंगा...मगर अभी तो इस बड़ी आगा, करीमे की अम्मा से जान छुड़ानी बाकी है। आज तो जल्दी घर पहुँच जाऊँगा। रात के बारह बजे तक मेरे पुरखों की धज्जयाँ उड़ाते-उड़ाते मेरा जनाजा ही निकाल देगी। रोज़-रोज़ हाथ भी कहाँ तक उठाऊँ? दो हड्डी की तो हो ही रही है, किसी दिन मर गयी तो मुफत का अजाब गले पड़ेगा। बुरा हो नब्बन साले का। अमाँ दो मिनट लेट हो जाता तो सनीमा में खुरसीद रूठ न जाती। मैं भी क्यों न सनीमा हो आऊँ आज? मगर खर्चा? अमाँ निकाल लेंगे साढ़े चार आने। दो घंटे के लिए खुरसीद से मन बदल जायेगा।

मोतीलाल भी पट्ठा खूब मजे का इक्टर है! पैसे वसूल करा देता है टिकस के! चलें जरा ये दुनिया का जंजाल तो हर घड़ी का है, गरीबों की ज़िन्दगी में सुख की साँस कहाँ नसीब? इस सनीमा के सब्ज़ बाग से ज़रा देर के लिए ज़िन्दगी में भी हरियाली आ जाती है।

''अमाँ, नब्बन उस्ताद! भई बड़ी कच्ची नाल ठोकते हो आजकल। ये चार-चार रोज़ बाद जो नालें ठुकानी पड़ेंगी भाईजान, तो मेरी बधिया ही बैठ जायेगी, अपनी कसम!''

''अरे यार हम भी क्या करें? माल ही कच्चा आ रहा है। अमाँ और सुनाओ, ये 'रतन' खेल देखा, जो चल रहा है?''

''अमाँ तो समझा क्या है तुमने मुझे? नया खेल आया कि चाहे एक बार इक्का न जोतूं मगर पहले रोज़, और पहले 'सो' में जाके देखता हूँ। जनाब आपसे कम नहीं है किसी बात में। इसमें उस्ताद वो सुबरनलता और करन दिवाना काम करते हैं। ये करन दिवाना उस्ताद नया इक्टर है। एक गाना है इसमें उसका!''

नब्बन लाल घिराते हुए बोले : ''हाँ, वो, जब तुम ही चले परदेश, लगाकर ठेस''—मुन्ने इक्केवाला तल तक मस्ती में चहक उठा :

जब तुम ही चले परदेश, लगाकर ठेस, ओ पीतम प्यारा!
तब जग में कौन हमारा?

नब्बन : ''वो पट्टे! जिये जाओ! अमाँ तुम तो हूबहू इकटरों की तरह से गाते हो मुन्ने!''

मुन्ने मियाँ मुस्कराये, फिर दिल तोड़कर बोले : ''अमाँ क्या गाता हूँ, भाई जान! ज़िन्दगी की झंझटों से ही फुरसत नहीं मिलती, नहीं तो सच कहता हूँ, कि जो रियाज करूँ तो...खुदा गरूर न दे, मगर सहगल और सुरिन्दा का कोई गाना कह दो—हूबहू तर्ज और आवाज न मिला दूँ, तो मेरा नाम मुन्ने बदल देना।''

नब्बन मुस्कराकर बोला : अमाँ तुम तो बस बम्बई टिकट कटा लो, मुन्ने।—न भाईजान! लाखों कमा लेंगे। ये अशोक कुमार, मोतीलाल, और तुम्हारा क्या नाम कि चन्दरमोहन और पिरथीराज और याकूब, इन सबको देखो। अमाँ करोड़ों कमा रहे हैं, करोड़ों!''

मुन्ने इक्केवाला एक सर्द आह खींचकर बोला : ''हाँ भाईजान, मगर गरीब की कौन सुनता है?''

''अमाँ गरीब अमीर वहाँ कुछ नहीं है। देखो वो महबूब...अरे वो अपना नजमा खेल वाला!''

मुन्ने पहुँचे हुए तजुरबेकार की तरह भारी गर्दन हिलाकर बोला : ''अमाँ हाँ, हाँ; जिसने वो 'औरत' फिल्म बनाई थी। जानता हूँ पहले हमारी तुम्हारी तरह ही गरीब था। अब तो वो बड़ी भारी कम्पनी का मालिक हो गया है। सुना है 'हुमायूं' खेल बनाया है।''

नब्बन बोला, ''मगर उस्ताद आजकल कोई खेल अच्छा नहीं आ रहा है। सब एक सी इसटोरियाँ हैं। ज़रा सा आग-पानी-तूफान की सीनरी अदल-बदल के वही सब पुरानी चीज़ें आ रही हैं। अब न तर्जे हैं, न वो मज़ा है। हाँ सीन-सीनरी ज़रूर बड़ी शानदार देख लो। वही सब पुराने इक्टर, पुरानी इस्टोरी। जी ऊब गया है मियां।'' यह कहते हुए नब्बन नाल और हथौड़ा लेकर घोड़े के पैर की तरफ बढ़ा। मुस्करा कर फिर बोला : ''अमाँ चलो हम तुम बनायेंगे नयी फिल्में। इक्केवाले पर इस्टोरी लिखेंगे। पहले तमाशे में ही लाखों बना लेंगे, उस्ताद।''

मुन्ने इक्केवाला भी घोड़े का पैर उठाने के लिए बढ़ा। बीड़ी की आखिरी कश खींचकर धुआं छोड़ते हुए वह बोला : ''अमाँ छोड़ो भी इस बेफजूल के सब्ज़ बाग को। इस चकल्लस में क्या रखा है। भाईजान लो, जल्दी से नाल ठोक दो। साम को रुपया-धेली कमाकर करीमे की अम्मा के हाथ पे रखूंगा तो उसके होठों पर मुस्कराहट देखने को मिलेगी। जब से उसे भी तीन-चार सनीमा दिखा लाया हूँ, यकीन मानना उस्ताद, बिल्कुल देवकारानी की तरह से मुस्कराने लगी है वो भी!''

(1945)

(3)

नब्बन नालबन्द और मुन्ने इक्केवाले से लेकर एल.एल.बी., मिडिल पास तक तमाम नौजवान सिनेमा-स्टार बनने की तमन्ना रखते हैं। मुहल्ले, कॉलेज और गली-सड़क चलती हर लड़की जो उनकी नज़रों में चढ़ती है, कानन बाला और खुरसीद बन जाती है। मगर वह महज कामचलाऊ होती है। जब तक असली कानन और खुरसीद न मिल जाये, जो मिले वही गनीमतखुदा। ख्यालों में ही सही, जी तो बहल जाता है।

ख्याली सिनेमा-स्टार बने। कमीज का कालर ऊँचा किया, आँखों में मस्ती ओढ़ ली और सिगरेट को एक अन्दाज के साथ होठों में दबाकर असली सिनेमा-स्टार बनने की तैयारी में लगे। 'पिक्चरों' के ग़ज़ल-गीतों की हूबहू तर्जें गले में ढालीं, जो बोले वह डायलॉग बोले, जो काम किया वो एक्टिंग हुई—नक्काल बने...एक्टर बने। मुन्ने इक्केवाला और नब्बन नालबन्द तो अपनी गरीबी और नीचे तबके की हद में ही दब कर रह गये, मगर मिस्टर एल.एल.बी., मिडिल पास साहब अपने पढ़े-लिखेपन के ज़ोर पर उस हद को तोड़कर ख्यालों के ऊँचे आसमान में उड़े। शीशे में मुँह देखा, अशोककुमार और मोतीलाल खूबसूरती में उनके आगे पानी भरते हैं। अगर एक्ट्रेस एक बार उन्हें देख लेंगी तो सबकी सब उन पर 'देवदास' हो जायेंगी।

मगर देखें कैसे? मियाँ ने सोचा, खत लिखो, फ़ोटो भेजो। रुपये में आठ वाली तस्वीरें खिंचाई, आठ 'पोज़' दिये। बाज़ार से कीमती 'लेटर पैड' खरीद कर लाये, सिगरेट जलायी। अपने कमरे में टहलते हुए सोचने लगे। तरह-तरह से सोचा। क्या

लिखें? जी तो करता था कि खटाक-से लिख दो, ''मेरी जान, बुरी तरह से मरता हूँ।'' बस, अब तुम मुझे अपने पहलू में बुला लो। मेरी फ़ोटो देख लो कि एक्टर से कम हूँ मैं? तुम फलां-फलां पिक्चर में 'उससे और उससे' प्रेम करती हो, मेरे दिल में बत्ती सुलग के रह जाती है।'' इसी ख्याल को लफ्फाज़ होकर बार-बार दिमाग में दुहराया किये, मगर खत में लिखते ज़रा डर लगता था—कहीं नाराज़ न हो जाये।

''डियर मिस'' ये खत शुरू किया, या अगर रिश्ते ने ज़ोर किया तो 'माई डियर सिस्टर' लिख दिया। दिल को समझा लिया कि लिखने से बहन थोड़े ही बनी जाती है! किसी बहाने से सही, एक बार रिश्ता मंजूर कर लें, फिर तो बातों-बातों में अपनी बना लूँगा। खत में लिखा :

''फिल्मों में आपके काम को देखकर दिल ने बार-बार कहा कि तू अपनी बहन को खत लिख! मैंने अपने दिल को बार-बार समझाने की कोशिश की कि तेरी बहन बहुत बड़ी सिनेमा-स्टार है, हिन्दुस्तान के किसी कोने में पड़े हुए अपने एक गरीब अनजान भाई को भला वह क्योंकर ध्यान में लायेगी? मगर फिर मेरा दिल बोला कि तू खत लिख! अगर तेरा प्रेम सच्चा है तो पत्थर भी पानी हो जायेगा। बस, इसी उम्मीद पर मैंने कलम उठायी और धड़कते दिल से आपको यह खत लिख रहा हूँ। मैं आपकी हर पिक्चर को बराबर देखता हूँ। जब आपकी कोई पिक्चर मेरे शहर में आती है तो मैं उसे हर रोज़ देखता हूँ। बिना एक बार आप को देखे मुझे चैन नहीं पड़ता। पिक्चर में आप जो भी डायलॉग बोलती हैं, मैं उसमें अपने लिए 'पुकार' सुनता हूँ। आपकी आवाज़ मेरे दिल को जादू की तरह बाँध लेती है। आपका भोला-भाला सा मुखड़ा। आह! बस मैं क्या कहूँ? लफजों में वह ताकत नहीं जो मेरे दिल के जज़्बात को बयान कर सके। मेरा दिल मेरा दिल है जो आपके गोरे-गोरे नन्हे-नन्हे कदमों पर निछावर है। मेरी बहन! मैं तुम्हें हर वक्त अपनी आँखों के सामने रखना चाहता हूँ। तुम अपना एक फ़ोटो गोरे-गोरे प्यारे-प्यारे हाथों से दस्तखत करके फौरन भेज दो। उसमें मेरा नाम ज़रूर लिख देना—ज़रूर-ज़रूर लिख देना। मैं अपने दोस्तों को दिखाऊँगा कि देखो, मेरी बहन ने मुझे फ़ोटो भेजा है। मुझे निरास न करना, वरना मैं मर जाऊँगा। मेरी ज़िन्दगी में कोई रस नहीं। मेरी ज़िन्दगी सूनी है। जालिम दुनिया मुझे समझ नहीं पाती, मगर मुझे उम्मीद है कि तुम मुझे ज़रूर ही समझ जाओगी। मेरे दिल की हालत को जान जाओगी, पहचान जाओगी। इसलिए बहन, मुझे पूरी-पूरी उम्मीद है कि तुम अपना फ़ोटो मुझे ज़रूर ही भेज दोगी। तुम कहोगी कि भाई कैसा खुदगरज़ है, मेरी तस्वीर तो माँग ली मगर अपना कुछ पता ही नहीं दिया। इसलिए मैं तुम्हें अपनी एक फ़ोटो भी भेज रहा हूँ। मैं...जात का एक खानदानी नौजवान हूँ। फिलहाल स्कूल में ही पढ़ रहा हूँ। यह लिखते हुए मुझे शर्म तो ज़रूर आ रही है, मगर मैं अपनी बहन से कुछ छिपाना नहीं चाहता। और सच बात तो यह है कि मेरा मन तो दिन-रात सिनेमा के सपने देखता रहता है, पढ़ने में बिल्कुल जी नहीं लगता। न जाने वह सुनहरा दिन कब आयेगा, जब

मैं सिनेमा में काम करूँगा। भाई-बहन दोनों मिलकर एक साथ पिक्चरों में हीरो हीरोइन का काम करेंगे और 'रियल लाइफ' में भाई-बहन रहेंगे। आह! वह दिन कब आयेगा...।''

सेंट लगे हुए लेटर पैड पर घंटों की मेहनत के बाद खत लिखकर पूरा किया, फ़ोटो रखा और धड़कते हुए दिल से लेटर बॉक्स के सुपुर्द किया।

डाकिया हर रोज़ आया और चला गया। मियाँ मिडल पास खत पर खत लिखकर हार गये। एक सिनेमा स्टार ने जवाब न दिया तो दूसरी को वही मजमून भेजा। एक्टरों को भी खत भेजने लगे।

'फिल्म इंडिया' और 'साउंड' शुरू किया। हर सिनेमा स्टार के बारे में ज़रूरत से ज़्यादा और अपटूडेट जानकारी हासिल कर ली। दिल तड़पने लगा; ''कौन ऐसा दिन होगा जब मैं भी इन्हीं स्टारों की तरह से हिन्दुस्तान भर में मशहूर हो जाऊँगा। मेरी भी तस्वीरें छपेंगी लाखों रुपये पैदा करूँगा। रेस, शराब, खूबसूरत लड़कियां...''

सब फिल्म कम्पनियों में अर्जियाँ भेजीं। जब जवाब न मिला तो तय किया कि खुद चलना चाहिये। पहाड़ मुहम्मद के पास न आये, न सही, मुहम्मद खुद पहाड़ के पास जायेगा।

घरसे रुपये चुराये और बंबई भागे।

बड़े शहर में आकर खो गये। हर फिल्म कंपनी के फाटक पर पठानों के धक्के खाये, गालियाँ सुनीं। हर सिनेमा-स्टार के घर से निकाले गये। पैसा चुक गया। भूखों मरने लगे। भूख से ज़्यादा अपनी ज़िन्दगी के सबसे बड़े सपने के टूट जाने का गम था। अपनी सूरत पर कोफ्त होने लगी, अपनी किस्मत पर रोना आने लगा, ज़िन्दगी भार हो गयी।

सिनेमा का सब्ज़ बाग शैतान का जाल नज़र आने लगा।

(1946)

(4)

सीमियाई सब्ज़ बाग देख रहे थे।

सुना, सुराज आने वाला है। तो मियाँ क्योंकर आयेगा सुराज? आखिर उसकी शक्ल-सूरत क्या होगी? रंग-ढंग कैसे होंगे?

अखबारों से खास पता नहीं चलता। नौ कनौजियों के बारह चूल्हों की खिचड़ी अखबारों में पकती है। कोई कहता है सुराज मुगट पहने आयेगा। राजा रामचन्द्र का धनुस धारन करेगा। और अगर ज़रूरत हुई तो सीताजी का संकट हरने के लिए रावन की लंका भी फूंकी जायेगी।

दिल बहलाने को यह ख्याल भी बुरा नहीं। सीमियाई ने सोचा चलो इसी रूप में सही, देख लेंगे। 'रामराज' की फिल्म देख ही चुके थे, सुराज के सिर पर मुगट धरने में देर न लगी। सीमियाई के दिमाग में सुराज का सब्ज़ा लहलहाने लगा।

...सारे तीरथ, समझो कि, गंगाजल में धुलवा दिये गये। चौका-बरतन सब लैस। सुराज आकर गुलगुले पकायेगा। नये मेहमान के आने पर मुँह मीठा कराने का रिवाज़ पुराना है।

मगर एक अड़चन होगी। मुसलमान उस चौके में कैसे बैठेंगे? हिन्दुओं को छूत लग जायेगी। इसके अलावा अब तो हमारे मुसलमानों को भी अपनी पाकीजगी का ख्याल होने लगा है। क्यों न हो, आखिर उनके पुरखे भी तो हिन्दू ही थे। रामचन्द्री सुराज आये और उनकी रगों में छूत-पात का पुराना खून जोश न मारे।

तब फिर? मियाँ सीमियाई का दिल बैठने लगा। इस मुगटधारी सुराज से काम न चलेगा। खट से सब्ज़े की लॉजिक लगाई। चलेगा क्यों नहीं। फिल्म 'रामराज' तो एक-सौ-एक हफ्ते तक चला था।

बात जंच गयी। ढाई-ढाई घंटे के तीन शो हुआ करेंगे। एक में हिन्दू, एक में मुसलमान और नाइट शो में अंग्रेज़ों को भी दिखलाया जायेगा। बेचारों ने इतने दिनों राज संभाला है, अब क्या सुराज का तमाशा भी न देखेंगे। इसके बाद रहे सिख, अछूत, किरस्तानी वगैरा—सो उनके लिए भी हफ्ते में दो दिन मैटिनी शो कर देंगे। चलिए, इंसाफ हो गया। औरतों के लिए साल में एक दिन सुराज का जनाना शो हो जाया करेगा। इससे ज़्यादा और क्या चाहिये? रहे बच्चे। वो तो कौम का दर्देसर हैं। धोखे से ज़मीन पर आ जाते हैं। बहुत रोयेंगे तो पटाखे दिलवा दिये जायेंगे। जी चाहे जहाँ फुलझड़ियाँ छुड़ायें, अनाज की दुकानें और इमारतें जलायें, जय बोलें। और जो जू-जू आये तो अम्मा की गोद में मुँह छिपाने को क्या कम जगह है?

सबका इन्तज़ाम हो गया। किसी की हक-तलफी नहीं की। मियाँ सीमियाई के बड़प्पन ने इतमीनान की एक साँस ली। तय कर लिया कि सुराज को फिल्मों की तरह चलायेंगे। यही एक उम्दा तरीका है।

फिल्म और उसकी दुनिया से मियाँ सीमियाई को खास दिलचस्पी है। ऐसा समाज और कहीं नहीं। यहाँ का रहन-सहन, रीति-रिवाज़, यहाँ का आर्ट और कल्चर, लिटरेचर सब कुछ अपने ढंग का। फिल्मी दुनिया में न कोई हिन्दू है न मुसलमान, अशोक कुमार कंट्रेक्ट पर हुमायूं बन सकते हैं और शाकिर मियाँ को जी चाहे जब हनुमान जी बना लीजिए।

शादी-ब्याह का तरीका भी यहाँ बहुत आसान है जिससे जी मिल जाये, उससे को। दिन में हज़ार बार करो। सबको मंजूर। जी भर जाये तो हज़ार बार तलाक दो। वह भी सबको मंजूर।

घरों से निस्बत नहीं, 'फ्लैट' हो गये हैं।

खाना लिबरल; मोटी मुर्गी से लेकर रामनामी कढ़ी तक एक प्लेट में उड़ाइये।

पानी उतर गया। यहाँ शराब से प्यास बुझती है।

ज़िन्दगी का जुआ कंधों से उतार दिया। सब जुआ खेलते हैं।

ज़माने की रफ्तार के साथ दौड़ने की ज़रूरत नहीं। घोड़ों की रेस में हिस्सा खूब लेते हैं।

आर्ट दुनिया वालों के लिए है। यहाँ तो सभी आर्टिस्ट हैं।

पोशाक की कैद नहीं लंगोटी और पतलून का भाव एक ही है, घाघरे, दुपट्टे से लेकर फ्रॉक तक सब चलता है। इस तरह हर सूबे और हर कौम का सुहाग सदा हरा रहता है।

मियाँ सीमियाई का जी हरा हो गया। जो लौ लगी तो आप ही गुनगुना उठे :

''गाड़ी बऽल्ले! दुपट्टा उड़ा जाय रे। हाय उड़ा जाय रे।''

—मगर यह तो औरतों का गाना है जी! तो क्या हुआ? फिल्मी दुनिया में औरत मर्द का भेदभाव ही नहीं। मिस नाडिया के स्टंट देखे हैं? मर्दों के छक्के छुड़ाती हैं यहाँ की औरतें। और जितने फिल्मी हीरो हैं सो उनका दिमाग भी किस औरत से कम है? हर दम अपने ही कजिए, अपने ही किस्से, हर दम अपनी ही खूबसूरती के चर्चे। उन्हें दुनिया से मतलब ही नहीं। चाहे हिन्दुस्तान रहे या पाकिस्तान बसे। वो परिस्तान में ही रहते हैं।

यों तमाशे में लिखे डायलॉग बोलकर कौमपरस्ती और इन्सानपरस्ती भी कर ही लेते हैं। सितारे दूर से अपनी हमदर्दी टिमटिमाने के अलावा और कर ही क्या सकते हैं बेचारे?

चलिए यह आड़ भी न रही। मियाँ सीमियाई जी खोलकर गाने लगे :

''साड़ी वऽल्ले! दुपट्टा उड़ जाय रे! हाय उड़ा जाय रे।

मोरा बाला जोबन शरमाये रे! हाय उड़ा जाये रे!''

शरमाने की बात आयी तो खुद भी शरमाने लगे। मगर यह शर्म क्यों? फिल्मी समाज को शर्म से क्या सरोकार? और फिर यह तो उनका लिटरेरी गाना है। फिल्मी दुनिया में ऐसे गीतों की कीमत तीन-तीन हज़ार रुपये तक दी जाती है। इसलिए यह कीमती लिटरेचर है। भला टैगोर को कभी सपने में भी अपने किसी गाने की कीमत तीन हज़ार मिली थी? इसके अलावा सारा हिन्दुस्तान इसे गाता है। टैगोर का कोई गाना इस तरह पापुलर हुआ?

तो कौन-सा लिटरेचर सच्चा। फिल्मी, या उन तमाम बाहरी लिटरेचरियों का?

मियाँ तैश में थे। बिना समझे-बूझे ये इंटलेक्चुहलिए हमारी फिल्मों को बुरा कहते हैं। हमारी फिल्में न होती जनाब, तो...।

पड़ोसिन ने ग्रामोफोन पर तवा चढ़ाया था। मियाँ सीमियाई का ध्यान बंटा। वैसे ही पड़ोसिन और उनकी ननद भी गाने के सुर में सुर निकालने लगीं।

''आये जवानी, जाये जवानी—
जाके फिर न आये।
चिड़ियों ने चुग लिया खेत
फिर लाख खड़ा पछताये
कहो ये झूठ बात है?—ऊहूँ—
तो बस पीलो खालो
जवानी के गुन्न गाली। जवानी के गुन्न

सीमियाई ताज़े हो गये। इसे कहते हैं शायरी। कहाँ तक नज़र पहुँची है। क्या फिलासफी है। कौन-सा टैगोर यह लिख सकता है? सब देशभक्त और भगवद्भक्ति न जाने क्या-क्या अललटप्पू शायरी लिखते हैं। वे सब तो मौसमी चीज़ें हैं। मगर जवानी तो सदाबहार है। उसके गुन गाइये। पीजिये।

यही वह सच्ची फिलासफी है जिस पर हमारा फिल्मी समाज आबाद है। इसी को वह सच्चे दिल से अमल में लाते हैं, और इसी का प्रचार करते हैं।

सोचिए, अगर फिल्में न होतीं तो लड़ाई की तकलीफों से जनता को कौन उबारता? सन् 42 में नेता लोग तो आग लगाकर चल दिये। उस वक्त बंगाल की भूख सारे हिन्दुस्तान को निगल जाती। सलामत रहें फिल्मवाले, जिन्होंने पेट की भूख को प्रेम की भूख में बदल दिया। लाखों साजन और सजनियाँ पैदा कर दीं। इसलिए कौम के नाजुक नौजवानों! फिल्मों में भरती हो।

—लड़ाई के ज़माने में फौज में भरती आयी। मियाँ का जी चाहा कि फौज और फिल्म में भरती होने के पोस्टरों को एक साथ चिपका कर उसके नीचे लिख लिया जाये : "प्यारे भाइयों, मरना दोनों जगह है, मगर मरने-मरने में कितना फर्क है।"

फिल्मी दुनिया में रेस है, सट्टा है, शराब है, शरबती आँखें हैं। इसे आज़ादी कहते हैं। जिस ऐश के लिए दुनिया मर रही है, वह ऐश 'हमींनस्तो, हमींनस्तो, हमींनस्तो!"

इसके अलावा, नाम। शोहरत। अजी कैसी कि मिनटों में छोटे आदमी से बड़े आदमी बन जाइये। दुनिया आपके पीछे दौड़ेगी। यहाँ से काम नहीं, पैसे से शोहरत खरीदी जाती है। यह आसान तरीका है। और उस शोहरत के बल पर हम मुगल शाहंशाह बन जाते हैं। जो हमारी तारीफ करके राज़ी कर ले उसे हम राजा बना दें, और अस्लियत का इज़हार करने वाले एडीटर का हम खून भी कर देते हैं।

खून! जोश में आकर मियाँ सीमियाई खुद सोच तो गये, मगर वैसे ही ठंडे भी पड़ गये। सीमियाई खुद भी एक एडीटर हैं। इसके अलावा सब्ज़ बाग में खून के धब्बे खटकते हैं।

मियाँ सीधे-से दुनिया पर आ गये। क्या झूठ की दुनिया में रहते-रहते इंसान सच का दुश्मन तक हो जाता है? हाँ, तो सच? हर किस्म की बदचलनी और बेवकूफी भरे गरूर को गले से लगाकर भी ये फिल्मवाले दिल से देवता बनने के ही सपने देखते रहते हैं। दरअसल वह देवता बनना चाहते हैं, मगर अपनी कमज़ोरियों की वजह से न बन सकने पर वह छापे के हरुफ से सजकर देवता बनने की कोशिश करते हैं। नेता वह हैं, देवता वह हैं, पैगम्बर वह हैं—पानी की तरह पैसे खर्च करके अपनी इस तरह की तारीफें छपवाते हैं और उन्हें पढ़कर खुश भी होते हैं। धीरे-धीरे झूठ की उन्हें आदत पड़ जाती है और वे सच का खून करने तक से नहीं हिचकते।

मियाँ सीमियाई ने तय कर लिया कि यह फिल्मी सुराज नहीं चलायेंगे। यह बेवकूफों का बहिश्त है। सब्ज़ बाग है जो सिर्फ़ दूर से ही सुहावना लगता है।

(1946)

बड़ी राहत मिलती है : बेटी ब्याहने के बाद

जनाब चूँकि आप कहते हैं कि बेटी के ब्याह के बाद बाप को बड़ी राहत मिलती है, इसलिए मान लेते हैं। बकौल गालिब, "हमको मालूम है जन्नत की हकीकत लेकिन दिल के बहलाने को ये ख्याल अच्छा है।" अपनी बेटियाँ ब्याहने से पहले हम भी यही कहा करते थे कि रामजी के यह ऋण चुका देने के बाद हमें बस राहत ही राहत मिल जायेगी, लेकिन भाई जान, यह पुरानी कहावत भी कभी-न-कभी आपके कानों से ज़रूर टकराई होगी कि "ब्याह पीछे पत्तल भारी होती है," सो एकदम सही मालूम देती है। भगवान की दया से अपनी दो बेटियों को ब्याहने के बाद हमें हर बार लगभग दो-दो तीन-तीन वर्षों तक पत्तल के भारी होने का अनुभव होता रहा है। हम यह मानते हैं कि भारत के अलावा दुनिया के हर देश में बेटी के बापों को अवश्य ही राहत मिलती होगी। दूसरे देशों में जब तक लड़कियाँ पढ़ने-लिखने की उमर गुजारती हैं तब तक तो माँ-बापों को अवश्य ही उनकी तरफ से कुछ न कुछ चिन्ता और जिम्मेदारी का एहसास बना रहता है। मगर उसके बाद विलायती बेटी कहीं नौकरी करती है फिर किसी से इश्क करती है और एक दिन प्रेमी-प्रेमिका दोनों आकर पापा-मम्मी से कहते हैं कि हमको इनसे और इनको हमसे प्यार हो गया है। हमारे विवाह को कृपा करके आशीर्वाद प्रदान करिये। चलिये पापा-मम्मी का भार हल्का हो गया। चट मंगनी पट ब्याह, हींग लगी न फिटकरी और रंग चोखा ही चोखा, आ गया। मगर इस देश में अभी ऐसे बानक नहीं बने। हमारे बचपन में हमारे एक मुहल्ले के चचाजान कभी हमसे या किसी और लड़के से बिगड़ जाते थे, तो बस एक ही पेटेंट गाली दिया करते थे—"अबे बेटी के बाप!" गोया बेटी का बाप होना इस देश में सबसे बड़ी गाली है।

इसी सिलसिले में एक पुरानी महाजनी कहावत भी मुझे याद आ रही है—"चलना भला न कोस का बेटी भली न एक, मंगना भला न बाप से जो प्रभु रासे टेक।" कोस भर चलना भी जिन महाजनों को गवारा नहीं तो भी जब बेटी के बाप होने से घबराते हैं तो हमारे ऐसों की मजाल ही क्या? हमारे यहाँ तो बेटियों के माँ-बाप को पहले उचित घर-घर की तलाश में सतुआ-नोन लेकर दौड़ना पड़ता है फिर दान-दहेज की चिन्ता में तिल-तिल घुलना पड़ता है। उसके बाद बरात आने पर बरातियों के नाज-नखरों को सर पर उठाना पड़ता है। जैसे सावन में घास बेपनाह

उगती रहती है वैसे ही बरातियों के नखरे और फरमाइशें सभी बढ़ती ही जाती हैं। तभी तो यह कहावत चल पड़ी है कि ''बरात का छैला सावन का खैला।'' सच पूछिए तो इन्हीं सावन के खेलों से ही माँ-बाप की चिन्ताओं का खलिहान भर जाता है और लोग-बाग यह सोचते हैं कि बिटिया का ब्याह निपट जायेगा तब राहत पा जायेंगे।

हमारी बनियान की एक बाँह बन्दर की कृपा से फट गयी, हमने घर वाली से कहा कि एक बनियान ले दो। पत्नी बोली, 'अभी ठहर जाओ भाई, लड़की ब्याह लूँ तो तुम्हारी अनियान-बनियान की चिन्ता कर लूँगी। अभी तो ब्याह की चीज बस्त खरीदने के लिए ही एक-एक पैसे की चिन्ता पड़ रही है। हमने कहा, 'बीबी बाँह सी ही दो।' तो झल्ला के बोली : ''मैं साड़ी में गोटा टाकूं या तुम्हारी निगोड़ी बनियान की चिन्ता करूँ। भीतर वाले आले में सुई तागा रखा है आप ही गोठ-गांठ के पहन लो।'' वह बनियान की बाँह मेरे लिए पूरे सवा साल तक गलद्ग्रह बनी रही। खादी का कपड़ा एक बार फटा सो फटा, फिर वहीं से उधरता है और बेतुका उधरता है। हम सीते-सीते तंग आ गये फिर अन्ततोगत्वा हमें वह पूरी बाँह काट ही डालनी पड़ी। ब्याह चूँकि गर्मी के मौसम में हुआ था और हमें अपने माल की किफायत के लिए चूँकि अधिकतर हलवाई खाने में रहना पड़ता था, इसलिए कुरता न पहना जाता था। हम बिना बाँह की बनियान पहनकर बैठने को मजबूर थे। और हलवाई खाना चूँकि हमारे घर से दो घर छोड़कर एक मकान में आबाद हुआ था इसलिए वहाँ से अपने घर आने जाने के वास्ते हमें गली से होकर दिन में दो चार बार गुजरना ही पड़ता था। गली में वह मजनू मार्का बनियान पहनकर निकलने में हमें बड़ी शर्म आती थी। हमने पत्नी से कहा, ''सारे खर्चे में एक बनियान हमें भी दिलवा दो। जहाँ हज़ारों खर्च हो रहे हैं वहाँ दो-चार रुपये की बात ही क्या?'' यह सुनकर परात उठाते-उठाते वे एकाएक झल्ला पड़ीं। उनके यह तेवर देखकर हम सहम गये। सोचा कि अब यह परात हमारी खोपड़ी पर ही फूटने वाली है मगर हमारी घरवाली क्रोध में भी अपनी वस्तुओं के लिए बड़ी चतुर रहती हैं। परात से हमारा सिर फोड़ने के बजाय अपने पत्थर से बोलों से ही उन्होंने हमारा कलेजा फोड़ा। कहा, ''कौन बेटा ब्याह रहे हो जो मखमल, किमखाब लाऊँ तुम्हारे लिये। अभी यों ही काम चलाओ, ब्याह के बाद देखा जायेगा।''

खैर ब्याह के बाद जब सब फिकरों से राहत पायी तो हमने फिर घर में अपना बनियान पुराण बाँचना आरम्भ किया, ''अरे भाई, अब तो बाँह छोड़ बगल तक फटने लगी, कहाँ तक सिऊँ, एक बनियान दिलवा दो न।''

''तुम्हें और कोई काम नहीं है जी, जो जब देखो तब अपनी निगोड़ी बनियाइन का ही रोना लेकर बैठ जाते हो। अभी शरबत वाले को साढ़े तीन सौ और छापे खाने वाले को कार्डों की छपाई के दाम देने हैं। पहले बाहर का बोझ उतारूँ या तुम्हारी बनियान के लिए पैसे बरबाद करूँ।'' यह मुँह-तोड़ उत्तर सुनकर हमने फिर कहना ही नहीं बनियान पहनना तक छोड़ दिया। हमारे इस सत्याग्रह से झुंझलाकर हमारी

पत्नी ने खादी की फटी बनियान में बेटे के फटे पैजामे का लट्ठा इस तरह से लगाया, गोया मखमल में टाट का पैबन्द लगाया हो। बेटी के ब्याह के पूरे चार महीने बाद हमें अपने वास्ते दो बनियानें नसीब हुईं, तब जाकर जी को राहत मिली।

इसी तरह का दूसरा हादसा दूसरी बेटी के ब्याह पर हुआ। ऐसा लगता है कि दुनिया में सारी मान प्रतिष्ठा कमा लेने के दंड स्वरूप ही भगवान ब्याह के भरे-पूरे घर में मेहमानों के सामने हमें अपनी बीवी से डाँट खिलवाने पर तुले ही रहते हैं। ब्याह के दिन घर में बिजली की झालरें लग रही थीं। हम छोटी मेज पर टिकी हुई बाँस की सीढ़ी को बिजली वाले के कहने पर संभाले हुए थे, न जाने क्या हुआ कि कील ठोकते किसी लापरवाही के क्षण में उसके हाथ की हथौड़ी छूट गयी और सीधे हमारे चश्मे की कमानी से टकराते हुए चश्मे को लिये हुए ही ज़मीन पर जा गिरी। हम इस असम्भावित दुर्घटना से चौंके और हमारे पैर लड़खड़ा गये। पैरों में काठ की खटपटी पहने थे और लड़खड़ाने से खटपटी सीधे चश्मे पर पड़ी और एक शीशा शहीद हो गया। क्या अजब संयोग था कि घर को रोशन करने के फेर में हम अपनी एक बनावटी आँख ही कानी कर बैठे। इसी को कहते हैं कि अक्सर होम करते भी हाथ जलते हैं। अब हमारे लिए समस्या यह आयी कि आखिर यह एक आँख का चश्मा लगाकर हम अपने मान्य समधियों, बारातियों का आखिर स्वागत कैसे करेंगे? सकुन-साइत के मौके पर कानी आँख लेकर खड़े होना भी उचित न था। और हम यह भी जानते थे कि बीबी से कहना इस समय भरे बाज़ार में अपनी पगड़ी उछलवाने के समान ही था। सोच समझकर हमने अपने बड़े बेटे से ही कहा कि भाई यों-यों हाल है, वैसे तो फ्रेम भी खराब हो गया है मगर उसकी चिन्ता फिलहाल न करके मेरा यह शीशा तो फिट करवा ही दो। आज्ञाकारी पुत्र ने चट से हाँ कहा और पैसे लेने के लिए अपनी माँ के पास पहुँच गया, ''पिताजी का चश्मा काना हो गया है, शीशे के लिए पैसे दे दीजिये।'' अजी साहब कड़ाही में पूड़िया क्या फूल रही होंगी और घी भी भला क्या खौल रहा होगा जैसी वह खौलीं और फूलीं। अपनी मान रक्षा के लिए हमने तुरन्त ही कहा, ''भई हमने नहीं कहा।'' बिना चश्मे के ही चुंधी आँखों से हमने ब्याह के सारे नजारे निहारे। खैर, यह तो हमारी छोटी-मोटी जग हँसाइयाँ हुईं, मगर अपने एक पड़ोसी के घर उसकी बेटी के ब्याह के बाद हमने महाजनों के तगादगीरों को कई बरसों तक उनके दरवाज़े पर ललकारते हुए पाया। हम सोचने लगे भला यह भी कोई राहत में राहत है। दुनियादारी की अन्धी होड़ में जिस देश के पिता को कोई कर्ज लेना पड़ता हो, वह ब्याह के बाद भला राहत क्यों पा सकता है। और फिर उसके अलावा बेटी का ब्याह होगा तो उसके बाद उसके बाल-बच्चे भी होंगे। उनके मुंडन जनेऊ ब्याह भी होंगे। और नाना-नानी को हर बार कुछ न कुछ खर्च की चिन्ता ही बनी रहेगी।

सम्वत् छप्पन में सुनते हैं कि राजस्थान में बड़ा भारी अकाल पड़ा था। तब रुपये का पाँच सेर गेहूँ बिकने लगा था। उसी ज़माने में किसी घर में दामाद आया

होगा। उसकी खातिरदारी की चिन्ता में कैसे सूखे होंगे, इसकी एक झलक लोकगीत में हमें मिल जाती है—

आयो री जमाइड़ो धसक्यौ जीव,
कहाँ से लाऊँ शक्कर घीव
छपनिया अकाल फेर मती आइजो म्हारी मारवाड़ में।

अब छप्पनिया अकाल को आज सम्वत् 2033 में भला कौन याद करेगा। जबकि इमरजेंसी की कृपा से चीज़ों के दाम घटते-घटते भी अभी तक महँगाई में लेश मात्र अन्तर हुआ है। ऐसे में भला राहत की बात कौन कहे। हमको तो एक लतीफा याद आ रहा है। रास्ते में दो जान-पहचानी मिले, राम जुहार के बाद एक ने पूछा, ''कहो भाई, सब राज़ी-खुशी हैं? दूसरा झल्ला उठा कि ''अमा जाओ भी, राज़ी-खुशी उनके घर होगी जिनके बाल-बच्चे नहीं हैं। हमारे घर में किसी की तबियत खराब है, किसी के स्कूल की फीस देनी है। किसी बेटी के ब्याह का क़र्जा उतारना है। भला हमारे घर में राज़ी-खुशी होगी? यही जवाब मैं बेटियों के बापों के सम्बन्ध में भी दे सकता हूँ।

(1975)

हुक्का पीने का शौक

एक नाटक के सिलसिले में हमारे चिरंजीव एक हुक्का घर लाये। हुक्का भी मामूली नहीं बल्कि खूबसूरत पेंचवान जिसकी ज़रूरत नाटक में किसी नवाब के लिए थी। नक्काशीदार फ़र्शी, गंगा-जमनी काम का गोटे मढ़ा पेंचवान, उम्दा चिलिम, उम्दा चिलिमपोश, मुहनाल! पूरा नवाबी तमाशा देखकर हमारी नवाबी भी भड़क उठी। जी चाहा कि हुक्का गुड़गुड़ाया जाये, मगर शर्म महसूस हुई। यह बात नहीं है कि हमने कभी हुक्का पिया न हो या हुक्का पीना कोई बहुत बुरी आदत है, बल्कि बात यह थी कि हमारे बेटो-बेटियों ने अपने बचपन में हमें हुक्का पीते देखा था, मगर हमारी बहुओं और पोते-पोतियों को हमें हुक्का पीते देखकर अज़ीमुश्शान आश्चर्य होता। उन्होंने हुक्का तो हुक्का हमें कभी सिगरेट पीते भी नहीं देखा। वे यकीनन चौंक उठते। मगर क्या कहें घर में बरसों के बाद हुक्का देखकर हमारी तलब रह-रहकर भड़कने लगी। चालीस बरस पहले हम अपने साप्ताहिक 'चकल्लस' के लिए एक हफ्ते वार फ़ीचर 'नवाबी मसनद से' लिखा करते थे। तस्लीम लखनवी उपनाम रखा था और फीचर के नवाब साहब के मूड का तसव्वुर करने के लिए तस्लीम साहब यानी कि हम सारे दिन हुक्का गुड़गुड़ाया करते थे। मगर अब नया काम करने के लिए आखिर कोई न कोई बहाना तो चाहिये ही। इसलिए हमने चि. कुमुद से जो स्वयं एक ख्याति-प्राप्त ड्रामा डायरेक्टर प्रोड्यूसर हैं, और होने वाले नाटक के डायरेक्टर थे, पूछा कि "मियाँ डायरेक्टर, कभी किसी उस्ताद की चिलम भरी है, हुक्का ताज़ा किया है कि खाली स्टेज की नवाबी शान दिखलाने के लिए ही इसे ले आये?" हमारे साहबज़ादे इन्टलेक्चुअल डायरेक्टर हैं, इसलिए सिगरेट व कभी-कभी पाइप भी पिया करते हैं। बोले, हुक्के में क्या धरा है। अरे फ़र्शी में पानी भरा और चिलिम में सिगरेट जलाकर रख दी, नाटक का हुक्का तैयार हो गया। नाटकिया हुक्के का हाल सुनकर हमारा तस्लीम लखनवी वाला सामन्ती मिज़ाज कुछ-कुछ चिलिम जैसा ही सुलग उठा, हमने कहा, "मियाँ साहबजादे, अपने नाटकिये नवाब को चिलिम में सिगरेट क्या बीड़ियाँ सुलगा के भी हुक्के का इफेक्ट दे लेना तो महज 'हुक्काबाज़ों' यानी मदारियों का काम है। अच्छे डायरेक्टरों को चिलिम सजाने की कला भी आनी चाहिये। पुरानी कहावत है कि "हुक्का हुक्म खुदा का, चिलिम बहिश्त का फूल। पीवें मर्द खुदा के, घूरें नामाकूल।" क्या समझे! हुक्के

की कला चौसठ कलाओं में श्रेष्ठ है। पुराने लोग कहा करते थे कि "हुक्का हरि का लाडला, राखे सबका मान। भरी सभा में यों फिरै, ज्यों गोपिन में कान्ह।" इसलिए पहले हुक्का भरने की तमीज़ सीखो, उसका मज़ा लो, तर्जुबा हासिल करो तब अपने नाटकीय बन्दों को हुक्का पिलाना।"

हुक्के को लेकर हमारी भाषा में न जाने कितनी कहावतें बन गयी हैं। उन कहावतों में आज समाजवादी, भक्तिवादी, रसवादी यहाँ तक कि बकवादी रूप में भी हुक्के के दर्शन कर सकते हैं। एक कहावत सुनिये, कहते हैं कि "हुक्का-थुक्का, सूँघनी औ' औरत की जात। इनमें भला अटक कहाँ, ये जगन्नाथ का भात।" यानी तम्बाकू के तीनों प्रकारों का महात्म्य जगन्नाथजी के भात की तरह प्रसाद माना जाता है और किसी भी जाति से लेकर उसे ग्रहण किया जा सकता है। इस कहावत में खराबी सिर्फ़ इतनी ही है कि हुक्के की ख़मीरा तम्बाकू, जर्दा या खैनी और नसवार के साथ बेचारी औरत को भी केवल भोग-विलास की वस्तु मानकर ही जोड़ दिया गया है।

तम्बाकू का चलन हमारे यहाँ अकबर या जहाँगीर के ज़माने में आया। सूरत में अंग्रेज़ों की कोठी से यह विलायती आयात का माल चूँकि आया था इसलिए इसका नाम सुरती पड़ा। तथाकथित ऊँची जाति के लोगों में तम्बाकू के तीनों ही प्रकार बड़ी तेजी से अपनाये गये। सिर्फ़ ब्राह्मण वर्ग में ही हुक्का पीना वर्जित माना गया। वे पान के साथ सुरती या चूने में मलकर खैनी तम्बाकू तो खा लेते थे, नसवार सूँघने का शौक भी उन्होंने किसी हद तक अपना लिया था। मगर हुक्का नहीं पीते थे। वात्स्यायन के 'कामसूत्र' में लिखा है कि भोजन करने के बाद रईस लोग अपने मुँह को किसी प्रकार के धुओं से सुगन्धित किया करते थे। वह भले ही कोई और चीज हो मगर तम्बाकू का धुआँ नहीं था। हुक्के की तम्बाकू को सड़ाकर बाकायदा उसका ख़मीरा उठाया जाता है। तरह-तरह के खुशबूदार मसाले मिलाये जाते हैं। एक रसा, दो रसा तम्बाकू बनाया जाता है जो कड़वा भी होता है और मीठा भी। हम मीठा दोरसा पिया करते थे। यों सिगरेट पीने की आदत तो हमें तभी लग गयी थी जबकि हम हाईस्कूल में पढ़ते थे। सन् तीस-इकतीस के नौजवान ब्राह्मण बेटों को कुछ विद्रोह और कुछ फ़ैशन में तीन क्रांतिकारी आदतें लग गयी थीं। एक प्याज-लहसुन और डबलरोटियाँ खाने की आदत, दूसरे चाय पीने की लत और तीसरे सिगरेट फूंकने का शौक। चूँकि ये सभी चीज़ें कुलीनों, आभिजात्यों के घरों में वर्जित मानी जाती थीं, इसलिए इन्हें छिपकर ही खाया पिया जाता था। हम चूँकि हाईस्कूल के ज़माने में ही इंटेलेक्चुअल सोहबत में पड़ गये थे इसलिए इन सब क्रान्तिओं के दौर से गुज़रना हमारे लिए बहुत ज़रूरी था। इनमें प्याज, लहसुन और अंडा वगैरह तो हम पसन्द न कर सके मगर डबलरोटी, चाय, सिगरेट मुँह लग गयी। उस ज़माने में डबलरोटियाँ

बनाने की कोई हिन्दुस्तानी फैक्टरी नहीं खुली थी इसीलिए हिन्दू लोग बिस्कुट को 'विषकूट' और डबलरोटी को 'डामरे रोटी' कहकर उनसे घिनाया करते थे। खैर यह तो ज़माने के चलन की बात थी। पिताजी के देहान्त के बाद सन् 37 में हमने 'चकल्लस' अखबार निकाला तो सिगरेट का शौक हुक्केशाही में तब्दील हो गया।

इन कामों के लिए हमारे पास एक अनुचर थे जिनका नाम कॉमरेड छिद्दू था। वह दरअसल हमारे घर के नौकर न थे बल्कि गली के एक सार्वजनिक पुस्तकालय का चन्दा उगाहने और सदस्यों को किताबें देने का काम करते थे। मगर हमारे लिए भंग घोटना, हुक्का भरना, पान लगाना वगैरह काम चूँकि खुद छिद्दू ने अपने जिम्मे कर रखा था, इसलिए हम उन्हें कॉमरेड छिद्दू कहा करते थे। भंग-ठंडाई के मामले में तो उनको यह अनोखा गौरव प्राप्त था कि उन्होंने स्व. पाण्डेय बेचन शर्मा उग्र से लेकर महाकवि निराला तक बड़े-बड़े साहित्यिकों को भाँग छनाई थी। वही हमारे लिए शानदार पेंचवान खरीद कर लाये थे। हमें याद है कि चालीस-बयालीस बरस पहले भी हमारी फ़र्शी और पेंचवान वगैरह की ख़रीद में काफी लागत लगी थी। हमारी फ़र्शी मीनें के काम की थी और उस ज़माने में जब कि तीन-चार रुपये में उम्दा क़लई की फ़र्शी मिल जाती थी, हमने उसके दाम पन्द्रह या बीस रुपये दिये थे। पेंचवान इतना लम्बा कि उसे देखकर हमें अवधी की वह कहावत याद आ जाती है कि "बाबा सोवैं या घर में कि टाँग पसारैं वा घर में।" फ़र्शी हमारे तख़्त से करीब छह-सात फुट की दूरी पर रखी होती थी। एक बार गर्मी के मौसम में उन्होंने हमारे लिए खस का पेंचवान बनवाया था। पूरे पेंचवान पर बेले के फूलों की लड़ियाँ भी वे लपेट देते थे। सर्दी के दिनों में उस ज़माने में संसार प्रसिद्ध इत्र-फरोश असगर अली मुहम्मद अली के यहाँ से वे हर शाम चवन्नी की एक अम्बरी सींक लाया करते थे जिसे खुदाबख़्श तम्बाकू वाले मीठे दो रसे तम्बाकू से मिलाकर वो उसे ऐसा खुशबूदार बना देते थे कि सारा कमरा महक उठता था। दरअसल उसी महक ने हमारे निरालाजी को लुभाया और फिर तो यह हाल हुआ कि हर शाम ठंडाई छानने के बाद वे हमारे पेंचवान पर अपना एकाधिकार करके बैठ जाते थे। अन्त में तलब की मार से मजबूर होकर हमने अपने वास्ते भी एक मामूली हुक्का मंगवा लिया जिसे निराला जी की तलब के टाइम में हम अपनी तलब के लिए इस्तेमाल करते थे।

तलब किसी वस्तु की हो, बहुत बुरी होती है। हुक्के की आदत हमें ऐसी लगी कि जब बम्बई फिल्म लाइन में गये तो बहुत अर्से तक हमें सिगरेट पीना अच्छा ही न लगा। रफ़्ता-रफ़्ता सिगरेट और हुक्का दोनों ही आदतें हमसे छूट गयीं। आज फिर से उस तलब को जिन्दा करने की हुड़क तो ज़रूर आती है मगर एक पुरानी कहावत याद करके, दार्शनिक मुद्रा धारण किये लेते हैं कि "हुक्के से हुरमत गयी नेम गया सब छूट। पगड़ी बेच तमाखू लई, गयी हिये की फूट ॥"

जो हो लेकिन यहाँ एक बात हमारे मन में यह उठती है कि काम नेक या बद कैसा भी हो जब चल पड़ता है तब हम पर, हमारे समाज पर, और यही नहीं, देश काल के इतिहास पर भी अपनी कुछ-न-कुछ छाप छोड़ ही जाता है। पुरानी कहावतें अपने ज़माने का इतिहास बोलती हैं। अब तो नयी कहावतें बनने का चलन ही खत्म हो चला। अखबारों और भीषण भाषणों में विस्तार से कहने की आदत ने हमारी बात करने की कला से वह गुण छीन लिया जो उसे 'थोड़ा कहा बहुत समझना वाला' अन्दाज़ देती थी।

एक कहावत है ''हुक्का अफ़ीमची का''। हुक्के का चलन जब दरबारवादी से जनवादी हुआ तो इसकी सबसे ज़्यादा तलब अफ़ीमची को लगी। अफ़ीमची से ज़्यादा हुक्के की लत और किसी को नहीं होती है। महान उपन्यासकार स्व. शरतचन्द्र चटर्जी हर शाम अफीम का अमल करते थे। शायद सुबह भी करते हों, पर मुझे मालूम नहीं। नतीजा यह था कि हुक्के की नली उनके हाथ से कभी छूटती ही न थी, बात करते-करते बहाने से कश लगा लेते थे। आचार्य श्यामसुन्दर दास का हुक्का भी मशहूर है। लखनऊ में जब वे कालीचरन हाईस्कूल के हेडमास्टर थे तब प्रातः भ्रमण में मेरे स्व. पितामह के साथी हो गये थे। दातुन चबाते हुए टहलने के बाद हमारे ही घर आकर मुँह साफ करते। दूध नाश्ता होता और उनका चपरासी स्कूल से हुक्का लेकर वहीं पहुँच जाता था। हुक्के के सम्बन्ध में एक नसीहत वाली कहावत भी है—'हुक्का चार वक्त का अच्छा—सो के, मुँह धो के, खा के, नहा के। और चार वक़्त का बुरा—आँधी में, अंधेरे में, भूख में, धूप में।' एक शायर हुक्के की शान में बड़ी ज़ोरदार बात फरमा गये हैं—

''हुक्के का मजा जिसने ज़माने में न जाना
वह मर्द मुखन्नस है न औरत न जनाना।''

अपनी बात अगर छोड़ दें तो भी हमें ये लगता है कि यह शाही शौक अब फिर से ज़िन्दा नहीं हो सकता। अब भला किसके पास इतनी फुरसत है कि हुक्का ताज़ा करने बैठे, पानी इतना भरे कि गुड़-गुड़ की लय सध जाय और साँस को बहुत खींचना न पड़े। चिलम में तम्बाकू इस तरह से भुरीभुरी भरे कि वह दब के ठस न हो जाय, तवा इतना ही तपा हो कि उसकी सही आँच तम्बाकू को मिले और ऊपर कोयले भी इस अन्दाज़ में रखे जायें कि धीमे-धीमे इस तरह से जलें कि तम्बाकू का मज़ा न बिगड़े। यह सब तमाशे तभी सध सकते थे जब कि हमारे पास समय की कमी नहीं थी। चिलिम सजाना अपने आप में एक कला है। एक बार बादशाह नसीरूद्दीन हैदर गुस्से की तरंग में थे। दुर्भाग्य से उस समय उनके सामने जो चिलिम आयी उसकी तम्बाकू किसी कदर जलकर बदज़ायका हो गयी थी। बादशाह सलामत की त्योरियाँ चढ़ गयी, पूछा, ''चिलिम किसने तैयार की है? नौकरों, बांदियों को साँप

सूँघ गया। हुक्काबर्दार ने अपनी गरदन बचाने के लिए एक बारह बरस की लड़की को खड़ा कर दिया, जो हाल ही में भर्ती हुई थी। सोचा होगा कि एक मासूम चेहरा देखकर बादशाह का गुस्सा उतर जायेगा, मगर होनी कुछ और ही बदी थी। बादशाह ने हुक्म दिया कि "इसके सिर पर अंगारे रखकर इसको चिलिम सुलगाना सिखाया जाये।" आज के ज़माने में वो बादशाही न रही मगर डिमोक्रेसी के तानाशाहों की तादाद कुछ-कुछ बादशाहों से ज़्यादा ही बढ़ गयी है। चिलिम की कड़वाहट से अगर उन पोलिटिकल तानाशाहों के मिज़ाजों की कड़वाहटें और बढ़ जायें तो ये किस्से कहानियाँ बनाने वाला पुराना नवाबी शौक एक नया जुर्म बन जायेगा। इसलिए 'बख्शे बिलार हम लंडूरे ही भले, पान के साथ ज़रा सा जर्दा मुँह में रख लेते हैं', यहीं तक गनीमत है। हुक्के की मुँह नाल को कौन भला अब मुँह लगाये।

जै राम जी, जै रावण जी

शौक और ईश्वर में केवल एक ही भेद है। ईश्वर अनादि और अनन्त होता है जबकि शौक केवल अनन्त ही होता है। किसी को शौक के आलम में यार को सौ-सौ नामों से पुकारने की तबीयत होती है, किसी को कुछ न सही तो राह चलते छेड़खानी की ही लत होती है। जवान लड़कों को लड़कियों के स्कूली ठेलों के पीछे साइकिल दौड़ाने की आदत होती है, और बुढ़िया को परनिन्दा की। आलसी बाबुओं को भरी जवानी में ही कीर्तन करने का शौक चर्राता है, कोई पतंग उड़ाने में, कोई ताश, शतरंज, कैरम में अपना दिल खपाता है, किसी को पोस्टेज स्टाम्प्स जमा करने का और किसी को पुराने ईंट-पत्थर इकट्ठा करने का शौक होता है। बहराल शौक अनन्त हैं और उनमें ही से एक यह मेरा नया शौक भी है। मैं आजकल सम्पादकों से दोस्ती गाँठकर अखबारों में छपे सम्पादकों के नाम पत्र इकट्ठा करता हूँ।

एक छोटे कस्बे के एक टिकुल्ली से दैनिक पत्र में समय-समय पर छपे एक ही प्रसंग को लेकर लिखे गये कई लोगों के पत्र प्रेषित करता हूँ। इनकी स्पेलिंग या व्याकरण की अशुद्धियों के लिए लेखक और सम्पादक ही जिम्मेदार हैं। दैनिक पत्र का असली नाम जानने का प्रयत्न न करें, उसे 'चमकता सबेरा' मान लें। 'चमकता सबेरा' पत्र की नीति 'सब धान बाइस पसेरी' वाली है। लगता है कि सम्पादक जिसका पैसा खा लेता है उसी का गुन भी गाता है। अब पत्रों की कहानी पढ़िये।

('चमकता सबेरा' का पत्र नं. 1)

"सम्पादक जी, आपके लोकप्रिय समाचार-पत्र में कल के दिनांक की तारीख में ढिमढिम पुरवा के संवाददाता ने यह जो छपाया है कि एक धनी विधवा के चरित्रहीन पुत्र ने अपनी माता को मार डालने का घृणित षड्यंत्र रचा है। और एक मूर्ख ओझा और कुछ प्रसिद्ध स्थानीय धूर्त उसकी सहायता करके बेचारी रोगिणी बुढ़िया को जबरदस्ती भूतबाधा से पीड़ित मानकर उसे नाना प्रकार के कष्ट दे रहे हैं। आपके संवाददाता ने यह भी लिखा है कि ग्राम-ज्वार के जो पढ़े-लिखे प्रतिष्ठित और प्रगतिशील विचारधारा के व्यक्ति और नवयुवक जब इसका विरोध करते हैं उन्हें धूर्त लोग तरह-तरह से आतंकित करते हैं और कल्पित भूत के भय से सारे नर, नारी

और बच्चे सदा आतंकित रहते हैं। श्रीमान् सम्पादक जी, मैं इन तमाम पिछली बातों का एक साथ और सिलसिलेवार तीव्र विद्रोह करता हूँ। आपके संवाददाता ने भारतीय संस्कृति और सनातन हिन्दू धर्म पर जो कुठाराघात किया है वह सदा लांक्षित रहेगा। श्रीमान् आपको तहकीकात करके यह समाचार छापना चाहिये था। अब आप मेरी सिलसिलेवार सुनिये। अव्वल तो वह धनी विधवा बुढ़िया जैसा कि आपके संवाददाता ने लिखा है कि 'बेचारी' है, तो वह बेचारी नहीं। वह खूब हट्टी-कट्टी है। उसे कभी कोई रोग आज तक हुआ ही नहीं। जो लोग आस्तिक हिन्दू और भारतीय संस्कृतिवादी हैं वे जानते हैं कि उस धनी विधवा ने जिसका नाम रामदेवी है एक बार पकरिया के प्रसिद्ध ब्रिह्मराक्षस की मानता मानी थी और काम सिद्ध हो जाने पर फिर अपनी अति कंजूस प्रवृत्ति के कारण पूरी नहीं की और अब वह ब्रिह्मराक्षस उसे सताता है। और दूसरी बात यह है कि ओझा मूर्ख है सो यह भारतीय पंडितों का घोरातिघोर अपमान है। ओझा पंडित मखसूदन जी 75 वर्ष के वयोवृद्ध महान् भूत विद्या विशारद और बड़े लोक पूज्य हैं। और सहायकों को प्रसिद्ध धूर्त लिखा। मैं विलायती बुद्धि के मोह में अपनी आँखों देखी को, असत्य नहीं मान सकता हूँ और सहायक हूँ तो क्या मैं भी प्रसिद्ध धूर्त हूँ? श्रीमान् जी मैं आपको सूचित कर देना चाहता हूँ कि मैं ढिमढिम पुरवा ग्राम पंचायत का प्रधान हूँ। पर आपका तथा आपके लोकप्रिय पत्र का पुराना भक्त और पूज्य बापू के चरण चिह्नों पर चलने वाला अहिंसाव्रतधारी हूँ। इस कारण से केवल इतना ही मानता हूँ कि आप मेरा भी तीव्र विरोध छाप दें। आपका संवाददाता अपने संवाद छापने की शक्ति से हमको ब्लैकमेल करके आतंकित कर रहा है इसलिए आप हमारा भी यह पत्र छाप दें जिससे हम आतंकित न हों।—गुल्लू प्रसाद प्रधान।

(पत्र नं. 2)

श्रीमान् जी, दिनांक 24 के पत्र में आपने ढिमढिम पुरवा ग्राम पंचायत के प्रधान का पत्र छापा है। भूतप्रेत आदि बेकार की बातों को महत्व देकर उन्होंने हिन्दू धर्म और भारतीय संस्कृति को एकदम पतन के रसातल में जा गिराया है। यह अच्छा ही हुआ कि प्रधान जी ने स्वयं अपनी ही सुलेखनी से अपने आपको प्रसिद्ध धूर्तों में मान लिया है। यदि उन्हें मानहानि का मुक़दमा चलाना हो तो स्वयं अपने ऊपर चलावें। इस बीच मैं केवल इतना ही निवेदन कर देना चाहता हूँ कि धनी बुढ़िया दिन-रात ज़ोर-ज़ोर से चिल्लाती है कि मुझे इन दुष्टों से बचाओ। सुनने में आया है कि भूत को मारने के बहाने बुढ़िया को इतना मारा-पीटा जाता है कि उसके सारे शरीर में नीले दाग उभर आये। सरकार और जनता को इस पर ध्यान देना चाहिये।

—एक जनसेवी संवाददाता

(पत्र नं. 3)

सम्पादक जी, आपके लोकप्रिय पत्र में 'बुढ़िया लापता' शीर्षक से जो संवाद छपा है वह बड़ा भ्रमपूर्ण है। दुःख की बात है कि धूर्तों की धमकियों से डरकर तथा चाँदी के जूते की मार खाकर आपका जनसेवी संवाददाता भी धूर्तसेवी हो गया है। वास्तव में वह बुढ़िया ने अपने पुत्र के अत्याचारों से पीड़ित होकर तथा दुःखी होकर एक रात में घर से भाग कर झिमकी ग्राम के सुप्रतिष्ठित साहूकार लाला जगदीश उर्फ जगासाहू के यहाँ जाकर शरण ली है। सब लोग इस बात को जानते हैं फिर भी पुलिस में और आपके समाचारपत्र में यह रिपोर्ट कराई गयी है कि बुढ़िया लापता है।

(पत्र नं. 4)

सम्पादक जी, मैं बी.ए., एल.एल.बी. वकील हूँ तथा प्रगतिशील विचारों का हूँ। मैं भूत-प्रेत आदि को बिल्कुल नहीं मानता था परन्तु अब वैज्ञानिक रूप से भूतों पर मेरा विश्वास हो गया है। वह बुढ़िया जिसको भूतों द्वारा सताने की बात सूचित की जा चुकी है, सचमुच ही ब्रह्मराक्षस द्वारा पीड़ित है। उस ब्रह्मराक्षस को मैंने स्वयं अपनी आँखों से देखा है। ब्रह्मराक्षस कहता है कि यदि तीन दिन में मेरा शिकार मुझको न लौटा दिया गया तो में अपने सभी विरोधियों के घर फूंक दूँगा। मैंने पुलिस को इस बात की सूचना दे दी है तथा आपके पत्र द्वारा जनता को यह सूचना देता हूँ कि वह ब्रह्मराक्षस के कोप से सावधान रहे तथा दुर्भाग्यवश यदि इतने घर फूंके जायें तो उसे कृपया कथित शत्रुओं की कार्यवाही न समझी जाये।

—जनसेवी संवाददाता।

(पत्र नं. 5)

श्रीमान् सम्पादक जी, जग्गू साहू के घर में आग लगाकर जो लोग भूत के नाम पर बुढ़िया को निकाल लाये थे, वे सब चतुर एवं उत्साही नवयुवकों की कुशलता से पकरिया के पास जाल में फँस लिए गये हैं। वे भूत इस समय कोतवाली में बन्दी हैं और जनता के द्वारा खुशी से देखे जा सकते हैं। उन भूतों में आपके पत्र के जनसेवी संवाददाता भी हैं जो सचमुच ही अब अपनी प्रगतिशीलता के भूत हो गये हैं। उन्होंने आपके यहाँ कल झूठा समाचार छपाया था। बुढ़िया मरी नहीं और जो भूत जगदीश साहू का मकान जला आये उन पर अब मुक़दमा चल रहा है।

नोट नं. 1—इस पत्र के नीचे 'चमकता सबेरा' सम्पादक ने लिखा है कि अब आगे इस विषय पर कुछ भी नहीं छापा जायेगा।

नोट नं. 2—इसके चौथे दिन ही पड़ोसी नगर के साप्ताहिक 'सिंहनाद'

में एक छोटी-सी खबर छपी—रात शुक्रवार को अमुकपुर के दैनिक 'चमकता सबेरा' के सम्पादक श्री वंशलोचन शरण को उनके कार्यालय के पिछवाड़े कुछ लोगों ने मारपीट कर नाले में ढकेल दिया। कोई कहते हैं कि यह ब्रह्मराक्षस का काम है और कोई-कोई इसे भूतविरोधी उत्तेजित नौजवानों की कार्यवाही बतलाते हैं।

नोट नं. 3—पन्द्रह दिन बाद 'चमकता सबेरा' में एक सम्पादकीय टिप्पणी प्रकाशित हुई। उसका कुछ अंश देना यहाँ अनुचित न होगा—''ढिमढिम भूतकांड के सम्बन्ध में हमने कुछ न छापने का निश्चय किया था लेकिन घटनावश हम भूतों पर विश्वास करने पर विवश हुए हैं। भूत तो हैं ही ही, साथ-ही-साथ भूतों को न मानने वाले कुछ नास्तिक नौजवान भी हैं। हम उनकी शक्ति पर भी अविश्वास नहीं कर सकते। भविष्य में हमने यह तय किया है कि 'चमकता सबेरा' भूतों और भूत विरोधियों, दोनों ही का निष्पक्ष समर्थन करेगा।

(1954)

मुँह चलावन पंच और चींटियाँ

पुराने किले के खण्डहरों पर ज़माने की गर्द ने जमकर एक टीला बना दिया था। उस पर पाँच पंच जमकर बैठ गये। पंचों में कुछ बड़े बुजुर्ग भी थे, कुछ अधेड़ और एकाध जवान भी थे। पाँच पंच जहाँ बैठकर हुक्का-पानी करें, वहाँ पंचायत तो आपो-आप जुड़ जाती है और पंचायत जुड़े तो सिवाय राज करने के और करे क्या? सो पुराने किले के टीले पर पंचों ने राज करना आरम्भ किया।

सोचा, राजकाज में क्या-क्या करें? ये तो संसार है, चलता है। चौरासी लाख योनियों में प्राणी नित जनमते, नित मरते हैं। जगत के और सारे जीव तो अपने पेट भोग, और काम भोग में ही लिप्त रहते हैं। अपार ममता और भयंकर प्रतिहिंसा के सिवा उन्हें और कुछ नहीं आता। परन्तु मनुष्य कारीगर है। वह अपने हुनर से नयी दुनिया रचना जानता है। पंचों ने हुक्के गुड़गुड़ाते हुए सोचा कि हम क्या रचें? एक ने कहा, कानून रचो। सो पंचों ने बैठकर कानून रच डाला। फिर सारी खिलकत से कहा कि हम पाँच पंच हैं। हम तुम्हारा न्याय करेंगे। हम दुश्मन से तुम्हारा बचाव करेंगे, सड़कों पर छिड़काव करेंगे, पार्कों में दिलबहलाव का इंतज़ाम करेंगे, हम धरमशाला, पाठशाला, नाट्यशाला चलायेंगे। कचहरी-कोर्ट करके न्याय चलायेंगे, टिकस वसूल करेंगे। पंचों ने प्रजा से कहा कि हमारी इतनी सेवा के लिए तुम हमारे हुक्के पानी का प्रबन्ध कर देना। प्रजा ने कहा कि अच्छा। राजकाज चलने लगा, अमन चैन फैल गया।

उन पंचों में एक अधेड़ भी था। भगवान ने जाने कौन-सी भागदौड़ के छिन में उसकी मूरत गढ़ी थी। लम्बू बेडौल, छोटी गर्दन, धड़ भारी, एक आँख शंकर के तीसरे नेत्र की तरह उभरी हुई और दूसरी झोपड़ी में टिमटिमाती मिट्टी की ढिबरी की तरह गढ़े में चमकती थी। यह पंच हुक्का कम पीता था पर इसका मुँह सदा चक्की की तरह चलता ही रहता था—या तो बोलता या मुँह चलाता। सयाने लोग कहते कि इसकी ये आदत ठीक नहीं।

बात सच्ची थी वह हरदम यही सोचा करता था कि किसको मारूँ, किसको खाऊँ? हरदम तिकड़म, तकरार और ताकत के ज़ोम में रहता—उसे राजकाज के लिए फुरसत ही न मिलती थी।

एक बार ऐसा हुआ कि उसे लड़ने के लिए कोई शत्रु ही न मिला। तब वह अपनी परछाईं से लड़ने लगा। जैसे-जैसे सूरज बढ़े-घटे, उसकी छाया का आकार छोटा-बड़ा हो, वैसे-वैसे उसका तेहा तमके। वह पंच अपने पूरे राजमद, राजशक्ति का जोर लेकर अपनी परछाईं से लड़ने लगा। होते-होते वह दुनिया के छोटे-बड़े सब में अपनी परछाई देखने लगा और दुनिया-भर से लड़ने लगा। उसे युद्ध, और युद्ध के लिए राजमद और राजशक्ति की चिंता—बस यही दो चिंतायें सताया करती थीं। उसका मुँह सदा चलता ही रहता था।

पंचों में कुछ बड़े बूढ़े ऐसे भी थे जो इसे बुरा समझते थे पर वे बेचारे लाचार थे। मुँह चलावन पंच ने बहुत से पंचों को भी खाऊवीर बना दिया। यह रोग प्रजा में भी बुरी तरह फैल गया। इससे प्रजा को अपार कष्ट हुआ। अपने बाल-बच्चों, घर, समाज के साथ मगन मन रचना करने में खाऊ वीरों के सौ-सौ स्वारथ प्रजा को सताने लगे। जल छिड़काव, दिलबहलाव की कौन कहे, उल्टे प्रजा को खाने-पीने के लाले पड़ गये। रोज़ी, रोज़गार, करतब, हुनर सब चौपट। धरमशाले किराये की जायदाद बन गये, पाठशालायें किराये का पाठ पढ़ाने लगी, नाट्यशाला में भंडैती होने लगी। प्रजा त्राहि-त्राहि पुकार रही परन्तु पंच का मुँह चलाना न रुका। मुसाहब कहें, इस पंच के मुख में कालचक्र है, उसमें सब पिस जायेंगे। कुछ कहें, नहीं जी, बड़े-बड़े रावण और कंस मारे गये—'न ज़ोरे सिकन्दर न है क़ब्र दारा, मिटे नामियों के निशां कैसे-कैसे', फिर ये मुँह चलावन पंच ही अपने अंत से कैसे बच सकता है?

लेकिन मुँह चलावन पंच के ग्रह-नक्षत्र कुछ ऐसे प्रबल थे कि उसके कारण करोड़ों का अंत आ गया पर वह अपनी डेढ़ आँख लिये मुँह चलाता ही रहा। ऐसा कोई घर नहीं जहाँ उसके अंत के लिए ईश्वर से प्रार्थना न की जाती हो। लोग कहें ईश्वर भी मुँह चलावन पंच के जबड़ों से डर गया है।

एक दिन एक चींटी धोखे से रेंगते-रेंगते पंच की नाक पर चढ़ गयी। बस पंच महोदय का पारा चढ़ गया, हुकुम दिया कि जहाँ पाओ चींटियों को मार डालो। घर-घर में घुसकर पंच के सिपाही चींटियाँ मारने लगे, घर के लोगों को भी चींटियाँ समझकर मारने लगे। इंसान तो पंच के सिपाहियों से दब गया, परन्तु चींटियाँ न दब सकीं। उनके छत्ते के छत्ते बिलों से निकलकर दरों-दीवारों, हाट-बाट, सारी पृथ्वी पर छा गये। नन्हीं-नन्हीं चींटियों का यह प्रचंड साहस देखकर दुनिया थर्रा उठी। मुंह चलावन पंच ने अपने धन और राजशक्ति के पूरे जोर के साथ चींटियों को कुचल डालना चाहा। लेकिन चींटियाँ किसी के रोके न रुक सकीं। मरतीं तो अपनी ही लाशों पर आगे बढ़तीं। रास्ते में जो कुछ मिलता उसका नाश करतीं, क्रोध में अच्छे-बुरे की भावना ही नष्ट हो जाती है। जब महानाश जागता है तब न्याय और विवेक सो जाता है।

सो चींटियां बढ़ गयीं, पुराने किले के टीले पर चढ़ गईं...खाई-खंदक, आग, पानी, उन्हें कुछ भी न रोक सका। चींटियों ने पंचों को घेर लिया। मुँह चलावन पंच से भागते न बना। महाशक्तिशाली पंच नन्हीं-नन्हीं चींटियों के नोचने के कुछ पलों में ही सिर्फ़ हड्डियों की ठठरी रह गया।

बूढ़े सयाने इस घटना से सार निकालने लगे। वे कहें, ''अन्यायी का अन्त आज नहीं तो कल अवश्य होता है। न्याय किसी के लाख दबाये नहीं दबता, क्योंकि न्याय ईश्वर है।''

(1953)

नब्बू मुर्गी वाले की तिजोरी

अखबारों में आपने पढ़ा ही होगा कि पिछले महीने की 31 तारीख को राजधानी में एक अन्तरराष्ट्रीय नुमायश लगी थी, जो लगातार दो महीने तक अखबारी चर्चाओं का विषय बनी रही। उस नुमायश में आपको चाहे कुछ याद हो या न हो मगर भारत की 'भोगाँव हैवी इलेक्ट्रिकल कम्पनी लिमिटेड' की बनाई हुई उस तिजोरी को हरगिज न भूले होगे जो दुनिया के किसी भी राष्ट्रपति भवन की शोभा बन सकती है। बड़ी लम्बी, भव्य और मजबूत। बनाने वालों ने उसके दाम छः अरब रुपये रखे थे। उनका दावा था कि इस तिजोरी को एक लाख एटम, हाइड्रोजन या नाइट्रोजन बम मिलकर भी नहीं तोड़ सकते। भोपाल की गैस चाहे खुदा के बनाये इंसानों को मार डाले मगर इस तिजोरी का बाल-बाँका भी नहीं कर सकती। कम्पनी वालों ने इसके साथ-ही-साथ यह शर्त भी लगायी थी कि अगर इस तिजोरी को तोड़ने में कोई सफल हो जायेगा तो कम्पनी तिजोरी की कीमत के बराबर ही उसे छः अरब रुपये इनाम में देगी।

अपने आपको तीस क्या तीस हज़ार मार खां समझने वाले रूस और अमरीका के वैज्ञानिकों के भोगाँवीं अकल के आगे दिमाग चक्कर खा-खाकर चकनाचूर हो गये। जापान और जर्मनी वाले भी हार गये। कोई तोड़ न पाया। इस तिजोरी को देखने के लिए दुनिया-भर से इतने 'टुअरिस्ट' आये कि भारत को अपना सारा विदेशी क़र्ज़ा अदा करने की पूरी रकम एक ही झटके में मिल गयी, फिर भी उस तिजोरी को किसी ने न खरीदा। महान शक्तिशाली और धनी राष्ट्र कहते थे कि हम खरीद तो सकते हैं मगर बिना परीक्षण किये हम नहीं खरीदेंगे। इसलिए तिजोरी को अटलांटिक समुद्र की सतह में ले जाकर उस पर रूस और अमरीका ने अपने-अपने फालतू बमों का सारा स्टॉक खर्च कर डाला मगर तिजोरी न तोड़ सके। तिजोरी फिर लाकर नुमायश में रख दी गयी और कम्पनी ने इस बार कीमत न रखकर उस पर एक रुपये का लॉटरी का टिकट लगा दिया। यह तरकीब सफल हुई। कंपनी पर एक-एक रुपये के नोटों की बरसात हो गयी, उसे खरबों रुपयों का मुनाफा हो गया और लॉटरी एक गरीब मुर्गी वाले के नाम खुली।

आपको अच्छी तरह से याद होगा कि छह तारीख को लॉटरी टिकट विजेता तिजोरीपति नब्बू मियाँ की फ़ोटो टेलीविजन में दिखलायी गयी थी, जिसमें तिजोरी का एक चौथाई भाग घेरे उसकी सौतेली माँ खड़ी हुई थी और उसकी सींक-सलाई-सी

दुबली-पतली बीबी तथा नब्बू मियाँ के हाथ में एक मुर्गा तथा तीन मुर्गियाँ थीं। तिजोरीपति नब्बू मियाँ की सूरत देखकर सब लोग हँसे थे कि ये मूँग और मसूर की दाल, भला इस तिजोरी में रखेगा क्या, अपनी मोटी सौतेली अम्मा को?

सचमुच नब्बू मियाँ के आगे इस तिजोरी की बड़ी समस्या थी। मौका देखकर कुलसुम बीवी ने अपने पति से कहा, ''ऐ मियाँ, मैं अपने मुँह से क्या कहूँ, छः अण्डे हर रोज़ होते हैं और सब तुम्हारी अम्मी खा जाती हैं। मैं शिकायत करती हूँ तो मार-मार कर मेरी यह हालत बना रखी है। तुम दिन-रात मेहनत कर-करके सूखे जा रहे हो और यह कहती है कि तेरी मुर्गियाँ बाँझ हैं। आज तुम ऐसा करो कि मुर्गे-मुर्गियों के पास ही बैठे रहो, ज्यों ही अण्डे निकलें उन्हें हथिया लेना। मुझसे तो छीन लेती हैं, तुमसे छीन नहीं पायेगी। तुम तिजोरी में रख देना और कल सवेरे बेचना। कम से कम छः अठन्नियाँ तो मिल जायेंगी।''

नब्बू बोला, ''ठीक है, तुम्हारी सलाह बहुत उम्दा है।''

उस दिन यही हुआ। अण्डों की ताक में सौतेली अम्मा बिजली की तरह पैनी नज़रें गड़ाये बैठी थीं, मगर नब्बू मियाँ की सावधानी के आगे उनका बस न चला। नब्बू ने छहों अण्डे उठाये और माँ से कहा कि ''तुम तो मुर्गियों को बाँझ बतलाती थीं फिर ये अण्डे कहाँ से आये?''

सौतेली अम्मा जल-भुनकर बोली, ''मैं क्या जानूं, तुम्हारी बीवी ने ही यह झूठी अफवाह उड़ाई थी, वह खाती होगी अण्डे।''

नब्बू बोला, ''खैर, आज से न तुम खाने पाओगी और न कुलसुम। इन्हें तिजोरी में रखकर चाबी अपने पास रखता हूँ।''

यह कहावत सच ही है कि भगवान जिसे लक्ष्मी देता है उसे छप्पर फाड़कर देता है। बमों के धमाके के प्रयोगों से तिजोरी टूटी भले ही न हो, मगर उनमें किन्हीं दो तारों के जुड़ने से भीतर ही भीतर एक कमाल हो गया जिसे देखकर नब्बू मियाँ अपनी तकदीर पर खुशी से फूल उठे। उन्होंने सुबह तिजोरी खोली तो देखा छह अण्डे साठ हो गये थे। खुशी से कुलसुम को बुलाकर कहा, ''अरी बीबी, देख खुदा ने क्या नियामत बख्शी है।'' कुलसुमिया भी बहुत खुश हुई। उसने अपने पति से कहा, ''आज तुम मुर्गे और मुर्गियों को भी इस तिजोरी में बन्द कर दो, कल सबेरे दुगने हो जायेंगे।''

नब्बू ने कहा, ''यह भी ठीक है। मुर्गे-मुर्गियों को तिजोरी में बन्द कर अण्डे डलिया में रखकर, चाबी अपनी अंटी में खोसी और अंडे बेचने के लिए बाज़ार चल दिया। बड़े-बड़े सुनहरे रंग के अंडे आठ-आठ आने के बजाय एक मंत्री की बीवी ने दो-दो रुपये में खरीदे। नब्बू बहुत खुश। बीवी के लिए एक साड़ी, गुलाबजामुनों का दोना लाया और चुपके से खिला दिया। लेकिन सौतेली सास की पैनी नज़रों ने चूँकि देख लिया था इसलिए रात-भर बहू से खूब लड़ी। गुलाब जामुनें तो बहू के

पेट में पहुँच चुकी थीं इसलिए निकल नहीं सकती थीं मगर साड़ी के सास ने तार-तार कर डाले।

दूसरे दिन तिजोरी खुली, तीन मुर्गियों की जगह तीस मुर्गियाँ और एक मुर्गे की जगह दस मुर्गे निकले और उनके छः सौ अण्डे। नब्बू मुर्गी वाला देखते ही देखते एक बड़े पोल्ट्री फार्म का मालिक और सेठ नबीअहमद मुर्गीवाला हो गया। यों तकदीर ने करिश्मा तो दिखलाया मगर सौतेली माँ की जलन ने पति-पत्नी के जीवन में इतना ज़हर घोला कि उनका चैन से जीना ही मुहाल हो गया। बेचारा नब्बू मुर्गीवाला अपनी सौतेली माँ को जहाँ तक बनता था बहुत अच्छी तरह से रखता था मगर उनकी घी-गुड़ से सींची हुई ज़बान कभी मीठी न हो सकी। कुलसुम बीबी को बहुत दुःख देती थी, इसलिए एक दिन नब्बू ने कहा, ''अम्मा, अगर तुम मेरी बीबी को इतना सताओगी तो मैं तुम्हारे लिए एक घर अलग ले दूँगा। अपने साथ नहीं रखूंगा। सौतेली सास सुनकर जल-भुन गयी, बहुत कुछ सोचा, फिर एक दिन न जाने क्या सूझी की मौका साधकर, छिपकर तिजोरी में घुस गयी। दूसरे दिन मुर्गे-मुर्गियों और अण्डे तो दस गुने होकर बाहर निकले ही सौतेली अम्मा भी एक से दस होकर नमूदार हुई। दस मोटी अम्मायें तिजोरी की दीवारों तक इतनी ठस गयी कि मुहल्ले वालों ने आकर एक-एक के हाथ पकड़े और बाहर घसीटकर निकाला।

एक की दस बनी, यहाँ तक तो गनीमत थी। मगर सवाल यह था कि अब उनसे निपटे कौन? दस मोटी अम्मायें मिलीं, सबको झटके मार-मारकर दूर किया और तमाम अण्डे खा गयीं। बेचारे सबके सब देखते रहे, मगर फिर रोज़ यही तमाशा होने लगा। बहू को मारने दौड़तीं, मुहल्ले वालों के पीछे दौड़तीं, अण्डे न मिलें तो नब्बू की मुर्गियाँ ही हलाल कर-करके खाना शुरू कर दिया। बहू बेचारी दुबली तो थी ही, दुःख के मारे और सींक-सलाई हो गयी। एक दिन कुलसुम नब्बू से बोली, ''तुम मुझे चुपचाप तिजोरी में छुपा दो, दो दिन का खाना लेकर बैठी रहूँगी, जब बीस बन जाऊँगी तभी निकलूँगी।'' नब्बू ने बहुत समझाया मगर जब वह न मानी तो तिजोरी में बैठा दिया।

दूसरे दिन जब कुलसुम न दिखाई पड़ी तो मोटी सासों के कान ठनके। नब्बू जब अण्डे निकालने के लिए तिजोरी खोल रहा था तभी उनकी नज़र बहुओं पर पड़ी। जलन के मारे नब्बू को धक्का देकर बहुओं से लड़ने को तिजोरी में घुस गयी और फिर जो उठा-पटक मची तो खुदा झूठ न बुलाये लगातार सात दिनों तक सास-बहुओं की लड़ाई में तिजोरी बल्लियों-बाँसों उछलती रही, ज़मीन पाताल में धंस चली, मगर लड़ाई तभी खत्म हुई जब कि अपने ही तारों के जल जाने से वह तिजोरी टूट गयी। बाकी बचीं सिर्फ़ एक सास और दो बहुएं। शेष जलकर मर गयीं। दो बहुओं को देखकर मुटकी इतनी डर गयी थी कि घर छोड़कर भागी। नब्बू मियाँ ने कुलसुम को कलेजे से चिपका लिया। कुलसुम बोली, ''ए मियाँ मुझे छोड़ो, पहले कम्पनी वाले

का जाकर टेंटुआ पकड़ो और कहो कि शर्त के छः अरब रुपये दीजिये क्योंकि तिजोरी टूट गयी है।''

इस तरह सेठ नबी अहमद मुर्गी वाला और मोहतरिमा कुलसुम और उनकी 'डबल' नयी मोहतरिमा आपस में सौत बनीं। छः अरब रुपया आया तो नबी अहमद ने नयी मोहतरिमा के बहकावे में आकर पुरानी बीवी को तलाक दे दिया। इस पर कुलसुम ने सुप्रीम कोर्ट में दावा ठोंक दिया कि गुजारे के लिए तीन अरब रुपये उसे भी दिये जायें। उम्मीद है कि जैसे शाहबानो जीतीं वैसे ही यह भी जीत जायेगी।

(1986)

●●●

स्थापित 1912
100 वर्षों की
श्रेष्ठ प्रकाशन परम्परा
राजपाल

राजपाल एण्ड सन्ज़ की स्थापना एक शताब्दी पूर्व 1912 में लाहौर में हुई थी। आरम्भिक दिनों में अधिकतर धार्मिक, सामाजिक और देश-प्रेम की पुस्तकें प्रकाशित होती थीं और हिन्दी के अतिरिक्त अंग्रेज़ी, उर्दू व पंजाबी भाषा में भी पुस्तकें प्रकाशित की जाती थीं।

1947 में भारत-विभाजन के बाद राजपाल एण्ड सन्ज़ को नए सिरे से दिल्ली में स्थापित किया गया और साहित्यिक पुस्तकों के प्रकाशन का आरम्भ हुआ। रामधारी सिंह दिनकर, महादेवी वर्मा, बच्चन, अज्ञेय, शिवानी, आचार्य चतुरसेन, विष्णु प्रभाकर, राजेन्द्र यादव, मोहन राकेश, रांगेय राघव, कमलेश्वर और अन्य साहित्यिक लेखकों की कृतियाँ यहाँ से प्रकाशित होने लगीं। राजपाल एण्ड सन्ज़ से प्रकाशित *मधुशाला, कुरुक्षेत्र, मानस का हंस, आवारा मसीहा, कितने पाकिस्तान, आषाढ़ का एक दिन* जैसी पुस्तकें हिन्दी साहित्य की 'क्लासिक पुस्तकें' मानी जाती हैं और आज भी लोकप्रियता के शिखर पर हैं। भारत के राष्ट्रपतियों और प्रधानमंत्रियों की पुस्तकें प्रकाशित करने का गौरव भी राजपाल एण्ड सन्ज़ को प्राप्त है। नोबेल पुरस्कार से सम्मानित अर्थशास्त्री डॉ. अमर्त्य सेन की सभी पुस्तकों के हिन्दी अनुवाद यहाँ से प्रकाशित हैं। अन्तरराष्ट्रीय चर्चित पुस्तकों के अनुवाद, विश्वविख्यात कोशकार डॉ. हरदेव बाहरी द्वारा सम्पादित 'राजपाल' शब्दकोशों की शृंखला और किशोरों के लिए सैकड़ों पुस्तकें राजपाल एण्ड सन्ज़ से प्रकाशित हुई हैं।

पाठकों के स्वस्थ और सुरुचिपूर्ण मनोरंजन और ज्ञानवर्धन के लिए समर्पित राजपाल एण्ड सन्ज़ से हिन्दी और अंग्रेज़ी में पुस्तकें प्रकाशित होती हैं जो देश के सभी बड़े पुस्तक-विक्रेताओं और विश्व भर के ऑनलाइन विक्रेताओं के यहाँ उपलब्ध हैं।

राजपाल एण्ड सन्ज़

1590 मदरसा रोड, कश्मीरी गेट, दिल्ली-6, फोन: 011-23869812, 23865483
email: sales@rajpalpublishing.com, facebook: facebook.com/rajpalandsons
website: www.rajpalpublishing.com

अमृतलाल नागर के चर्चित उपन्यास

मानस का हंस

मानस का हंस लेखक अमृतलाल नागर का प्रतिष्ठित बृहद् उपन्यास है। इसमें पहली बार व्यापक कैनवास पर *रामचरितमानस* के लोकप्रिय लेखक गोस्वामी तुलसीदास के जीवन को आधार बनाकर कथा रची गयी है, जो विलक्षण के रूप में प्रेरक, ज्ञानवर्धक और पठनीय है। इस उपन्यास में तुलसीदास का जो स्वरूप चित्रित किया गया है, वह एक सहज मानव का रूप है। यही कारण है कि *मानस का हंस* हिन्दी उपन्यासों में 'क्लासिक' का सम्मान पा चुका है और हिन्दी साहित्य की अमूल्य निधि माना जाता है। नागरजी ने इसे अपने विशिष्ट लखनवी अन्दाज़ में लिखा है। बृहद् होने पर भी यह उपन्यास अपनी रोचकता में अप्रतिम है।

ISBN: 9788170282495 पृष्ठ: 380

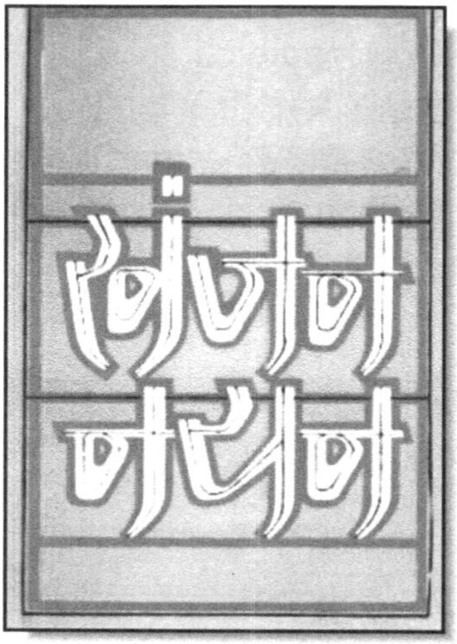

खंजन नयन

यशस्वी साहित्यकार अमृतलाल नागर का चर्चित उपन्यास *खंजन नयन* महाकवि सूरदास के गरिमामय जीवन की सार्थक प्रस्तुति है। नागरजी ने अपने उपन्यास मानस का हंस में तुलसीदास की जीवन–गाथा को उपन्यास के रूप में प्रस्तुत किया था–उसी क्रम में सूरदास के जीवन के विभिन्न पक्षों का चित्रण इस कृति के माध्यम से किया है।

सूरदास के व्यक्तित्व को नागरजी ने तीन स्तरों पर प्रस्तुत किया है–तल, अतल और सुतल। व्यक्तित्व के भीतर अनेक व्यक्तित्व होते हैं। नागरजी ने भी महाकवि को सूरज, सूरस्वामी, सूरश्याम, सूरदास अनेक रूप दिये हैं और अन्त में जहाँ ये तीनों रूप समरस होते हैं, वहाँ सूरदास राधामय हो जाते हैं।

ISBN: 9788170280064 पृष्ठ: 248

अमृतलाल नागर के चर्चित उपन्यास

नाच्यौ बहुत गोपाल

नाच्यौ बहुत गोपाल में 'मेहतर' कहे जानेवाले अछूतों में भी अछूत, अभागे अंत्यजों के चारों ओर कथा का ताना–बाना बुना गया है और उनके अंतरंग जीवन की करुणामयी, रसार्द्र और हृदयग्राही झाँकी प्रस्तुत की गयी है। 'मेहतर' जाति किन सामाजिक परिस्थितियों में अस्तित्व में आयी, उसकी धार्मिक–सांस्कृतिक मान्यताएँ क्या हैं, आदि प्रश्नों के उत्तर तो दिये ही गये हैं, साथ ही वर्तमान शताब्दी के पूर्वार्द्ध की राष्ट्रीय और सामाजिक हलचलों का दिग्दर्शन भी जीवंतता के साथ कराया गया है।

ISBN: 9788170280057 पृष्ठ: 328

बिखरे तिनके

मानस का हंस, खंजन नयन, नाच्यौ बहुत गोपाल, बूंद और समुद्र, तथा *अमृत और विष* जैसी बहुचर्चित और पुरस्कृत–सम्मानित कृतियों की श्रृंखला में यशस्वी उपन्यासकार अमृतलाल नागर ने इस उपन्यास–*बिखरे तिनके* में अपनी विशिष्ट शैली में सर्वथा नवीनतम धरातल पर मानवीय संवदेना के जीते–जागते पात्र प्रस्तुत किये हैं और आज के समाज का यथार्थ चित्रण भी।

ISBN: 9788170285601 पृष्ठ: 108

सात घूंघट वाला मुखड़ा

यह उपन्यास अट्ठारहवीं शताब्दी के प्रारम्भिक दौर में उत्तर भारत की राजनीति में ज़बर्दस्त हलचल मचा देने वाली बेगम समरू के रहस्य और रोमांच से भरे जीवन पर आधारित है। जब औरतें पर्दे से बाहर नहीं निकलती थीं, कोठे पर मुजरा करने वाली समरू ने एक यूरोपीय सेनानी को अपना दीवाना बनाकर शादी कर ली। समरू ने पति के साथ अपनी एक छोटी–सी सेना खड़ी कर ली और बड़े–बड़े सूरमाओं को अपनी बहादुरी और रणकौशल से धूल चटा कर मेरठ के समीप सरदाना की गद्दी पर जा बैठी और...

ISBN: 9788170288213 पृष्ठ: 104

प्रमुख स्थानीय व ऑनलाइन पुस्तक विक्रेताओं के यहाँ उपलब्ध या
इस वेबसाइट से मँगवाएँ

www.rajpalpublishing.com

अमृतलाल नागर के चर्चित व्यंग्य-संकलन

हम फ़िदा–ए–लखनऊ

लखनऊ और अवध सदा से अपनी विशिष्ट संस्कृति के लिए विख्यात रहा है। नज़ाकत और नफ़ासत के लिए विशेष रूप से जानी जाने वाली लखनवी संस्कृति आज भी वहाँ के जन मानस में ज़िन्दा है। वहाँ के निवासियों का यह कहना सच ही है– "हम फिदा–ए–लखनऊ, लखनऊ हम पे फिदा।" जीवन भर लखनऊ में रहने वाले प्रसिद्ध साहित्यकार अमृतलाल नागर की ये कहानियाँ मनोरंजन के साथ लखनऊ के जनजीवन के हर पहलू को उजागर करती हैं।

ISBN: 9788170288329 पृष्ठ: 104

नवाबी मसनद

अमृतलाल नागर लेखक होने के अतिरिक्त उच्च कोटि के पत्रकार भी रहे और कई वर्षों तक उन्होंने चकल्लस नामक एक अखबार निकाला। उस अखबार के लखनऊ स्थित दफ़्तर के नीचे खुदाबक्श तम्बाकूवाले, मौलाना पहलवान, प्यारेलाल ड्राइवर जैसे रंगीन तबियत के अनेक किरदार उनके सम्पर्क में आए जो वहाँ अपना कारोबार करते थे। वहीं की रोज़मर्रा की ज़िन्दगी के किरदारों पर उन्होंने अनोखे व्यंग्यात्मक ढंग से इनका एक अनोखा व्यंग्य तैयार किया – नवाबी मसनद।

ISBN: 9788170280934 पृष्ठ: 96

सेठ बांकेमल

सेठ बांकेमल हिन्दी में चुटीले व्यंग्य और विनोदी लहजे की अप्रतिम रचना है। इसके लेखक अमर कथाशिल्पी और उनके कृतित्व में इसकी अलग ही हैसियत है। आगरे की बोली में लिखी गई इस हास्य–व्यंग्य कृति में सेठ बांकेमल नाम के एक ऐसे विनोदी, किन्तु वाक्‌चतुर चरित्र को केन्द्रीय भूमिका में उतारा गया है, जिसके पास जीवन के विविध क्षेत्रों के अनूठे अनुभव और चीज़ों को देखने की, गहरी–पैनी दृष्टि है।

ISBN: 9788170285564 पृष्ठ: 112

प्रमुख स्थानीय व ऑनलाइन पुस्तक विक्रेताओं के यहाँ उपलब्ध या
इस वेबसाइट से मँगवाएँ

www.rajpalpublishing.com

अमृतलाल नागर की अन्य चर्चित पुस्तकें

टुकड़े–टुकड़े दास्तान (आत्मकथा)

महाभारत (धर्म)

आँखों देखा ग़दर (इतिहास)

गदर के फूल (इतिहास)

अमृतलाल नागर की अन्य पुस्तकें

महान विचारक (जीवन परिचय)

महान् युग निर्माता (जीवन परिचय)

अमृतलाल नागर की बाल पुस्तकें

निंदिया आ जा

अक्ल बड़ी या भैंस

नटखट चाची